DIE VERSUNKENEN MÄDCHEN

WEITERE TITEL VON LISA REGAN

DETECTIVE-JOSIE-QUINN-SERIE

Die verlorenen Mädchen

Das Mädchen ohne Namen

Das Grab ihrer Mutter

Ihre letzte Beichte

Ihre begrabenen Geheimnisse

Ihre stumme Bitte

Die Namenlose

Du musst sie finden

Rette ihre Seele

Nur noch ein Atemzug

Schlaf still, mein Mädchen

Der Unfall

Die versunkenen Mädchen

Als sie verschwand

IN ENGLISCHER SPRACHE

DETECTIVE-JOSIE-QUINN-SERIE

Vanishing Girls

The Girl With No Name

Her Mother's Grave

Her Final Confession

The Bones She Buried

Her Silent Cry

Cold Heart Creek

Find Her Alive

Save Her Soul

Breathe Your Last

Hush Little Girl

Her Deadly Touch

The Drowning Girls

Watch Her Disappear

Local Girl Missing

The Innocent Wife

Close Her Eyes

LISA REGAN

DIE VERSUNKENEN MÄDCHEN

Übersetzt von Reinhard Ferstl

bookouture

Für Christine Brock. Sie war der Kitt, der uns zusammenhielt,
als die ganze Welt zusammenbrach.

EINS

Kalte Luft reizt ihre Wangen wie tausend winzige Nadeln in der Haut. Unter ihren Füßen knistern Zweige und trockenes Laub. Mehrmals rutscht sie auf herumliegenden Schneeresten aus. Eine schwere Hand liegt auf ihrer Schulter und schiebt sie durch die Dunkelheit. Der Lauf einer Pistole stößt in ihren Nacken. Ihre Kopfhaut brennt noch immer an der Stelle, an der er sie bei den Haaren gepackt und daran gezogen hat, bis sie sich von den Wurzeln zu lösen begannen. Ihr Körper ist taub vor Kälte. Hätte sie nur ihren Mantel.

»Mir ist kalt«, sagt sie und hofft, es nicht allzu sehr wie ein Wimmern klingen zu lassen.

»Halt den Mund«, fährt er sie an. Seine Finger graben sich direkt unter dem Schlüsselbein in ihr Fleisch. Das kalte Metall der Pistole bohrt sich in ihre Haut.

»Bitte«, fleht sie. »Ich brauche einen Mantel, irgendetwas.«

»Dort, wo du hingehst, brauchst du keinen Mantel«, herrscht er sie an.

Wo bringt er sie hin? In ein schlichtes Grab im Wald? Der Gedanke, nein, die grausame Erkenntnis, dass sie gerade ihren letzten Weg geht, lässt sie schaudern. Sie beginnt mit den

Zähnen zu klappern. Ist es die Kälte oder die Panik, die mit jedem Schritt stärker wird? Wie findet er überhaupt den Weg? Schließlich ist alles um sie herum nachtschwarz, der Mond lediglich ein fahler Fleck hinter durchscheinenden Wolken.

»Du musst das nicht tun«, sagt sie. Dieses Mal versucht sie erst gar nicht, das Flehen in ihrer Stimme zu verbergen.

»Du hast es dir ausgesucht«, knurrt er.

»B-b-bitte«, stammelt sie.

»Halt's Maul.«

Er versetzt ihr einen brutalen Stoß. Sie taumelt nach vorn. Schwärze kommt ihr entgegen. Sie reißt die Arme hoch, um den Sturz abzufangen. Die scharfe Kante eines Steins bohrt sich in ihre linke Handfläche. Bevor sie reagieren kann, packt er sie wieder an den Haaren und zerrt sie hoch. Nun spürt sie die Pistole an ihrer Schläfe. Sie gräbt sich in ihre Haut.

»Jetzt gibst du mir, was ich haben will«, hört sie seine raue Stimme.

ZWEI

Der Geruch von verbranntem Popcorn zog Josie in die Nase. Noch war gedämpftes Ploppen aus der Mikrowelle zu hören, doch quoll bereits schwarzer Rauch von innen an die Glastür des Geräts. Man musste kein Starkoch sein, um zu sehen, dass das kein gutes Zeichen war. Josie machte einen Schritt in Richtung Küchentür. Hatten ihre Familie und die Freunde im Wohnzimmer den Rauch bemerkt? Anscheinend nicht.

Noch nicht.

Trout, ihr Boston Terrier, lief jaulend im Kreis um sie herum. Mit seinen treuen braunen Augen sah er sie besorgt an. Sie fluchte leise und riss die Tür des Mikrowellengeräts auf. Der dunkle Rauch breitete sich in der Küche aus und brannte in ihren Augen. Jetzt entfuhr ihr eine lange Liste von Verwünschungen. Sie wedelte mit der Hand in der Luft herum und versuchte, die Schwaden zu verteilen, bevor der Rauchmelder losging. Die verkohlten Reste des Popcornbeutels lagen als trauriger Haufen in ihrem verrußten Mikrowellenherd. Da hörte sie hinter sich die Stimme ihrer Freundin Misty Derossi – eine Sekunde bevor der Rauchmelder an der Decke zu jaulen begann.

»Was brennt denn hier?«, fragte Misty.

Josie zuckte zusammen und hustete. Sie blickte sich um und sah, dass die Küche wesentlich verrauchter war, als sie zunächst gedacht hatte. Der schrille Ton des Rauchmelders schmerzte in ihren Ohren. Trout bellte im Takt des Alarmsignals und stellte sich vor Josie, als wolle er sie vor drohender Gefahr schützen. Misty stand in der Tür, die Hände auf die Hüften gestützt und die Augen zu Schlitzen zusammengekniffen. Das Wasser trat ihr in die Augen. Josie verstand im Lärm des Alarmtons nicht, was sie sagte, konnte es aber an ihren Lippen ablesen. »Popcorn? Echt jetzt, Josie?«

Kopfschüttelnd durchquerte Misty mit drei großen Schritten die Küche, riss eine Schublade auf und holte zwei große Topflappen heraus. Einen warf sie Josie zu, die damit in der Luft herumfuchtelte, und mit dem anderen wedelte sie selbst vor ihrem Gesicht herum, während sie die Tür in den Garten aufriss. Dann zerrte sie einen Stuhl in die Küchenecke unter den Rauchmelder. Josie lief zur Tür und versuchte, die verrauchte Luft mit dem Topflappen in die winterkalte Dezemberluft zu scheuchen. Trout lief bellend zwischen Josie und der Tür hin und her, sichtlich verwirrt, weil er nicht wusste, was von ihm erwartet wurde: Sollte er an Josies Seite bleiben und sie gegen das Jaulen des Rauchmelders verteidigen oder in den Garten hinauslaufen und sich am Lagerströmienbaum in der Ecke erleichtern? Unterdessen stieg Misty auf den Stuhl. Gekonnt zog sie den Deckel vom Rauchmelder und riss die Batterie heraus.

Nie war Stille wohltuender gewesen.

Josie versuchte weiter, den Rauch in die Dunkelheit hinauszufächern. Trout blieb stehen und beobachtete sie. In der Küchentür erschien Mistys sechsjähriger Sohn Harris. Er sah sich das Geschehen an und schüttelte langsam den Kopf.

»Ich kann nichts daf...«, wollte Josie gerade sagen, da tapsten seine Füßchen bereits wieder über den Holzboden im

Flur. Er lief zurück ins Wohnzimmer und rief: »Tante Shannon! Tante Trinity! Onkel Christian! Onkel Pat! Ms Brenna! Tante JoJo hat schon wieder die Küche abgefackelt!«

Josie runzelte die Stirn. »Könntest du ihm bitte erklären, dass das noch nicht den Tatbestand des Küchenabfackelns erfüllt?«

Misty kicherte. »Nein. Kann ich nicht. Das heißt, ich könnte schon, aber ich will nicht.«

Josie warf Misty den Topflappen ins Gesicht, aber ihre Freundin fing ihn in der Luft ab. Sie krümmte sich inzwischen fast vor Lachen.

Während Josie die Tür zum Garten wieder schloss, brummte sie: »Das Haus ist voller Leute und ich soll Popcorn machen. Was habt ihr euch bloß dabei gedacht?«

»Du hast recht, das war keine gute Idee«, stimmte Misty ihr zu und richtete sich wieder auf. Mit beiden Topflappen holte sie die Reste des Popcornbeutels aus der Mikrowelle und warf sie in den Abfall. »Jetzt geh«, sagte sie zu Josie. »Ich kümmere mich schon darum.«

Erleichtert machte Josie sich auf den Weg ins Wohnzimmer. Trout trottete neben ihr her. In der Tür blieb sie noch einmal stehen und drehte sich zu Misty um. »Ich habe mich wirklich an die Anleitung auf dem Beutel gehalten.«

Misty blinzelte ihr zu und erwiderte: »Ich weiß«, beließ es aber dabei. Was sollte sie auch sagen? Josie war in der Küche eine hoffnungslose Fehlbesetzung. Sie schaffte es, selbst an der einfachsten Aufgabe zu scheitern, wenn sie sich auch noch so genau an die Anleitungen hielt. Als Detective in Denton, einer Kleinstadt in Mittelpennsylvania, hatte sie es mit einigen der schlimmsten und gerissensten Mörder des Planeten aufgenommen und sie dingfest gemacht. Aber Popcorn zu machen brachte sie nicht auf die Reihe.

Mit einem Schulterzucken drehte sich Josie um und wollte zu den anderen gehen. Im Flur blieb sie kurz stehen und ließ die Szenerie im Wohnzimmer auf sich wirken. Der kleine Weihnachtsbaum, den sie und Noah aufgestellt hatten – vor allem für Harris –, leuchtete in vielen Farben und erfüllte den Raum mit festlichem Glanz. Ihre Familie – ihre biologische Familie – hatte sich auf und neben der Couch vor dem Fernsehgerät versammelt. Mit von der Partie waren ihre Mutter und ihr Vater, Shannon und Christian Payne, außerdem ihr Bruder Patrick Payne, seine Freundin Brenna und Josies Zwillingsschwester Trinity Payne. Bei ihrem Anblick empfand Josie Schmerz und Dankbarkeit zugleich. Als sie und Trinity drei Wochen alt waren, hatte eine niederträchtige Person das Haus ihrer Eltern in Brand gesetzt und Josie gekidnappt. Dreißig Jahre lang hatten die Paynes geglaubt, dass Josie im Feuer umgekommen sei. In dieser Zeit hatte Josies Entführerin sie misshandelt und schließlich weggegeben. Eine Frau namens Lisette Matson hatte sich um sie gekümmert. Sowohl Josie als auch Lisette hatten allen Grund zu der Annahme gehabt, dass Lisette Josies Großmutter war – bis sie von den Paynes erfahren hatten und Josies wahre Herkunft aufgedeckt worden war. Dennoch war Lisette diejenige geblieben, die Josie aufgezogen hatte. Sie hatte Josie alles bedeutet, war ihr Anker und Fixstern gewesen – die Einzige, die sie bedingungslos geliebt und ihr Halt in einem Leben gegeben hatte, das sie bei jeder Gelegenheit zu brechen versucht hatte.

Nur fehlte Lisette bei diesem Familientreffen. Sie war weg, für immer. Ermordet, vor acht Monaten, vor Josies Augen. Josie spürte ein Kribbeln im Rachen, ein Zeichen, dass sie den Tränen nah war. Doch dafür war jetzt nicht der passende Zeitpunkt. Sie wünschte, ihr Mann Noah wäre zu Hause. Aber auch er arbeitete für die Polizei von Denton, im Dienstrang eines Lieutenants, weshalb ihre Dienstpläne oft kollidierten.

Harris saß zwischen Shannon und Trinity in der Couchmitte und hatte den Blick erwartungsvoll auf den Fernseher gerichtet. Es lief gerade eine Vorschau auf eine Reportage, die am nächsten Tag in der landesweiten Nachrichtensendung ausgestrahlt werden würde. Harris deutete auf den älteren Mann auf dem Bildschirm, der erzählte, wie der Glaube seinem Leben eine Wendung gegeben hatte. »Schau«, sagte er. »Das ist der Gottmann.«

Trinity lachte. »Der Gottmann?«

»Thatcher Toland«, ergänzte Shannon. »Er lässt gerade diese Megakirche am Rand von Denton bauen.«

Und Christian fügte hinzu: »Er hat das alte Hockeystadion gekauft. Es gehörte früher der zweiten Mannschaft der Philadelphia Flyers, bis die umzogen. Danach stand es jahrelang ungenutzt herum. Anscheinend lässt Toland es jetzt renovieren und baut es zu einer Kirche um.«

»Wodurch der Verkehr im Osten von Denton zu einem absoluten Albtraum geworden ist«, warf Patrick ein. »Ständig karren sie Baumaschinen und -material herbei. Angeblich soll am Weihnachtsabend Eröffnung sein. Ich hoffe es, denn wenn das Semester wieder anfängt, möchte ich, dass Schluss mit dem Chaos ist.«

»Er hat gerade ein Buch geschrieben. Meine Nachbarin hat mir nicht gesagt, wie es ausgeht. Ich denke, sie erwartet, dass wir der Kirche beitreten, wenn das neue Gebäude fertig ist«, meinte Shannon.

»Der Gottmann ist *ständig* im Fernsehen«, meldete sich Harris. Er zog das Wort »ständig« betont in die Länge und verdrehte die Augen.

»Ich weiß, wer er ist, Mom«, sagte Trinity und lachte über Harris' theatralisches Gebaren. »Wenn ich noch die Morgennachrichten moderieren würde, wäre ich diejenige, die ihn interviewen müsste.«

»Kommt jetzt gleich *deine* Sendung?«, fragte Harris.

Trinity sah auf ihr Handy. »In fünf Minuten. Aber das ist eine Sendung für Erwachsene, Harris. Hat dir deine Mom erlaubt, sie zu sehen?«

»Du kommst doch darin vor«, erwiderte er. »Und ich kenne dich.«

Trinity lachte. »Ja, ich komme darin vor. Aber da geht es um sehr erwachsene Themen ... Dinge.«

»Wenn es deine Sendung ist, kannst du doch sagen, ob ich sie sehen darf, oder nicht?«

»Nein«, antwortete Trinity geduldig. »Das kann nur deine Mom entscheiden.«

Er sprang auf. »Ich frage sie!« Er lief in Richtung Küche. Als er bei Josie war, die in der Tür stand, blieb er plötzlich stehen. Trout beobachtete ihn mit heraushängender Zunge und wedelte dabei so sehr mit dem Schwanz, dass sein kleines Hinterteil wackelte. »Tante JoJo«, sagte Harris zu ihr. »Gramma Lisette ist doch jetzt im Himmel. Sollen wir da nicht ihre Vase auf den Tisch stellen, damit sie die Sendung von Tante Trinity auch sehen kann?«

Josie erstarrte. Die Gespräche im Wohnzimmer erstarben. Zu hören waren nur noch Mistys Arbeitsgeräusche aus der Küche, das Summen der Mikrowelle und das leise Gemurmel aus dem Fernseher. Trout winselte.

Shannon sprang von der Couch auf. »Harris, ich glaube, das ist eine super Idee. Ich bin sicher, Tante JoJo ist damit einverstanden. Habe ich recht, JoJo?«

Josie wusste, dass sich die Augen ihrer Mutter in sie bohrten. Doch sie sah nur Lisettes silbern glänzende Urne auf einem Bücherregal am anderen Ende des Raums. Sie spürte, wie Trinity neben sie trat, und fühlte die Hand ihrer Schwester auf ihrem Unterarm. »Josie«, flüsterte sie. »Alles okay mit dir?«

Josie löste den Blick von der Urne und sah Harris' erwartungsvolle Miene. Wieder einmal war sie sprachlos über seine Sicht auf die Welt. Zu den schlimmsten Befürchtungen in ihrer ganzen Trauer gehörte, dass Lisette eines Tages nur noch ein Sammelsurium von Erinnerungen sein würde – etwas Altes, Verstaubtes, Unnützes, das man unter dem Bett aufbewahrte und nie wieder zur Sprache brachte. Harris hielt sie mit seiner unschuldigen Art am Leben. Er sorgte dafür, dass sie vor Josies Augen präsent blieb. Josie musste an Lisettes schelmisches Lächeln und ihr Kichern denken. Sie hörte ihre Stimme, als stünde sie neben ihr. *»Weißt du, ich möchte die Sendung auch sehen.«*

Gedankenverloren ging Josie durch den Raum und nahm die Urne. Wie wenig von ihrer so munteren, lebenssprühenden Großmutter doch geblieben war: nichts als ein glänzender, mit Asche gefüllter Behälter. Viele Stunden hatte sie bereits darüber gegrübelt. Die letzten acht Monate waren die schwersten in ihrem Leben gewesen. Sie drehte sich um und rang sich ein Lächeln für Harris ab. »Gramma Lisette hätte das sehr gefallen«, sagte sie zu ihm.

Christian und Patrick räumten die Mitte des Couchtischs frei und Josie stellte die Urne darauf. Das Flackern des Bildschirms spiegelte sich ebenso auf der glänzenden Oberfläche wie das Licht des Weihnachtsbaums. Misty kam mit einer Schale perfekt gepopptem Popcorn in jeder Hand aus dem Flur. »Es ist fast so weit«, sagte Shannon.

»Mommy, kann ich die Sendung mit den Erwachsenen ansehen?«, fragte Harris.

»Klar, mein Liebling«, antwortete Misty. Sie sah Josie an und flüsterte: »Aber nur, weil er in zehn Minuten eingeschlafen sein wird.«

Alle drängten sich vor dem Bildschirm. Josie setzte sich neben Trinity auf die Couch und nahm Harris auf den Schoß. Er legte den Kopf auf ihre Brust und sie spürte, wie sich sein kleiner Körper entspannte. Misty hatte recht: Er würde im Handumdrehen schlummern. Links und rechts von ihnen saßen Shannon und Christian. Patrick und seine Freundin ließen sich in den Zweisitzer daneben fallen und Misty setzte sich auf den Boden, während Trout neben ihr gebannt jedes Stück Popcorn beobachtete, das von der Schüssel in ihren

Mund wanderte. Misty warf einen Blick zurück zur Couch und sagte: »Trinity, solltest du das nicht auf einer großen Premierenfeier in New York sehen? Im Blitzlichtgewitter, mit einem atemberaubenden Abendkleid und Drake am Arm?«

Trinity lachte. »Drake musste arbeiten, klar. Irgendein wichtiger Fall. Beim FBI ist es immer ein wichtiger Fall. Und überhaupt, der Sender veranstaltet für solche Sendungen wie die hier keine Premierenfeier. Außerdem ist das nur eine Pilotsendung. Sie senden diese Folge, um das Interesse an der Reihe zu wecken. Die eigentliche Premiere mit zwei kompletten Folgen hintereinander wird nach dem Super Bowl ausgestrahlt.«

Shannon klatschte in die Hände. Ihr Gesicht war gerötet vor Vorfreude. »Ist das aufregend!«

Als die ersten Noten der Titelmelodie erklangen, wurde es mucksmäuschenstill im Raum. Über den Bildschirm lief der Schriftzug »*Ungelöste Verbrechen* mit Trinity Payne«, während in schneller Abfolge Tatortfotos aus dem Archiv gezeigt wurden. Dann erschien Trinity neben einem großen Monitor. Sie trug ein elegantes rotes, figurbetonendes Kostüm, das ihre vollen roten Lippen und ihr langes, seidiges schwarzes Haar unterstrich. In feierlicher Pose stand sie da, kerzengerade und großgewachsen. Mit einer Hand hielt sie die Fingerspitzen der anderen umklammert – die klassische Moderatorenpose.

»Guten Abend«, sprach sie in die Kamera. »Und willkommen zu *Ungelöste Verbrechen*. Mein Name ist Trinity Payne und ich werde die Sendung für Sie moderieren. Heute stellen wir Ihnen den Fall Rose Glen Three vor ...«

Eine Stunde lang sprach kaum jemand in Josies Wohnzimmer. Gebannt folgten alle den Ausführungen über den ungelösten Fall, den Trinity und ihr Team aus Produzenten und Autoren für die Zuschauer sorgfältig aufbereitet hatten. Die plausibelsten Theorien der Strafverfolgungsbehörden über mögliche Täter kamen ebenso zur Sprache wie die Mutmaßungen derjenigen, die das Opfer am besten gekannt hatten. Als der Abspann lief, gratulierte jeder Trinity. Josie verlagerte Harris, der an ihren Körper gelehnt schlief, und meinte: »Das ist wirklich erstaunlich, Trin.«

»Macht ihr noch eine Nachfolgesendung, falls sich etwas Neues in dem Fall ergibt?«, fragte Patrick.

Trinity wollte gerade antworten, als von der Haustür ein Klopfen zu hören war. Misty sprang auf. »Ich mache auf.«

Einen Augenblick später kam sie zurück und nahm Harris aus Josies Schoß. »Mettner ist draußen«, sagte sie. »Er will mit dir reden.«

Josie stand auf und zog ihr T-Shirt von ihrem Körper. Dort, wo Harris an sie gelehnt gelegen hatte, war es feucht vor Schweiß. »Hast du ihm gesagt, dass er hereinkommen soll?«

Misty legte Harris auf die Couch und deckte ihn zu, während die anderen über die Sendung diskutierten. Sogleich sprang Trout auf, legte sich neben Harris und rollte sich ein. »Er wollte nicht.«

Josie ging in den Flur. Die Haustür war weit offen. Auf der Eingangstreppe stand Detective Finn Mettner. Josie wusste, dass er heute ebenfalls keinen Dienst hatte. Deshalb war er leger in Jeans und ein altes Sweatshirt mit einem Phillies-Logo gekleidet. Sein Haar war zerzaust. Als Josie näherkam, sah sie seine sorgenvoll aufgerissenen, nervösen braunen Augen.

Etwas stimmte nicht.

»Josie«, sagte er und blies dabei eine Atemwolke in die kalte Luft. »Ich brauche deine Hilfe.«

DREI

Detective Finn Mettner hatte nach Josie und Noah bei der Polizei von Denton angefangen und sich dort hochgearbeitet. Er war zunächst Streifenpolizist gewesen und dann zum Detective befördert worden. Im Team war er derjenige mit der geringsten Erfahrung, dennoch hatte er einen wichtigen Beitrag zur Aufklärung einiger ihrer kompliziertesten Fälle geleistet. »Mett«, begrüßte Josie ihn. »Komm herein.«

Er steckte die Hände in die Taschen. »Ich kann nicht. Ich … ich brauche deine Hilfe. Ich hatte gehofft, dass du vielleicht mit mir mitkommst.«

Bohrendes Unbehagen machte sich in Josies Magen bemerkbar. Sie trat hinaus auf die Treppe und schlang zum Schutz vor der Kälte die Arme um sich. »Was ist los, Mett?«

Er trat einen Schritt zurück. »Es geht um Amber«, sagte er.

Amber Watts arbeitete für die Polizei von Denton als Pressesprecherin. Sie und Mett waren seit nunmehr über einem Jahr zusammen, doch mehr wusste Josie über ihre Beziehung nicht.

Ihr wurde immer mulmiger. Sie musterte ihn von oben bis unten, um zu erkennen, ob er eine Auseinandersetzung mit ihr gehabt hatte oder unter irgendeinem Zwang stand, fühlte sich aber sogleich schuldig deswegen. Sie kannte Mettner persönlich zwar nicht gut, hatte aber nie das Gefühl gehabt, dass er zu Gewalttaten neigte oder sich in kriminelle Aktivitäten hätte verwickeln lassen. Trotzdem hatte sie ein komisches Gefühl. »Mett, wo ist Amber?«, fragte sie. »Ist ihr etwas passiert?«

»Ich weiß es nicht. Das ist es ja gerade. Ich weiß nicht, wo sie ist. Aber als ich zu ihrem Haus gefahren bin, war da etwas Merkwürdiges und ... da war ... sag, kannst du nicht einfach mitkommen?«

Josie ignorierte seine Bitte »Du bist zu ihr gefahren, und weiter, Mett?«

Er drehte sich um und sah zur Straße. Josie folgte seinem Blick, konnte unter dem fahlen Licht der Straßenlaternen aber nur die Fahrzeuge erkennen, die ihre Familie in der Einfahrt und entlang der Straße abgestellt hatte. Alles war ruhig und friedlich. »Sie war nicht da«, antwortete er. »Ich weiß nicht, wo sie ist. Irgendetwas stimmt nicht. Mir kamen da einige Sachen seltsam vor.«

Einen Augenblick fragte sie sich, ob er unter Schock stand. »Inwiefern seltsam? Mett, du sagst mir jetzt sofort, ob du denkst, dass Amber verletzt ist oder sonst wie in Schwierigkeiten steckt.«

»Ich weiß es eben nicht«, erwiderte er. »Kannst du nicht einfach mitkommen und es dir ansehen?«

Josie warf einen Blick zurück ins Haus. Alle diskutierten lebhaft über Trinitys Sendung. Josies Familie war die ganze Woche bei ihr und Noah zu Besuch, um Weihnachten zu feiern. Sie wären also noch da, wenn sie nachher zurückkam. »Sicher, klar. Aber ich möchte Gretchen und Noah anrufen. Sie haben beide heute Schicht. Wenn etwas wirklich nicht in Ordnung ist, müssen sie kommen und ...«

»Nein«, fiel ihr Mettner ins Wort. »Bitte. Noch nicht. Ich weiß nicht einmal, ob ein Verbrechen vorliegt. Ich möchte nur, dass jemand mitkommt und mir sagt, ob ich mir Sorgen machen soll oder nicht.«

»Mir gefällt das gar nicht«, entgegnete Josie ihm. »Wann hast du Amber das letzte Mal gesehen oder mit ihr gesprochen?«

»Vor zwei Tagen«, antwortete er.

»Hast du versucht, sie anzurufen?«

»Ihr Handy liegt noch in der Wohnung. Ebenso ihre Handtasche. Ausweis, alles. Sogar ihr Mantel. Auch ihr Auto steht noch da. Im Haus waren fast alle Lichter an. Ich weiß, du willst mir die üblichen Polizeifragen stellen, aber das habe ich schon selbst gemacht. Alles von ihr ist noch vorhanden. Nur sie selbst nicht.«

»Bist du sicher, dass sie nicht nur spazieren gegangen ist oder eine Runde läuft? Etwas in der Art?«, fragte Josie.

»Ich habe auf ihr Handy gesehen. Darauf sind die nicht angenommenen Anrufe und ungelesenen Nachrichten der letzten zwei Tage von mir, aber das war's dann auch schon. Gestern hatte sie ihren freien Tag ...«

»... und heute ist sie nicht zur Arbeit erschienen«, ergänzte Josie. »Noah hat es heute erwähnt. Er hat mich angerufen, nachdem er seine Schicht angetreten hatte. Der Chief war sauer, weil sie sich nicht telefonisch oder per Mail entschuldigt hat. Mett, ich denke, wir sollten ihn anrufen. Oder Gretchen.«

»Noch nicht«, bat er. »Was, wenn ich einfach nur überreagiere? Ich will daraus keinen Fall machen, wenn es keiner ist. Ich will nicht, dass Amber denkt, ich sei verrückt, verstehst du? Als wäre ich ein Stalker. Ich möchte zuerst wissen, was du von der Sache hältst.«

Von der Sache. Josie seufzte. »Na gut. Warte hier. Ich bin gleich wieder da.«

Drinnen entschuldigte sich Josie bei allen und sagte, sie müsse Mett in einer beruflichen Angelegenheit helfen. Sie ging nach oben, zog sich um und verließ die vor dem Fernseher versammelten Besucher. »Du fährst«, sagte sie zu Mettner. »Mein Auto ist zugeparkt.«

Kaum saßen sie in seinem Jeep Grand Cherokee, drehte er die Heizung hoch. Als sie losfuhren, rieb Josie ihre behandschuhten Hände aneinander und hielt sie vor das Gebläse. Weihnachten war erst wenige Tage her, weshalb die meisten Häuser in Denton noch in vollem Lichterglanz funkelten. In jeder anderen Nacht hätte sie die festliche Beleuchtung genossen, aber heute Abend ging von Mettner eine nervöse Energie aus, die ihr überhaupt nicht gefiel.

Sie verließen das Viertel, in dem Josie wohnte, fuhren durch die Stadtmitte und gelangten schließlich in den Nordosten von Denton. Die Stadt in den Hügeln von Mittelpennsylvania hatte eine Fläche von etwa fünfundsechzig Quadratkilometern. Die Innenstadt erstreckte sich mitten im Tal eines Seitenarms des Susquehanna River. Die übrige bebaute Fläche breitete sich spinnenbeinartig aus und kroch weit hinein in die Hügel der Umgebung.

»In dieser Straße wohnt sie«, sagte Mettner, als er in eine breite Straße einbog, die zu beiden Seiten von frei stehenden, einstöckigen Häusern mit schätzungsweise zweitausend Quadratmeter Grund gesäumt wurde. Die meisten Gebäude waren aus rotem Backstein. Josie kannte diesen Stadtteil von Denton. Er war älter als die meisten Viertel. Als Polizistin wusste sie, dass die Kriminalitätsrate hier niedrig bis moderat war. Viele Häuser waren vermietet. Hier wohnten junge, kinderlose Akademiker, die mehr Bewegungsfreiheit und Privatsphäre haben wollten als in einem Wohnblock. Während sie die Straße entlangfuhren, zählte Josie lediglich zwei Häuser mit weihnachtlichem Lichterschmuck. Mettner stellte sein Auto hinter einer hellblauen Limousine ab. Josie sah, dass es sich um Ambers Toyota handelte. Er stand vor einem kleinen Haus, in dem überall Licht brannte. Die Rasenfläche davor wurde von einem Betonweg in zwei Hälften geteilt. Mettner stieg aus und trat auf den Gehweg. In der Hand hielt er eine Taschenlampe, mit der er in alle Richtungen leuchtete. Josie ging hinter ihm her. Zur Eingangstür mit kleinem rotem Vordach führte eine einzige Stufe. Links neben der Tür hing eine Leuchte, die jedoch nicht eingeschaltet war. Mettner richtete die Taschenlampe auf eine kleine Überwachungskamera rechts neben der Tür. Josie sah, dass es sich um eines der preiswerteren Modelle handelte, die nicht an den Stromkreis im Haus angeschlossen waren, sondern Batterien enthielten und drahtlos mit einer App auf dem Smartphone verbunden waren. Kein Licht deutete darauf hin, dass ihre Anwesenheit erfasst worden war.

»Die Batterien fehlen«, sagte Mettner.

Josie beugte sich vor und sah sich die quaderförmige Kamera genauer an. Sie saß perfekt in ihrer Halterung. Wie schon zuvor spürte sie wieder ein Unbehagen. »Woher weißt du das, Mett?«

»Ich habe nachgesehen«, antwortete er. »Außerdem hat sie auf ihrem Handy eine App, die jede von der Kamera aufgezeichnete Aktivität speichert. Amber ist am Freitagnachmittag von meinem Haus losgefahren. Es gibt auch eine Aufzeichnung, die zeigt, wie sie nach Hause kommt. Am Sonntagabend – also gestern – scheint jemand von außerhalb des Sichtfelds seitlich an die Kamera herangetreten zu sein und sie aus der Halterung genommen zu haben. Dann wird der Bildschirm schwarz und die App zeigt an, dass die Batterie leer ist. Aber es sind keine Batterien drin, also hat sie jemand entnommen.«

»Kann Amber selbst die Batterien herausgeholt haben, ohne dass die Kamera sie erfasst hat?«, fragte Josie.

»Ja, ich denke schon. Aber warum sollte sie die Batterien aus ihrer eigenen Überwachungskamera holen? Komm erst einmal mit.«

Er zog die Wetterschutztür auf und legte seine freie Hand

auf den dicken Türknauf der Eingangstür. »Mettner«, sagte Josie. »Darfst du Ambers Haus überhaupt betreten?«

Er erstarrte. »Ja, schon. Sie lässt die Tür manchmal für mich unabgeschlossen.«

»Aber du hast doch gesagt, sie sei nicht zu Hause. War die Tür offen?«

Er sagte nichts.

Josie seufzte. »Mettner, wie bist du ins Haus gekommen?«

Er ließ den Türknauf los und drehte sich zu ihr. Im Schein der Taschenlampe, deren Lichtkegel sich zwischen ihnen hin und her bewegte, konnte sie die Angst in seinen dunklen Augen sehen. »Ich dachte, sie sei in Schwierigkeiten.«

Josie stützte eine Hand auf die Hüfte. »Wie bist du hineingekommen?«

Er richtete die Taschenlampe vor sich auf den Boden. »Über die Hintertür.«

»Du bist eingebrochen.«

»Nein«, widersprach er. »Bin ich nicht. Ich habe nur ...«

»Himmel, Mett. Du bist Polizist. Hast du mich deshalb hergebracht? Damit ich dich decke, weil du widerrechtlich ins Haus eingedrungen bist?«

»Ich habe nur eine einzige Scheibe eingeschlagen, damit ich nach drinnen fassen und die Tür öffnen konnte«, entgegnete er. »Ich habe alles weggeräumt und das Fenster mit Pappkarton abgedichtet. Ich dachte, sie sei in Schwierigkeiten. Was, wenn sie da drinnen verletzt oder tot gelegen hätte? Um Himmels willen, Josie, es ist jetzt Montagabend und niemand hat etwas von ihr gehört!«

»*Du* hast nichts von ihr gehört ...«

»Sie ist nicht zur Arbeit gekommen und hat auch nicht angerufen. Ich hatte guten Grund anzunehmen, dass sie verletzt oder tot drinnen lag.«

»Sie lag aber nicht drinnen. Das heißt, dass du nicht einfach in ihren Lebensbereich eindringen darfst. Und du kannst mich auch nicht hierherbringen, sofern du nicht der Ansicht bist, dass ein Verbrechen begangen wurde. Wenn du denkst, dass ein Verbrechen begangen wurde, hättest du Noah und Gretchen anrufen sollen, die gerade Schicht haben. Was zum Teufel geht also hier vor, Mett?«

Sie nahm ihm die Taschenlampe ab und richtete sie nach oben, sodass beide dem jeweils anderen ins Gesicht schauen konnten. Er wirkte angespannt. Als er nicht antwortete, drehte Josie sich um und sagte: »Gehen wir zum Auto zurück.«

Auf dem Weg zu seinem Jeep hörte sie seine schweren Schritte hinter sich. Im matten Licht der Straßenbeleuchtung schaltete sie die Taschenlampe aus und sah ihn auffordernd an.

»Okay, wir haben uns gestritten«, gab er zu. »Am Freitag. Wir waren bei mir und sie ist gegangen. Ich habe anzurufen versucht und ihr Nachrichten geschickt, aber keine Antwort bekommen. Als sie nicht auf der Arbeit erschien, habe ich mir Sorgen gemacht.«

»Mettner«, sagte Josie.

Er hob beide Hände. »Ich wollte Noah oder Gretchen nicht anrufen, weil ich weiß, wie das aussieht. Wir streiten. Sie verschwindet. Ich breche in ihr Haus ein.«

»Ja«, pflichtete Josie ihm bei. »Das sieht gar nicht gut aus.«

»Ich schwöre dir, ich habe ihr nichts getan. Ich weiß nicht, wo sie ist oder was mit ihr passiert ist. Ich mache mir Sorgen.«

»Wenn du dir Sorgen machst, ruf die Polizei, Mett. Bitte sie wie jeder normale Bürger, eine Streife bei ihr vorbeizuschicken und eine Überprüfung vorzunehmen.«

»Ich habe die Überprüfung eben selbst durchgeführt!«

»Es war eine Überprüfung – aber nur, bis du eingebrochen bist! Was geht hier wirklich vor? Denk gut über die Antwort nach, denn du steckst schon bis zum Hals in Schwierigkeiten. Ich muss alles wissen.«

Er fuhr sich mit der Hand durch das Haar. »Ich dachte, ich warte einen Tag, bis wir uns wieder beruhigt haben. Am

Sonntag habe ich versucht, ihr eine Nachricht zu schicken, aber sie hat nicht geantwortet. Heute habe ich angerufen und ihr noch eine Nachricht geschickt, aber auch diesmal keine Antwort bekommen. Ich habe im Revier angerufen, doch dort war sie auch nicht. Da bin ich hergefahren. Ich habe an die Tür geklopft und geklingelt. Nichts. Ich konnte durch das Fenster hinten sehen, dass ihr Handy, ihre Handtasche und ihre Schlüssel auf dem Küchentisch lagen und ihr Mantel über einem der Stühle hing. Auch ihr Auto stand noch da. Im Haus waren die Lichter an. Ich habe an die Hintertür geklopft und versucht, durch die vorderen und seitlichen Fenster nach drinnen zu sehen. Viel konnte ich nicht erkennen. Eine der Jalousien vor dem Schlafzimmerfenster war nicht ganz zu, deshalb habe ich gesehen, dass das Zimmer leer und ihr Bett nicht gemacht war, aber das war's auch schon. Sonst konnte ich nichts erkennen. Dann bin ich zurück auf die Straße gegangen. Da habe ich die Windschutzscheibe ihres Autos gesehen.«

»Die Windschutzscheibe? Warum kommst du erst jetzt damit?«

Bevor er antworten konnte, war sie schon losmarschiert und leuchtete mit der Taschenlampe den Weg zu Ambers Auto aus. Sie hatte erwartet, zerbrochenes Glas zu sehen, stand stattdessen aber vor einer vereisten Frontscheibe. Erst nach einer Weile merkte sie, dass etwas in das Eis geritzt worden war. Als sie mit der Lampe darauf leuchtete, erkannte sie kaum erkennbare Buchstaben, die allem Anschein nach mit dem Finger auf das gefrorene Glas geschrieben worden waren.

Russell Haven 5 A

»Das verstehe ich nicht«, sagte Josie.

»Ich auch nicht«, antwortete Mettner. »Sie hat diesen Namen nie erwähnt. Ich habe ihn in der TLOxp-Datenbank überprüft, aber nichts gefunden. Zumindest nicht hier in Pennsylvania. Ich dachte, 5A sei so etwas wie eine Wohnungsnummer. Aber warum sollte das jemand auf ihre Windschutzscheibe schreiben? Seltsam, nicht wahr? Ich wusste nicht, wie lange das schon da steht. Also bin ich zurück zum Haus, habe wieder vorn und hinten geklopft. Nichts. Ich weiß, ich hätte nicht eindringen sollen, aber ich habe mir große Sorgen gemacht.«

»Du weißt genau, dass es darum gar nicht geht«, entgegnete Josie. »Du bist ohne ihre Erlaubnis in ihre Wohnung eingedrungen. Nichts, was von außen zu sehen war, hat darauf hingedeutet, dass ein Verbrechen geschehen ist oder sie sich in unmittelbarer Gefahr befand. Amber ist eine erwachsene Frau. Wenn sie von der Bildfläche verschwinden will, darf sie das.«

»Aber Josie, das würde sie nicht tun. Sie würde nicht einfach alles stehen und liegen lassen und aus ihrem eigenen Leben verschwinden.«

»Das weißt du nicht«, widersprach Josie. »Wie gut kennst du sie überhaupt? Ihr seid doch erst seit etwas mehr als einem Jahr zusammen!«

»Irgendetwas stimmt nicht. Sie ist nicht da. In ihrem Schlafzimmer herrscht Chaos, was ganz untypisch für sie ist. Außerdem sieht es so aus, als sei sie einfach aufgestanden und ohne ihr Handy, ihre Tasche, ihren Mantel, ihren Ausweis und ihr Auto weg. Das würde sie nie tun. Wir haben eine gemeinsame Zukunft geplant!«

Sie sah ihn an. Nur zu gern hätte sie ihm gesagt, was er in seinem Beruf anscheinend noch nicht gelernt hatte: Selbst die Menschen, die man liebte und denen man am meisten vertraute, konnten einen anlügen und im Stich lassen, ja, manchmal waren sie nicht einmal, was sie behaupteten zu sein. Josie hatte keine Ahnung, was für ein Mensch Amber war. Sie wusste nur, dass sie ihre Arbeit gut und effizient erledigte und loyal gegenüber dem Ermittlungsteam war. Mettner kannte sie besser, aber Josies

Ansicht nach hatte das nicht viel zu sagen. Sie hatte ihren ersten Mann Ray gekannt, seit sie beide neun Jahre alt gewesen waren, ihn aber, wie sich herausstellte, überhaupt nicht gekannt. Doch das alles Mettner jetzt zu erklären hatte sie keine Zeit. Außerdem war es eine Lektion, die er selbst eines Tages lernen musste – ob durch Amber oder jemand anderen. Sie sah sich erneut die Schrift auf der Windschutzscheibe an und ging noch einmal durch, was Mettner in den letzten zwei Tagen getan hatte.

»Du denkst also, dass Russell Haven eine Person ist«, sagte sie. »Und es wäre dir peinlich gewesen, wenn sie einfach mit einem anderen Typen abgehauen wäre.«

Er senkte verlegen den Blick.

Josie seufzte. »Himmel, Mett.«

»Wenn sie sich mit jemand anderem trifft, stehe ich da wie ein Idiot«, räumte er ein. »Und wahrscheinlich noch wie ein Stalker.«

»Aber wenn sie tatsächlich in Schwierigkeiten steckt, dann sieht es aus, als hättest du etwas damit zu tun. Verdammt, Mett. Ich rufe jetzt Noah und Gretchen an. Außerdem ist Russell Haven kein Mensch.«

Er hob den Kopf und sah sie an. Das Weiße in seinen Augen leuchtete im Dunkeln. »Nicht? Was dann?«

Josie gab ihm die Taschenlampe, holte ihr Handy heraus und zog ihre Handschuhe aus. Ihre Finger huschten über das Display, als sie Noah und Gretchen eine Nachricht schrieb. »Ich dachte, du seist hier aufgewachsen«, murmelte sie.

»Bin ich auch.«

»Russell Haven war ein Neubaugebiet, Mett, und zwar im weitesten Wortsinn. Im Grunde bestand es aus etwa einem Dutzend Häuser am südlichen Stadtrand von Denton direkt am Fluss. Vor ungefähr fünfzig Jahren riss ein Hochwasser die ganze Siedlung mit. Es war eine schreckliche Tragödie. Die meisten Familien kamen dabei um. Wer überlebte, hatte alles verloren. Nach der Katastrophe ließ die Stadt einen Damm errichten.«

»Was? Woher zum Teufel weißt du das alles?«

Josie steckte ihr Handy wieder ein und sah ihn erneut an. »Zum einen, weil ich hier lebe, und zum anderen, weil ich mich für die Lokalnachrichten interessiere. Vor etwa drei Jahren wurde der Umbau des alten Damms in ein neues Wasserkraftwerk auf dem Russell-Haven-Gelände abgeschlossen.«

»Verdammt. Warum sollte jemand den Namen eines Damms auf Ambers Windschutzscheibe schreiben?«

»Keine Ahnung«, erwiderte Josie. »Aber ich bin ziemlich sicher, dass 5A keine Wohnungsnummer ist, sondern eine Zeitangabe. 5A, das ist kurz für fünf A. M. Ante Meridiem. Also fünf Uhr morgens.«

Mettner leuchtete wieder mit der Taschenlampe auf die Scheibe, diesmal direkt auf die Zahl fünf und den Buchstaben A. »Jemand wollte, dass sie um fünf Uhr morgens zum alten Russell-Haven-Gelände kommt«, murmelte er, fast, als spräche er mit sich selbst. »Shit.«

»Ja«, sagte Josie. »Heute oder gestern, würde ich sagen. Mett, da ist eine geheimnisvolle Botschaft in das Eis ihrer Windschutzscheibe geschrieben. Die Batterien ihrer privaten Überwachungskamera fehlen, ansonsten sind all ihre Sachen noch da und auch die Lichter brennen noch. Ich denke, der nächste logische Schritt wäre, zu dem Russell-Haven-Gelände zu fahren und zu sehen, ob wir dort etwas finden. Irgendeinen Hinweis, dass sie in den letzten achtundvierzig Stunden dort war. Ich gebe Noah und Gretchen Bescheid, damit sie sich mit uns dort treffen.«

»Wie soll sie denn dort hingekommen sein?«, fragte er.

»Ich weiß nicht«, antwortete Josie. »Als Erstes überprüfen wir, ob es tatsächlich Hinweise darauf gibt, dass sie dort war. Dann sehen wir weiter.«

»Was ist mit dem Haus?«

»Wir können da nicht rein«, sagte Josie bestimmt. Ihre Fingerspitzen schmerzten bereits in der Kälte. Sie zog ihre Handschuhe wieder an. »Selbst wenn sie es gemietet hat – was ich annehme –, hat sie ein Recht auf Privatsphäre. Nicht einmal ihr Vermieter kann uns die Erlaubnis geben, das Haus zu betreten.«

»Wir könnten uns einen Durchsuchungsbeschluss besorgen«, wandte er ein.

»Nein, können wir nicht. Kein Richter wird ihn uns unterschreiben. Es gibt keinen Hinweis darauf, dass hier ein Verbrechen verübt wurde, sieht man einmal davon ab, dass du selbst die Scheibe zerschlagen hast und eingedrungen bist. Da Amber nicht hier ist, um dich anzuzeigen – und wenn wir sie finden, hoffe ich für dich, dass sie es auch nicht tut –, kommst du wahrscheinlich noch einmal glimpflich davon. Aber ich muss den Chief darüber informieren.«

»Bitte, Josie«, beschwor Mettner sie.

»Bist du zu mir gekommen, weil du wolltest, dass ich dich decke? Hast du tatsächlich gedacht, dass ich das tue?«

»Nein, ich ... ich wollte ... ich weiß es auch nicht. Hör zu, ich will einfach nur Amber finden und sehen, dass es ihr gut geht. Das ist alles. Ich dachte, du wüsstest, was zu tun ist.«

Josies Ton wurde etwas milder. »Wenn es um jemanden geht, an dem uns etwas liegt, sieht die Sache gleich anders aus, nicht wahr?«

Er nickte.

Sie streckte ihm die Hand hin. »Ich kann dir nicht sagen, was du tun sollst, aber ich sage dir, was ich tun werde. Ich werde mich mit Noah und Gretchen am Russell-Haven-Damm treffen. Du hältst dich allerdings im Hintergrund. Gib mir die Schlüssel. Ich fahre.«

VIER

Auf den Straßen von Denton wurde es immer dunkler. Sie verließen das Zentrum und fuhren zum südlichen Stadtrand, wo die Berge allmählich in wogende Hügel und Felder übergingen. Die Weihnachtsbeleuchtung von Häusern wurde immer seltener, als Josie in eine einspurige Landstraße einbog. Von ihr aus gelangten sie zu einer privaten Anliegerstraße, die zum Russell-Haven-Damm führte. Noah oder Gretchen hatten sich mit Sicherheit bereits mit dem Betriebsleiter oder diensthabenden Techniker des Damms in Verbindung gesetzt, um Zugang zu dem für die Öffentlichkeit gesperrten Gelände zu erhalten. Allerdings war es bereits spät, weshalb Josie nicht wusste, ob sie damit Erfolg gehabt hatten.

Während Josie die Straße entlangfuhr, streckten sich von beiden Seiten dünne Äste aus der Dunkelheit nach dem SUV. Der Wald rückte immer näher an die Asphaltpiste heran. Mehrmals verloren die Räder auf dem Glatteis die Bodenhaftung. Aus den Augenwinkeln sah Josie, wie sich Mettner am Türgriff festhielt und verkrampfte. Der Herbst war außergewöhnlich warm und nass gewesen. Erst jetzt, Ende Dezember, hatte Frost eingesetzt. In den letzten Tagen hatte es leicht geschneit. Der Schnee war tagsüber geschmolzen und in den kalten Nächten gefroren. Nur hie und da sah man noch Schneereste, doch die Straßen blieben wegen der überfrorenen Nässe gefährlich glatt.

»Soll ich fahren?«, fragte Mettner.

Josie warf ihm einen bösen Blick zu. »Weißt du, wo der Russell-Haven-Damm ist?«

»Nein«, murmelte er.

Sie konzentrierte sich wieder auf das schwarze Asphaltband vor ihr. Ihre Knöchel traten weiß hervor, so fest hielt sie das Steuer umklammert. Vor ihr erschien auf der linken Seite ein weißes Schild mit schwarzen Lettern im Licht der Scheinwerfer. RUSSELL-HAVEN-DAMM stand darauf. Josie wusste, dass man von beiden Flussseiten auf den Damm gelangte. Die Straße, auf der sie sich befanden, brachte sie zu der Stelle am Ufer, an der das große Wasserkraftwerk stand. Das hohe, graue Gebäude zog sich in den Fluss hinein bis zum oberen Ende der Überlaufrinne. Als sie sich dem Kraftwerk näherten, wich die Vegetation zu beiden Seiten der Zufahrtstraße zurück, bis um sie herum nur noch schwarze Nacht war. Der goldgelbe Schein der Außenbeleuchtung am Kraftwerk wies ihnen den Weg zu einem schwarzen Metalltor. In der Mitte war ein Stoppschild angebracht. Darunter warnte ein weiteres Schild:

Zufahrt nur für Berechtigte

Auf der anderen Seite des Tors stand ein roter Pick-up.

»Bist du oft hier?«, fragte Mettner.

»Nein«, antwortete Josie. »Aber ich war wegen ein paar Fällen hier. Es kamen schon zweimal Kajakfahrer am Damm ums Leben. Auf der anderen Flussseite. Ich musste beide Male ermitteln, aber die Akten wurde bald geschlossen. Die Sache war eindeutig ein Unfall.«

Josie fuhr Mettners Geländewagen bis auf ein paar Zentimeter an das Tor heran.

»Kajakfahrer?«, hakte Mettner nach. »Willst du damit sagen, dass sie über den Damm gefahren sind? Durch den Überlauf?«

»Nein«, erwiderte Josie. »Sie sind flussaufwärts gefahren, an das untere Ende des Überlaufs heran. Da gibt es viele Felsen und kleine Inseln im Wasser, zu denen man bei niedrigem Wasserstand sogar gelangen kann. Wenn aber Wasser vom Damm abgelassen wird, kann es dort ziemlich heftig werden, vor allem so nah am unteren Ende der Schussrinne vom Überlauf. Manche veranstalten hier ihre private Wildwasserregatta. Was gefährlich ist, vor allem, wenn Wasser abgelassen wird. Eigentlich dürfen sie dort gar nicht fahren, trotzdem gibt es immer einige, die es trotzdem machen. Zwei sind schon dabei gestorben.«

Im Rückspiegel erschienen zwei Scheinwerfer. Einen Augenblick später hielt ein Auto hinter ihnen. Josie sah im Seitenspiegel, dass auf der Fahrerseite Noah ausstieg und zu Mettners Wagen trottete. Vor seinem Gesicht bildeten sich Atemwolken. »Wir haben die Zentrale des Kraftwerks angerufen, doch da kommt nur eine automatische Ansage, die einem mitteilt, dass man zu den Geschäftszeiten anrufen soll. Der Chief ist im Revier und versucht, an die Handynummern des Betriebsleiters oder diensthabenden Technikers zu gelangen – von irgendjemandem, der uns hineinlassen kann.«

Sie hörten, wie eine Autotür zuschlug. Kurz darauf trat Gretchen neben Noah. Sie trug einen dicken violetten Wintermantel und eine dazu passende Strickmütze, die ihre kurze, graubraune Stachelfrisur vollständig bedeckte. Gretchen, Ende vierzig, war die älteste und erfahrenste Ermittlerin im Team. Sie hatte fünfzehn Jahre bei der Polizei von Philadelphia gearbeitet, die meiste Zeit in der Mordkommission. Josie hatte sie während ihres kurzen Gastspiels als Polizeichefin angestellt.

Gretchen wedelte mit ihrem Handy in der Luft herum. »Der Chief sagt, er hat noch niemanden erreicht, aber wenn, gibt er uns Bescheid.«

»Ich dachte mir schon, dass es nicht leicht sein würde«, meinte Josie. »Bis wir jemanden auftreiben, könnten wir doch zur anderen Seite des Damms gehen. Da ist keine Absperrung, das Gelände ist frei zugänglich. Wir können uns dort umsehen.«

»Was ist dort?«, fragte Mettner.

»Soweit ich mich erinnere, ist dort das Schalthaus und die Schussrinne. Früher war da eine Fischtreppe, aber als das Wasserkraftwerk gebaut wurde, hat man sie zur Rinne umfunktioniert. Als Ersatz für die Treppe wurde dafür auf dieser Seite ein mechanischer Fischlift installiert.«

»Moment«, sagte Gretchen. »Fischtreppe? Fischlift? Wovon redest du?«

Sie sahen sie alle an. Gretchen zuckte die Schultern. »Ja, was? Ich war fünfzehn Jahre bei der Polizei von Philadelphia, bevor ich hierherkam. Ich habe keine Ahnung von diesem Zeug!«

»Der Amerikanische Maifisch wandert jedes Jahr im Mai flussaufwärts, um zu laichen«, erklärte Noah. »Er braucht eine Möglichkeit, den Damm zu überwinden, um zum oberen Flussabschnitt zu gelangen. Deshalb die Fischtreppe.«

Josie musste an die Einsatzkräfte denken, die die Kajakfahrer damals direkt unterhalb der Fischtreppe aus dem Fluss gezogen hatten. »Eine Fischtreppe ist eine Aufstiegshilfe für Fische. Sie besteht aus mehreren breiten Stufen, über die die Tiere den Damm umschwimmen können. Die hier ist aus Beton. Sie erinnert ein bisschen an eine lange Betonrutsche. Eine Mauer trennt sie vom Überlauf.«

»Und ein Lift ist noch einmal etwas anderes?«, wollte Gretchen wissen.

»Ja«, antwortete Noah. »Das ist eine mechanische Hebevorrichtung. Die Fische schwimmen in eine Kammer, die zum oberen Ende des Damms hochgefahren wird, wo man sie wieder freilässt.«

»Ist doch egal jetzt«, meinte Mettner. »Gehen wir hinüber und sehen uns die Leiter oder Rutsche oder was zum Teufel es auch ist an.«

Josie berührte ihn am Arm, um ihn zu beruhigen.

»Was ist mit dem Schalthaus?«, fragte Noah. »Ist das besetzt?«

Josie schüttelte den Kopf. »Als ich die letzten Male dienstlich hier zu tun hatte, war es nicht bemannt. Aber außen ist eine Überwachungskamera installiert. Die Steuerung erfolgt im Kontrollraum des Damms. Von dort aus kann man auf die Kamera zugreifen.« Sie deutete auf das geschlossene Tor vor sich und das riesige Gebäude dahinter. »Der Kontrollraum ist da drin.«

Gretchen seufzte. »Sehen wir hinüber und sehen nach. Bis wir fertig sind, hat der Chief vielleicht den Betriebsleiter oder den diensthabenden Techniker erreicht.«

FÜNF

Sie fuhren auf die andere Seite des Damms, was fast zwanzig Minuten dauerte, denn sie mussten zurück zur Südbrücke in Denton, sie überqueren und am anderen Ufer entlang wieder zum Kraftwerk. Josie fuhr voran, Noah und Gretchen folgten ihr. Mettner klopfte sich während der ganzen Fahrt nervös mit der Hand auf den Schenkel. Keiner sagte ein Wort. Josie wusste, dass er sich ebenso wie sie fragte, was sie auf der anderen Seite des Damms erwartete. Würden sie Amber dort finden? Und wenn, was hatte sie zu dieser Abendstunde in der Kälte dort zu suchen? Wie war sie ohne Auto hierhergekommen? Hatte sie jemand hergebracht?

Lebte sie überhaupt noch?

Josie spürte, wie ihr ein Schauder über den Rücken lief. Sie bog in eine Anliegerstraße ein. Sie führte direkt zur ehemaligen Fischtreppe und jetzigen Durchschussrinne auf der anderen Seite des Russell-Haven-Damms. Hier war der Wald wesentlich dichter als am Ufer gegenüber, sodass sie außer dem Sichtfeld, das die Scheinwerfer erleuchteten, nichts von der Umgebung erkennen konnten.

Sie dachte an die Nachricht auf der Windschutzscheibe von Ambers Wagen. Wer hatte sie dort hinterlassen? Und warum? Wieso nicht einfach einen Zettel unter der Eingangstür hindurchschieben? So hätte sie ihn mit Sicherheit entdeckt, als sie das Haus verließ. Selbst wenn sie die Botschaft auf dem Weg zum Auto nicht bemerkt hätte, hätte sie das Geschriebene spätestens dann sehen müssen, als sie auf dem Fahrersitz saß – vorausgesetzt, sie war am Morgen, als die Nachricht auf der vereisten Scheibe am besten sichtbar gewesen war, auch wirklich eingestiegen. Dann stellte sich die Frage, wann sie ihr aufgefallen war. Falls sie sie überhaupt gesehen hatte …

Auf der Zufahrtstraße kamen sie an einem der vielen Schilder vorbei, die auf dieser Seite des Russell-Haven-Damms aufgestellt waren. GEFAHR, stand darauf. WASSERSPIEGEL KANN PLÖTZLICH STEIGEN. VORSICHT VOR STARKER STRÖMUNG.

»Um wie viel Uhr fährt Amber normalerweise zur Arbeit?«, fragte Josie unvermittelt und riss Mettner damit aus seinen Gedanken. Sein Kopf fuhr zur Seite. »Was?«

»Wann geht Amber morgens in der Regel aus dem Haus, wenn sie zur Arbeit fährt? Weißt du das?«

»Um sieben, denke ich«, antwortete er. »Warum?«

»Wann bist du zu ihr gefahren?«

»Heute Abend ungefähr um achtzehn Uhr, würde ich sagen.«

»Aber die Batterien wurden schon letzte Nacht aus der Kamera entfernt«, stellte Josie klar.

»Ja.«

»Um sechs ist es schon dunkel, Mett. Es war zwar die letzten Tage kalt, aber ich bin mir nicht sicher, ob die Scheibe um sechs Uhr abends schon vereist war. Das Eis bildet sich erst in der Nacht. Wie bist du auf das Geschriebene gestoßen?«

»Worauf willst du hinaus?«, fragte er.

»Beantworte einfach meine Frage, Mett«, sagte Josie. »Wie konntest du die Worte auf der Scheibe sehen, wenn sie noch gar nicht vereist war?«

»Woher zum Teufel soll ich das wissen?«, rief er.

Josie warf ihm einen warnenden Blick zu. Er hob die Hand. »Tut mir leid, tut mir leid«, sagte er beschwichtigend. »Ich weiß es nicht. Ich ... ich habe mir alles ganz genau angesehen und das Haus abgesucht. Als ich sie dort nicht gefunden habe, bin ich raus zum Auto, um nachzusehen, ob die Motorhaube warm ist. Wenn sie es gewesen wäre, hätte ich gewusst, dass sie soeben erst nach Hause gekommen wäre, bevor sie verschwand. Aber sie war kalt. Ich stand also mit meiner Taschenlampe beim Auto und da habe ich die Schrift auf dem Glas gesehen. Wer das geschrieben hat, muss es mit dem nackten Finger, also ohne Handschuhe, getan haben, denn es war auch ohne Frost sichtbar. Ich schätze, durch das Fett auf der Haut. Es war sehr schwer zu erkennen, aber ich konnte es schließlich doch entziffern.«

Das klang zwar durchaus plausibel, trotzdem hatte Josie ein ungutes Gefühl.

»Du hast gesagt, ihr Bett sei in Unordnung gewesen.« Josie schätzte Amber als jemanden ein, der sein Bett jeden Morgen machte. Aber selbst ordentliche Menschen waren vielleicht manchmal so spät dran, dass ihnen keine Zeit mehr dafür blieb. »Ist das ungewöhnlich?«

Sie warf einen kurzen Blick zu ihm hinüber und sah, als er sie anstarrte. »Ja. Sie macht sogar mein Bett, wenn sie bei mir schläft. Das treibt mich zum Wahnsinn. Warum fragst du nach ihren Gewohnheiten?«

»Irgendetwas passt nicht zusammen«, sagte Josie. »Wenn sie wirklich zu ihrem Auto gegangen ist, hat sie die Nachricht auf der Scheibe auf jeden Fall bemerkt. Aber wenn sie immer um sieben Uhr aus dem Haus geht, dann kann sie sie nicht vor der darauf geschriebenen Zeit – fünf Uhr morgens – gesehen haben. Sofern ›5A‹ wirklich eine Aufforderung ist, jemanden um diese Uhrzeit hier am Damm zu treffen.«

»Du meinst also, die Botschaft muss irgendwann Sonntagnacht – letzte Nacht – auf die Scheibe geschrieben worden sein?«

»Ich meine, dass ich nicht sicher bin, ob sie sie überhaupt gesehen hat«, entgegnete Josie. »Und selbst wenn, warum hat sie sie dort gelassen? Und wie ist sie hierher zum Damm gekommen?«

»Jemand muss sie hergebracht haben«, folgerte Mettner.

»Genau. Aber wenn jemand sie hergebracht hat, dann hat er ihr nicht einmal die Gelegenheit gegeben, ihren Mantel anzuziehen, geschweige denn ihr Handy und ihre Handtasche mitzunehmen. Außerdem waren die Türen abgeschlossen. Und hast du nicht auch gesagt, dass die Schlüssel noch drinnen lagen?«

Ein weiteres Schild kam in Sichtweite.

GEFAHR. BEI SIRENENALARM UND LICHTSIGNALEN SOFORT
DEN FLUSS VERLASSEN.

»Ja«, antwortete Mettner. »Eingangs- und Hintertür waren verschlossen, die Schlüssel steckten in ihrer Handtasche. Aber wenn jemand sie entführen wollte, warum macht er sich dann noch die Mühe, eine Nachricht zu hinterlassen? Du hast recht. Hier ergibt nichts einen Sinn.«

Bevor Josie etwas erwidern konnte, hörten sie plötzlich Sirenengeheul – zwei unterschiedlich hohe, abwechselnde Töne. *Wiii-Huuu. Wiii-Huuu.*

Josie fuhr auf den kleinen Parkplatz, den die Kraftwerksbetreiber für Ausflügler angelegt hatten. Er war völlig leer. Noah stellte sein Fahrzeug direkt neben ihrem ab. Sie ließen die Scheinwerfer an, damit die kaputte Treppe aus Steinstufen hinunter zum Ufer und zur alten Fischtreppe erleuchtet war.

Wiii-Huuu. Wiii-Huuu.

Als sie ausstiegen, blies der Wind Josies lange schwarze Haare quer über ihr Gesicht. Sie strich es zur Seite und sah, dass Noah und Gretchen sich gerade auf den Weg zur Treppe machten. Beide hielten eine schwere Taschenlampe in der Hand. Neben ihr rief Mettner: »Was ist das?«

Wiii-Huuu. Wiii-Huuu.

»Das Warnsignal. Es ertönt, bevor Wasser durch den Damm gelassen wird«, rief Josie zurück. »Holen wir die Taschenlampen aus dem Auto.«

Einen Augenblick später folgten sie Gretchen und Noah die Treppe hinunter. Sie zog sich als breite Schneise die Uferböschung hinab. Zu beiden Seiten wiegten sich kahle Baumzweige im Wind. Bevor Josie am unteren Ende der Treppe angelangt war, sah sie schon Blinkleuchten. Direkt vor ihnen wuchsen weitere Bäume. Daneben rauschte Wasser vorbei. Es reflektierte das Licht, während es weißen Schaum aufwirbelte und gegen die Felsen schleuderte, die am Ufer aufragten. Zu ihrer Linken befand sich das Schalthaus, ein winziges einstöckiges, fensterloses Gebäude mit hellbraunen Wänden und nur einer Tür. An der Traufe des Spitzdachs war eine runde Kamera befestigt. Daneben blinkte ein orangefarbenes Licht im Takt des Warnsignals.

Wiii-Huuu. Wiii-Huuu.

Sie schätzte ab, wie weit sie von der Kamera entfernt waren. Wenn sie sich auf der Treppe ganz rechts hielten, würden sie nicht von ihr erfasst. Sie durfte nicht vergessen, nach den Aufzeichnungen der letzten achtundvierzig Stunden zu fragen, wenn sie einen Verantwortlichen der Dammverwaltung ans Telefon bekam. Rechter Hand führte ein Weg vom Schalthaus weg im Zickzack hinunter zu der Stelle neben der Rinne, an der das Flussufer flacher wurde.

Vor ihnen fragte Noah Gretchen: »Siehst du etwas?«

Sie schüttelte den Kopf.

Wiii-Huuu. Wiii-Huuu.

Der unbefestigte Zickzackweg endete an einer langen, schlammigen Fläche mit zertrampeltem, abgestorbenem Bewuchs. Dahinter verlief die Schussrinne. Lediglich eine schmale, bröckelnde hüfthohe Mauer trennte sie vom Ufer. Sie wurde zum unteren Ende hin – dort, wo sie standen – etwas schmaler. Vor ihnen lagen große Felsen. Das Wasser zwängte sich durch sie hindurch, sodass die exakte Grenze zwischen Ufer und Wasser nicht auszumachen war. Josie spürte, wie ihre Stiefel im Schlamm versanken. Selbst in der klirrenden Kälte roch sie den fauligen Gestank von Erde, Wasser, Abflusskloake und tierischen Ausscheidungen. Wo sie standen, konnte der Wind ungehindert über das Wasser fegen und ihnen deshalb umso stärker entgegenpeitschen.

Das orange Signallicht war hier am Ufer schwächer, weshalb sie die lange Betonrinne mit ihren Taschenlampen ausleuchteten. Sie sah noch genauso aus wie damals, als sie hier gewesen war, um im Fall der Kajakfahrer zu ermitteln. Oben befand sich ein großes Metalltor und auf der dem Ufer gegen-überliegenden Seite eine wesentlich höhere Mauer. Die geschwungene Betonbarriere trennte sie vom Überlauf. Josie schätzte die Breite der Rinne auf etwa sieben bis acht Meter. Obwohl sie nicht länger als Fischtreppe genutzt wurde, sondern nur noch als Wasserablauf, war sie in schlechtem Zustand. Die meisten Stufen waren rissig oder ganz zerbrochen. Überall lagen Steine herum. An mehreren Stellen hatten sich größere Felsen vom Ufer gelöst, waren die Böschung hinuntergerollt und in der Rinne liegen geblieben.

Wiii-Huuu. Wiii-Huuu.

Da spürte sie, wie sich Mettners Hand in ihren Unterarm krallte. Eine Sekunde später rief Gretchen: »Dort!«

Josie suchte mit ihren Augen die Rinne ab, aber während Gretchen und Noah am Ufer entlang zum Metalltor hochliefen, sprangen die Lichtkegel ihrer Taschenlampen so hektisch herum, dass sie kaum etwas erkennen konnte. In das Heulen der Sirene mischte sich weiterer Lärm – ein metallisches Kreischen, dann donnerndes Rauschen. Man hatte begonnen, Wasser abzulassen.

»Was ist los?«, rief Josie und versuchte, hinter Noah und Gretchen herzulaufen, obwohl Mettner sie am Arm festhielt. Mit stählernem Griff dirigierte er den Schein ihrer Taschenlampe so, dass er parallel zum Lichtkegel seiner Lampe war, und leuchtete die andere Seite der Rinne aus. Dort lagen mehrere Felsen und bildeten ein Spalt zur Rinnenwand hin.

»Da ist Amber!«, schrie Mettner.

Plötzlich war er weg. Josie versuchte, ihre Taschenlampe stillzuhalten und den Spalt wieder ins Blickfeld zu bekommen, doch je weiter weg sie leuchtete, desto schwächer wurde der Lichtkegel ihrer Lampe.

Wiii-Huuu. Wiii-Huuu.

Das Rauschen des Wassers wurde immer lauter und kam näher.

Sie richtete ihre Lampe wieder auf die Stelle. Jetzt erkannte auch sie, was die anderen schon gesehen hatten: ein Wirrwarr aus braunen Locken, das aussah wie eingeklemmtes Tumbleweed – jene Steppenläufer, die vom Wind durch die Wüste gerollt werden. Ihre Brust schnürte sich zusammen. Trotz des tosenden Wassers und der Sirenen konnte sie Noah, Gretchen und Mettner schreien hören. Sie befanden sich weiter oben, ein Stück näher am Tor. Das Wasser war bereits auf ihrer Höhe. Es schlug gegen die gegenüberliegende Wand und das untere Ende der Fischtreppe, sodass die Steine mit tödlicher Wucht herumgeschleudert wurden.

»... schaffst du nicht ...«, hörte sie Noah rufen, während er Mettner daran hinderte, quer durch die Rinne zu Amber zu laufen.

Noch hatte das Wasser sie nicht erreicht.

Alles geschah so schnell – binnen weniger Augenblicke. Dennoch kam es Josie vor, als würden die Sekunden wie in Zeitlupe verstreichen. Im Schein des blinkenden orangefarbenen Warnlichts und der Taschenlampen sah sie, wie die Wasserwand sich ihren Weg durch die Rinne bahnte und die Gischt meterhoch in die Luft schleuderte. Ihre Kollegen diskutierten unterdessen aufgeregt und hielten Mettner davon ab, sich bei dem Versuch, Amber zu retten, selbst in Lebensgefahr zu bringen. Sie taxierte die Entfernung zwischen dem Wasser, Amber und sich selbst. Zwischen ihr und Amber lagen Felsbrocken in der Rinne. Wenn sie schnell genug war, konnte sie sie noch als Trittsteine nutzen. In der Mauer gegenüber, die die Rinne vom Überlauf trennte, waren mehrere große Risse. Sie würden ihren Fingern und Zehen Halt bieten, wenn sie sich schnell genug hochschwang. Dann konnte sie sich rittlings auf die Mauer setzen, dem Wasser entgehen, Amber hochziehen und vielleicht sogar so lange vom Wasser fernhalten, bis sich die Tore wieder schlossen.

All das schoss ihr in Sekundenbruchteilen durch den Kopf.

Wiii-Huuu. Wiii-Huuu.

Aber selbst im günstigsten Fall konnte sie noch umkommen. Vom Wasser davongerissen werden, an den Felsen zerschellen. Dann wäre das ihrer beider Ende. Falls Amber überhaupt noch am Leben war. Wahrscheinlich war sie schon tot.

Wieder richtete Josie den Lichtkegel ihrer Taschenlampe auf Ambers Mähne. Die Zeit drängte.

Wiii-Huuu. Wiii-Huuu.

»... hör auf! Mett! Du gehst da nicht rein! Du stirbst. Du kannst sie nicht mehr retten, Mann!«

Neben dem wirren Haar tauchte aus dem Spalt zwischen den Felsen eine blasse Hand auf und winkte schwach.

Josie sank der Magen in die Kniekehlen. »Verdammt«, murmelte sie.

Sie warf die Taschenlampe weg und sprang direkt in den Weg der herantosenden Wasserwalze.

SECHS

Trotz des Sirenengeheuls und des herbeidonnernden Wassers hörte Josie ihr Team schreien – Noah lauter noch als alle anderen. »Josie, nein!« Sie ignorierte das bohrende Schuldgefühl in ihrer Brust. Ihr Körper war auf Autopilot. Sie sprang von der hüfthohen Mauer am Ufer in die Rinne und lief quer durch sie hindurch zur gegenüberliegenden Wand, vor der Amber lag. Ihre Füße flogen über die Steine, schienen sie kaum zu berühren. Fast kam es ihr vor wie damals, als sie noch ein Kind war und ihre Großmutter Lisette mit ihr »Der Boden ist Lava« gespielt hatte. Dabei hatte sie versuchen müssen, von einem Möbelstück auf das andere zu springen, ohne in die »Lava« zu fallen. Leichtfüßig, behände. Binnen Sekunden war sie auf der anderen Seite, sprang über Ambers Kopf und landete mit der Spitze ihres Stiefels zielgenau in einer der Spalten. Mit ausgestreckten Armen erreichte sie die Mauerkrone. Ihre Handschuhe rutschten über den Beton, doch konnte sie sich gerade noch an der Kante festhalten.

Die Gischt peitschte ihr in das Gesicht, als würden ihr Eisnadeln in die Haut fahren. Das Wasser schoss durch den Teil der Rinne, den sie gerade durchlaufen hatte, und traf mit voller Wucht ihr linkes Bein bis hoch zum Schenkel. Sie zog sich auf die Mauer, setzte sich rittlings darauf und versuchte, die Schmerzen und die durch ihre Jeans dringende Kälte zu ignorieren.

Wiii-Huuu. Wiii-Huuu.

Josie beugte sich nach vorn, bis sie mit der Brust auf der Mauer lag. Sie streckte einen Arm ins vorbeirauschende Wasser und tastete nach Ambers Hand. In den Sekundenbruchteilen, die ihr geblieben waren, um die Lage zu taxieren, hatte sie die Höhe der Mauer nicht bedacht. Auch störte sie die Jacke, dessen dickes Polster ihr die Reichweite nahm, die sie so dringend brauchte, um Amber zu erreichen. Sie atmete tief durch, richtete sich auf, zog den Mantel und die Handschuhe aus und warf sie von sich. Dann schwang sie beide Beine auf die andere Seite, sodass sie bäuchlings auf der Mauerkrone lag und ihre Füße über dem Überlauf baumelten. Ein Sturz hinein wäre mit Sicherheit tödlich, das wusste sie, ohne hinzusehen.

Sie ließ den Oberkörper über die Kante auf der Rinnenseite hängen und streckte beide Hände in das aufgewühlte Wasser. Es war so kalt, dass sie schon nach wenigen Sekunden ihre Finger nicht mehr spürte. Trotzdem wühlte sie mit den Händen darin herum, bis sie an etwas Weiches stießen. Ihr Körper schlingerte, als sie es mit beiden Händen fasste. Sofort wusste sie, dass es eine Hand war. Sie spannte ihre Bauchmuskeln und stemmte die Knie gegen die andere Seite der Mauer. Das würde ihr genug Halt geben, um Amber hochzuziehen. Noch hatte sie eine Chance. Sie musste nur Ambers Kopf über Wasser bekommen.

Wiii-Huuu. Wiii-Huuu.

Ein weiterer Schwall aus fauligem, eiskaltem Flusswasser schlug gegen die Mauer, spritzte hoch bis zu ihren Schultern und drang in ihren Mund.

»Puh.« Sie spuckte es aus, hielt jedoch Ambers Hand weiter fest und zog daran. Da nahm das Wasser etwas von

Ambers Gewicht und hob sie ein Stück, wodurch Josie fast rückwärts von der Mauer rutschte. Sie versuchte, ihren Körper wieder in eine stabile Position zu bringen, um Amber besser fassen zu können, doch wurde sie mit solcher Wucht herumgeworfen, dass sie keinen Halt mehr fand. Sie tastete sich von Ambers Hand zu ihrem Unterarm und grub die Nägel in ihre Haut. Ein weiterer Schwall schleuderte Amber hoch und an die Wand. Josie hörte, wie ihr Schädel gegen die Mauer krachte. Bei dem Geräusch drehte sich ihr der Magen um.

Sie schwang ein Knie zurück auf die der Rinne zugewandte Seite der Mauer und drehte ihren Oberkörper um neunzig Grad. Gleichzeitig presste sie ihr Becken auf die Mauerkrone und hob Amber hoch, damit ihr Kopf über Wasser war, während ihr Körper im Wasser hing und von den schäumenden Wassermassen herumgeworfen wurde.

»Amber!«, versuchte sie die Sirenen zu übertönen.

Josie spürte, wie Ambers Arm in ihrem Griff zuckte, als ein Hustenanfall sie schüttelte. Josie war ihr so nah, dass sie ihr Würgen hören konnte. Immer mehr Wasser schwappte über Ambers Kopf und in Josies Gesicht, brannte in den Augen und peitschte ihre Haut mit eisiger Kälte.

Wie lange dauerte das Ablassen des Wassers? Sie hatte das Gefühl, dass sie schon eine Ewigkeit versuchte, Amber aus dem Wasser zu ziehen. Da spürte sie, wie Ambers glitschiger Arm ihren tauben Fingern nach und nach entglitt. Sie drückte ihre Schenkel an die Mauer und versuchte mit aller Kraft, sich so zu verankern, dass sie einen besseren Hebel bekam. Doch immer wenn Amber hustete, rutschte sie ihr noch ein Stück durch die Finger, bis sie nur noch ihr dünnes Handgelenk hielt, während sich ihre Hände wie zwei Eisblöcke anfühlten.

»Josie!«, hörte sie Rufe vom Ufer. Noah, Mettner und Gretchen waren nach unten zurückgelaufen und befanden sich nun ihr gegenüber auf gleicher Höhe. Doch alle paar Sekunden schoss ein neuer Wasserschwall die Rinne hinunter, schob sich zwischen sie und versperrte ihr die Sicht.

Der Alarm heulte unerbittlich weiter. *Wiii-Huuu. Wiii-Huuu.*

Endlich hörte sie oben das metallene Kreischen des Tors, das sich zu schließen begann. Sie schickte ein Gebet nach gen Himmel und bat inständig darum, dass dies alles bald vorbei sein würde.

Gerade als sie versuchte, ihren Griff um Ambers Handgelenk zu justieren, schoss eine weitere Wasserwalze auf sie zu. Durch das sich schließende Tor änderte sie die Richtung und schoss nun direkt auf sie zu. Für den Bruchteil einer Sekunde glaubte Josie ein wütendes Wesen nahen zu sehen, das nur danach trachtete, die fragile Verbindung zwischen ihnen zu lösen.

Das Wasser riss Amber aus Josies Griff. Sie spürte, wie sich Ambers Finger um ihr Handgelenk schlossen, doch wurde sie mit solcher Kraft weggezerrt, dass Josie von der Mauer rutschte und zu ihr in die Rinne stürzte. Es blieb ihr nicht einmal Zeit zu schreien. Ihr Unterkörper tauchte in das schäumende Wasser. Mit einem Knie und dem Schienbein des anderen Beins schlug sie auf dem Felsen unter ihr auf. Halb rutschte und halb fiel sie in den Spalt, aus dem sie Amber soeben noch gezerrt hatte. Gerade noch rechtzeitig fanden ihre Finger in einer Ritze in der Mauer Halt. Sie krallte sich mit beiden Händen daran fest, während sie sich mit einem Knie im Spalt unter ihr verkeilte. In dieser Stellung verharrte sie, bis sich das Tor quietschend schloss und die reißende Strömung nachließ.

Sie wippte auf und ab und strampelte mit den Beinen, um den Kopf über Wasser zu halten. Dann ließ sie los und sah sich um. Das Adrenalin tilgte jede äußerliche Empfindung aus ihrem Bewusstsein. Sie suchte die Dunkelheit ab und sah drei Lichtkegel, die in ihre Richtung tanzten. Mit einem wilden Heulen warf sich Noah ins Wasser und kämpfte sich halb schwimmend, halb über die Felsen kletternd zu ihr. Er schlang seine Arme um ihre Hüfte und zog sie von der Mauer weg.

»Mein Gott, Josie. Was hast du dir dabei gedacht?«

Ihr Körper begann sich synchron zu seinem zu bewegen. So kämpften sie sich wie in Trance zum Ufer, wo Gretchen und Mettner warteten. Immer wieder blickte sie zum Fluss hinab, in der leisen Hoffnung, vielleicht in der Dunkelheit doch eine Strähne des dunklen Haares zu entdecken.

Aber Amber blieb verschwunden.

Als sie wieder festen Boden unter den Füßen hatten, bückte sich Noah und schob seinen Arm unter ihre Knie. Er hob sie hoch und trug sie zum Weg. Josie protestierte nicht. Ihr Körper und Geist waren völlig taub geworden. Sie fühlte nur noch wie einen Phantomschmerz Ambers Hand, kurz bevor sie in das nachtschwarze Wasser gezogen worden war.

Über Noahs Schulter hinweg sah sie Mettner stehen – allein, mit hängenden Armen. Die Taschenlampe baumelte in seiner Hand. Er hob den Blick. Im Licht der Lampe sah Josie das Weiße in seinen Augen.

»Es tut mir leid, Mett«, sagte sie mit rauer Kehle und heiserer Stimme. »So leid.«

SIEBEN

Bald füllte sich der Parkplatz mit Einsatzfahrzeugen: einem Streifenwagen, zwei Rettungswagen und einem Truck der Wasserpolizei mit einem Rettungsboot auf einem Anhänger. Sogar Chief Chitwoods schwarzen Dodge Charger entdeckte Josie. Zahlreiche Blinklichter vertrieben die Nacht. Gretchen hatte dafür gesorgt, dass sich Josie und Noah auf die Vordersitze von Noahs Auto gesetzt hatten, während die Heizung auf vollen Touren lief. Noah griff nach hinten, holte vom Rücksitz die Decke, die sie benutzten, wenn Trout nach einem ereignisreichen Spazierganz völlig verdreckt war, und legte sie um Josie.

Sie öffnete den Mund, um ihm wenigstens die Hälfte der Decke anzubieten oder ihm die Vorzüge einer kombinierten Körperwärme zu erläutern. Doch ihre Zähne klapperten so sehr, dass sie kein Wort herausbrachte. Durch das Fenster sah sie, wie Gretchen mit den übrigen Einsatzkräften sprach, während Mettner mit hängendem Kopf an seinem Auto lehnte. Josie spürte ein zugleich vertrautes und unangenehmes Ziehen in ihrer Brust. Sie wandte sich ab und versuchte, nicht daran zu denken, wie schmerzlich es für ihn jetzt sein musste, allmählich zu begreifen, welch unermesslichen Verlust er gerade erlitten hatte. Noah vermied es, sie anzusehen. Sie konnte am Mahlen seines Kiefers erkennen, wie verärgert er war.

Und er war nicht oft verärgert.

»Tut mir leid«, krächzte sie und zog sich die Decke fester über ihre Schultern. Nach ihrem Sturz in den Fluss tat ihr der Geruch nach nassem Hund gut.

»Tatsächlich?«, fragte er leise.

»Noah.«

»Josie, ich weiß, ich habe dir versprochen, gemeinsam mit dir immer der Gefahr entgegenzulaufen. Aber es gibt einen Unterschied zwischen Gefahr und sicherem Tod.«

Wieder wurde sie von Schuldgefühlen erfasst. »Ich wusste, dass ich es schaffen konnte«, versuchte sie sich zu verteidigen.

»Das wusstest du? Das konntest du gar nicht wissen. Du hättest da draußen sterben können. Das wäre auch beinahe der Fall gewesen.«

»Ich musste es versuchen«, erwiderte Josie. »Sie hat noch gelebt, Noah. Sie war definitiv am Leben, als ich in die Rinne gesprungen bin. Und sie war auch noch am Leben, als sie vom Wasser weggerissen wurde. Vielleicht ist sie immer noch ...«

»Ich weiß nicht, ob irgendjemand das überleben kann«, unterbrach er sie. »Die vielen Felsen, die Strömung ... aber Josie, hier geht es nicht um Amber ...«

Sie wollte gerade zu einem Vortrag über die Gefahren ihres Berufs ansetzen, über die lebensgefährlichen Situationen, die sie bereits erlebt und überlebt hatten. Wollte ihm sagen, dass sie nicht anders gekonnt hatte, dass sie eben so war, wie sie war, dass er das schon immer gewusst und bisher nie ein Problem damit gehabt oder es wenigstens nicht zum Ausdruck gebracht hatte. Aber sie hatte keine Kraft mehr dazu. Wieder spürte sie, wie Ambers Finger sich um ihr Handgelenk schlossen und dann wegglitten.

Ein paar Augenblicke lang sagte keiner der beiden etwas.

Nur das Rauschen der heißen Luft aus dem Gebläse füllte die Stille.

»Ich will einfach mit dir alt werden, Josie«, sagte Noah schließlich.

Sie schüttelte den Kopf. Tränen traten ihr in die Augen. Obwohl sie in den Monaten seit der Ermordung ihrer Großmutter besser im Weinen geworden war – als sei das eine Fertigkeit, die es zu verfeinern galt –, hasste sie es nach wie vor, wenn sie in Tränen ausbrach. Und keinesfalls wollte sie, dass es während einer laufenden Ermittlung geschah.

»Überleg dir einfach das nächste Mal, welches Risiko du eingehst, okay?«

»Okay«, antwortete sie. Gleichzeitig fragte sie sich, was sich schlimmer anfühlte: beim Versuch, Amber zu retten, gescheitert zu sein, oder es überhaupt nicht versucht zu haben? So oder so war das Ergebnis dasselbe. Vielleicht aber auch nicht. War es Selbstbetrug zu glauben, dass es noch eine kleine Chance gab, Amber lebend zu finden? Dass sie den Felsen hatte ausweichen können? Und sich an Land hatte ziehen können?

Beide erschraken, als jemand an die Scheibe klopfte. Noah drückte auf den Kopf an der Tür und fuhr sein Seitenfenster herunter. Gretchen streckte den Kopf ins Innere. »Ich will, dass ihr beide in das nächste Rettungsfahrzeug steigt. Fraley, ich bin sicher, dass es dir gut geht, aber der Boss war wesentlich länger wesentlich nasser als du. Josie muss auf jeden Fall durchgecheckt werden.«

»Was ist mit Amber?«, fragte Josie.

Gretchen drehte sich einen Augenblick lang weg und sah nach oben zum winterlichen Nachthimmel. Bevor sie sich wieder Josie zuwandte, wischte sie sich über die Augen. Trotzdem versagte ihr beinahe die Stimme, als sie weitersprach. »Die Wasserpolizei startet heute Nacht noch eine Suchaktion. Fürs Erste nennen sie es Rettungsaktion. Aber wenn sie Amber nicht bis zum Morgen auf einer der Inseln oder am Ufer finden, wird es eine Bergungsaktion. Dann sehen wir, ob wir nach Tagesanbruch weitere Einheiten anfordern können.«

Josie spürte, wie Noah seine Hand in ihre legte. Amber war keine Polizistin, aber sie war eine von ihnen. Sie hatten über ein Jahr lang täglich Seite an Seite gearbeitet. Sie war Teil des Teams geworden und hatte sich gut eingefügt, obwohl ihr anfangs viel Ablehnung entgegengeschlagen war.

»Was ist mit Mett?«, fragte Noah.

Wieder atmete Gretchen tief durch und versuchte, die Fassung zu bewahren. »Der Chief kümmert sich um ihn.« Sie öffnete die Tür. »Los. Ab ins Rettungsfahrzeug. Sofort.«

Josie ging auf die geöffnete Hecktür eines der Rettungswagen zu. Ihre Beine waren steif und schmerzten. Noah blieb schräg hinter ihr und legte ihr eine warme Hand auf den unteren Rücken. »Verdammt«, stieß er hervor, als sie beim Fahrzeug waren.

Josie warf einen Blick hinein. Da stand Sawyer Hayes in der Sanitätskleidung der Stadt Denton und bereitete seine Gerätschaften vor.

»Wir können zum zweiten Rettungswagen gehen«, sagte Noah.

»Nein«, entgegnete sie. »Das ist lächerlich. Er ist derjenige, der nicht mit mir redet, nicht umgekehrt. Hol unsere Notfalltasche aus deinem Kofferraum. Da sollten Ersatzkleider für uns beide drin sein.«

Er knurrte widerwillig, doch dann merkte sie, dass er sich entfernte und hörte seine Schritte auf dem Kies, als er zum Auto zurückging. Sie stieg in die Kabine und stellte sich Sawyer gegenüber auf die andere Seite der Trage. Falls er überrascht oder enttäuscht war, sie zu sehen, zeigte er es nicht. Er bedeutete ihr mit einem Klopfen auf die Trage, sich zu setzen. Ohne sie anzusehen, sagte er: »Die große Josie Quinn«, doch seine Stimme war sanft und ohne Häme. Trotzdem zuckte sie zusammen. Als er sie das letzte Mal so genannt hatte, hatte sein Ton nur so vor Bitterkeit und Zorn getrieft. Bevor sie etwas erwidern konnte, meinte er: »Du musst aus diesen Kleidern heraus.«

»Was? Ich ...«

»Josie, du erfrierst in dem nassen Zeug. Ich verspreche, ich sehe nicht hin. Zieh dich wenigstens bis zur Unterwäsche aus. Ich habe Decken.«

Er drehte ihr den Rücken zu und kramte in einigen Schubladen an der Wand herum, bis er eine graue Vliesdecke gefunden hatte. Ohne sich umzudrehen, hielt er sie ihr hin. Sie nahm sie und begann sich auszuziehen.

»Wirf deine Kleider und Schuhe einfach auf den Boden«, sagte er. »Ich stecke sie in eine Tasche.«

Als sie nur noch ihren BH und Slip anhatte, legte sie sich auf die Trage und deckte sich mit dem Vlies zu. »Kann ich noch eine Decke für meine Schultern haben?«, fragte sie ihn.

Er kramte eine weitere Decke hervor, drehte sich zu ihr und legte sie ihr sorgsam um die Schultern, sodass außer ihrem Hals und Gesicht alles gut eingepackt war. Josie musterte ihn. Sah seine durchdringenden blauen Augen. Den schwarzen Haarschopf, der ihm in die Stirn fiel. Er ähnelte Eli Matson so sehr, dass es sie jedes Mal aufs Neue erstaunte. Die Frau, die Josie als Baby gekidnappt hatte, hatte sie nach Denton gebracht und als Eli Matsons Tochter ausgegeben. Eli war ein wunderbarer, fürsorglicher, hingebungsvoller Vater gewesen. Dann war er gestorben und Josie war in den Händen einer Frau zurückgeblieben, deren Grausamkeit keine Grenzen gekannt hatte. Elis Mutter Lisette hatte alles darangesetzt, das Sorgerecht für Josie zu bekommen, was ihr schließlich auch gelang. Damit hatte sich Josies Leben vom Albtraum zu etwas Wundervollem gewandelt.

»Hast du das Fotoalbum bekommen?«, fragte Josie ihn.

»Ja«, antwortete er leise, sah sie aber immer noch nicht an. Er nahm ein Thermometer, steckte es ihr unter die Zunge und wartete, bis es piepste.

Niemand hatte gewusst, dass Eli, bevor Josie in sein Leben getreten war, eine kurze Beziehung zu Sawyers Mutter gehabt hatte. Sie war von ihm schwanger geworden, verschwieg Sawyer jedoch sein ganzes Leben lang die Identität seines Vaters und gab sie erst auf dem Totenbett preis. Selbst Eli hatte zeit seines Lebens nicht erfahren, dass er einen Sohn hatte.

»Gern geschehen«, sagte Josie ironisch.

Sawyer lachte leise. »Ich bin froh, dass ich es habe. Es ist eine Verbindung zu Lisette.«

Als seine Mutter gestorben war, fand Sawyer heraus, dass seine einzige lebende Verwandte väterlicherseits Lisette war, seine leibliche Großmutter. Er hatte sie aufgesucht und um einen DNA-Test gebeten, den sie bereitwillig gemacht hatte. Sie hatten bald ein enges Verhältnis entwickelt und die verlorene Zeit nachgeholt. Dann war Lisette ermordet worden und Sawyer hatte Josie die Schuld dafür gegeben.

Er bat sie um ihren Arm und maß ihren Blutdruck. Dann prüfte er ihren Puls und die Sauerstoffsättigung.

»Warum überrascht es mich überhaupt nicht, dass du in den Fluss gesprungen bist?«, brummte er.

»Bin ich auch gar nicht«, antwortete Josie. »Zumindest nicht im eigentlichen Sinn. Ich saß auf der Mauer und habe versucht, Amber aus dem Wasser zu ziehen. Sie ...«

«Sie wurde weggeschwemmt«, unterbrach Sawyer sie. »Gretchen hat uns alles erzählt. Es tut mir leid, falls es dich interessiert.«

Josie zog ihren Arm zurück unter die warmen Decken. Sawyer wandte ihr wieder den Rücken zu und tippte etwas in seinen Bordcomputer. Dann suchte er in seinen Gerätschaften erneut nach etwas. Mit einem Stapel Wärmekissen kam er zurück. Er schüttelte sie eines nach dem anderen, um sie zu aktivieren.

»Hast du sie gekannt?«, fragte Josie. »Amber?«

»Nicht gut. Wir haben uns gegrüßt. Ich habe sie manchmal getroffen. Wie ist sie überhaupt in den Fluss gekommen?«

»Ich weiß es nicht«, antwortete Josie. »Mett hatte ein paar Tage nichts von ihr gehört. Er hat sich Sorgen gemacht und ist zu ihr gefahren. Dort haben wir etwas entdeckt, aus dem wir schlossen, dass sie hier sein könnte.«

Sawyer hielt inne und runzelte die Stirn. »Denkst du, dass sie sich etwas antun wollte?«

»Nein«, erwiderte Josie. »Ich glaube, sie wollte entweder jemanden hier treffen oder wurde gegen ihren Willen hergebracht.«

Sawyer begann die Wärmepacks in ihre Achseln zu stopfen, was ihm gelang, ohne sie zu entblößen. Dann reichte er ihr zwei weitere und meinte: »Die kommen in die Leistengegend. Ich nehme an, das machst du lieber selbst.«

Josie wurde rot und legte sie sich auf ihre Leistenbeugen. Obwohl sie sich unwohl fühlte, weil nur mit einer Decke und dünner Unterwäsche vor ihm lag, war sie doch überaus dankbar für die Wärme und konzentrierte sich ganz darauf. Er legte ihr noch zwei Wärmekissen in die Kniekehlen und ein weiteres in ihren Nacken. Dabei schürzte er die Lippen. Josie kannte ihn nicht gut — sie waren nie so richtig warm miteinander geworden —, wusste aber, dass er das machte, wenn er etwas verbarg. Es dauerte einen Augenblick, bis sie realisierte, woher sie das wusste. Ihr Vater Eli – beziehungsweise der Mann, mit dem sie in dem Glauben aufgewachsen war, dass er ihr Vater sei – hatte die gleiche Angewohnheit gehabt.

»Was ist?«, fragte sie.

»Nichts Wichtiges«, wich er aus.

»Sag es mir und ich sage dir, ob es wichtig ist.«

Er antwortete nicht. Stattdessen begann er ihre herumliegenden Kleider und die Stiefel aufzusammeln und in eine Tasche mit der Aufschrift »Patienteneigentum« zu stecken.

»Geht es um Amber? Hast du nicht gesagt, dass du sie eigentlich gar nicht kennst?«

»Ich kenne ... kannte sie auch nicht«, antwortete er. »Aber ich wusste, wer sie war und dass sie mit Mettner ging. Er hat sie als seine Freundin zu deiner Hochzeit mitgebracht.«

»Sawyer, jetzt sag schon, was los ist.«

»Ich habe sie vor ein paar Wochen mit einem anderen Typen gesehen.«

»Du meinst, mit jemandem, der nicht Mett war?«

»Genau.«

»Haben sie sich geküsst? Wirkten sie vertraut miteinander?«

Er schüttelte den Kopf. »Nein, nein. Darum geht es nicht. Es sah aus, als würden sie streiten. Er hat sie am Arm gepackt und sie hat sich losgerissen. Dann hat er wieder nach ihr gegriffen, doch sie hat ihn weggestoßen.«

»Wann war das?«

»Vor vielleicht zwei Wochen.«

»Wo hast du sie gesehen?«

»Vor dieser Buchhandlung im Einkaufsviertel in der Stadtmitte, ein paar Häuserblocks vom Revier entfernt. In der McAllister Street. Aber ich habe keine Ahnung, worum es ging. Ich bin nur vorbeigefahren. Auch was sie gesagt haben, habe ich nicht mitbekommen. Die Situation wirkte nur angespannt, vor allem, als die Schubserei anfing.«

Josie zog eine Braue hoch. »Und du hast nicht angehalten?«

Sawyer imitierte ihren Gesichtsausdruck. »Warum sollte ich anhalten?«

»Um sicherzugehen, dass Amber nicht in Bedrängnis war.«

Er sah sie einen langen Augenblick an, nun mit gerunzelter Stirn. »Ich hätte nicht gedacht, dass eine Josie Quinn an die verfolgte Unschuld glaubt.«

Sie verdrehte die Augen. »Das hat nichts damit zu tun. Ich habe nicht behauptet, dass Amber die verfolgte Unschuld ist.

Aber wenn ich sehe, wie sich zwei Menschen auf dem Gehweg herumschubsen, würde ich anhalten und dazwischengehen – dafür sorgen, dass das Ganze nicht eskaliert und jemand verletzt wird.«

»Natürlich, du würdest das«, brummte er und wandte sich von ihr ab. Bevor sie sich zu einer sarkastischen Bemerkung hinreißen ließ, die sie später bereuen würde, fügte er hinzu: »Nein, ich habe nicht angehalten. Ich habe in den Rückspiegel gesehen, da war Amber schon wieder allein. Der Typ ist von ihr weggegangen. Ich dachte, dass die Angelegenheit damit erledigt sei.«

Die Tür zum Rettungswagen ging auf und Noah erschien. Er hatte sich bereits Ersatzkleidung angezogen – Jeans, ein graugrünes T-Shirt und Turnschuhe – und streckte ihr eine Tasche hin. »Das ist für dich.«

Er stieg in das Fahrzeug, bedachte Sawyer mit einem bösen Blick und setzte sich auf eine der Kunststoffbänke an der Seitenwand. Sawyer hielt sich von ihm fern. Die beiden mochten sich ebenfalls nicht. Bei einer ihrer letzten Begegnungen war es sogar zu einem Handgemenge gekommen.

»Danke«, sagte sie. »Sawyer, kannst du Noah bitte erzählen, was du mir gerade gesagt hast?«

Seufzend verschränkte Sawyer die Arme und wiederholte, was er gesehen hatte.

»Wie hat der Kerl ausgesehen?«, fragte Noah.

»Ein Weißer. Groß, größer als du. Dunkles Haar. Durchschnittliche Statur. Er trug einen langen schwarzen Mantel, Jeans und schwarze Turnschuhe. Wie alt er war, kann ich nicht sagen, dafür war ich zu weit weg. Außerdem bin ich gerade gefahren. Mehr kann ich nicht sagen.«

Noah gab Josie die Tasche mit der Kleidung. »Warum ziehst du dich nicht um und dann reden wir mit Mett?«

ACHT

Sawyer und Noah stiegen aus dem hinteren Teil des Rettungsfahrzeugs aus, damit Josie sich umziehen konnte. Die trockene Kleidung fühlte sich himmlisch auf der Haut an. Das einzige Problem war nun, dass sie weder Mantel noch Handschuhe hatte. Ihr Handy hatte in der Gesäßtasche ihrer Jeans gesteckt. Wie durch ein Wunder war es nicht herausgefallen. Es war nicht zum ersten Mal nass geworden und Josie war relativ sicher, dass es ihren Ausflug in den Fluss überlebt hatte. Sie nahm die Tasche mit dem Aufdruck »Patienteneigentum«, in die Sawyer ihre Sachen gesteckt hatte, und verstaute sie im Kofferraum von Noahs Wagen.

»Wo ist Mett?«, fragte sie Noah.

»Noch draußen. Er sitzt in seinem Auto.«

Sie gingen zu Mettners Geländewagen. Er hatte die Hände gefaltet aufgestützt und seine Stirn daraufgelegt. Die Augen waren fest geschlossen. Josie sah, dass sich seine Lippen bewegten. Er betete. Trotz der Kälte hatte er den Motor nicht an. Josie klopfte an das Fenster. Als er sie beide sah, stieg er aus.

»Ich bin vom Dienst suspendiert«, sagte er. »Hat mir der Chief gerade gesagt. Ich darf aber noch hierbleiben, meinte er.

Bis sie ... etwas finden, schätze ich. Er ist mit Gretchen flussabwärts gegangen.«

Josie wusste, dass der Chief ihn aus den gleichen Gründen hierbehielt, aus denen sie ihn überhaupt mitgenommen hatte. Sollte Mettner tatsächlich in irgendeine Art von Verbrechen verwickelt sein, konnten sie ihm wenigstens für die Zeit ein Alibi geben, in der er bei ihnen gewesen war. Als niemand antwortete, fragte Mettner: »Alles okay mit euch?«

»Alles gut«, antwortete Josie.

Mettner sah zu der Treppe, die zum Flussufer führte. Die Wasserpolizei hatte auf einem ihrer Boote einen großen Suchscheinwerfer. Sein greller Lichtkegel drang hin und wieder durch die Bäume bis zum Parkplatz herüber. »Vielleicht könnt ihr euch nun einen Durchsuchungsbeschluss für ihr Haus besorgen«, meinte er. »Jetzt, da sie ...«

Er brachte den Satz nicht zu Ende. Ein Schluchzen erschütterte seinen Körper. Er versuchte, es zu unterdrücken, und holte mehrmals tief Luft. Noah legte eine Hand auf seine Schulter und drückte sie. Während Mettner kämpfte, seine Gefühle unter Kontrolle zu bekommen, sah ihm Josie in die Augen. Sie erkannte darin ihre eigene Hilflosigkeit in solchen Situationen. Sowohl sie und Noah wussten aus Erfahrung, dass es keine tröstenden Worte für ihn gab. Kein Zuspruch konnte den Schmerz lindern, der Mettner quälte – er konnte nur damit leben. Mehr schlecht als recht, bis er eines Tages zur Normalität wurde.

Mettner wandte sich ihnen wieder zu und begann erneut: »Den Durchsuchungsbeschluss. Ihr könnt ihn euch für ihr Haus besorgen. Vielleicht ist da etwas, das ich übersehen habe. Vielleicht könnt ihr heute Nacht noch hinfahren und nachsehen.«

»Das können wir nicht, Mett«, erwiderte Josie nachsichtig.

»Was?«

»Wir können uns keinen Durchsuchungsbeschluss holen«,

sagte Noah und trat etwas zurück. »Jedenfalls nicht, bis wir sie zweifelsfrei identifiziert haben und es einen Hinweis darauf gibt, dass etwas nicht mit rechten Dingen zugegangen ist.«

Mettner blitzte ihn an. »Denkst du etwa, dass das nicht der Fall ist?«

»Doch, das denke ich schon, Mett«, entgegnete Noah scharf. »Aber wir müssen uns trotzdem an die Vorschriften halten. Das weißt du. Dachte ich zumindest.«

»Ich pfeife auf die Vorschriften ...«, begann Mettner, aber Josie fiel ihm ins Wort. Sie wollte sich auf den Fall konzentrieren. Denn das war die Angelegenheit inzwischen geworden.

»Mett, du stehst Amber näher als wir alle. Was kannst du uns über ihre Familie und ihren Freundeskreis sagen?«

»Sie will keinen Kontakt mit ihrer Familie. Sie seien ›toxisch‹, hat sie einmal gesagt. Sie hat mit ihnen nicht mehr gesprochen, seit sie vor zehn Jahren von ihnen weg ist, um aufs College zu gehen.«

»Hat sie nichts von ihnen erzählt?«, hakte Josie nach. »Leben die Eltern noch? Hat sie Geschwister?«

»Ihre Eltern seien geschieden, sagte sie. Ich glaube, sie leben noch. Ich bin mir ziemlich sicher, dass sie einen Bruder und eine Schwester hat, aber hundertprozentig genau weiß ich es nicht.«

»Mit wem hat sie die Feiertage verbracht?«, fragte Josie.

»Mit einer alten Collegefreundin«, antwortete Mettner. »Bevor wir uns kannten. Sie heißt Grace Power. Ich habe sie einmal getroffen. Ich kann euch die Kontaktdaten besorgen. Sie lebt in Lewisburg.«

»Hat sie sonst noch Freunde?«, fragte Noah. »Hier vor Ort?«

Mettner verschränkte die Arme vor der Brust. »Sie hat ein paar Freundinnen aus Studienzeiten, mit denen sie gelegentlich etwas trinken geht. Ach ja, und eine Sekretärin, die in der Stadtverwaltung arbeitet. Aber das war's dann auch schon.«

»Ex-Partner?«, wollte Josie wissen.

»Darüber hat sie nicht geredet.«

Josie und Noah sahen sich an. Ex-Partner waren für gewöhnlich durchaus ein Thema zwischen Menschen, die sich nahestanden, vor allem, wenn sie eine gemeinsame Zukunft planten, wie Mettner behauptet hatte.

»Hast du ihr von deinen Ex-Freundinnen erzählt?«, fragte Noah.

»Ja, schon. Aber viel gibt es da nicht zu erzählen.«

»Hast du sie nie gefragt, warum sie nichts von ihren Ex-Freunden erzählen wollte?«, drängte Josie.

»Ich will das gar nicht wissen«, erwiderte Mettner.

»Hattest du überhaupt schon eine ernsthafte Beziehung vor ihr?«, fragte Noah.

Mettner zuckte die Schultern. »Nein, irgendwie hatte ich das Gefühl, vor Amber noch nie so richtig verliebt gewesen zu sein. Klar bin ich ein paarmal mit Mädchen ausgegangen, aber es war nie was Ernstes so wie … jetzt.«

In den blinkenden Lichtern der Rettungsfahrzeuge sah Josie, dass ihm wieder Tränen in die Augen traten. Amber war vom Bürgermeisteramt als Pressesprecherin für das Revier eingestellt worden. Es würde kein Problem sein, bei der Personalabteilung nachzufragen, wen sie als Kontaktperson für Notfälle angegeben hatte. Sie wollte das nicht vor Mettner zur Sprache bringen, nicht hier und jetzt. Aber es konnte durchaus sein, dass sie einen von Ambers nächsten Angehörigen würden kontaktieren müssen, damit sie oder er ihre Leiche identifizierte.

»Nehmen wir einmal an, dass Amber hergekommen ist, um sich mit jemandem zu treffen, oder dass jemand sie hierhergebracht hat – die Person, die ihr die Nachricht auf die Windschutzscheibe geschrieben hat. Hast du eine Idee, wer das sein könnte?«

Langsam schüttelte Mettner den Kopf. »Nein, nicht die

geringste. Und wenn, wäre ich sofort zu dieser Person gefahren und hätte sie gefragt, ob sie weiß, wo Amber ist.«

»Hast du nichts auf ihrem Handy gefunden?«, fragte Noah.

»Noah«, ermahnte Josie ihn. »Nichts, was er auf ihrem Smartphone gefunden hat, können wir verwenden. Er hat es sich verschafft, indem er in ihr Haus eingebrochen ist!«

»Willst du ihn wirklich nicht danach fragen?«, hakte Noah nach.

»Wenn wir einer Spur aufgrund einer Entdeckung nachgehen, die Mettner gemacht hat, nachdem er widerrechtlich in Ambers Wohnung eingedrungen ist, wird das vor Gericht zum Albtraum. Entweder wird es gar nicht erst als Beweis zugelassen oder es wird beim Prozess oder der Berufung Probleme geben.« Sie warf die Hände in die Luft und gab einen genervten Ton von sich. »Was ist nur heute mit euch allen los? Ihr kennt die Vorschriften so gut wie ich! Wenn jemand Amber hierhergelockt oder mit Gewalt hergebracht, ihr wehgetan und sie zwischen den Felsen liegen gelassen hat, damit sie stirbt, dann möchte ich den Täter erwischen und dafür sorgen, dass er so lang wie möglich einsitzt. Das heißt aber auch, dass wir exakt nach Vorschrift ermitteln müssen.«

»Ist ja toll«, meinte Mettner spöttisch. »Das sagt ausgerechnet jemand, der zweimal suspendiert wurde, weil er *nicht* nach Vorschrift ermittelt hat.«

»Hey«, fuhr Noah dazwischen. »Pass auf, was du sagst.«

Josie hob beschwichtigend die Hand. »Schon gut. Er hat ja recht. Aber gerade deshalb versuche ich ja gerade, das zu vermeiden, Mett. Ich will keinen Fehler machen.«

»Auf ihrem Handy war nichts«, sagte Mettner.

Bevor Josie weitersprechen konnte, wurden sie unterbrochen vom Lärm weiterer Fahrzeuge, die auf den Parkplatz fuhren. Zwei Lieferwagen des lokalen Nachrichtensenders WYEP hielten neben den Rettungswagen. Zwei Kameramänner, einige Produzenten und zwei Reporter stiegen aus.

»Mist«, schimpfte Josie.

»Allerdings«, sagte Noah. »Die haben uns noch gefehlt. Mett, setz dich wieder in dein Auto und bleib dort.«

Ein junger Reporter, wohl frisch vom College, kam zu ihnen gelaufen und hielt ihnen sein Handy unter die Nase. Aber Josie wusste, dass er lediglich aufnehmen wollte, was sie sprachen. »Ach, Detective Quinn, Sie sind es! Detective Quinn, stimmt es, dass eine Frau im Fluss ertrunken ist?«

Josie hob die Hände und bedeutete ihnen, zurückzutreten. »Bitte, Sie müssen hinter den Rettungsfahrzeugen bleiben.«

»Wir haben im Polizeiscanner gehört, dass die Wasserpolizei gerufen wurde. Gab es Probleme mit dem Damm? Geht es um einen Beschäftigten des Kraftwerks? Wer ist so spät nachts noch auf dem Fluss?«

»Bitte«, schaltete sich Noah ein. Er ging zum Reporter und seinem Team und drängte sie Schritt für Schritt zurück. »Das Areal darf nicht betreten werden. Hier sind Rettungskräfte im Einsatz.«

»Ein Einsatz? Wirklich?«, spottete der Reporter. »Mehr haben Sie mir nicht zu bieten? Da habe ich ja über den Scanner mehr erfahren. Gut. Wenn Sie mir keine Auskunft geben wollen, rufe ich Ihre Pressesprecherin an. Ich habe ihre Handynummer. Ich bin mir sicher, dass sie gern mitten in der Nacht aus dem Bett geklingelt werden möchte.«

Josie hätte dem Jungen nur zu gern ein paar Worte gesagt, hielt sich aber zurück. Noah lief zu einer Streife und bat einen der uniformierten Beamten, dafür zu sorgen, dass die Reporter hinter den Rettungsfahrzeugen blieben.

»Sagen Sie mir doch wenigstens, ob es sich um eine Rettungsaktion oder eine Bergung handelt«, fuhr der Reporter fort.

Da hörte Josie hinter sich ein Rascheln, gefolgt von Schritten. »Quinn! Fraley!«, donnerte Chief Chitwood.

Sie drehten sich um und sahen den Chief oben auf der

Treppe zum Ufer stehen. Obwohl er hoch oben stand, wirkte er so dünn, dass seine große braune Jacke ihn völlig zu verschlucken schien. Eine dunkle Strickmütze bedeckte sein lichtes Haar. Er winkte sie mit einer behandschuhten Hand zu sich. Mettner stieg aus seinem Geländewagen, doch der Chief fuhr ihn an: »Denken Sie nicht mal dran.« Und zu Josie und Noah gewandt sagte er: »Kommt, ihr beiden. Ich habe nicht die ganze Nacht Zeit.«

Sie gingen hinter ihm her die Treppe hinunter und folgten dem Strahl seiner Taschenlampe. Auf halbem Weg fragte Noah: »Was haben Sie gefunden?«

»Eine tote Frau«, sagte Chitwood in feierlichem Ton über die Schulter hinweg.

Josie hatte mit dieser Nachricht gerechnet, aber trotzdem fühlte sie sich an wie ein Schlag in die Magengrube. »Mein Gott, Amber«, stieß sie hervor.

Chitwood blieb abrupt stehen und leuchtete kurz in die Gesichter der beiden. »Nicht Amber«, sagte er.

»Was sagen Sie da?«, fragte Josie.

»Die Frau, die wir soeben aus dem Fluss gezogen haben, ist nicht Amber«, wiederholte Chitwood.

»Aber wir haben sie gesehen«, wandte Noah ein. »Ihr Haar ...« Er sah Josie an. »Hast du ihr Gesicht gesehen?«

»Nein«, räumte Josie ein. »Habe ich nicht. Ich habe einfach angenommen, dass sie es war.«

»Nun, sie ist es nicht«, sagte Chitwood. Er drehte sich um und stapfte weiter.

»Wenn es nicht Amber ist, wo zum Teufel ist sie dann?«, fragte Noah.

NEUN

Ambers Füße schleifen über den steinigen Boden. Sie versucht, wieder auf die Beine zu kommen, will verhindern, dass ihre Kopfhaut abreißt. Angst packt sie. Ihr Körper erstarrt im Klammergriff. Sie ist wie gelähmt. Hastig blinzelt sie, bemüht sich, in der Dunkelheit etwas zu erkennen. Wie kann es sein, dass er überhaupt etwas sieht? Dann fällt ihr ein, dass er vielleicht gar nichts sehen muss. Er ist so vertraut mit der Umgebung, dass er sich im Dunkeln zurechtfindet.

»Bitte hör auf damit«, krächzt sie.

Er reißt ihren Kopf zur Seite. Ihr Körper fliegt gegen einen Baum. Sie kracht mit dem Rücken dagegen, sodass ihr die Luft wegbleibt. Als sie zu Boden sinkt, ringt sie vergeblich nach Atem.

Entsetzliche Panik erfüllt sie. Sie hört ihn über Steine, Zweige und längst vertrocknetes Laub stapfen. Er geht vor ihr auf und ab. Einen Augenblick lang schiebt sich der Mond hinter einer Wolke hervor und schickt sein fahles Licht durch die kahlen Bäume. Sie sieht seine Pistole glänzen.

»Ich tue, was getan werden muss«, sagt er.

Sie öffnet den Mund, um etwas zu erwidern, doch gelingt

ihr nur ein Keuchen. Sie fasst sich an Kehle und Brust. Auf ihrer Haut spürt sie etwas Warmes, Nasses. Es ist Blut, von der Verletzung in ihrer Handfläche.

»Sag mir, was ich wissen will«, knurrt er sie an. »Du kannst dem ganz schnell ein Ende machen, wenn du es mir sagst.«

Endlich bringt sie ein paar Worte hervor. »Ein Ende machen? Wie sieht dieses Ende aus? Wie viele willst du umbringen, um zu vertuschen, was passiert ist?«

Er hält in seinen hektischen Bewegungen inne. »Du denkst, hier geht es darum, etwas zu vertuschen? Ich schütze die Wahrheit!«

Sie zieht ihren Ärmel nach unten und drückt den Stoff gegen die Wunde in ihrer Hand. Ihr ist viel zu kalt, als dass sie den Schmerz spüren würde. »Die Wahrheit schützen?«, stößt sie hervor. »Hörst du dir eigentlich selbst zu? Weißt du überhaupt, was du tust? Bist du verrückt geworden! Niemand hat etwas davon, wenn ich es dir verrate. Niemand. Ich kann es dir nicht sagen.«

Sie spürt, wie er sich über sie beugt, fühlt seinen Atem in ihrem Nacken. »Du sagst es mir. Sonst stirbst du.«

ZEHN

Die Frau war definitiv nicht Amber. Sie gelangten zu der Stelle am Ufer, wo die Einsatzkräfte der Wasserpolizei und Gretchen warteten und mit Taschenlampen in den Händen um einen Leichensack herumstanden. Er war teilweise geöffnet, sodass Josie und Noah das Gesicht der Frau darin sehen konnten. Es wurde von den gleichen braunen Locken eingerahmt, die sie gerade erst zwischen den Felsen am Damm gesehen hatten. Aber ihre Gesichtszüge waren nicht so fein geschnitten wie die von Amber: Auch sie war jung, Mitte bis Ende zwanzig. Aber sie hatte ein kantigeres Kinn, eine flachere, breitere Nase und schmalere Augen. Und wer immer sie gewesen sein mochte, nun war sie tot. Eine vertraute Traurigkeit stieg in Josie auf. Sie mochte ihre Arbeit, es tat ihr gut, schreckliche Menschen hinter Gitter zu bringen und begangenes Unrecht wann immer möglich zu sühnen. Aber an tragisch und sinnlos vergeudetes Leben würde sie sich nie gewöhnen. Sie schauderte und schlang die Arme um sich. Zum ersten Mal, seit sie aus dem Rettungsfahrzeug gestiegen war, spürte sie ohne ihren Mantel die beißende Kälte.

»Hat sie etwas dabei, mit dem wir ihre Identität feststellen können?«, fragte Noah. Auch er hatte keinen Mantel an. Falls er jedoch ebenso fror wie Josie, ließ er es sich nicht anmerken.

»Nichts«, erwiderte Gretchen. »Allerdings ähnelt sie Amber sehr stark. Hat Amber eine Schwester?«

»Mett zufolge ja«, sagte Noah. »Aber er behauptet, sie habe seit zehn Jahren nicht mehr mit ihrer Familie geredet.«

Josie bemerkte, dass ihre Unterlippe aufgeplatzt war. Sie sah einen Bluterguss auf einer Wange, ein blaues Auge und eine große violette Beule neben ihrer linken Schläfe. »War sie ...?«

»Sie war schon tot, als wir sie aus dem Wasser gezogen haben«, sagte Gretchen. »Es war nichts mehr zu machen.«

»Jemand muss es Mett sagen«, meinte Noah.

»Jemand muss Mett davon abhalten, zu Ambers Haus zurückzufahren und dort einzudringen, um nach Antworten zu suchen«, sagte Chitwood.

»Er kann bei mir bleiben«, bot Gretchen an. »In meinem Haus wohnen nur ich, meine erwachsene Tochter und eine tyrannische Katze. Wir haben jede Menge Platz.«

Chitwood schaltete seine Taschenlampe aus. Ein Beamter der Wasserpolizei ging in die Hocke und schloss den Reißverschluss des Leichensacks.

»Ich habe Dr. Feist schon Bescheid gesagt«, fuhr Gretchen fort. »Sie wartet im Krankenhaus auf uns. Da die Frau aus dem Fluss gezogen wurde, war sie der Meinung, dass sie den Fundort nicht noch in Augenschein nehmen müsse. Sie meinte, wenn wir morgen etwa um neun Uhr dreißig bei ihr vorbeischauen, müsste sie bereits erste Ergebnisse für uns haben.«

»Noah und ich können hingehen«, bot Josie an.

»Bevor ich die Abteilung übernommen habe, kannten Sie sich schon alle untereinander«, begann Chitwood. »Ich habe Mett den Weg nach oben geebnet und ihn zum Detective befördert, weil er ein hervorragender Ermittler ist. Er hatte es verdient. Hatte eine hervorragende Bilanz. Brachte alle Voraussetzungen mit. Geradlinig und unkompliziert. Und jetzt sagen Sie mir: Hat er mit der Sache hier irgendetwas zu tun? Wenn jemand von Ihnen einen Verdacht hat, dann möchte ich es hier und jetzt wissen.«

Josie sah Noah und dann Gretchen an. Die Beamten der Wasserpolizei hoben den Leichnam auf eine Trage. Niemand sprach.

»Quinn?«, insistierte Chitwood.

»Ich weiß es nicht, Chief. Wir alle kennen Mettner als Kollegen, aber privat haben wir wenig mit ihm zu tun. Ob ich glaube, dass er Amber etwas angetan hat? Nach dem, was ich über ihn weiß, würde ich sagen, nein.«

»Aber Menschen tun verrückte Sachen, wenn sie verliebt sind«, warf Noah ein. Er rollte seine rechte Schulter, eine unbewusste Bewegung, die Josie an ihm manchmal beobachtete. Sie hatte ihn einst in die rechte Schulter geschossen. Sie hatte es nicht gewollt, damals jedoch gedacht, dass sie keine andere Wahl gehabt hätte. Sie hatte es getan, um jemanden zu schützen, jemanden in Not. Josie hatte sich das nie verziehen, doch Noah hatte immer wieder beteuert, dass er ihr vergeben hatte. Seit jenem Tag hatte er zu ihr gestanden, zuerst als Freund, dann als Liebhaber und nun als Ehemann.

Sie hatte ihn angeschossen und trotzdem hatte er sie geheiratet. Sie versuchte, sich in Mettners Lage zu versetzen, dachte zurück an die Zeit vor ihrer Heirat, als sie noch nicht zusammengelebt hatten. Was hätte sie getan, wenn Noah einfach von einem Tag auf den anderen verschwunden wäre? Josie senkte den Kopf, als sie darüber nachdachte, welches Fenster sie wohl zerschlagen hätte, um in sein Haus zu gelangen, nur um sicherzugehen, dass er noch lebte. Was, wenn sie ihn nicht vorgefunden hätte? Was, wenn alles, was er besaß, noch da gewesen wäre, er aber nicht?

»Was ist mit Ihnen, Palmer?«, fragte Chitwood. »Haben Sie auch eine Meinung?«

»Sorry, Sir«, meldete sich Gretchen zu Wort. »Mein Instinkt sagt mir, dass Mettner völlig unschuldig ist. Aber wer zum Teufel kann das bei dem Job, den wir machen, so genau wissen?«

»Es ist immer der feste Freund«, murmelte Chitwood fast zu sich selbst.

»Wie bitte?«, fragte Josie.

Chitwood drehte sich zu ihr und sah sie an. »Wir wollen einfach glauben, dass Mettner vor Liebe blind und nur mit den besten Absichten in Ambers Haus eingedrungen ist, weil er einer von uns ist. Aber was, wenn sie sich gestritten haben, er ihr etwas angetan hat und das alles hier nur inszeniert? Kann es sein, dass er die Tat so gut wie möglich verschleiern will?«

»Das erklärt nicht, wer diese Frau ist und warum sie hier war«, sagte Noah. »Und genauso wenig die Nachricht auf Ambers Windschutzscheibe.«

»Stimmt.« Chitwood seufzte entnervt. »Also gut. Wir machen es so: Mett bleibt suspendiert, weil er in das Haus eingebrochen ist. Da Amber nicht hier ist, um zu entscheiden, ob sie ihn anzeigt oder nicht, soll uns das im Moment nicht weiter kümmern. Aber ich will nicht, dass er an diesem Fall mitarbeitet. Außerdem hält er sich von dem Haus fern. Ich will alles wissen, was er weiß, ohne dass er an den Ermittlungen beteiligt wird. Ihr findet heraus, ob er uns sagen kann, wie wir uns mit ihrer Familie in Verbindung setzen, damit wir erfahren, ob das ihre Schwester ist. Sie ähneln sich, wie Palmer schon gesagt hat.«

»Kein Problem, Sir«, sagte Josie.

»Und behaltet ihn im Auge«, fügte Chitwood hinzu. »Damit er uns die Angelegenheit nicht vermasselt, während wir herauszufinden versuchen, was zur Hölle hier vorgeht.«

»Ich bleibe dran, Sir«, sagte Gretchen.

Chitwood hielt sein Handy in die Höhe. Das Display war hell erleuchtet. »Der Betriebsleiter hat sich gemeldet. Wenn wir hier fertig sind, fährt mindestens einer von euch zur anderen Seite des Damms und redet mit dem diensthabenden Techniker. Wir müssen sehen, was ihre Überwachungskameras aufgezeichnet haben. Er öffnet das Tor, sobald ihr dort seid.«

»Das können Josie und ich machen«, meldete sich Noah.

Chitwood gab der Wasserpolizei ein Zeichen zu warten. Josie und Noah liefen voran, um Mettner die Nachricht zu überbringen, bevor er sah, wie der Leichensack aus dem Wald getragen wurde. Er stieg aus, als er sie kommen sah. »Ihr habt sie gefunden«, sagte er mit Panik in der Stimme. »Sie ... sie ist tot, oder?« Er ging in Richtung Treppe. »Ich muss sie sehen. Ich muss.«

Noah versperrte ihm den Weg. »Es ist nicht Amber, Mett.«

»Ich muss sie sehen.«

Josie ging zu ihm und berührte seine Schulter. »Mett, es ist nicht Amber.«

Trotzdem versuchte er, an Noah vorbeizukommen. Im tanzenden Licht der Taschenlampen konnte Josie erkennen, dass er aussah wie ein verängstigtes Tier. Sie musste ihn anschreien, damit er sie überhaupt zur Kenntnis nahm. Er machte zwar nun keine Anstalten mehr, um Noah herumzugehen, und sah sie an, doch drangen ihre Worte nicht zu ihm durch.

»Die Wasserpolizei hat eine Leiche gefunden«, sagte Josie laut und deutlich. »Aber es ist nicht Amber.«

Mettner sah Noah an, als warte er auf eine Erklärung für Josies Worte. Er begriff nicht. Noah nickte ihm zu. »Es stimmt. Sie ist es nicht. Es ist nicht Amber.«

Mettner drückte beide Hände auf Noahs Brust und versuchte, ihn wegzuschieben. »Woher willst du das wissen? Geh mir aus dem Weg. Ich muss sie sehen.«

Nun stellte sich auch Josie vor Mettner und blockierte seinen Weg zur Treppe. Obwohl er immer wieder versuchte, sie zur Seite zu drücken oder sich an ihnen vorbeizuschieben, ließen sie ihn nicht durch. »Wir wissen doch, wie Amber aussieht«, versicherte sie ihm. »Sie ist es nicht.«

»Menschen sehen anders aus, wenn sie tot sind. Das weißt du! Sie kann es sein. Du kennst sie nicht so gut wie ich. Ich erkenne sie. Wenn sie es nicht ist, sehe ich es. Ich muss sie sehen.«

Noah packte Mettner am Oberarm und hielt ihn fest. »Du kannst sie nicht sehen!«, schrie er ihn an.

Noah wurde kaum je laut. Tatsächlich konnte Josie sich nicht erinnern, ihn überhaupt schon einmal schreien gehört zu haben. Mettner war ebenso erschrocken wie sie. Tränen traten ihm in die Augen. Nach kurzem Zögern sagte er: »Sie hat eine Narbe auf dem Rücken. Eine Brandnarbe. Aus ihrer Kindheit. Als sie einmal gezeltet haben, ist sie rückwärts ins Feuer gefallen. Es ist eine große Narbe. Sie müsste deutlich zu sehen sein.«

Josie und Noah sahen sich an. Josie sagte: »Ich gehe und sehe nach, okay, Mett? Aber du musst hier bei Noah bleiben.«

Er sagte nichts. Josie drehte sich um und lief den gewundenen Weg entlang zurück zur Treppe. Der Lichtkegel ihrer Taschenlampe hüpfte synchron zu ihren Bewegungen. Unten standen zwei Beamte der Wasserpolizei bei der Leiche, einer am Kopfende, der andere bei den Füßen. Sie sahen sie mit ernster Miene an. Vermutlich froren die beiden wie sie und warteten darauf, das Ufer verlassen zu dürfen. »Und?«, fragte Chitwood.

Josie teilte ihm mit, was Mettner verlangt hatte. Der Chief atmete tief durch und schüttelte den Kopf, deutete aber auf die Tote. »Machen Sie schon«, sagte er.

Vorsichtig gingen die beiden Beamten in die Hocke und öffneten den Leichensack. Sie drehten die Frau behutsam zur Seite und schoben ihre Bluse so weit wie möglich hoch. Daraufhin richteten Josie, Chitwood und Gretchen ihre Taschenlampen auf den Körper. Ihre Haut war makellos. »Danke«, sagte Chitwood.

Die Beamten schlossen den Leichensack wieder. Josie lief den Weg zurück und die Treppe hoch zu der Stelle, wo Mettner wartete. Er reckte den Kopf und sah Noah, der ihm nach wie vor den Weg versperrte, mit angstvoll aufgerissenen Augen über die Schulter. Sobald sie Blickkontakt hatten, sagte sie: »Keine Narbe. Sie ist es nicht.«

Mettner fiel auf die Knie und weinte. Aus Erleichterung, wusste Josie. Noch war es möglich, dass Amber lebte, noch gab es für Mettner die Hoffnung, wieder mit ihr vereint zu sein. Sie mussten sie nur finden.

ELF

Sie konnten nicht verhindern, dass die Presse filmte, wie die Leiche der Frau in eines der Rettungsfahrzeuge geladen wurde. Der Reporter bestürmte sie allesamt mit Fragen, als sie in ihre Autos stiegen und davonfuhren. Josie sah, wie er hektisch auf das Display seines Smartphones tippte, während sie sich entfernten. Vermutlich versuchte er, Amber zu kontaktieren. Der Kloß in ihrem Magen wurde immer größer. Im Team herrschte zwar merklich Erleichterung, dass die Tote nicht Amber war, dennoch hatten alle Angst, sie als Nächstes tot aufzufinden. Gretchen fuhr mit Mettner zum Revier, während Josie und Noah zum Wasserkraftwerk zurückkehrten, um mit dem diensthabenden Techniker zu reden.

Als sie am Eingang ankamen, öffnete sich das Tor nahezu lautlos. Lediglich ein leises Summen war zu hören. Noah parkte sein Auto neben einem roten Pick-up. Während sie ausstiegen, öffnete und schloss sich eine Tür an der Vorderseite des Kraftwerkgebäudes und aus dem Lichtkegel trat ein Mann heraus. Er war groß, schlank und hatte zerzaustes, sandblondes Haar. Unter seiner Baseballkappe leuchteten seine Augen. »Sind Sie von der Polizei?«

Noah kramte in der Tasche seiner Jeans nach seiner Brieftasche, holte seinen Dienstausweis hervor und hielt ihn dem Mann hin. Er deutete auf Josie. »Das ist meine Kollegin, Detective Josie Quinn.«

»Ich möchte trotzdem Ihren Ausweis sehen«, sagte der Mann. »Ich muss wissen, wer hier kommt und geht. Wir sind keiner nationalen Behörde oder sonst einem Amt unterstellt, deshalb gibt hier auch keine groß als geheim eingestuften Sachen. Aber ich muss mich gegenüber meinen Vorgesetzten beim Betreiberunternehmen verantworten. Wenn irgendetwas schiefläuft, muss ich ihnen die Namen aller Personen geben, die hier waren.«

Er wollte sich absichern, stellte Josie fest. Zum Glück hatte sie, da sie eigentlich heute Nacht nicht im Dienst war, ihren Ausweis im Auto gelassen und beim Sturz in den Fluss nicht dabeigehabt. Sie holte ihn und die Polizeimarke aus der Gesäßtasche ihrer Jeans und gab sie ihm. Der Mann sah sie sich an und seufzte. »Gut, dann kommen Sie mit. Ich heiße übrigens Will Wilson. Ihr Polizeichef hat mit unserem Betriebsleiter telefoniert.«

Wilson drehte sich um, ging mit ihnen zu der Tür, aus der er gekommen war, und hielt sie ihnen auf. Sie traten in eine riesige Halle, deren Decke höher war als Josies und Noahs zweistöckiges Haus. Sie sah aus, als sei sie nur aus Stahlsäulen und Glasfenstern konstruiert worden. Eisenstege führten von einem riesigen Generator zum anderen. Josie zählte insgesamt drei dieser Ungetüme, die einen Großteil der Halle einnahmen. Alle Generatoren waren rund und mit eigenen Stegen versehen, die zu ihrem oberen Ende und um sie herum führten. Die Halle war vom Brummen der Turbinen und einem elektrischen Summen erfüllt, das den Boden unter ihren Füßen vibrieren ließ. Josie roch eine Mischung aus Industrieölen und einen Anflug von Ozon.

Obwohl es hier drinnen nicht viel wärmer als draußen war,

fühlte es sich dennoch angenehmer an, denn weder Josie noch Noah trugen einen Mantel. Sie folgten Wilson über eine Reihe grauer Stahltreppen hinunter zu einem Betonboden, der bereits unterhalb des Bodenniveaus lag, wie Josie sehen konnte. Am flussseitigen Ende des Gebäudes befand sich eine Tür mit der Aufschrift »Zählraum«. An der Wand links von ihnen sah Josie weitere Türen, die als »Ruheraum« und »Pausenraum« markiert waren. An der rechten Wand standen einige Tische mit Computern darauf.

»Ich bin für die Nachtschicht heute der diensthabende Techniker«, sagte Wilson. »Nachdem Ihr Chief den Betriebsleiter angerufen und mit ihm geredet hat, bin ich zurück und habe die Bänder überprüft. Ich habe jede Menge Aufzeichnungen, in denen Sie alle heute Nacht draußen am Schalthaus zu sehen sind, aber sonst nichts. Niemand außer den regulären Arbeitskräften war in den letzten Tagen beim Kraftwerk. Zu dieser Jahreszeit ist immer wenig los. Normalerweise ist hier alles zugefroren, sogar der Fluss. Aber obwohl im Winter der Grundwasserspiegel eigentlich absinkt, war der viele Regen ein Problem.«

Er setzte sich auf einen Stuhl, dessen Lehne unter seinem Gewicht knarzte. Mit einem Griff an die Maus des Computers auf dem Tisch vor sich aktivierte er den Monitor. Auf dem Schirm waren mehrere kleine graue Fenster angeordnet – Videos von verschiedenen Kameras auf dem Kraftwerksgelände und in seiner Umgebung, einschließlich des Tors, durch das sie soeben gekommen waren. Die meisten Kameras überwachten die direkte Umgebung des Gebäudes, um zu verhindern, dass Unbefugte in das Gelände des Wasserkraftwerks eindrangen. Einige wenige Kameras zeigten außerdem den kleinen Parkplatz, auf dem sie ihr Auto abgestellt hatten. »Ich bin die Aufzeichnungen der letzten zwei Tage durchgegangen, wie Ihr Chief verlangt hat, und habe, wie schon erwähnt, nichts Ungewöhnliches entdeckt. Wenigstens hier beim Kraftwerk.«

»War beim Schalthaus etwas Ungewöhnliches?«, fragte Josie.

Wilson klickte noch ein paarmal. Die Fenster auf dem Monitor arrangierten sich neu, dann bewegte sich eines in die Mitte und wurde größer. Josie sah Erde, Bäume und am Rand einen Maschendrahtzaun, von dem sie wusste, dass er um das Schalthaus führte. Im restlichen Bild war der Anfang des ausgetretenen Wegs durch die Bäume zu beiden Seiten zu sehen. Wilson klickte zurück zur Aufzeichnung vom Montagmorgen. Das Tageslicht war nur andeutungsweise als graue Fläche auf dem Bildschirm zu erkennen. Der Zeitstempel zeigte vier Uhr neunundvierzig. Da flog plötzlich eine Gestalt ins Bild, brach auf dem Weg zusammen und blieb dort liegen, während die Sekunden vergingen. Eins, zwei, drei, vier.

»Das ist sie«, sagte Noah.

Es war unverkennbar eine Frau. Sie trug dunkle Kleidung und hatte langes, gewelltes Haar. Ihr Gesicht war jedoch von der Kamera weg Richtung Fluss gedreht. Sie hatte sich auf Hände und Knie gestützt, während ihr Kopf immer wieder nach vorn kippte und kaum zu sehen war.

»Können Sie das noch einmal abspielen?«, fragte Josie.

Wilson klickte, bis die Sequenz wieder begann. Der Wegabschnitt, den die Kamera am Schalthaus erfasste, wurde vom fahlen Licht des frühen Morgens schwach erleuchtet. Dann flog die Frau wieder ins Bild, stolperte und fiel auf die Knie. Sie bewegte sich nicht.

Weitere Sekunden vergingen. Dann schob sich eine behandschuhte Hand ins Bild, packte sie am Oberarm und zerrte sie aus dem Blickwinkel der Kamera. Auch dabei war sie nicht von vorn zu sehen.

»Ich weiß nicht, ob Ihnen das weiterhilft«, sagte Wilson. »Selbst im Dezember haben wir hier Wanderer, Leute, die ihren Hund ausführen – die unterschiedlichsten Personen. Ich habe immer darauf gedrängt, dass man diesen Bereich einzäunt, aber niemand wollte auf mich hören. Das hier ist allerdings seltsam. Die Frau, die man hier zusammenbrechen sieht, scheint in nicht allzu guter Verfassung zu sein.«

Josie sagte nichts.

»Sind das alle Aufzeichnungen, die Sie haben?«, fragte Noah. »Von dieser Seite des Damms?«

Wilson nickte und lehnte sich zurück. Wieder knarzte sein Stuhl. »Ja. Bringt Ihnen nicht viel, was? Diese Kamera zeigt nicht den ganzen Weg. Aber sie ist auch nur dazu da, Leute zu erfassen, die sich am Schalthaus zu schaffen machen. Deshalb bleibt sie immer gleich ausgerichtet. Haben Sie, was Sie brauchen?«

»Ist das die einzige Kamera auf der anderen Seite?«, fragte Noah. »Sind bei der Treppe, am Weg, am Ufer oder beim Parkplatz keine installiert?«

Josie wusste, worauf er hinauswollte. Er hoffte, dass die zweite Person eventuell von einer anderen Kamera erfasst worden war, etwa als sie vom Ufer zurückkehrte. Oder dass ihr Auto gefilmt worden war.

Wilson sah ihn mit hochgezogener Braue an. »Haben Sie nicht gehört, was ich gesagt habe? Das ist alles, was ich habe.«

»Können wir eine Kopie der Aufzeichnungen haben?«, wollte Josie wissen.

»Klar«, antwortete Wilson. »Geben Sie mir eine Minute.«

Während er die Aufzeichnungen auf einen USB-Stick kopierte, fragte ihn Josie: »Lösen die Kameras nicht Alarm aus, wenn jemand in ihr Blickfeld gerät?«

Wilson schüttelte den Kopf. »Auf der anderen Seite des Damms? Nur, wenn jemand in das Schalthaus einbricht. Ansonsten reagiert das System nicht auf Bewegungen. Dort drüben gäbe es sonst den ganzen Tag Alarm. Dafür haben wir nicht die Zeit. Das gilt auch für diesen Bereich hier. Alarm wird nur ausgelöst, wenn sich jemand an den Zugängen zum Kraftwerk zu schaffen macht.«

»Wie lange werden die Aufzeichnungen gespeichert?«, fragte Noah.

»Eine Woche«, antwortete Wilson und reichte Josie den USB-Stick.

»Danke«, sagte Josie. »Überwacht hier regelmäßig jemand die Kameras?«

Wilsons Stuhl krächzte, als er sich drehte und mit einer ausladenden Geste auf die Geräte um sich herum zeigte. »Sieht das hier so aus, als hätten wir das Personal, um die Kameras vierundzwanzig Stunden am Tag im Auge zu behalten?«

»Was ist mit den Tagschichten?«, wollte Noah wissen. »Und den Geschäftszeiten?«

Wilson schüttelte den Kopf. »Ich bin hier bis sieben Uhr und in dieser Zeit beobachtet niemand, was draußen vorgeht. Ich glaube auch nicht, dass jemand tagsüber vor den Monitoren sitzt. Aber sehen Sie, selbst wenn jemand live Zeuge dessen geworden wäre, was passiert ist und was Sie jetzt als Aufzeichnung in der Hand halten: Es wäre sowieso nicht als Notfall durchgegangen. Wissen Sie, wie viele Wanderer und Kajakfahrer und Hundehalter dort im Wald hinfallen? Wegen so einer Kleinigkeit läuft keiner im Kraftwerk gleich nach draußen.«

Josie spürte kurz Zorn in sich aufsteigen. Sie dachte an die Frau, die zwischen den Felsen eingeklemmt gewesen und schließlich von den Wassermassen mitgerissen worden war. Aber Wilson wusste nicht, was Josie in der Rinne erlebt hatte. Außerdem hatte er recht. Sonderlich besorgniserregend war das, was die Aufnahmen zeigten, nicht gerade, sah man davon ab, dass die Frau benommen wirkte. Selbst die behandschuhte Hand musste nichts bedeuten. Schließlich war Dezember. Auch Josie tat es leid, dass sie ihre Handschuhe in den Fluss geworfen hatte.

»Wissen Sie was? Ich frage beim diensthabenden Techniker

der Tagschicht nach, okay? Ist das ein Vorschlag?«, bot Wilson an.

»Das wäre super«, antwortete Josie. »Und erstellen Sie uns bitte auch eine Liste aller Angestellten, die in den letzten zweiundsiebzig Stunden hier gearbeitet haben.«

Wilson seufzte vernehmlich und schüttelte den Kopf, als hätte sie seine Hilfsbereitschaft arg überstrapaziert. Dann aber fasste er hinter seinen Computer, holte einen Notizblock mit Stift hervor und begann Namen aufzuschreiben.

ZWÖLF

Während Josie und Noah zum Polizeirevier von Denton fuhren, stellten sie die Heizung auf volle Leistung. Das große, dreistöckige Steingebäude ragte hoch vor ihnen auf, als sie auf den städtischen Parkplatz fuhren, der sich dahinter erstreckte. Im Dunkeln wirkte es geradezu einschüchternd, doch Josie mochte das alte Gemäuer. Es war vor fast siebzig Jahren von einem Rathaus in ein Polizeirevier umfunktioniert worden. Mit seinem Glockenturm und den reich verzierten zweiflügligen Bogenfenstern erinnerte es fast an eine mittelalterliche Burg. Innen hätte es eine Modernisierung gut vertragen, aber da es auf der Denkmalschutzliste der Stadt stand und ein Umbau einen enormen bürokratischen Aufwand erfordert hätte, wusste Josie, dass es wohl bis zu ihrer Pensionierung so bleiben würde, wie es war.

Sie gingen gemeinsam durch die Hintertür und die Treppe hoch in den ersten Stock, wo sich neben dem Büro des Polizeichefs auch das Großraumbüro mit etlichen Schreibtischen und Aktenschränken befand. Hier setzten sich die Ermittlerteams zusammen und erledigten die Streifenpolizisten den endlosen, drögen Papierkram, der nun einmal zur Polizeiarbeit gehörte.

Gretchen und Mettner waren bereits da. Von den Polizeibeamten hatten nur Josie, Noah, Gretchen und Mettner einen festen Schreibtisch. Sie waren zu einem großen Rechteck zusammengeschoben worden. Josie ließ sich in ihren Stuhl fallen und sah auf dem Handy nach der Uhrzeit. Es war bereits nach drei Uhr früh. In wenigen Stunden begann ihre eigentliche Schicht. Sie sollte eigentlich gerade mit Trouts warmem, kuscheligem Körper neben sich in ihrem Bett liegen und auf Noahs Rückkehr warten. Wenigstens waren genug Leute zu Hause, die Trout knuddeln konnten. Außerdem war sie sicher, dass ihn entweder Shannon oder Trinity ausführen würden, wenn sie aufwachten.

Nur eine einzige Person außer den Detectives hatte noch einen ständigen Schreibtisch: Amber. Er stand in einer Ecke des Raums, war tadellos aufgeräumt und reich verziert. Alles vom Hefter bis zu den Briefablagen war farblich aufeinander abgestimmt in Weiß und Petrol gehalten. Sogar die Reißnägel in der Korkpinnwand, die Mettner für sie an der Wand neben ihrem Schreibtisch hatte befestigen müssen, waren kunstvoll gestaltet und in vielerlei Farben gehalten. Josie ging hinüber und sah sich die Papiere an, die sie an die Pinnwand geheftet hatte. Sie waren Kante an Kante sauber aufgereiht. Es handelte sich um Memos, die zwischen den Abteilungen verschickt worden waren, einen von der Stadtverwaltung herausgegebenen Kalender mit Wohltätigkeitsveranstaltungen, ein Verzeichnis mit den Namen, Telefonnummern und E-Mail-Adressen der Beamten im Revier und einen hellgrünen Flyer, der Ort und Zeitpunkt der Weihnachtsfeier ankündigte. Das einzige annähernd Persönliche war eine schwarze, etwa DIN-A4-große Buchstabentafel mit dickem Holzrahmen auf dem Schreibtisch. Darauf stand:

Bastle ein Geschenk, das dein künftiges Ich lieben wird.

Auf der anderen Seite des Großraumbüros hing Mettner mit den Händen in den Jackentaschen in seinem Stuhl. Chitwood war in seinem Büro verschwunden, aber Josie konnte hören, wie er Telefonate entgegennahm. Den Wortfetzen nach zu urteilen, die sie aufschnappte, stammten sie von der Presse. Gretchen ging in den Pausenraum im Erdgeschoss, um Kaffee aufzusetzen.

»Was soll ich hier, wenn ich suspendiert bin?«, fragte Mettner.

Noah setzte sich und startete seinen Computer. Josie wusste, dass Berichte zu schreiben waren. »Wir müssen wissen, was du weißt.«

»Ich habe euch alles gesagt, was ich weiß. Ihr braucht mich jetzt nicht mehr.«

Josie ließ ihren Blick über Ambers Schreibtisch wandern, aber hier präsentierte sich ihr mehr oder weniger das gleiche Bild. Da lag eine Schreibunterlage in Kalenderform ohne eine einzige Notiz darauf. Josie wusste durch ihre Zusammenarbeit mit Amber, dass sie ihre Termine mit einer App auf dem Tablet und Smartphone organisierte. Sie sagte: »Wenn wir dir sagen, dass du gehen kannst, gehst du dann auch wirklich nach Hause?«

Er fuhr herum und sah sie an, sagte aber nichts. Eines seiner Augenlider zuckte.

»Dachte ich mir«, sagte Josie. »Im Übrigen bleibst du mindestens die nächsten achtundvierzig Stunden bei Gretchen.«

»Dazu kannst du mich nicht zwingen!«, entfuhr es Mettner.

Josie begann die Schubläden von Ambers Schreibtisch zu öffnen. Die seitlichen Läden enthielten nichts als Büromaterial: Stifte, Klebeband, Druckerpapier, Registerkarten, Marker und zwei Ohrhörer. Josie hatte Amber schon einige Male mit Ohrhörern gesehen. Sie verwendete sie, wenn sie mit ihrem Tablet arbeitete, das sie stets dabeihatte. Josie zog die Mittelschublade auf und entdeckte darin das Tablet in einer gepolsterten Hülle, die zur restlichen Büroausstattung passte. Sie nahm es, öffnete die Hülle und holte das Tablet heraus.

»Nein«, sagte Noah. »Wir können dich nicht zwingen, bei Gretchen zu bleiben. Aber wir können es dir nur wärmstens ans Herz legen. Dir ist klar, dass du in Schwierigkeiten steckst, Mett, oder?«

»Das ist mir egal«, entgegnete Mettner. Er war immer lauter geworden. »Es ist mir gleich, ob ich in Schwierigkeiten stecke oder in der Klemme oder sonst wo. Es interessiert mich nicht, was ich getan habe. Genauso egal ist mir mein Job. Ich will nur Amber finden. Ich muss wissen, ob es ihr gutgeht, kapiert ihr das nicht? Jemand hat einen seltsamen Hinweis auf den Russell-Haven-Damm auf ihrer Windschutzscheibe hinterlassen. Wir fahren dorthin und finden eine andere Frau, die wie sie aussieht und tot ist. Amber steckt in Schwierigkeiten. Ich weiß es.«

Josie hielt das Tablet hoch. »Warum ist das hier? Ich dachte, Amber würde es immer mit nach Hause nehmen.«

Mettner warf einen Blick darauf. »Sie hat es vergessen, als sie am Freitag nach Hause gegangen ist. Sie wollte es eigentlich Samstagmorgen holen, aber dann hatten wir unseren Streit und ich habe nichts mehr von ihr gehört und … nun, jetzt sind wir, wo wir sind. Ganz offensichtlich hat sie es nicht mehr geschafft, es zu holen. Außerdem, wen interessiert ihr blödes Tablet? Ich habe dir gesagt, sie steckt in Schwierigkeiten. Ich muss etwas tun. Ich muss ihr helfen.«

Josie versuchte, das Tablet einzuschalten, aber es tat sich nichts. Sie entdeckte in der Hülle ein Ladekabel und steckte es ein. »Du hilfst ihr, indem du unsere Fragen beantwortest. So hilfst du ihr. Du hilfst ihr nicht, indem du uns verlässt, zu ihrem Haus fährst und zu deiner Liste dummer Entscheidungen in den letzten vierundzwanzig Stunden auch noch ein unbefugtes Eindringen hinzufügst.«

»Hör auf, wie eine Polizistin mit mir zu reden«, protestierte Mettner mit vor Aufregung verzerrtem Gesicht. »Ich weiß, wie das funktioniert.«

»Also gut«, schaltete sich Noah ein. »Dann machen wir uns jetzt an die Arbeit. Du musst noch ein paar offene Fragen klären.«

Josie ertastete im hinteren Teil der mittleren Schublade etwas Kantiges. Mit den Fingernägeln zog sie es nach vorn. Es war eine Karte. Eine Geburtstagskarte.

Mettner verlagerte sein Gewicht im Stuhl, die Hände nach wie vor in der Tasche. »Und welche zum Beispiel?«

Josie öffnete die Karte. Der aufgedruckte Glückwunsch war allgemein gehalten, aber als sie las, was Mettner an den unteren Rand geschrieben hatte, kam sie sich vor wie eine Voyeurin.

Ich möchte jeden Geburtstag mit dir feiern. Ich werde dich immer lieben.

Sie legte die Karte unauffällig wieder in die Schublade und schloss sie. Dann sagte sie: »Fangen wir mit dir und Amber an. Wie lange seid ihr schon zusammen?«

»Komm schon. Das weißt du doch. Ihr alle wisst es.«

»Wir wissen, dass ihr zusammen seid«, sagte Noah. »Aber das ist auch schon alles. Also, wie lang?«

»Ein Jahr. Wir haben gerade unser Einjähriges gefeiert. Hör zu, was hat das mit dem Ganzen zu tun? Das bringt sie uns nicht zurück. Wir müssen sie finden.«

Josie sah in den übrigen Schubläden nach und warf dann einen Blick unter den Schreibtisch und in Ambers Papierkorb, fand aber nichts von Interesse. Sie versuchte, das Tablet einzuschalten, aber der Akkustand reichte noch nicht, um es hochzufahren. Sie prüfte, ob das Ladekabel ordentlich mit der Steckdose an der Wand verbunden war. Als sie wieder aufstand und sich umdrehte, blieb sie mit dem Ellbogen an einer Ecke der Buchstabentafel hängen und warf sie um.

»Vorsicht«, sagte Mettner. »Die Sachen gehören ihr.«

»Tut mir leid«, entschuldigte sich Josie und hob die Tafel auf. Sie war schwer, ungewöhnlich schwer. Sie stellte sie wieder zurück an ihren Platz, nahm sie dann aber noch einmal in die Hand und schüttelte sie. Drinnen war ein gedämpftes Klappern zu hören.

»Was machst du da?«, fragte Mettner.

Vielleicht bewahrte Amber die übrigen Buchstaben in der Rückwand auf. War die Tafel deshalb so dick? Josie hatte noch nie gesehen, dass sie die Buchstaben auf der Tafel ausgetauscht hätte, aber sie hatte sich auch nie groß darum gekümmert, was Amber an ihrem Schreibtisch tat. Sie legte die Tafel wieder auf die Vorderseite und öffnete die kleinen Schnappverschlüsse auf der Hinterseite, sodass sie die Rückwand abnehmen konnte. Wie sie vermutet hatte, waren in einem kleinen Beutel mehrere weiße Buchstaben. Doch unter dem Beutel sah sie noch etwas. Einen leuchtend gelben Post-it-Zettel, auf dem in Ambers fast zwanghaft gleichmäßiger Handschrift »Josie Q.« geschrieben stand. Er klebte auf etwas, das aussah wie das Tagebuch eines Mädchens – ein Büchlein mit schlichtem rosa Vinyleinband und einem kaputten Riemchen an der Seite. Vorne war ein herzförmiges Schloss befestigt, das aber nicht hatte verhindern können, dass das Riemchen zerrissen worden war.

»Was ist das?«, fragte Noah.

»Ich weiß es nicht«, antwortete Josie. Sie fuhr mit den Fingern über den Post-it-Zettel. Wie viele Josie Q. gab es auf der Welt? In Ambers Welt? Mit einem Mal standen Noah und Mettner neben ihr und starrten auf das, was sie in der Hand hielt.

»Gehört das dir?«, fragte Mettner.

»Nein«, antwortete Josie. »Es war hinten in der Tafel drin.«

»Mach es auf«, schlug Noah vor.

Mettner legte ihr die Hand auf den Unterarm. »Nicht. Was, wenn es privat ist? Sie hatte einen Grund, es zu verstecken, meinst du nicht?«

Josie sah ihm in die Augen. »Mett«, sagte sie leise. »Im Augenblick ist nichts privat, wenn es uns hilft, sie zu finden.«

Josie spürte an dem Druck seiner Hand, dass er zögerte. Schließlich nahm er sie weg, doch sah sie ihm an, dass er hin und her gerissen war. Mit einem Seufzer meinte er: »Okay, mach es auf.«

DREIZEHN

Josie klappte das Tagebuch auf. Auf der ersten Seite war ein reich verziertes Kästchen gezeichnet. Darin stand in verblasster Schrift von Hand geschrieben Ambers Name. Als Josie umblätterte, fiel das Buch in ihren Händen fast auseinander. Mehrere Seiten flatterten auf den Boden. Noah und Mettner bückten sich, um sie aufzuheben. Sie legten sie auf Ambers Schreibtisch, zuerst auf die eine, dann auf die andere Seite, doch waren sie völlig leer. Josie legte das Buch auf die Arbeitsfläche und blätterte vorsichtig durch die wenigen verbliebenen Seiten. An den Papierresten im Falz konnte man erkennen, dass Seiten herausgerissen worden waren. Auf einer der noch vorhandenen Seiten waren kaum sichtbar Wörter zu erkennen. Sie hatten sich durchgedrückt, als sie auf die darüberliegende, nunmehr herausgerissene Seite geschrieben worden waren. Josie versuchte, sie zu entziffern, doch gelang es ihr nicht. Auf einer der letzten Seiten hatte Amber eine Liste mit Zahlen notiert. Josie zählte die Zeilen – es waren elf.

625800049595
112786009

900017623343
07b-32-004-01-111
334689006
99-16-03
175821451
99-23-46
04c-00-321-32-009
09a-66-127-19-131
900016528173

Auch sie waren von Hand eingetragen, verblasst und verschmiert. »Das ist alt«, stellte Josie fest. »Es muss aus der Zeit stammen, als sie noch ein Kind oder eine Jugendliche war.« Sie deutete auf die Zahlenliste. »Sagt dir das etwas, Mett?«

Er sah sie sich eine Weile an und sagte dann: »Nein.«

Noah nahm noch einmal jedes Blatt in die Hand, das sie auf den Schreibtisch gelegt hatten, und sah sich ihre Vorder- und Rückseite an. »Die sind alle leer.«

»Jede Seite ist leer«, bestätigte Josie. »Es sieht so aus, als seien alle Seiten, auf denen sie etwas geschrieben hat, herausgerissen worden. Außer der mit den Nummern darauf.«

Noah nahm die Tafel in die Hand und sah sie sich an. »Aber warum hat sie es da drin versteckt?«

Mettner beugte sich zu Josie und drehte den Buchdeckel so, dass der Post-it-Zettel zu sehen war. »Und warum steht dein Name darauf?«

»Keine Ahnung«, antwortete Josie.

»Was bedeuten die Zahlen?«, fragte Noah. »Sagen sie dir etwas, Josie?«

»Nein. Telefonnummern sind es nicht. Und auch keine Postleitzahlen oder Sozialversicherungsnummern.«

»Vielleicht Kontonummern?«, mutmaßte Noah.

»Möglich«, sagte Josie. »Aber manche enthalten Buchstaben. Gibt es Banken mit Buchstaben in ihren Kontonummern?«

»Ich weiß es nicht«, räumte Noah ein.

»Vielleicht sind sie von verschiedenen Banken?«, vermutete Josie. »Oder sie bedeuten etwas ganz anderes. Wir wissen nicht einmal, ob das mit ihrem Verschwinden zu tun hat.«

»Warum hätte sie wollen sollen, dass du dieses Tagebuch bekommst?«, fragte Mettner.

Perplex starrte Josie weiter auf die Zahlen. »Ich habe nicht die leiseste Ahnung.«

Sie und Amber hatten sich nicht nahegestanden. Sie hatten ein gutes kollegiales Verhältnis, trafen sich aber außerhalb der Arbeit nicht, sah man von größeren gesellschaftlichen Zusammenkünften wie Hochzeiten oder Weihnachtsfeiern ab.

»Sie hat es Josie ja nicht gegeben«, hob Noah hervor. »Sie hat es in der Tafel versteckt.«

»Aber wieso am Arbeitsplatz?«, murmelte Josie. »Wenn sie es verstecken wollte, warum nicht zu Hause? Amber lebt allein. Mett, hast du das schon einmal bei ihr gesehen?«

Er schüttelte den Kopf. »Nicht dass ich wüsste.«

»Bist du oft bei ihr?«, fragte Noah.

»Manchmal«, antwortete Mettner. »Aber die meiste Zeit sind wir bei mir.«

»Warum?«, wollte Josie wissen.

Mettner blitzte sie an. »Wieso ist das wichtig?«

Josie stützte eine Hand in die Hüfte. »Wenn sie immer darauf bestanden hat, bei dir zu sein, weil sie etwas bei sich zu verbergen hatte, und dieses Etwas dazu geführt hat, dass sie verschwand, dann ist es wichtig für die Ermittlungen.«

»Mett«, sagte Noah, »wir versuchen, uns ein Bild von ihrem Leben zu machen, vor allem in den letzten Wochen. Ihr zwei habt eine Auseinandersetzung. Sie verschwindet. Jemand, der ihr verdammt ähnlich sieht, stirbt. Auf ihrem Auto steht eine mysteriöse Nachricht. Du bist in ihr Haus eingebrochen. Und jetzt finden wir dieses seltsame leere Kindertagebuch versteckt auf ihrem Schreibtisch im Büro, aber du hast sie nie damit gesehen. Es klebt ein Post-it mit Josies Namen darauf, nicht deinem. Wir haben viele Fragen, Mett, aber keine Antworten. Zumindest keine guten. Wir versuchen nur herauszufinden, was zum Teufel hier vorgeht.«

Mettner ballte die Fäuste. »Du willst sagen, ihr versucht herauszufinden, ob ich sie umgebracht und ihren Körper irgendwo vergraben habe und nun so tue, als sei sie verschwunden.«

»Niemand behauptet das, Mettner«, sagte Josie, während sie die Seiten aus dem Tagebuch aufsammelte und in das Büchlein zurücklegte.

»Aber ihr denkt es. Ihr alle denkt es. Ich habe Amber nichts getan!« Seine Stimme war immer lauter geworden. Mit der Faust schlug er auf Ambers Schreibtisch.

Josie klappte das Tagebuch zu und steckte es sich unter den Arm. Unbeeindruckt erwiderte sie seinen wütenden Blick. »Das sagt auch niemand, Mett. Wir wollen nur reden.«

Er deutete mit dem Finger auf sie. »Denkst du, ich merke nicht, was du vorhast? Ich weiß, wie du vorgehst. Ich habe dich Dutzende Male im Verhörraum erlebt. Du versuchst, mich auszutricksen.«

»Ich stelle Fragen«, sagte Josie.

»Beruhige dich, Mett«, meinte Noah leise, aber mit warnendem Ton. Er trat einen Schritt nach vorn und schob sich zwischen Mettner und Josie. »Nach der Scheiße, die du gebaut hast, kannst du von Glück sagen, dass du nicht im Verhörraum bist. Aber wenn du darauf bestehst, können wir das machen. Willst du das?«

Es verstrich ein langer Augenblick angespannter Stille. Josie konnte das Ticken der Wanduhr über der Tür zum Treppenhaus hören. Schließlich löste sich die Spannung aus Mettners Körper. Er drehte sich um, stapfte zu seinem Stuhl zurück, ließ sich hineinfallen und steckte die Hände in die Taschen. Josie nahm das Tagebuch mit zu ihrem Schreibtisch und setzte sich. Mit ihrem Handy machte sie Fotos von dem Büchlein und den Zahlenreihen, während Mettner über ihren Kopf hinweg an ihr vorbeistarrte.

Sie sagte: »Du sagtest, ihr beide hättet für die Zukunft geplant. Was meinst du damit?«

Wieder war es einen Augenblick still. Josie war nicht sicher, ob er ihr überhaupt antworten würde. Der Minutenzeiger der Uhr sprang ein Stück weiter. Mettner sah ihr lang in die Augen, dann schürzte er die Lippen und warf ihr einen bösen Blick zu. Auch das gehörte zu ihren Methoden. Nichts sagen. Entspannt bleiben, als hätte sie alle Zeit der Welt. Unbefangene Stille. Die meisten Menschen hatten den Drang, sie zu füllen. Mettner wusste das. Er wusste aber auch, dass Josie lange warten konnte.

»Gut«, sagte er schließlich. »Ich habe sie gefragt, ob sie bei mir einziehen will. Sie sagte Ja. Das war letzten Monat. Wir mussten aber warten, weil ihr Haus gemietet ist und sie nicht früher aus dem Mietvertrag herauskam. Trotzdem haben wir angefangen, meine Sachen durchzugehen, manches wegzuwerfen und Platz für sie zu schaffen. Viel hatte sie sowieso nicht.«

»Ihr wolltet zusammenziehen, aber einen Schlüssel zu ihrem Haus hast du nicht?«, wunderte sich Noah. »Hatte sie einen Schlüssel zu deinem?«

»Ja, den hatte ... hat sie. Ich habe keinen für ihr Haus, weil es, wie gesagt, nur gemietet ist und Amber meinte, der Vermieter erlaubt es nicht.«

Josie wusste, dass Amber nichts daran hätte hindern können, trotzdem einen Schlüssel für Mettner nachmachen zu lassen, behielt es aber für sich. »Hat sie sich darauf gefreut, mit dir zusammenzuziehen?«

Ein leichtes Lächeln huschte über Mettners Gesicht. »Ja, wir beide haben uns gefreut. Tun wir noch immer.«

»Aber du sagtest, ihr hättet gestritten. So sehr, dass sie deine

Anrufe nicht mehr entgegengenommen hat«, sagte Josie. »Was ist passiert?«

Sein Gesicht verschloss sich. Nur so ließ es sich beschreiben. Er machte komplett zu. »Was passiert ist? Wir hatten einen Streit. Wie alle Paare hin und wieder.«

»Worüber?«, fragte Noah.

Mettner sah ihn nicht an. »Privates Zeug.«

»Mett«, insistierte Josie.

»Nichts von Bedeutung«, behauptete er. »Wirklich nicht, das müsst ihr mir glauben. Es hat nichts mit dieser Ermittlung zu tun.«

»Das weißt du nicht«, sagte Noah.

Mettner zog seine Hände aus den Taschen und packte den Rand seines Schreibtischs, bis die Knöchel weiß wurden. »Doch, das weiß ich. Ich bin auch Polizist, falls du dich erinnerst. Warum behandelt ihr mich wie einen Idioten? Warum könnt ihr mir nicht einfach glauben? Nichts, worüber wir gestritten haben, hat irgendetwas mit Ambers Verschwinden oder der Frau im Fluss zu tun.«

Die Treppenhaustür ging krachend auf. Gretchen kam mit vier dampfenden Kaffeetassen auf einem Tablett herein. Sie blieb neben den Schreibtischen stehen und sah sie alle mit hochgezogener Augenbraue an. Josie wusste, dass sie die Spannung im Raum spüren konnte. »Was ist los?«, fragte sie und stellte das Tablett auf Josies Schreibtisch. Niemand sagte ein Wort.

»Okay«, sagte Gretchen. Sie wandte sich Josie zu. »Hast du ihn schon wegen der Schwester gefragt?«

»Wir sind noch nicht so weit«, meinte Noah.

»Wovon redet ihr?«, fragte Mettner.

Josie nahm eine Tasse vom Tablett und gab sie Mettner. Sie arbeiteten schon so lange zusammen, dass sie allein an der Färbung des Kaffees erkennen konnte, welche Tasse wem gehörte. Gretchen verteilte die übrigen Tassen.

»Die Frau im Fluss«, antwortete Josie. »Wir glauben, es könnte Ambers Schwester sein.«

»Wegen ihrer Haare?«, fragte Mettner.

Gretchen setzte sich an ihren Schreibtisch und nippte an ihrem Kaffee. »Sie ähnelt ihr, Mett. Was kannst du uns über ihre Schwester erzählen?«

»Nichts«, erwiderte er. »Amber hat nie über ihre Familie gesprochen. Ich weiß nicht einmal, wie ihre Schwester heißt.«

Josie stellte den Kaffee auf ihren Schreibtisch und stupste ihre Computermaus an. Der Bildschirm erwachte zum Leben. »Hat sie nie über sie gesprochen? Oder hat sie sich geweigert, über sie zu sprechen?«, fragte sie.

Mettner dachte einen Moment nach und antwortete dann: »Sie hat sich geweigert.«

Josie rief eine ihrer Datenbanken auf und tippte Ambers Name und Adresse ein. Sie bekam sogleich Ergebnisse, aber keine Angehörigen von Amber angezeigt. »Hat sie nie Namen genannt?«, hakte Josie nach. »Von Eltern? Geschwistern? Irgendjemandem?«

Mettner schüttelte den Kopf. »Nein.«

Die Ergebnisse aus der Datenbank zeigten eine Frau, die mit achtzehn Jahren völlig allein in die Welt hinausgegangen war. Registriert waren ein Führerschein und mehrere Adressen, die meisten davon in der Stadt, in der sie aufs College gegangen war. Es gab einige Verträge mit Versorgungsunternehmen auf ihren Namen, ein Auto, mehrere ehemalige Arbeitgeber. Das war's. »Hatte sie Pflegeeltern?«, fragte Josie.

»Ich glaube nicht«, antwortete Mettner.

Josie gab Ambers Nachnamen, Watts, in die Datenbank ein, doch es gab in Pennsylvania zu viele Personen mit diesem Namen, als dass ihr kleines Revier alle überprüfen könnte. Außerdem war es nicht einmal sicher, ob Amber überhaupt im Bundesstaat aufgewachsen war.

»Hat sie dir je etwas über ihre Kindheit erzählt?«, fragte Noah.

»Nein. Sie hasste es, darüber zu reden. Sie sagte nur, dass sie viel umgezogen seien.«

»Weißt du, wo sie zur Welt kam? Hier in Pennsylvania?«

»Ich weiß es nicht«, sagte Mettner.

Seufzend schloss Josie die Datenbank. »Du musst dich mit ihrer Freundin in Verbindung setzen. Wie hieß sie gleich nochmal?«

»Grace Power.«

»Genau«, sagte Josie. »Geh mit Gretchen nach Hause. Schlaf ein paar Stunden. Morgen früh kann Gretchen Grace kontaktieren und mit ihr reden, während Noah und ich zu Dr. Feist fahren. Es kann kein Zufall sein, dass wir auf Ambers Auto eine Nachricht entdecken, die uns zum Russell-Haven-Damm führt, und dort eine Frau vorfinden, die ihr zum Verwechseln ähnlich sieht. Wenn das Ambers Schwester ist, muss jemand aus ihrer Familie die Leiche identifizieren und beerdigen.«

VIERZEHN

Josie und Noah stellten ihre Berichte fertig und fuhren nach Hause, um ein paar Stunden zu schlafen, was Trout sichtlich behagte. Sie duschten zusammen und gingen anschließend ins Bett. Noah schlief ein, kaum dass sein Kopf das Kissen berührt hatte. Immer wenn Josie wegzudämmern begann, spürte sie die Finger der Frau an ihrem Handgelenk. Diese letzte Berührung. Seit Lisettes Ermordung hatten sie fast jede Nacht Albträume geplagt. Sie liefen immer gleich ab – als geträumte Erinnerung an die Nacht, in der Lisette starb und Josie sie nicht hatte retten können. Diesmal war Lisette zwischen den Felsen am Russell-Haven-Damm eingeklemmt. Josie versuchte, sie zu bergen, bevor das Wasser über sie hereinbrach, hatte jedoch keine Chance. Sie wachte nach Luft schnappend auf, während Trout ihr Gesicht leckte und besorgt winselte.

Josie wusste, dass an einen ruhigen Schlaf nun nicht mehr zu denken war. Also ging sie nach unten, um ihren Computer hochzufahren. Sie rief die Fotos von den Ziffern in Ambers Tagebuch auf. Trout schlummerte zu ihren Füßen – er hatte sich entschieden, ihr Gesellschaft zu leisten, statt bei Noah im Bett zu bleiben. Wie fast immer schien er auch diesmal ihre

Unruhe zu spüren. Josie gab jede Zahlenfolge in Google ein, bekam aber keine Suchtreffer. Sie addierte die Ziffern jeder Nummer und erstellte Listen und Tabellen, um ein Muster zu finden. Selbst eine Aufstellung möglicher Formate, denen sich die Zahlenreihen eventuell zuordnen ließen, schrieb sie. Ganz oben standen Bankkonten, doch konnten sie unmöglich jede Bank im Land bitten, ihre gesamten Daten nach jeder Nummer zu durchsuchen. Und selbst wenn, bräuchten sie dafür eine richterliche Verfügung. Die sie kaum bekommen würden, denn es war alles andere als sicher, ob die mysteriösen Nummern mit dem Tod der Unbekannten oder Ambers Verschwinden in Zusammenhang standen.

Als Noah frisch geduscht in die Küche kam, schien bereits die Sonne durch die Fenster. »Hey«, sagte er. »Hast du überhaupt geschlafen?«

»Ein paar Stunden«, seufzte Josie. Sie sah auf die Uhr. In weniger als einer Stunde mussten sie bei Dr. Feist im städtischen Leichenschauhaus sein.

Dreißig Minuten später saßen die beiden in Noahs Auto und waren unterwegs zum Denton Memorial Hospital. Das große Backsteingebäude stand hoch auf einem felsigen Hügel über der Stadt. Als sie die lange Straße zum Parkplatz hochfuhren, wechselte Noah immer wieder den Radiosender, doch brachten alle nur die Morgennachrichten. Beherrschendes Thema war die unbekannte Leiche, die mitten in der Nacht aus dem Fluss in der Nähe des Kraftwerks gezogen worden war. »Nach Auskunft der Polizei handelt es sich um eine weibliche, weiße Person Mitte zwanzig, etwa eins fünfundsechzig groß, knapp sechzig Kilo schwer, langes braunes Haar und blaue Augen. Wer sachdienliche Hinweise zu der Toten hat, wird gebeten, sich mit der Polizei in Verbindung zu setzen.«

Noah schaltete das Radio aus. »Ich schätze, der Chief hat die Beschreibung rausgegeben. Vielleicht bringt uns das ja weiter.«

Sie stellten das Auto ab und gingen ins Denton Memorial Hospital. Das Leichenschauhaus befand sich im fensterlosen Keller des Krankenhauses. Der Flur, der zu den Räumen von Dr. Feists Reich führte, war ein nüchterner Schlauch. Seine Wände hatten im Lauf der Zeit eine schmutzig-schmierige Patina und der einst weiße Fliesenboden ein widerliches Gelb angenommen. Wie immer herrschte im gesamten Keller eine unheimliche Stille. Dr. Feist stand im Untersuchungsraum vor einer Edelstahl-Arbeitsfläche an der Wand und tippte etwas in ihren Laptop. Sie trug einen blauen Kittel und hatte ihr silber-blondes Haar unter eine OP-Haube gesteckt. Josie drehte sich bei dem Geruch nach Chemikalien und Verwesung fast der Magen um. Sie war schon unzählige Male hier in diesem Raum gewesen, doch an den Gestank hatte sie sich noch nicht gewöhnt. Dr. Feist sah auf, als sie hereinkamen, und lächelte sie müde an. Unter ihren Augen zeichneten sich dunkle Ringe auf der blassen Haut ab.

Noah ging zu ihr und gab ihr einen Kaffee. Ihr Lächeln wurde sogleich wesentlich breiter. »Wir wissen, dass du die ganze Nacht auf warst.«

»Danke«, sagte sie. »Ich war schon wegen eines anderen Falls für den Countysheriff hier. Da dachte ich, ich könnte gleich hierbleiben und die Nacht durchmachen.«

Josie ließ den Blick über die Untersuchungstische schwei-fen. Nur auf einem lag eine Leiche, bedeckt mit einem weißen Laken. Darunter lugten braune Locken hervor.

»Das ist eure Unbekannte«, sagte Dr. Feist. Sie nahm einen Schluck von ihrem Kaffee, stellte den Becher neben den Laptop und ging zum Untersuchungstisch. »Habt ihr schon eine Ahnung, wer sie ist?«

»Nein«, antwortete Josie. »Möglicherweise Ambers Schwes-ter, aber solange sie nicht von Angehörigen identifiziert wird, können wir es nicht mit Sicherheit sagen.«

»Habt ihr schon etwas von Amber gehört?«, wollte Dr. Feist wissen.

»Noch nicht«, erwiderte Noah.

Dr. Feist seufzte und schlug das Laken bis zu den Schultern der Toten zurück. Im grellen, gnadenlosen Licht des Autopsieraums wirkte sie viel blasser. Ihre Haut war mittlerweile wächsern geworden, die große Beule an ihrer Schläfe noch violetter als beim letzten Mal.

»Eure Unbekannte wurde mit Jeans, Unterwäsche und langärmeligem Baumwoll-T-Shirt ohne Aufdruck eingeliefert. Sie trug schlichte weiße Baumwollsöckchen und einen Turnschuh. Den anderen hat sie vermutlich im Fluss verloren. Sie hatte weder Mantel noch Handschuhe noch eine Wintermütze an. Ich habe Officer Hummel von eurer Spurensicherung herkommen lassen, damit er die Kleidung als Beweismittel in Empfang nimmt. Allerdings haben wir nichts gefunden, was eine Feststellung der Identität ermöglicht hätte. Sie war allem Anschein nach eine völlig gesunde Frau in den Zwanzigern. Bei der äußeren Untersuchung und anschließenden Autopsie ergaben sich keinerlei Hinweise auf Vorerkrankungen. Weder Narben noch größere Muttermale noch Tätowierungen. Keine Anzeichen für sexuellen Missbrauch. Die Todesursache ist Ertrinken. Normalerweise kann diese Diagnose erst gestellt werden, nachdem jede andere Möglichkeit ausgeschlossen wurde. Da diese Frau aus dem Wasser gezogen wurde und jemand von euch nach meinen Informationen bestätigt hat, dass sie noch lebte, als sie weggespült wurde, war ich ziemlich sicher, dass sie ertrunken ist. Trotzdem habe ich eine vollständige Untersuchung und Autopsie durchgeführt. Ich habe wie erwartet Schaum in ihren oberen und unteren Atemwegen festgestellt, außerdem Flüssigkeit in den Nasennebenhöhlen und ein Emphysema aquosum.«

»Was ist das?«, fragte Noah.

»Es bedeutet, dass ihre Lungen überbläht und mit Flüssigkeit gefüllt waren«, antwortete Josie.

»Im Grunde ja«, bestätigte Dr. Feist. »Wie bei manchen Ertrinkungsfällen ebenfalls typisch, habe ich auf der Lunge Rippeneindrücke und an der Oberfläche sowie den Rändern der Lunge Paltauf-Flecken – also subpleurale Blutungen – gefunden. Ich habe außerdem untersucht, ob die Flüssigkeit in ihren Lungen Diatomeen enthält. Aber bis die Ergebnisse da sind, wird es noch ein paar Tage dauern.«

»Wenn ich das recht verstehe, prüfst du, ob sie Algen aus dem Fluss in der Lunge hatte?«, fragte Noah.

»Das ist eine grobe Vereinfachung, aber für unsere Zwecke kann man das so sagen. Diatomeen sind eine Algengruppe. Einzellige Organismen. Man findet sie in der Regel im Gewebe oder den Organen von Opfern, die diatomeenhaltiges Wasser eingeatmet haben. Damit lässt sich Ertrinken als Todesursache sehr sicher nachweisen. Ich habe Gewebeproben aus ihrem Gehirn, der Leber und den Nieren entnommen und sie ebenfalls ins Labor geschickt. Wenn sie noch am Leben war, als sie die Algen eingeatmet hat, sollten sie in den Gewebeproben vorhanden sein, denn sie wären über den Blutkreislauf in ihren Körper gelangt. War sie dagegen bereits tot, als das Wasser in ihre Lungen eingedrungen ist, würde man keine Diatomeen in den Gewebeproben, sondern nur in der Lungenflüssigkeit finden. Ich habe auch Proben zur Toxikologie geschickt, aber wie ihr wisst, kann es Wochen dauern, bis die Ergebnisse da sind.«

»Wir vertrauen auf deine vorläufige Einschätzung, dass die Frau ertrunken ist«, sagte Josie. »Hast du sonst noch etwas herausgefunden, das wir wissen sollten?«

»Tatsächlich habe ich ein paar interessante Dinge herausgefunden. Erstens sieht es so aus, als sei sie kürzlich geschlagen worden. Sie hat heilende Hämatome an Armen, Beinen und Rumpf. Hämatome entstehen, wie ihr wisst, durch Gewalteinwirkung. Dabei platzen kleine Blutgefäße und das Blut sammelt sich unter der Haut. In den ersten ein, zwei Tagen sind sie rot. Nach ein, zwei Tagen verliert das Blut Sauerstoff, sodass die Haut schwarz, blau oder violett wird. Später produziert der Organismus Biliverdin und Bilirubin, um das Hämoglobin abzubauen. Deshalb färben sich die Hämatome schließlich grün und gelb, allerdings erst etwa fünf bis zehn Tage nach der Verletzung. Zehn bis vierzehn Tage danach färben sich die Flecken gelb- oder hellbraun. Sie hat violette bis gelbbraune Hämatome am ganzen Körper.«

»Wenn sie sich in verschiedenen Heilungsphasen befanden, heißt das, sie wurde in den letzten zwei Wochen mehrmals verprügelt«, stellte Josie fest.

»Das ist meine Vermutung«, pflichtete ihr Dr. Feist bei. »Der Zustand der Hämatome deutet darauf hin, dass sie in den letzten Tagen oder Wochen mehr als einmal verprügelt wurde.«

»Aber sicher kannst du es nicht sagen?«, hakte Noah nach.

Dr. Feist runzelte die Stirn. »Wie alt die Hämatome genau sind, kann ich euch nicht mit Sicherheit sagen, denn wie alle Verletzungen hängt die Heilung von vielen Faktoren ab.«

»Zum Beispiel?«, drängte Noah.

»Vom Gerinnungsfaktor der Frau, bestimmten gesundheitlichen Faktoren, ob sie anämisch war und so weiter.«

»Und das lässt sich nicht durch die Autopsie klären?«, fragte Noah.

»Leider nicht. Ich erkläre es dir.« Sie deutete auf die Ecke des Autopsietischs. »Mein Assistent Ramon und ich stoßen uns gelegentlich an dieser Ecke an. Ich bekomme blaue Flecken, er nicht. So ist es auch mit Menschen, die hinfallen. Kinder zum Beispiel. Das eine fällt vom Ende einer Rutsche, steht auf und es fehlt ihm nichts. Das andere fällt ganz genauso, hat aber ernsthafte Verletzungen. Jeder ist anders. Wenn ich vor Gericht die Ergebnisse meiner Autopsie erläutern müsste, könnte ich nicht mit Sicherheit sagen, wie alt die Hämatome sind. Das wisst ihr.«

Noah schnaubte frustriert. »Aber du hast uns doch soeben den kompletten Ablauf bei der Heilung der Flecken geschildert.«

Dr. Feist nickte. »Ja. Was ich mit Sicherheit sagen kann: Ihre Verletzungen deuten darauf hin, dass sie die Hämatome irgendwann in letzten zwei Wochen erlitten hat. Außerdem hat sie eine gebrochene Rippe, die gerade erst zu heilen angefangen hat, und einige ältere Schnitte auf der Innenseite der Wangen, die vermutlich davon herrühren, dass sie vielfach mit der flachen Hand oder sogar der Faust ins Gesicht geschlagen wurde. Auch dieser Wangenknochen ...« – sie deutete auf die linke Gesichtshälfte der Toten – »... hat einen Bruch im ersten Heilungsstadium. Daraus schließe ich, dass ihr alle Verletzungen ante mortem zugefügt wurden.«

»Vor ihrem Tod?«, fragte Noah. »Woran siehst du, wie alt sie sind?«

Dr. Feist winkte sie zu der Arbeitsfläche aus Edelstahl, auf der ihr Laptop lag. Sie rief einige Röntgenaufnahmen auf, die als »Unbekannte Tote« markiert waren. Die erste Aufnahme zeigte einen Brustkorb. Sie vergrößerte sie. »Hier«, sagte sie und deutete auf eine dünne vertikale Linie durch eine Rippe. »Da ist fast so etwas wie eine Wolke außen herum, seht ihr das? Das ist der Kallus. Wenn ein Knochen bricht, kommt es zu starken Entzündungen. Meist bildet sich an der Bruchstelle ein Blutgerinnsel. Nach etwa einer Woche entsteht ein Kallus, der die Bruchstelle überbrückt. Er besteht aus Fasergewebe und Knorpel. Man kann ihn manchmal schon eine Woche nach der Fraktur auf der Röntgenaufnahme erkennen, manchmal aber auch nicht. Wäre es ein älterer Bruch, müsste da mehr Kallus sein. Das gilt auch für den Wangenknochen.« Sie schloss die Aufnahme vom Brustkorb, rief eine vom Gesicht der Toten auf und erklärte auch sie. »Bei den Schnitten auf der Innenseite der

Wangen habe ich Blutgerinnsel gefunden, die sich nicht bilden würden, wenn sie bereits tot gewesen wäre. Ich habe auch Schnitte auf ihrem Körper und ein paar Frakturen festgestellt, die sie sich nach ihrem Tod zugezogen hat, wahrscheinlich, als ihr Körper den Fluss hinuntergespült wurde und dabei an Felsen und Treibgut im Wasser stieß.«

»Die Beule an ihrer Schläfe«, sagte Josie. »Kannst du abschätzen, wie alt sie ist?«

Dr. Feist ging zurück zur Leiche und deutete mit einem behandschuhten Finger auf den Kopf der Toten. Sie hatte das Haar so drapiert, dass die Sägelinie, an der sie die Schädeldecke abgetrennt hatte, um das Gehirn zu untersuchen, nicht zu sehen war. Dafür war ihr Josie dankbar. »Auch da kann ich euch keinen exakten Zeitpunkt nennen. Aber ihre Beschaffenheit ist vergleichbar mit einer Verletzung, die sie in den letzten vierundzwanzig Stunden vor ihrem Tod erlitten hat. Sie kann nicht post mortem entstanden sein, denn eine solche Blutsansammlung, also Beule, bildet sich nur, wenn man lebt. An inneren Verletzungen hatte sie ein akutes subdurales Hämatom. Das würde erklären, warum sie geschwächt und vermutlich verwirrt war, als ihr sie gefunden habt.«

»Lässt sich sagen, wodurch es verursacht wurde?«, fragte Josie.

»Leider nein. Sie kann gefallen oder mit einem stumpfen Gegenstand auf den Kopf geschlagen worden sein. Bei Schlägen mit einem Objekt sind oft Verletzungsmuster zu sehen, bei denen sich der Gegenstand, der die Verletzung verursacht hat, auf der Haut abzeichnet. Ich kann jedoch keinen Abdruck erkennen, der klar genug ist, um daraus herzuleiten, was die Quetschung oder das Hämatom verursacht hat. Das heißt nicht, dass sie nicht mit einem stumpfen Gegenstand geschlagen wurde, sondern nur, dass keine Rückschlüsse auf die Waffe gezogen werden können. Allerdings ...«

Dr. Feist unterbrach ihre Erklärungen, stellte sich neben

die Hüfte der Leiche und nahm vorsichtig das Laken von einem ihrer Arme. Josie sah sofort, worauf Dr. Feist sie hinweisen wollte. Um das Handgelenk der Unbekannten zogen sich einige hässliche rote und violette Schürfwunden. An manchen Stellen sah man außerdem Verletzungen von scharfkantigen Gegenständen, die in das Fleisch geschnitten hatten. Und rote Striemen auf violetten Hämatomen. »Die hier sind sehr frisch«, meinte Dr. Feist. »Aber sie überlagern ältere Verletzungen – und ältere heißt in diesem Fall, dass sie einige Tage oder höchstens ein, zwei Wochen alt sind.«

»Willst du damit sagen, dass direkt über älteren Verletzungen neue verursacht wurden?«, fragte Noah.

Dr. Feist lächelte. »Ich sehe, du hast es begriffen.«

»Sie wurde gefesselt«, folgerte Noah. »Was verursacht so etwas? Kabelbinder?«

Dr. Feist nickte. »Ja, ich denke schon.« Sie ging zur anderen Seite des Tischs und deckte auch den zweiten Arm auf. Er war ebenso übel zugerichtet. »Sie hat eindeutig kurz vor ihrem Tod versucht, sich aus den Fesseln zu befreien. Andernfalls wäre das Gewebe nicht so stark geschädigt. Manche Schürfwunden sind ziemlich tief. Und wenn ihr euch das hier anseht ...« Sie hob den Arm der Toten, damit sie die Außenseite ihrer Handgelenke sehen konnten. Auf Höhe des kleinen Fingers befanden sich lange, hellrote Abschürfungen. Sie reichten von den durch Kabelbinder verursachten Wunden bis fast zum Ellbogen. »Das sieht aus, als hätte sie versucht, die Kabelbinder loszuwerden, indem sie sie gegen etwas scheuerte. Beide Arme sehen so aus.«

»Könnte sie versucht haben, sie an den Felsen zu reiben?«, fragte Josie. »Als wir sie fanden, war sie zwischen zwei großen Felsen eingezwängt. Wenn sie gefesselt war, würde das erklären, warum sie nicht einfach herausgeklettert ist.«

»Ja«, sagte Dr. Feist. »Ich konnte aus den Verletzungen etwas Schmutz und Unrat holen, das sich in ihre Haut gedrückt hat. Ich lasse sie vom Labor der Staatspolizei analysieren, aber nach dem, was ich über die Gegend dort weiß, würde es mich nicht wundern, wenn die Ergebnisse mit den Bodenproben übereinstimmen würden, die Hummel vom Flussufer nimmt.«

Noah ging an das untere Ende des Tischs und deutete mit seinem Kaffeebecher auf die Füße der Toten. »Waren ihre Füße auch gefesselt?«

Dr. Feist nickte und kam zu ihm. Sehr behutsam schlug sie das Laken über die Knie der Unbekannten. Auf den Schienbeinen sah man Hämatome und Schürfwunden, die jedoch nicht schwer waren. Auf ihren Knöcheln hingegen waren mehrere starke rote Hautabschürfungen in Ringform zu erkennen. Die Zehennägel waren leuchtend rosa lackiert. »Die Verletzungen hier sehen nicht so frisch aus wie die an ihren Handgelenken. Man sieht, dass die Abschürfungen lange nicht so tief sind wie dort. Sie scheint sich ihre Schienbeine in den Stunden vor ihrem Tod aufgekratzt oder angestoßen zu haben, aber es lässt sich nicht mit Sicherheit sagen, ob ihre Beine gefesselt waren, als sie sich im Fluss befand.«

»Der Fluss hat eine ziemliche Strömung, aber reicht die aus, Kabelbinder um Sprunggelenke zu sprengen?«, überlegte Noah.

»Ich bin nicht sicher, ob sich das feststellen lässt«, meinte Josie.

Dr. Feist pflichtete ihr bei. »Mit Sicherheit können wir wohl nur sagen, dass diese Frau in den letzten Tagen oder vielleicht Wochen vor ihrem Tod mit etwas, das wie Kabelbinder aussieht, an Händen und Füßen gefesselt war.«

Noah runzelte die Stirn. »Sie ist den Weg zum Flussufer gelaufen, wie man auf den Videoaufzeichnungen sieht. Dort ist sie zwar hingefallen, aber nichts deutet darauf hin, dass ihre Füße gefesselt waren. Wenn das nicht der Fall war, hätte sie eigentlich zwischen den Felsen herausklettern können müssen«, sagte Noah. »Meint ihr nicht auch?«

Dr. Feist verzog das Gesicht. »Ich habe die Felsen, von denen du sprichst, nicht gesehen, deshalb weiß ich es nicht. Mit Sicherheit kann ich nur sagen, dass sie lange dort draußen war. Ihr habt die Finger nicht gesehen, oder?«

Josie und Noah schüttelten den Kopf. Dr. Feist ging zu einer der noch offen daliegenden Hände und hob sie hoch, damit sie sie sehen konnten. Josie trat näher. Nun fiel ihr die ungewöhnliche rosa Färbung der Finger auf. Es sah aus, als wären sie bis zum zweiten Knöchel in brühheißes Wasser gesteckt worden.

»Erfrierungen«, stellte Josie fest.

»Ja«, stimmte Dr. Feist ihr zu.

»Gestern war die Temperatur nur knapp unter dem Gefrierpunkt«, sagte Noah. »Sind Erfrierungen bei so geringen Minusgraden überhaupt möglich?«

»Wenn man den Windchill dazurechnet, der dafür sorgt, dass die gefühlte Temperatur weit niedriger ist als die tatsächliche, dann schon. Es hängt von der Windgeschwindigkeit ab und der Zeitspanne, die sie der Kälte ausgesetzt war. Wenn sie mehrere Stunden am Damm versucht hat, sich von ihren Fesseln zu befreien, der Wind stark wehte und die subjektiv empfundene Temperatur ein gutes Stück unter dem Gefrierpunkt lag, dann sind Erfrierungen möglich.«

Josie ging das Szenario in Gedanken durch: Die Frau kommt um kurz vor fünf Uhr morgens am Russell-Haven-Damm an, möglicherweise um jemanden zu treffen, aber vermutlich eher, weil sie mit Gewalt hingebracht wurde. Ihr Angreifer lässt ihre Hände gefesselt und schafft sie irgendwie zu den Felsen. Sie oder er muss sie gezwungen haben, dorthin zu gehen, denn Josie bezweifelte, dass es möglich war, eine erwachsene Frau durch die Rinne zu den Felsen zu tragen und dort abzulegen, selbst wenn sie nur wenig wog.

»Die Erfrierungen hätten sie nicht daran gehindert, sich zu befreien, oder?«, fragte Noah.

»Nein«, antwortete Dr. Feist. »Aber wenn sie den ganzen Tag da draußen war und versucht hat, sich zu befreien, hätte sie Erfrierungen bekommen.«

»Sie war nicht gefesselt, als ich zu ihr gelangte«, sagte Josie. »Sie hat eine Hand gehoben. So habe ich überhaupt erst gemerkt, dass sie noch lebte. Aber obwohl das Wasser ihr Gewicht verringert hat, fiel es mir sehr schwer, sie zwischen den Felsen hervorzuziehen. Ist es möglich, dass sie dort eingeklemmt war und es zwar geschafft hat, die Kabelbinder loszuwerden, nicht aber, herauszukommen?«

»Wie gesagt, ich kann darüber nicht spekulieren, weil ich nicht dort war, wo ihr sie gefunden habt. Aber die gebrochene Rippe hat ihre Beweglichkeit zweifelsfrei sehr eingeschränkt. Und durch die Kopfverletzung war sie schwach und verwirrt. Wahrscheinlich hat sie zeitweise sogar das Bewusstsein verloren. Ob das der Fall war, bevor sie zwischen die Felsen gelangte oder danach, kann ich nicht mit Sicherheit sagen. Auf jeden Fall war ihre Motorik nach der Kopfverletzung vermutlich nicht sonderlich gut, vor allem, nachdem das subdurale Hämatom sich ausgedehnt und auf das Gehirn gedrückt hat.«

»Hätte die Kopfverletzung sie umgebracht? Wenn sie nicht ertrunken wäre?«, wollte Josie wissen.

Dr. Feist berührte die Tote am Handrücken und sah sie an. »Schwer zu sagen. Auch das hängt von individuellen Faktoren ab.«

Josie fiel ein, wie benommen sie auf den Aufnahmen der Sicherheitskamera wirkte, als sie auf dem Weg hinfiel, und wie der Arm von außerhalb des Blickfelds der Kamera erschien, sie packte und wie eine Puppe wegzerrte. War sie zu benommen gewesen, um sich zu wehren? Hatte es ihr Angreifer geschafft, sie zu den Felsen zu bugsieren, ohne dass sie ihm viel Widerstand entgegenbrachte?

»Kannst du etwas über die Todesart sagen?«, fragte Noah.

Dr. Feist sah sie wieder an. »Wenn jemand ertrinkt und wir

nicht zweifelsfrei feststellen, dass eine andere Person den Ertrinkungstod des Opfers verursacht hat, müssen wir es in der Regel als Unfall deklarieren.«

»Kein Mord?«, fragte Josie ungläubig. »Jemand hat sie in die Rinne und zwischen die Felsen geschafft, damit sie vom Wasser erwischt wurde, als es abgelassen wurde.«

»Das ist sadistisch«, fügte Noah hinzu. »Man kann doch nicht ernsthaft annehmen, dass sie mit der Beule auf dem Kopf, einer gebrochenen Rippe und den vielen Quetschungen und Schürfwunden am Körper selbstständig zu den Felsen spaziert ist. Wir wissen, dass jemand bei ihr war. Wir haben die Aufnahmen, die zeigen, dass ihr jemand aufgeholfen hat, nachdem sie auf dem Weg zum Flussufer zusammengebrochen war.«

»Es geht nicht darum, was wir glauben«, murmelte Josie. »Sondern darum, was wir beweisen können. Und wir können nicht beweisen, dass jemand sie zwischen die Felsen gestoßen hat.«

Dr. Feist hob beide Hände, um sie zum Schweigen zu bringen. »Wartet, ich bin ja noch nicht fertig. Ihr habt recht. Es geht darum, was wir beweisen können und was in meinen Augen bei einem Kreuzverhör den Fragen eines Strafverteidigers standhält, sofern ihr die Person findet, die das getan hat, und vor Gericht bringt. In diesem speziellen Fall werde ich aufgrund meiner Einschätzung, dass sie wegen der vor ihrem Tod erlittenen Verletzungen physisch nicht in der Lage war, sich von selbst aus der Rinne zu retten, die Todesart als Mord einstufen.«

Josie musste unwillkürlich an die entsetzliche Angst der Unbekannten denken, die keine Chance hatte zu entkommen und jeden Moment damit rechnen musste, dass das Wasser über sie hereinbrechen würde. »Danke«, flüsterte sie.

Dr. Feist legte den Arm der Toten wieder unter das Laken. »So, und jetzt kümmert ihr euch um euren Teil der Ermittlungen und findet die Person, die diese Frau gequält und umgebracht hat.«

»Mit Vergnügen«, erwiderte Noah. »Doc, hast du vielleicht noch etwas, das uns helfen könnte, herauszufinden, wer die Frau ist und wer versucht hat, sie umzubringen?«

»Leider nicht. Hummel hat ihre Fingerabdrücke genommen, als er hier war. Er hat mich angerufen und gesagt, dass er sie durch die Fingerabdruck-Datenbank laufen lassen hat, es aber keine Übereinstimmung gab. Bis ihr geklärt habt, wer sie ist, und Angehörige findet, die den Leichnam übernehmen, bleibt sie bei mir.«

»Wir kümmern uns noch heute darum«, versprach Josie.

FÜNFZEHN

Josie und Noah stellten ihr Auto auf dem städtischen Parkplatz hinter dem Polizeirevier ab. Josie ließ Noah dort zurück und ging zu Komorrah's Koffee, das nur einen Block weit entfernt war. Ohne Unmengen Koffein würde sie es nie durch diesen Tag schaffen. Noah hatte ihr einen seiner alten Winterjacken gegeben, die sie tragen konnte, bis sie sich eine neuen kaufte. Sie war ihr zu groß, sodass die kalte Dezemberluft von unten hereinzog und sie frösteln ließ. Umso angenehmer war die warme Luft, die sie umfing, als sie das Café betrat – genau wie die Erkenntnis, dass die Schlange nicht allzu lang war: Nur zwei Personen standen vor ihr. Der Duft von Kaffee und Gebäck zog ihr in die Nase. Ihr Magen grollte begeistert. Der Mann vor ihr drehte sich um und lächelte sie unter seiner Baseballkappe amüsiert an. Auf Josie wirkte er vertraut, was sie sich nicht erklären konnte, denn sie kannte ihn nicht. Er war schon etwas älter, zwischen sechzig und siebzig, hatte einen grau melierten Stoppelbart, der sein kantiges Kinn rahmte, und weißes Haar, das unter seiner grünen Kappe mit dem Philadelphia-Eagles-Logo lockig hervorquoll.

»Der Morgen hatte es in sich«, murmelte Josie entschuldigend.

Sie warf einen Blick zum Fernsehgerät in der Ecke des Cafés. Es lief der Sender WYEP. Der Reporter, den sie letzte Nacht auf dem Parkplatz des Russell-Haven-Damms hatte stehen sehen, berichtete über den Leichenfund am Fluss. Dann wurde zurückgeschaltet zu den landesweiten Morgennachrichten. Auf dem Bildschirm erschien das Gesicht von Thatcher Toland. Er saß auf einem Stuhl gegenüber einer Moderatorin der Sendung und trug einen marineblauen Pullover über einem Kragenhemd, eine hellbraune Hose und braune Halbschuhe. Dabei wirkte er entspannt, als sei er es gewöhnt, vor der Kamera zu stehen. Toland hatte dichtes, gewelltes graues Haar und blaue Augen, die funkelten, während er sprach. Josie wusste aus den vielen Zeitungsartikeln über ihn, dass er Anfang sechzig war. Aber die Falten um seinen Mund und seine Augen machten ihn nur noch attraktiver.

»Ihre Kirchengemeinde hat im letzten Jahr enormen Zulauf bekommen«, sagte die Moderatorin. »Woran liegt es Ihrer Ansicht nach, dass Ihre Botschaft so viele Menschen erreicht?«

Toland lächelte. »An Gott! Diesen weltlichen Erfolg verdanke ich allein Gott. Ich bin nur das Sprachrohr, mit dem er seine Botschaft verkündet. Um Ihre Frage zu beantworten: Weil die Botschaft sehr einfach ist. Sie lautet: Der Glaube ist für uns alle da. Er wartet darauf, dass wir unsere Augen für ihn öffnen.«

Die Moderatorin lächelte routiniert. »Sie haben schon oft gesagt, dass man sein Leben ändern könne, wenn man zum Glauben an Gott ›erwache‹. Was meinen Sie damit?«

Toland wurde ernst. Er rutschte in seinem Stuhl leicht nach vorn, stützte seine Ellbogen auf die Knie und sah die Moderatorin durchdringend an. »Wenn man den Glauben an Gott annimmt, überlässt man sich ihm. Eine große Last wird von einem genommen. Öffnet man seine Augen dafür, was Gott zu bieten hat, muss man die Last seiner irdischen Existenz nicht mehr tragen. Wer zum Glauben erwacht, beginnt zu erkennen, was er anderen zeit seines Lebens angetan hat.«

»Das stimmt«, pflichtete ihm die Moderatorin bei. »Sie haben schon oft gesagt, das Wichtigste, was man tun könne, sei, begangenes Unrecht wiedergutzumachen.«

»Ich bin von ganzem Herzen davon überzeugt. Sobald man anfängt, Verantwortung zu übernehmen und sich seine Sünden einzugestehen, schickt einen Gott auf den Weg der Sühne. Man muss ihm nur folgen. Selbst die sündhaftesten Menschen können in Gottes Augen Erlösung finden, wenn sie sich darauf einlassen.«

»Der Nächste!«, rief die Barista.

Josie wandte den Blick abrupt vom Bildschirm ab. Der Mann vor ihr trat nach vorn und gab seine Bestellung auf. Während er sprach, tippte die Barista etwas in das Tablet, das ihr als Kassengerät diente. Sie fragte nach seinem Namen, doch er zögerte. »Ja, also, äh ...« Seine Unsicherheit machte sie stutzig. Sie hob den Kopf, sah ihn einen Augenblick an, blickte dann hinüber zum Fernsehmonitor und wieder zurück zu ihm.

»O mein Gott«, rief sie schließlich. »Sie sind dieser berühmte Prediger, nicht wahr?«

Er winkte mit beiden Händen ab. »Nein, nein.«

»Doch! Das da im Fernsehen sind Sie!« Sie deutete auf den Bildschirm, wo Toland gerade darüber sprach, wie man den Glauben nutzen konnte, um sein Leben umzukrempeln. »Meine Mom hat Ihr Buch gelesen!«

Josie stand hinter ihm und konnte sehen, wie er unter seiner hellbraunen Funktionsjacke versteifte. »Nein«, entgegnete er. »Tut mir leid. Sie verwechseln mich. Ich heiße John. Schreiben Sie einfach John darauf, bitte.«

Josie warf einen Blick auf seine Füße. Er hatte nagelneue Stiefel an, die über gebügelte Jeans ragten, und versuchte unverkennbar, als unauffälliger Durchschnittsbürger von

Mittelpennsylvania durchzugehen. Seiner Aufmachung zu urteilen konnte er Jäger, Arbeiter, Handwerker oder sogar Lkw-Fahrer sein. Er war warm und bequem angezogen und trug Schuhwerk, das ihn vor Verletzungen und Nässe schützte. Nur passte das alles nicht zu ihm. Er sah aus, als trüge er die Kleidung von jemand anderem.

»Mir können Sie es ja sagen«, flüsterte ihm die Barista mit verschwörerischem Unterton zu.

Josie trat neben ihn. »Sie reden von Thatcher Toland, nicht wahr?«

»Genau!«, rief die Frau.

Josie warf einen Blick in das inzwischen rosa angelaufene Gesicht des Mannes. Sie gab ihm ein Zeichen und wandte sich wieder der Barista zu. »Er ist es nicht.«

Die Frau zog eine Braue hoch. »Was? Sind Sie sicher?«

»Ganz sicher. Was sollte Thatcher Toland hier machen? Er ist gerade im Fernsehen und wird interviewt.«

Die Frau runzelte die Stirn. »Das kann eine Aufzeichnung sein. Das machen die im Fernsehen manchmal, wissen Sie.«

Josie lächelte verkniffen. »Meine Schwester hat mir erzählt, dass er heute Morgen in New York zu einem Interview in die Morgensendung ihres Senders kommen sollte. Jetzt ist er gerade da im Fernsehen. Ich bin also ziemlich sicher, dass das live ist.«

Die Erwähnung von Josies Schwester und dem Sender lenkte die Frau von dem Mann ab. »Sie sind Josie Quinn, nicht wahr?«

»Und Sie sind neu hier«, erwiderte Josie.

Die Barista lächelte schwach. »Tut mir leid. Man hat mir aufgeschrieben, was Sie normalerweise bestellen. Auf jeden Fall entschuldige ich mich, Mr ... äh, John. Ihre Bestellung kommt sofort.«

Sie verließ den Tresen, um sein Getränk zuzubereiten. Thatcher Toland beugte sich zu Josie und flüsterte kaum hörbar: »Danke, Miss Quinn.«

»Detective Quinn«, berichtigte sie ihn.

Er deutete ein Lächeln an. »Detective? Ich bin beeindruckt.«

Josie zuckte die Schultern. »Gibt es einen Grund, warum Sie nicht erkannt werden wollen?«

Die Barista kam mit seinem Getränk zurück. Er gab ihr einen Fünfzig-Dollar-Schein. »Das ist für meine Bestellung und die von Detective Quinn. Behalten Sie den Rest.«

Sie starrte einen Augenblick lang auf die Banknote und sah wieder ihn an. »Sind Sie sicher?«

»Es ist mir eine Freude«, antwortete er.

Sie sah Josie fragend an. Josie wollte eigentlich nicht, dass Thatcher Toland ihren Kaffee bezahlte. Sie kannte ihn nicht einmal und war bei netten Zufallsgefälligkeiten Unbekannter von Haus aus misstrauisch, was wohl mit dem zu tun hatte, was sie tagtäglich in ihrem Beruf erlebte. Andererseits wollte sie kein Aufsehen erregen. »Geht in Ordnung«, sagte sie zur Barista.

»Bin gleich wieder da«. Mit diesen Worten riss die Frau ein Notizblatt von der anderen Seite der Kasse und machte sich daran, weitere Getränke zuzubereiten.

»Eigentlich gibt es keinen vernünftigen Grund«, sagte Thatcher. Er musterte sie. »Ich meine, warum ich nicht erkannt werden möchte. Ihre Schwester ist Trinity Payne, nicht wahr?«

»Ja«, antwortete Josie.

»Dann wissen Sie ja, wie das ist. Der Preis des Ruhms.«

Sie musste unwillkürlich auflachen. »Trinity ist Reporterin. Eine Journalistin. Das ist auf der Berühmtheitsskala nicht ganz dasselbe wie bei Ihnen. Ich habe Ihr Gesicht in den letzten vierundzwanzig Stunden ein halbes Dutzend Mal gesehen. Nicht freiwillig. Auch diesmal nicht.«

Er lächelte sie weiter verständnisvoll an. »Ich wollte einfach nur einen Milchkaffee mit Vanillegeschmack. Meine Frau, Gott segne sie, koordiniert und orchestriert gern jeden öffentlichen

Auftritt von mir, ganz gleich, wie klein er ist. Sie wäre entsetzt darüber, wenn man mich beim Kauf von Caffè Latte erkennen würde.«

»Sie ist wohl ziemlich streng.«

Er nahm einen Schluck von seinem Milchkaffee und stöhnte genussvoll. »Vivian hat mich fast im Alleingang von einem Pastor mit einer gerade einmal vierzigköpfigen Gemeinde zu einer Berühmtheit mit Tausenden Kirchgängern gemacht. Je mehr mich auf meiner Reise zu Gott begleiten, desto mehr Gutes kann ich auf dieser Welt tun. Wenn sie redet, höre ich zu.«

Josie dachte an den multimillionenschweren Deal der Tolands beim Umbau der ehemaligen Hockeyarena in der Nähe. Fast hätte sie die Augen verdreht.

»Sie denken, es geht mir nur ums Geld«, sagte er.

»Das habe ich nicht gesagt.«

»Aber gedacht.«

»John«, sprach ihn Josie mit seinem falschen Namen an. »Solange Sie nicht einen Bürger meiner Stadt umbringen, entführen, überfallen oder ausrauben, geht es mich überhaupt nichts an, was Sie tun oder warum.«

Er lachte aus voller Kehle, was Josie trotz ihrer Vorbehalte gegenüber ihm gefiel. Er war ehrlich amüsiert. »Ich kann Ihnen versichern, ich habe nichts Derartiges getan«, sagte er. »Sie scheinen ...«

Er hielt inne. Einen Augenblick herrschte peinliches Schweigen.

»Ungeduldig?«, schlug Josie vor. »Verbittert? Abgebrüht? Dreist? Schroff?«

Wieder lachte er. »Sie geben sich keinen Illusionen hin, nicht wahr, Detective? Ich wollte allerdings etwas anderes sagen: Sie scheinen eine schwere Last mit sich herumzutragen.«

Gleich rückt er damit heraus, dachte sie. Er will mich für seine Megakirche anwerben. »Tun wir das nicht alle?«, fragte sie.

»Vermutlich schon. Aber manche tragen eine größere Last als andere. Bei Ihnen ist es jedoch Schuld.«

Sofort musste Josie an ihre Großmutter denken. Selbst monatelange Therapie hatte sie nicht davon abbringen können, sich die Schuld an Lisettes Ermordung zu geben. Er hatte recht. Seine warme, freundliche Art machte es sicher vielen leicht, sich ihm zu öffnen. Sie begriff, dass Menschen ihm bereitwillig ihre verborgensten Geheimnisse anvertrauen würden. Aber Josie hütete ihre dunkelsten Gedanken besser, als die Autorisierungscodes für den Einsatz von Atomwaffen gesichert waren. Und als sie das letzte Mal jemandem begegnet war, der so leicht ihre Gedanken erriet und so charismatisch war wie Thatcher Toland, hatte sich dieser Jemand als mordlüsterne Sektenführerin mit einer ebenso blutrünstigen Anhängerschar herausgestellt.

»In meiner Seelsorge stelle ich die Befreiung von allem, was uns belastet, in den Mittelpunkt. Schuld ist die schwerste Last, die wir zu tragen haben. Noch schwerer als Trauer, denke ich. Aber wenn wir zum Glauben erwachen, können wir alle Last Gott übergeben und dabei frei werden. Wollen Sie nicht frei werden?«

»Ich will Kaffee, John. Nichts weiter als Kaffee.«

»Bitte«, sagte die Barista strahlend. Sie schob Josie einen Becherhalter mit vier Pappbechern und einen braunen Papierbeutel mit Gebäck hin. Vier Becher. Für Josie, Noah, Gretchen und Mettner. Nur arbeitete Mettner nicht an dem Fall, weil er im Verdacht stand, etwas mit dem Verschwinden seiner Freundin zu tun zu haben.

Seufzend nahm Josie den Becherhalter und warf Thatcher Toland einen letzten Blick zu. »Wenn Sie heute beten, bitten Sie Gott doch einfach, uns zu helfen, den Mörder zu finden, nach dem wir suchen.«

SECHZEHN

Zurück im Revier saß Gretchen über ihren Schreibtisch gebeugt und tippte auf ihrer Tastatur. Noah war an seinem Platz und blätterte durch einen Stapel Papiere. Josie stellte den Kaffee und das Gebäck von Komorrah's auf ihren Schreibtisch und begann die Becher zu verteilen. Gretchen hatte ihre Lesebrille auf der Nasenspitze. Als Josie ihr den Becher gab, sah sie die Tränensäcke unter ihren Augen.

»Hast du überhaupt geschlafen?«, fragte Josie.

»Was glaubst du wohl?«, fragte Gretchen tonlos.

»Wo ist Mett?«, wollte Josie wissen.

»Bei mir. Er ist endlich eingeschlafen. Paula ist ebenfalls zu Hause. Sie behält ihn im Auge und sagt mir Bescheid, wenn er geht. Ich habe übrigens nichts aus ihm herausgekriegt.«

»Du meinst wegen des Streits mit Amber?«

»Ja. Ich frage mich, was er verschweigt. Das macht mich nervös.«

»Hat Noah dir von der Autopsie erzählt?«

»Ja«, antwortete Gretchen. Sie nahm einen Schluck von ihrem Kaffee und begann weiterzutippen. »Der Chief hat eine

Beschreibung unserer unbekannten Toten an die Medien gegeben. Er hofft, dass sich jemand meldet.«

»Wir haben es im Radio gehört«, sagte Josie. »Und gerade habe ich den Bericht im Fernsehen gesehen. Dass Amber verschwunden ist, will er noch nicht öffentlich machen?«

Gretchen schüttelte den Kopf. »Um die ganzen unseriösen Medien auf den Plan zu rufen, die zwangsläufig auftauchen, wenn die Pressesprecherin der Polizei verschwindet? Nein. Fürs Erste noch nicht. Vor allem, weil wir den Mord an der Unbekannten noch nicht mit Ambers Verschwinden in Verbindung bringen können. Wir haben im Moment nur Theorien und keine handfesten Beweise. Auf jeden Fall nichts, was wir den Medien bieten können. Der Chief will, dass die Botschaft auf der Windschutzscheibe und die Ähnlichkeit der Toten mit Amber noch nicht nach draußen gegeben werden. Bevor wir nicht mehr wissen, möchte er nicht, dass Journalisten uns löchern, ob die beiden Fälle zusammenhängen. Er meinte, wir sollten die Sache mit Amber vorerst ruhen lassen und möglichst viel über die Unbekannte herauszufinden versuchen. Ich lasse gerade zwei Streifenpolizisten alle Kraftwerksmitarbeiter ausfindig machen und überprüfen. Sollten sich Hinweise beziehungsweise Spuren ergeben, sagen sie mir Bescheid. Noah meinte, du seist die halbe Nacht auf gewesen, um herauszufinden, was die Ziffern in Ambers Tagebuch bedeuten. Bist du weitergekommen?«

Josie ließ sich in ihren Schreibtischstuhl fallen. »Überhaupt nicht. Ich weiß weder, wozu sie da sind, noch was sie bedeuten oder warum sie in diesem Tagebuch stehen, das Amber als Kind geführt hat. Ich kann mir höchstens vorstellen, dass es sich um Kontonummern handelt.«

»Aber um an Ambers Kontonummern zu kommen, bräuchten wir eine richterliche Verfügung«, meinte Gretchen. »Und die bekommen wir im Moment nicht. Außer wir weisen nach, dass die Nummern in dem Buch mit ihrem Verschwinden oder dem Mord an der Unbekannten in Zusammenhang stehen.«

»Wir wissen nicht einmal, ob sie überhaupt für einen der beiden Fälle relevant sind«, ergänzte Noah. »Sie waren versteckt, was zwar seltsam ist, aber ich bin mir nicht sicher, wie wir eine Verbindung zwischen den Nummern – beziehungsweise ihrem Kindertagebuch – und den beiden Fällen finden sollen.«

»Ich versuche weiter herauszubekommen, was sie bedeuten«, sagte Josie. »Was ist mit Grace Power, Gretchen? Hast du Ambers Freundin aufgetrieben?«

Gretchen hörte auf zu tippen. »Ja, habe ich tatsächlich. Ich habe vor ungefähr einer Stunde mit ihr gesprochen. Sie müsste bald hier sein. Kommt von Lewisburg her. Außerdem habe ich mit der Personalabteilung gesprochen und gefragt, wen Amber als Notfallkontakt angegeben hat. Sie wollen uns heute noch helfen, in ihr Arbeitstablet zu gelangen. Das Passwort konnten sie mir nicht geben, weil Amber es selbst festgelegt hat. Aber jemand vom Büro ruft später an und zeigt uns, wie wir es zurücksetzen, damit wir hineingelangen.«

»Hervorragend«, sagte Noah. »Wer ist der Notfallkontakt?«

»Grace?«, fragte Josie.

»Bis vor Kurzem«, antwortete Gretchen. »Vor einem Monat hat sie ihn geändert. Statt Grace Power ist es nun Finn Mettner.«

»Also war die Sache zwischen ihnen doch etwas Ernstes, wie Mett gesagt hat«, stellte Noah fest.

»Aber einen Schlüssel zu ihrer Wohnung hat sie ihm nicht gegeben«, hob Josie hervor.

»Du kaufst ihm das mit dem Vermieter nicht ab?«, fragte Gretchen.

»Was? Dass der Vermieter ihr verboten hat, jemand anderem einen Schlüssel zu geben?«, meinte Josie abschätzig. »Selbst wenn, hätte sie nichts daran hindern können, trotzdem einen Zweitschlüssel nachzumachen und ihn jemandem zu geben. Der Vermieter hätte keine Möglichkeit gehabt, das zu kontrollieren.«

»Stimmt«, meinte Noah. »So war es auch bei mir. Bevor ich mir das Haus gekauft habe, habe ich in einem Apartment im Süden von Denton gewohnt. Ich hätte niemandem meine Schlüssel geben dürfen, aber meine Mom und meine Ex hatten beide einen.«

»Was hatte sie zu verbergen?«, fragte Gretchen. »Was verheimlichte sie Mett? Einerseits plant sie eine gemeinsame Zukunft mit ihm, andererseits gibt sie ihm nicht einmal einen Schlüssel.«

Sie erwartete keine Antwort auf ihre Frage. Niemand konnte sie ihr geben. Im Augenblick war noch alles Spekulation. Josie warf einen Blick auf ihren Schreibtisch, auf dem das geheimnisvolle Tagebuch mit dem glänzenden goldenen Herzverschluss, dem zerrissenen Riemchen, fehlenden Seiten und einer Liste ungewöhnlicher Nummern lag. Unterdessen warf Noah weitere Fragen auf. »Wenn das Ambers Schwester war und sie gestern um fünf Uhr morgens zum Russell-Haven-Damm gefahren ist, weil sie die Botschaft auf Ambers Auto gesehen hat ...«

»Sie ist nicht hingefahren«, unterbrach Josie ihn. »Jemand hat sie gegen ihren Willen hingebracht.«

Noah nickte. »Wenn also jemand sie hingebracht hat, wo ist dann Amber und warum stand diese Nachricht auf ihrem Auto? Wie ist sie ohne ihr Auto, ohne persönliche Dinge und ohne dass jemand sie gesehen hat von zu Hause weggekommen?«

»Die Batterien in der Überwachungskamera an ihrer Tür haben gefehlt«, sagte Josie. »Das hat jedenfalls Mett behauptet. Außerdem wissen wir nicht, ob sie wirklich niemand gesehen hat. Wir haben noch keine Anwohner in der Straße befragt.«

»Sie ist eine erwachsene Frau und erwachsene Frauen

dürfen verschwinden, wenn ihnen danach ist. Außerdem gibt es in ihrem Haus keinerlei Hinweis darauf, dass etwas nicht mit rechten Dingen zuging«, warf Gretchen ein. »Zumindest nach dem, was man von außen erkennen kann und Mettner erzählt hat. Also ist noch gar nicht sicher, ob wir es mit einem Verbrechen zu tun haben.«

Noah schüttelte den Kopf. »Wir haben letzte Nacht eine Leiche aus dem Fluss geborgen, die Amber verdammt ähnlich sah. Vielleicht dürfen wir nicht in ihr Haus, um uns dort umzusehen, aber es gibt keinen Grund, sich in der Nachbarschaft nicht umzuhören. Vor allem angesichts des Hinweises auf den Russell-Haven-Damm auf ihrer Windschutzscheibe, über den wir überhaupt erst auf die Frau im Fluss gestoßen sind. Wahrscheinlich können wir auch Fingerabdrücke von Ambers Wagen nehmen.«

Gretchen nahm ihr Handy. »Ich schicke eine Streife hin, damit sie die Nachbarn befragt, und lasse Hummel den Wagen auf Abdrücke untersuchen.«

Einen Augenblick später klingelte ihr Schreibtischtelefon. Sie nahm ab, hörte, was am anderen Ende gesagt wurde, und legte wieder auf. »Grace Power ist hier. Lamay hat sie in den Konferenzraum im Erdgeschoss gebracht.«

»Gehen wir«, sagte Josie.

Sie gingen durch das Treppenhaus nach unten. Grace Power saß an dem langen, glänzenden Konferenztisch aus Holz. Sie war klein und schmal, hatte olivbraune Haut und dunkles, zu einem schicken Bob geschnittenes Haar. Über die Stuhllehne hatte sie einen großen, bauschigen Mantel gehängt. Sie trug Jeans, einen Pullover und einen gemusterten Schal. Als Josie und ihre Kollegen sich vorstellten und ihr dankten, dass sie so kurzfristig gekommen war, lächelte sie schwach. Josie bot ihr Kaffee und Wasser an, doch sie lehnte ab, faltete die Hände und legte sie auf den Tisch. »Haben Sie schon etwas gehört?«, fragte sie.

»Nein, tut mir leid«, antwortete Josie.

Grace löste ihre Hände und griff nach ihrer Handtasche, die geöffnet auf einem Stuhl neben ihr lag. Sie zog ein Papiertaschentuch heraus und tupfte sich damit die Tränen aus den Augen. »Amber ist meine beste Freundin. Ich kann gar nicht glauben, was gerade passiert. Haben Sie wirklich keine Ahnung, wo sie hin ist? Glauben Sie, dass jemand sie entführt hat?«

»Das versuchen wir im Moment herauszufinden«, antwortete Noah. Ms Power, Sie haben nicht zufällig einen Schlüssel zu Ambers Haus?«

Grace zerknüllte das Taschentuch in der Hand und schüttelte den Kopf. »Nein. Wir wohnen so weit auseinander, dass es keinen Sinn gehabt hätte. Außerdem wohnt sie zur Miete, weshalb ihr Vermieter ins Haus kann, wenn es Probleme gibt. Und mit Problemen meine ich, dass sie sich aussperrt. Ich hätte nie gedacht ...«

»Wann haben Sie das letzte Mal mit ihr gesprochen oder sonst irgendwie von ihr gehört?«

»Vor zwei Wochen«, antwortete Grace. Sie griff wieder in ihre Handtasche und holte ein Handy heraus. Nachdem sie ein paarmal darübergewischt hatte, hielt sie es ihnen hin und schob es dann über den Tisch. Sie beugten sich darüber und lasen den Chatverlauf. Aber Amber entschuldigte sich darin nur, dass sie nicht zum Thanksgivingfest gekommen war, und schrieb, sie habe eine wundervolle Zeit mit Finns Familie gehabt. Sie tauschten noch dies und das über ihren Urlaub aus und vereinbarten schließlich, sich vor Weihnachten zum Mittag- oder Abendessen zu treffen. Nichts in den Nachrichten deutete auch nur im Entferntesten auf etwas Ungewöhnliches oder Besorgniserregendes hin. Josie schob das Handy zurück zu Grace, die es wieder in ihre Handtasche steckte.

»Wie lange kennen Sie sich schon?«, fragte Noah weiter.

»Seit fast zehn Jahren. Wir waren zusammen auf dem

College. Im dritten und vierten Jahr wohnten wir zusammen. Wir haben beide Kommunikation studiert. Ich habe nach dem Studium direkt eine Arbeit im Non-Profit-Sektor gefunden und leite jetzt die Kommunikationsabteilung im Women's Law Center of Pennsylvania, einem Zentrum für Frauenrechte. Amber hat ihre Arbeitsstelle ziemlich oft gewechselt, aber so richtig zufrieden mit ihrer Arbeit war sie erst, als sie hierherkam. Sie sprach in höchsten Tönen von Ihnen allen und natürlich Finn ...« Wieder glänzten Tränen in ihren Augen. »Und Sie wissen wirklich nicht, wo sie ist?«

»Tut mir leid, Grace«, erwiderte Gretchen, »Wir wissen es nicht. Deshalb haben wir Sie ja hergebeten. Mett – ich meine, Finn – hat uns erzählt, dass Amber die Weihnachtsfeiertage immer mit Ihnen und Ihrer Familie verbracht hat. Stimmt das?«

Ein Lächeln erschien auf Grace' Lippen. »Ja, seit dem College, als ich gemerkt habe, dass sie Weihnachten immer auf dem Campus blieb. Sie hat mit uns gefeiert, bis sie letztes Jahr hierhergezogen ist und Finn getroffen hat. Wir haben sie vermisst, waren aber froh, dass sie anscheinend hier so etwas wie eine Familie gefunden hatte.«

»Weil Sie gerade von Familie sprechen«, sagte Josie. »Was hat sie Ihnen über ihre eigene Familie erzählt? Sie haben doch sicher darüber gesprochen.«

Grace nickte. »Natürlich. Wir haben auf dem College viele Nächte lang getrunken und geredet. Das waren die einzigen Male, die sie wirklich über ihre Familie sprach ... wenn sie betrunken war.«

»Was hat sie Ihnen erzählt?«

»Da muss ich überlegen. Sie sagte, ihre Eltern seien geschieden und sie hätte mit niemandem aus ihrer Familie mehr gesprochen, seit sie mit achtzehn Jahren weg und aufs College gegangen sei. Sie meinte, sie seien toxisch. Ach ja, und dysfunktional.«

Toxisch. Das Wort hatte auch Mettner gebraucht, als er über ihre Familie gesprochen hatte, fiel Josie ein.

»Sie sagte, es gehe ihr besser ohne sie«, fuhr Grace fort. »Ich habe sie gefragt, ob sie so allein nicht traurig sei, doch sie verneinte. Sie meinte, sie sei glücklicher ohne ihre Familie und habe es nie bedauert, dass sie weggegangen sei.«

»Hat sie je erwähnt, ob ihre Familie sie schlecht behandelt hat?«, wollte Noah wissen.

Eine Träne lief aus Grace' Augenwinkel. »Ich denke, das war tatsächlich der Fall. Glaube ich jedenfalls. Ich weiß es nicht.«

»Warum glauben Sie es?«, drängte Gretchen sie.

Grace wischte sich die lästige Träne von der Wange. »Ich habe ... also, sie hatte da diese Narbe auf dem Rücken.«

»Wir wissen von der Narbe«, sagte Josie. »Finn meinte, sie stamme von einem Unfall, als sie mit der Familie bei einem Zeltausflug war.«

Traurig schüttelte Grace den Kopf. »O nein. Hat sie ihm das erzählt? Ich weiß nicht, wieso ihr das peinlich ist oder sie sich dafür schämt ... oder warum sie nie darüber reden will. Es war nicht ihre Schuld.«

Die Narbe, die sich von Josies Ohr über ihren Kiefer bis zu ihrer Kinnspitze zog, brannte wie Feuer. Sie erinnerte sich an den schneidenden Schmerz in jener Nacht, als ihre Peinigerin das Messer über ihr Gesicht zog. Josies Kindheit war eine Hölle der besonderen Art gewesen. Sie war ihrer biologischen Familie entrissen und als Eli Matsons Kind ausgegeben worden. Eli hatte keinen Grund gehabt, das nicht zu glauben, und sie so sehr geliebt, dass es ihn das Leben gekostet hatte. Josie war allein in den Fängen eines Ungeheuers zurückgeblieben. Die Jahre nach Elis Tod waren eine nicht enden wollende Qual gewesen, bis Lisette schließlich das Sorgerecht für sie erlangt hatte. Als Erwachsene sprach Josie nur, wenn sie unbedingt musste, über die Frau, die sie misshandelt hatte. »Was hat

Amber Ihnen über die Narbe erzählt?«, stieß sie mühsam hervor.

»Es war kein Unfall«, sagte Grace. »Jemand hat sie ihr zugefügt. Einer aus ihrer Familie. Als wir uns kennenlernten, hat sie mir die Geschichte vom Campingunfall auch erzählt. Wir waren Zimmergenossinnen. Ich habe sie ein-, zweimal oben ohne gesehen und mich irgendwann getraut, sie zu fragen. Sie hat mir erzählt, dass sie als Kind mit ihrer Familie zelten war und rückwärts in das Feuer gefallen sei. Aber ein paar Jahre später waren wir eine Nacht lang aus und hatten viel getrunken. Als wir heimkamen, haben wir noch geredet. Sie wurde richtig traurig, hat angefangen zu weinen und mir erzählt, was wirklich passiert ist. Jemand aus ihrer Familie hat sie ins Feuer gestoßen. Als sie Amber ins Krankenhaus brachten, haben sie ihr gesagt, dass sie es niemandem erzählen darf.«

Josie versuchte nach Kräften, den Schauder zu unterdrücken, der durch ihren Körper lief. Sie erinnerte sich an den harten Griff ihrer Peinigerin im Krankenhaus. Sie hatte sie gezwungen zu lügen, denn niemand sollte erfahren, wie es zu der Schnittwunde in ihrem Gesicht gekommen war. Unter dem Tisch legte Noah eine warme Hand auf ihr Knie. An Grace gerichtet fragte er: »Hat sie nicht gesagt, wer es war? Ihre Mutter, ihr Vater? Geschwister?«

Grace schüttelte den Kopf. »Sie wollte es mir nicht sagen. Aber ich hatte den Eindruck, dass die ganze Familie dabei war und alle Bescheid wussten. Was echt übel ist.«

»Hat sie je ihre Namen genannt? Die ihrer Familie?«

Gretchen schüttelte den Kopf. »Nein. Sie sagte immer nur Dad, Mom, meine Schwester, mein Bruder. Ach ja, und dann gab es noch eine Tante väterlicherseits, die auch immer mit dabei war. Anscheinend ein ziemliches Miststück.«

So sehr Noahs Berührung Josie auch beruhigte, sie konnte ihre Besorgnis nicht unterdrücken. Sie arbeitete seit nunmehr über einem Jahr mit Amber zusammen und hatte nicht die leiseste Ahnung gehabt, dass Amber etwas ähnlich Traumatisierendes erlebt hatte wie sie. Josie hatte nicht einmal versucht, Amber kennenzulernen. Sie war immer viel zu sehr mit ihren Fällen beschäftigt gewesen. Selbst ihr Mann, so sehr er sie liebte, hatte damit zu kämpfen, dass ihr die Arbeit über alles ging. Zum Glück hatte er den gleichen Beruf und deshalb Verständnis.

»Glauben Sie, dass ihre Tante an der Narbe schuld ist?«, fragte Noah.

Josie sprang abrupt auf und stieß dabei ihren Stuhl gegen die Wand. Alle starrten sie an. Sie spürte, wie ihr die Röte den Nacken hochkroch. »Entschuldigung«, sagte sie. »Ich bin ... ich muss ... würden Sie mich bitte für einen Augenblick entschuldigen? Ich bin gleich wieder da.«

Noah und Gretchen starrten sie weiter an. Nur Grace lächelte und sagte: »Natürlich.«

Josie bemühte sich nach Kräften, nicht aus dem Raum zu laufen. Noch im Gehen hörte sie Grace sagen: »Ich weiß nicht, von wem sie die Narbe hat ... sie hat nie ...«

Im Treppenhaus blieb sie stehen und atmete mehrmals tief durch. Sie lehnte sich an die Wand und begann mit den Atem- und Meditationsübungen, die ihr die Therapeutin gezeigt hatte. Anfangs waren sie ihr so seltsam vorgekommen. Noch heute. Atmen zu wollen, während die Angst sie überwältigte, war, als versuche man, einen Alligator in eine Teetasse zu zwingen. Unmöglich. Die Panik war zu erdrückend, die Aufgabe zu schwer. Aber sie bemühte sich trotzdem, denn die Alternative war ein Nervenzusammenbruch während der Arbeit, in einem Treppenhaus, während eine Kollegin vermisst wurde und ein Kollege unter Verdacht stand. Sie war eine Meisterin der Verdrängung gewesen. Aber seit der Ermordung ihrer Großmutter, seit sie begonnen hatte, sich in der Therapie all ihren Gefühlen zu stellen, fiel es ihr immer schwerer.

»Verdammte Gefühle«, murmelte sie in sich hinein und

absolvierte ihre Atemübungen mit zusammengebissenen Zähnen. Im Geiste konnte sie Dr. Rosetti hören, wie sie geduldig mit ihr übte: »Entspannen Sie Ihren Kiefer, Josie. Entspannen Sie Ihre Gesichtsmuskeln.«

Das Einzige, was den Druck von ihr nehmen konnte, war, sich Dr. Rosettis Stimme vorzustellen. Wenn sie auf ihre eigene innere Stimme hörte, funktionierte es nie. Sie selbst schrie sich innerlich die Seele aus dem Leib.

Kaum war ihre Pulsfrequenz wieder in einen akzeptablen Bereich zurückgefallen, lief sie in den ersten Stock, wobei sie zwei Stufen auf einmal nahm, und schnappte sich Ambers Tagebuch von ihrem Schreibtisch. Als sie in den Konferenzraum platzte, sah nur Grace auf und lächelte sie an.

»Hat sie erzählt, wo sie aufgewachsen ist?«, fragte Noah sie gerade.

»Sie sagte, sie seien ein paarmal im Jahr umgezogen, manchmal noch öfter. Ich hatte das Gefühl, dass es sehr instabile Verhältnisse waren. Wahrscheinlich war sie deshalb hier so zufrieden, vor allem, seit sie mit Finn zusammen war. Endlich hatte sie Kontinuität gefunden. Sie wirkte glücklicher als je zuvor, was wirklich schön anzusehen war.«

»Was ist mit ehemaligen Partnern?«, fragte Gretchen. Josie wusste, sie dachte an den Mann, mit dem Amber Sawyer zufolge auf der Straße gestritten hatte.

Grace winkte ab. »Ach, viele waren da nicht. Die einzige ernsthaftere Beziehung, die sie vor Finn mit jemandem hatte, dauerte nur sechs Monate und war ziemlich ... leidenschaftslos, wie mir schien.«

Josie hielt sich das Tagebuch vor den Bauch und setzte sich wieder auf ihren Stuhl.

»Gab es niemanden, der es besonders auf sie abgesehen hatte?«, fragte Noah. »Keine Freunde von früher, die nicht loslassen konnten? Sie vielleicht sogar gestalkt haben?«

Grace schüttelte den Kopf. »Nein, nicht dass ich wüsste.«

Josie räusperte sich und zog damit die Aufmerksamkeit aller auf sich. »Ich habe da etwas von Amber. Ich dachte, Sie könnten sich das vielleicht einmal ansehen.«

Sie legte das Tagebuch auf den Tisch und schob es zu Grace.

Seufzend fuhr Grace mit dem Zeigefinger über den Einband. »Das alte Ding. Mein Gott. Dass sie das noch hat.«

»Es ist leer«, sagte Josie.

»Jetzt schon, aber es war einmal vollgeschrieben. Ihre Tante hat alle Seiten herausgerissen, als Amber ein Teenager war«, erklärte Grace.

»Hat Amber erzählt, warum?«, wollte Noah wissen.

»Weil sie ein Miststück war. Hat Amber jedenfalls gesagt.«

»Warum hat sie es die ganze Zeit behalten?«, fragte Gretchen.

Grace berührte den herzförmigen goldenen Verschluss. »Ich weiß nicht. Vielleicht aus Trotz? Oder als Erinnerung daran, wie ihre Familie wirklich war, damit sie nie in Versuchung geraten würde, zu ihr zurückzukehren?«

Josie öffnete das Tagebuch und blätterte zu den Nummern am Ende. »Wissen Sie, was diese Ziffernfolgen bedeuten?«

Grace zog es zu sich und sah sich die Liste an. Sie runzelte die Stirn. »Nein. Das ist zwar Ambers Handschrift, aber ich weiß nicht, wozu sie da sind oder was sie bedeuten.«

»Haben Sie schon einmal einen Blick in das Buch geworfen?«, fragte Gretchen. »Und bei der Gelegenheit die Nummern gesehen?«

»Nein. Amber hat es mir bloß ein einziges Mal gezeigt und die Seiten dabei ziemlich schnell durchgeblättert. Ich konnte nur leere Seiten sehen und das hier.« Sie deutete auf die Reste der herausgerissenen Blätter.

»Warum sollte ihre Tante Seiten herausreißen, statt gleich das ganze Buch zu vernichten? Hat sich Amber je dazu geäußert?«

Grace seufzte. »Ich bin mir nicht sicher.«

Josie wusste, warum sie ihr das Tagebuch gelassen hatte. Genauso, wie sie wusste, warum Amber es all die Jahre behalten hatte, obwohl es nur noch aus leeren Seiten und einem gerissenen Riemchen bestand. Ein Tagebuch war etwas Intimes, Privates, vor allem für ein halbwüchsiges Mädchen. Selbst wenn darin nichts mehr stand, was für die spätere Erwachsene noch Bedeutung hatte, so war es doch etwas Kostbares, dem man seine verborgensten Gefühle und Geheimnisse anvertraut hatte. Seiten herauszureißen war schon an sich etwas Gewaltsames, aber es ansonsten unversehrt zu lassen und Amber nicht wegzunehmen, war einfach nur sadistisch. Immer wenn Amber sich später das Tagebuch ansah, würde es sie an diesen Akt der Brutalität erinnern, an die Art und Weise, wie ihr Innerstes missachtet und geschändet worden war.

Josie dachte daran, wie ihre eigene Peinigerin sie immer wieder in dem Glauben gelassen hatte, dass sie die Kontrolle über etwas hatte, oder sie etwas behalten ließ, das sie mochte, nur um es dann völlig zu zerstören. Josie war sich sicher, dass das Tagebuch Ambers Versuch war, sich an Fetzen ihrer eigenen Identität zu klammern. Allerdings erklärte das nicht die Nummernliste. Diesmal konnte Josie den Schauder, der sie erfasste, unterdrücken. Amber hatte Grausamkeit erfahren, aber hatte das etwas mit ihrem Verschwinden zu tun? »Wissen Sie, wie Ambers Tante heißt? Oder ob sie noch lebt?«

Grace schüttelte den Kopf. »Ich weiß es nicht. Amber hat ihren Namen nie erwähnt. Aber ich nehme an, dass sie noch lebt. Amber hätte es wohl erwähnt, wenn sie gestorben wäre. Ich denke, sie wäre erleichtert gewesen.«

Josie schloss das Tagebuch. »Sie sagten, Amber habe von einer Schwester gesprochen. Sind Sie ihr je begegnet?«

»Nein. Ich habe noch nie jemanden von ihrer Familie getroffen. Wenn sie sagte, dass sie keinen Kontakt mehr hätte, dann stimmte das.«

»Sagt Ihnen der Russell-Haven-Damm etwas?«, fragte Gretchen. »Hat er für Sie irgendeine Bedeutung?«

Grace sah sie verwundert an und schüttelte den Kopf. »Nein. Warum? Sollte er?«

»Hat ihn Amber je erwähnt?«, erkundigte sich Noah.

»Nicht dass ich wüsste.«

»Hatte Amber abgesehen von ihrer Familie noch mit jemand anderem früher Probleme?«, fragte Josie. »Vielleicht mit einem Nachbarn oder Kollegen, so etwas in der Art? Können Sie sich jemanden vorstellen, der ihr etwas antun wollen würde?«

Grace schüttelte wieder langsam den Kopf. »Nein. Ganz sicher nicht. Ich erinnere mich nicht, dass sie je erwähnt hätte, Probleme mit jemandem zu haben. Ganz im Gegenteil. Ich hatte immer das Gefühl, dass Amber sehr einsam war. Sie hat es nie explizit gesagt, aber sie war ständig allein. Das muss einem ja irgendwann aufs Gemüt schlagen.«

Gretchen schob eine Visitenkarte über den Tisch. »Wenn Ihnen noch etwas einfällt, egal was, melden Sie sich bitte sofort. Und danke, dass Sie sich heute mit uns getroffen haben.«

Grace nahm die Karte und steckte sie in ihre Geldbörse. »Bitte sagen Sie gleich Bescheid, wenn Sie etwas von ihr hören«, bat sie. »Ich mache mir solche Sorgen um Amber. Ich hoffe so sehr, dass ihr nichts Schlimmes passiert ist.«

Sie versicherten ihr, dass sie sich melden würden, aber Josie ging der Gedanke nicht aus dem Kopf, dass Amber womöglich bereits etwas zugestoßen war.

Da meldete sich ihr Handy in der Tasche. Sie spürte das Vibrieren an ihrem Becken. Als sie es herauszog, sah sie, dass es Dr. Feist war. Sie wischte über das Antwortsymbol auf dem Display.

»Josie? Es wäre gut, wenn ihr zum Leichenschauhaus kommen würdet. Ich habe hier eine Frau, die behauptet, die unbekannte Tote sei ihre Tochter.«

SIEBZEHN

Josie hatte damit gerechnet, jemandem im düsteren Flur des Leichenschauhauses zu begegnen, doch dort war niemand. Während Noah nach Mettner hatte sehen wollen, waren Josie und Gretchen zu Dr. Feist gefahren, um mit der angeblichen Mutter der Unbekannten zu sprechen. Doch sie trafen nur Dr. Feists Assistenten Ramon an, der im Autopsieraum Instrumente reinigte und aufräumte. Er blickte auf, als sie hereinkamen, und begrüßte sie mit einem Nicken. »Dr. Feist ist mit der Besucherin in ihrem Büro«, sagte er. »Einen Augenblick.«

Er ließ sie mitten im Raum stehen. Die Tote lag nun nicht mehr auf dem Untersuchungstisch, sondern in einem Leichensack auf einer fahrbaren Trage, die in das Zimmer geschoben worden war. Da ging die Tür auf, die in das Büro der Pathologin führte. Dr. Feist kam mit einer kleinen, zierlichen Frau herein, deren braune, schulterlange Haare grau durchsetzt waren. Sie trug einen dicken, zweireihigen Rock, in dem sie aussah wie die gestrenge Rektorin einer Privatschule. Nur ihre braunen, knöchelhohen Gucci-Stiefel milderten das Outfit etwas. Doch selbst in ihnen war sie noch kleiner als Josie. Über der Schulter hatte sie eine braune Krokoledertasche von

Hermès hängen. Sie betrat den Raum in stolzer, vornehmer Haltung, als sei sie eine ausländische Würdenträgerin auf Staatsbesuch. Ihre Finger waren dicht besetzt mit großen Diamantringen und auch um ihren Hals trug sie einen dazu passenden Diamantanhänger. Selbst an ihren Ohren funkelten Diamantstecker. Josie betrachtete ihr Gesicht, während sie wortlos vor ihnen stand und darauf wartete, dass jemand etwas sagte. Sie hatte eine entfernte Ähnlichkeit mit Amber und der Toten, die jedoch nicht sofort ins Auge fiel.

»Detectives«, begann Dr. Feist. »Das ist Lydia Norris.«

Lydia streckte ihnen nicht die Hand hin. Stattdessen sagte sie: »Watts hieß ich früher.«

»Sind Sie Amber Watts' Mutter?«, fragte Gretchen.

Ein gequältes Lächeln erschien auf ihrem Gesicht. »Ja.« Sie deutete auf die Leiche. »Ich bin hergekommen, weil ich aus den Nachrichten erfahren habe, dass die Polizei eine Leiche aus dem Fluss geholt hat, deren Beschreibung auf meine Tochter passte.«

»Amber?«, hakte Josie nach.

»Ja, Amber.«

»Mrs Norris«, sagte Gretchen. »Die Frau, die wir letzte Nacht aus dem Fluss geborgen haben, ist nicht Amber.«

Zwischen Lydias Augenbrauen bildete sich eine senkrechte Sorgenfalte. »Wie gut kennen Sie Amber? Gut genug, um sie identifizieren zu können? Ich habe sie auf die Welt gebracht.«

Josie warf Gretchen einen Blick zu und sah wieder Lydia an. »Wir haben seit ungefähr einem Jahr tagtäglich mit Amber zusammengearbeitet. Unser Kollege, er und Amber … nun, wir wissen, dass das nicht Amber ist. Aber man hat uns gesagt, dass Amber eine Schwester hat.«

Für einen kurzen Augenblick bröckelte Lydias Fassade. Verwirrt runzelte sie die Stirn. »Aber … was sollte … meine andere Tochter kann nicht hier sein. Amber war hier. Sie hat hier gelebt und gearbeitet. Sie muss es sein. Ich bin ganz sicher.«

Josie sah Dr. Feist an und nickte ihr leicht zu. Lydia folgte der Ärztin, als sie zum Leichensack ging. Dr. Feist öffnete den Reißverschluss vorsichtig und hielt die beiden Hälften so auseinander, dass nur das Gesicht der Toten zu sehen war. Lydia schlug eine Hand vor den Mund. »Oh«, stieß sie hervor. Ein Zittern durchlief ihren Körper. »Das ist ... das ist meine ... meine Eden.«

»Eden?«, fragte Gretchen. »Heißt so Ihre zweite Tochter?«

Lydia streckte die Hand aus, als wollte sie Eden berühren, hielt jedoch inne. Ihre Finger zitterten. Sie zog die Hand zurück und presste sie sich an die Brust. »Ja«, flüsterte sie. »Eden Watts. Das ist meine Tochter. Sie ... ich verstehe das nicht. Was ist passiert?«

»Wir hatten gehofft, dass Sie uns weiterhelfen können«, sagte Josie. »Amber wird seit drei Tagen vermisst. Wir haben vor ihrem Haus eine Nachricht gefunden, aus der hervorging, dass sie jemanden am Russell-Haven-Damm treffen sollte. Dort entdeckten wir Eden. Sie war zwischen Felsen in der Nähe der Ablaufrinne eingeklemmt. In den Tagen davor war sie misshandelt und gefesselt worden. Sie hatte beträchtliche Verletzungen davongetragen, lebte aber noch. Wir haben versucht, sie zu retten, aber sie ist ertrunken.«

»Jemand hat sie zwischen zwei Felsen gesteckt«, fügte Gretchen hinzu. »Wer das gemacht hat, wollte, dass sie ertrinkt.«

Lydia ballte ihre rechte Hand zu einer Faust und presste sie sich auf den Mund. Sie schloss die Augen. Dr. Feist machte den Leichensack wieder zu, legte eine Hand auf Lydias Ellbogen und führte sie von Edens Leichnam weg.

»Möchten Sie sich setzen, Mrs Norris?«, fragte Josie.

Sie schüttelte den Kopf, hielt ihre Augen aber noch geschlossen und rang nach Fassung. Als sie sie wieder öffnete, fragte Gretchen: »Wann haben Sie Amber das letzte Mal gesehen oder mit ihr gesprochen?«

»Das ist schon Jahre her«, antwortete Lydia. »Ich habe mich von ihrem Vater scheiden lassen, als die Kinder im Teenageralter waren. Sie sind damit nicht zurechtgekommen und wollten danach nichts mehr mit mir zu tun haben. Ich habe versucht, sie nicht aus den Augen zu verlieren, und wusste daher, dass Amber hier in Denton war. Aber wir haben nicht oft miteinander geredet.«

»Wollen Sie damit sagen, Sie hätten mit Amber schon seit Jahren keinen Kontakt mehr gehabt?«

Lydia schüttelte rasch den Kopf. »Ja. Nein. Also, ich bin sicher, wir haben in den letzten ... ich weiß nicht mehr ... irgendwann in letzter Zeit miteinander gesprochen. Vielleicht, als sie hierhergezogen ist. Ich kann mich wirklich nicht mehr erinnern. Wie gesagt, sie war böse auf mich und ihren Vater. Sie waren alle böse auf uns.«

»Alle«, wiederholte Gretchen. »Sie meinen Amber, Eden und Ihren Sohn.«

»Gabriel, ja. Ich habe ihn seit fast sechs Jahren nicht mehr gesprochen oder gesehen. Seit er dieser Kirchengemeinde beigetreten ist. Sie wissen schon, die von diesem Thatcher Soundso. Der die ganze Zeit im Fernsehen ist.«

»Thatcher Toland?«, fragte Josie. »Der lässt gerade ganz in der Nähe eine Megakirche bauen.«

Lydia schnippte mit den Fingern. »Ja, diese ›Wiedergutmachungskirche‹. Seltsamer Name, nicht wahr? Aber ich denke, wenn man seine eigene Freikirche gründet, kann man sie nennen, wie man will. Auf jeden Fall hat Gabriel, nachdem er dieser Kirche beigetreten ist, überhaupt nicht mehr mit mir geredet.«

»Hat Gabriel etwas wiedergutzumachen?«, wollte Josie wissen. »Ist er deshalb dieser Kirche beigetreten?«

Lydia kicherte. Ihre Augen sahen überallhin, nur nicht zu

Josie. »Nein, nein«, erwiderte sie. »Ich glaube nicht. Falls da nicht etwas war, nachdem ich weggegangen bin.«

»Was ist mit Eden?«, fragte Josie. »Wann hatten Sie das letzte Mal Kontakt zu ihr?«

Lydia warf einen Blick über ihre Schulter zu Edens Leiche. In ihrer Stimme lag ein trauriger, wehmütiger Ton. »Wir haben für gewöhnlich ein paarmal im Jahr miteinander telefoniert. Sie wollte sich nicht mit mir treffen. Ich habe sie seit fast zehn Jahren nicht mehr gesehen, aber von meinen Kindern war sie diejenige, die noch am wenigsten Groll gegen mich hegte. Allerdings habe ich das letzte Mal im Sommer mit ihr gesprochen. Sie war mein Julibaby. Wie ist Eden ...? Ich begreife nicht, was passiert ist. Sie lebt in Philadelphia. Was sucht sie überhaupt hier?«

»Vielleicht wollte sie Amber besuchen?«, mutmaßte Gretchen.

Lydia schüttelte den Kopf. »Nein, nein. Amber wollte mit keinem von uns etwas zu tun haben. Das ergibt einfach keinen Sinn.«

Gretchen und Josie sahen sich an und tauschten sich in stummem Einverständnis aus. Schließlich meinte Gretchen: »Mrs Norris, das ist eine sehr heikle Angelegenheit und ich weiß, dass Sie gerade Schreckliches durchmachen. Aber man hat uns darauf hingewiesen, dass Amber eine große Verbrennungsnarbe auf dem Rücken hat.«

Lydia nickte. »Allerdings.«

Josie setzte die Befragung fort. »Eine Freundin von ihr hat uns erzählt, dass sie es zwar meist als Unfall hinstellt, ihr in Wirklichkeit aber jemand die Verletzung zugefügt hat. Mit Absicht. Wissen Sie davon etwas?«

Tränen glänzten in Lydias Augen. Wieder schüttelte sie langsam den Kopf. »Wollen Sie wirklich die Wahrheit?«

Josie und Gretchen nickten.

»Ich glaube, meine Schwägerin hat es ihr angetan. Aber ich konnte es nie beweisen.«

»Ihre Schwägerin«, wiederholte Josie. »Also Ambers Tante.«

»Ja. Nadine. Die Eltern meines Ex-Mannes starben, als er noch ein Kind war. Er hatte nur noch Nadine. Sie war zwölf Jahre älter als er. Sie hatten eher ein Eltern-Kind-Verhältnis als ein geschwisterliches. Nadine wollte absolute Kontrolle über alles. Sie hat unser ganzes Leben bestimmt. Wie Sie sich vorstellen können, ist das bei mir nicht gut angekommen, vor allem, wenn es meine Kinder betraf. Bevor ich Hugo endgültig verlassen habe, bin ich schon ein paarmal von ihm weg. In dieser Zeit hat er die Kinder meistens zu Nadine gebracht, statt sich selbst um sie zu kümmern.« Vor Ärger begann ihre Stimme zu beben. Ihre Unterlippe zitterte und sie ballte eine Hand zur Faust. »Er war beileibe kein guter Vater. Wie dem auch sei, als wir uns wieder einmal getrennt hatten, waren die Kinder gerade bei Nadine, als ich plötzlich einen Anruf vom Towanda Hospital bekam, dass Amber einen Unfall hatte.«

»Towanda«, unterbrach Josie. »Das ist doch im Norden, in der Nähe der bundesstaatlichen Grenze.«

»Ja, genau, direkt südlich der Grenze zum Bundesstaat New York. Nadine hat ein großes Haus in Sullivan County. Das nächste Krankenhaus war in Towanda. Dorthin wurde Amber gebracht. Ich bin zu ihr gefahren und wollte alle Kinder abholen. Sie war in einer schrecklichen Verfassung und meinte, sie hätten ein Lagerfeuer gemacht und sie sei rückwärts hineingefallen. Ich habe ihr das nie geglaubt, sie aber nicht dazu gebracht, mir die Wahrheit zu sagen. Sie hatte zu viel Angst vor Nadine. Wir alle.«

»Warum?«, fragte Gretchen. »Sie waren eine erwachsene Frau. Ihre Mutter. Warum sollten Sie vor Nadine Angst haben?«

Ein Schauder durchlief Lydia. »Sie hatte ihre Methoden,

um uns das Leben zur Hölle zu machen. Heimtückisch und unerträglich. Man entkam ihr nicht. Hugo empfand eine gewisse Loyalität ihr gegenüber, die er mir und unseren Kindern nie entgegenbrachte. Das war letztlich einer der Hauptgründe, warum ich weg bin. Er hat uns nicht vor ihr geschützt.«

»Amber hat als Jugendliche ein Tagebuch geführt«, sagte Josie. »Ihrer besten Freundin erzählte sie, dass Nadine die meisten Seiten herausgerissen habe. Wussten Sie davon?«

Lydia runzelte die Stirn. »Nein, davon habe ich nichts gewusst. Aber es wundert mich nicht. Das hört sich ganz nach Nadine an.«

Josie holte ihr Handy heraus, rief das Foto von der Tagebuchseite mit der Nummernliste auf und zeigte es Lydia. »Wissen Sie, was diese Nummern bedeuten? Amber hat sie in ihr Tagebuch geschrieben.«

Lydia nahm das Handy und sah sich die Aufnahme lange an. »Ich habe keine Ahnung«, sagte sie schließlich. »Was sind das für Ziffernfolgen? Kontonummern?«

»Das versuchen wir herauszufinden«, kam die Antwort von Gretchen. »Sie wissen wirklich nicht, woher sie stammen oder was sie bedeuten könnten?«

Sie gab Josie das Smartphone mit tieftrauriger Miene zurück.

»Nein. Ich wünschte, ich wüsste es. Glauben Sie, es hat etwas damit zu tun, was mit Eden passiert ist oder wo Amber hin ist?«

»Wir sind im Moment noch nicht sicher«, erwiderte Josie. »Wann haben Sie Nadine das letzte Mal gesehen?«

»Vor vielleicht fünfzehn Jahren. Als ich Hugo verlassen habe – endgültig verlassen –, habe ich alle Verbindungen abgebrochen.«

»Wollten Ihre Kinder nicht mit Ihnen gehen?«, fragte Gretchen.

Lydia fuhr mit dem Daumen über die Bänder ihrer Ringe auf der Innenseite der Finger, sodass sich die Ringe leicht bewegten und Tausende winziger Lichtflecken an die Decke warfen. »Gabriel war damals schon erwachsen. Die Mädchen standen kurz vor dem Abschluss der Highschool. Als Kinder hatten sie oft umziehen müssen. Ich glaube, sie wollten einfach nicht, dass ihr Leben ein, zwei Jahre vor dem Ende ihrer Schulzeit völlig umgekrempelt wurde. Außerdem gaben sie mir die Schuld an dem Ganzen.«

»Was meinen Sie mit dem ›Ganzen‹?«, hakte Josie nach.

Lydia zuckte die Schultern. »Ihr ganzes Leben. Alles Schlimme, was ihnen in ihrer Kindheit passiert war. Und jetzt … mein Gott, das ist einfach nur schrecklich.«

Josie merkte, dass Lydia völlig die Fassung zu verlieren drohte. »Wo leben Sie, Mrs Norris?«, fragte sie schnell.

»Ungefähr eine Autostunde von hier. Hören Sie, ich kann Ihnen meine Papiere zeigen.« Sie klopfte auf ihre Jackentaschen und zog eine dünne Brieftasche hervor, aus der sie einen Führerschein holte. Josie warf einen Blick darauf und sah, dass sie in Danville wohnte.

»Bei allem Respekt, Mrs Norris«, meldete sich Dr. Feist zu Wort. »Wenn Sie Ihre Tochter Eden jahrelang nicht gesehen haben, woher wissen Sie, dass sie es ist?«

»Ich weiß es eben«, entgegnete Lydia mit belegter Stimme. »Eine Mutter weiß das.«

Josie wusste, dass Dr. Feist mehr brauchen würde als nur diese Versicherung, um ihr Edens Leichnam zu überlassen. »Vielleicht kann ich von Ihnen noch ein paar Informationen mehr bekommen«, sagte Dr. Feist. »Sie müssen einige Vordrucke ausfüllen. Ich erledige dann meinerseits ein paar Formalitäten, um Edens Identität zu bestätigen. Wenn Sie wissen, wo sie gewohnt hat, können wir vielleicht ihren Zahnarzt ausfindig machen und durch ihr Zahnschema zweifelsfrei feststellen, dass sie es wirklich ist. Dann kann ich Eden für Sie freigeben.«

»Sicher, klar«, meinte Lydia. »Dann muss ich jetzt wohl Vorkehrungen für ihre Beerdigung treffen, nicht wahr?«

»Das eilt nicht«, beruhigte Gretchen sie. »Ich bin sicher, Dr. Feist gibt Ihnen noch ein, zwei Tage Zeit. In der Zwischenzeit können Detective Quinn und ich Sie hinbringen, wo Sie möchten. Vielleicht in ein Hotel?«

»Nein, ich bin ja mit dem eigenen Auto gekommen«, erwiderte Lydia. »Ich denke, ich bleibe fürs Erste bei Amber.«

»Mrs Norris, Amber war, wie gesagt, seit mindestens zwei Tagen schon nicht mehr zu Hause, vielleicht sogar drei«, erklärte Josie. »Sie wird vermisst.«

Lydia lächelte gequält, sodass es mehr wie ein Zähnefletschen aussah. »Aber ich habe doch einen Schlüssel. Sie sagte, ich könne jederzeit bei ihr bleiben, selbst wenn sie nicht zu Hause sei.«

Josie konnte Gretchens Gedanken förmlich hören und sah, wie bei ihr innerlich alle Alarmglocken schrillten. »Wann hat Sie Ihnen einen Schlüssel gegeben?«, fragte sie Lydia.

Lydia fasste sich an die Schläfe. »Ach, ich weiß es nicht. Ich denke, als sie eingezogen ist. Auf jeden Fall fülle ich jetzt diese Vordrucke aus, dann fahre ich zu ihr.«

Dr. Feist ging in ihr Büro, um die Unterlagen zu holen.

»Wissen Sie, wo Amber hin ist? Wo sie jetzt sein könnte?«, fragte Gretchen weiter.

Lydia schüttelte den Kopf. »Nein, leider nicht. Ich dachte ja, dass sie es gewesen sei ... dass sie gestorben sei. Ich habe es in den Nachrichten gesehen und mir Sorgen gemacht. Deshalb bin ich hergekommen. Ich wusste, dass niemand sonst sich um die Beerdigung kümmern würde. Aber ich habe mich geirrt. Es war nicht Amber. Ich bin sicher, sie wird in ein, zwei Tagen auftauchen. Bis dahin warte ich bei ihr und leite Edens Bestattung in die Wege.«

»Mrs Norris«, sagte Josie. »Wir sind nicht so sicher, ob Amber zurückkommt. Wir haben Grund zu der Annahme, dass sie in Gefahr ist. Da Sie einen Schlüssel zu Ihrem Haus haben, würden Sie uns erlauben, dass wir uns einmal bei ihr umsehen?«

Josie beobachtete sie genau und achtete auf Anzeichen von Überraschung oder Zögern, aber da war nichts. Nur ein höfliches Lächeln. »Natürlich«, antwortete sie. »Kein Problem.«

ACHTZEHN

Nachdem er sie im dunklen Wald mit der Pistole bewusstlos geschlagen hatte, erinnerte Amber sich an nichts mehr. Jetzt ist sie gerade wieder aufgewacht. Es ist noch immer dunkel, doch diesmal befindet sie sich in einem Raum. Der Boden unter ihr ist harter, kalter Beton. Die Luft ist von einem feucht-moderigen Geruch erfüllt. Trotzdem ist es hier besser als draußen, wo der eisige Wind sie peitscht. Im Geist geht sie die schmerzenden, verletzten Stellen an ihrem Körper durch. Sie setzt sich mühsam auf und bewegt langsam Arme und Beine. Die Wunde in ihrer Handfläche brennt und ihr Kopf schmerzt so stark, dass sie Schwierigkeiten hat, aufrecht zu bleiben. Da sind noch weitere Stellen an ihrem Körper, die wehtun, doch sie schiebt den Schmerz beiseite und stemmt sich auf Hände und Knie. Unendlich langsam kriecht sie von einem Ende der Kammer zum anderen, tastet sich über den Boden und an den Wänden entlang und versucht herauszufinden, wohin er sie gebracht hat.

Im Raum sind keine Möbel. Da ist nichts außer ihr, wie es scheint. In einer Ecke verlaufen senkrechte Rohre. Sie sind kalt, nichts ist in ihnen zu hören. Er scheint sie in einen Keller gesperrt zu haben. Erschöpft fällt sie gegen eine Wand und lässt den Kopf auf die Brust sinken. Es dauert nicht lange, bis sie einschläft. Sie hat keine Ahnung, wie viel Zeit vergangen ist, aber als sie die Augen wieder öffnet, erfüllt ein helles Licht den Raum. Metall schlägt gegen Metall. Da steht er, allein, mit der Pistole in der Hand. So wie vor Tagen, als er in ihr Haus gekommen ist, um sie zu entführen.

»Bist du endlich vernünftig geworden?«, fragt er.

Amber kämpft sich auf die Beine und sieht sich in dem leeren Raum um. Er sieht genauso aus, wie sie ihn sich vorgestellt hat. Eine Betonzelle, von oben bis unten schieferblau gestrichen. Die Rohre, die sie ertastet hat, verlaufen vom Boden bis zur Decke. Nichts ist hier außer ihr und Spinnweben.

»Wo sind wir?«, fragt sie.

»Dort, wo du bleibst, bis du mir sagst, was ich wissen muss.«

»Bringst du mich sonst um?«

Er wendet den Blick ab. »Ich tue, was ich tun muss.«

Sie überlegt fieberhaft. »Wenn du mich töten wolltest, hättest du es schon getan. Du kannst mich nicht umbringen. Sonst stirbt das Geheimnis mit mir.«

Er klopft sich mit dem Lauf seiner Pistole an den Schenkel. »Täusche dich nicht. Wenn ich dich umbringe, wird es nur sehr viel schwerer, die Wahrheit zu finden.«

»Es wird unmöglich«, entgegnet Amber.

Er tritt einen Schritt an sie heran. Im fahlen Licht von oben sieht sie, wie eine Ader in seiner Schläfe pocht. »Halt den Mund.«

Langsam hebt er die Pistole, bis die Mündung ihr direkt ins Gesicht starrt. Zitternd geht sie auf ihn zu und drückt ihre Stirn an den kalten Stahl des Laufs. Dann schließt sie die Augen. Die Ruhe in ihrer Stimme überrascht sogar sie selbst. Andererseits weiß sie, dass sie das Richtige tut. Sie kann in Frieden sterben. Sie hat stets versucht, das Richtige zu tun. »Ich werde es dir nicht verraten«, sagt sie leise. »Wenn du mich erschießen willst, bring es hinter dich.«

Die Sekunden verstreichen. Eins. Zwei. Drei. Vier.

»Warte«, schreit sie. »Bitte. Finn ...«

Sie öffnet die Augen und sieht gerade noch, wie er den Abzug drückt.

NEUNZEHN

Josie und Gretchen warteten auf dem Parkplatz, bis Lydia Norris Dr. Feists Unterlagen ausgefüllt hatte. Gretchen saß am Steuer des Wagens, während Josie über das mobile Datenterminal die verfügbaren Informationen über Eden Watts aufrief. Eden war sechsundzwanzig Jahre alt und im Lauf der letzten Jahre unter verschiedensten Adressen in Südostpennsylvania gemeldet gewesen, die meisten davon in Philadelphia. Wie Lydia gesagt hatte und die aktuellen Führerscheindaten bestätigten, wohnte sie auch derzeit dort und hatte sich somit zwei Autostunden von ihrer derzeitigen Adresse befunden, als sie um fünf Uhr morgens beim Russell-Haven-Damm entdeckt worden war. Auf ihren Namen war außerdem ein roter Mini Cooper, Baujahr 2016, registriert. Sie hatten in Dammnähe kein solches Fahrzeug gesehen, aber das überraschte nicht, denn schließlich war sie gegen ihren Willen festgehalten und dorthin gebracht worden. Stand der Wagen in Philadelphia? Oder war Eden nach Denton gefahren und dort entführt worden? Um Antworten auf einige ihrer Fragen zu bekommen, mussten sie sich mit der Polizei von Philadelphia in Verbindung setzen. Fürs Erste machte Josie ein Bildschirmfoto von Edens Führerschein, schickte es Noah und bat ihn, es in den Hotels von Denton zu zeigen, um herauszufinden, ob sie in den letzten Tagen hier abgestiegen war.

Josie suchte weiter. Anders als bei Amber waren Angehörige von Eden in der TLOxp-Datenbank gelistet, darunter Gabriel und Hugo Watts. Beide lebten in Pennsylvania – Hugo in der Gegend um Williamsport und Gabriel in einer Kleinstadt namens Woodling Grove lediglich eine halbe Autostunde von Denton entfernt. Josie rief ihre beiden Führerscheine auf und sah, dass Eden und Amber die dichten braunen Locken und ihr auffälliges Aussehen von ihrem Vater geerbt hatten. Gabriel hingegen ähnelte mit seinem dunkelbraunen Haar und dem breiteren Gesicht Lydia. Josie machte Fotos von Vater und Sohn, schickte sie Sawyer und fragte ihn, ob einer von beiden derjenige gewesen war, der Amber gestoßen hatte, als er sie vor ein paar Wochen auf der Straße gesehen hatte.

Seine Antwort kam Sekunden später.

Der Jüngere vielleicht. Bin aber nicht sicher. Sie waren zu weit weg.

Josie bedankte sich und zeigte Gretchen den Chatverlauf.

»Na großartig«, seufzte Gretchen. »Ihr Bruder war in den letzten Wochen möglicherweise, vielleicht aber auch nicht hier in Denton und hatte Kontakt zu ihr.«

»Wir könnten ihn ausfindig machen«, schlug Josie vor, »und ihn selbst fragen.«

»Sollten wir«, pflichtete Gretchen ihr bei. »Hat Woodling Grove ein eigenes Polizeirevier?«

»Nein«, antwortete Josie. »Der Countysheriff kümmert sich um kleinere Angelegenheiten, die Staatspolizei um schwere Straftaten. Fürs Erste kann ich jemanden im Büro des Countysheriffs bitten, bei ihm vorbeizufahren und ihn zu fragen, ob er mit auf die Polizeidienststelle des Countys kommt. Dann könnten wir hinfahren. Zumindest, wenn wir hier fertig sind.«

»Tu das«, sagte Gretchen. Sie beugte sich vor und machte ein Foto von Eden Watts' Führerschein. »Unterdessen schicke ich das meinem ehemaligen Partner bei der Polizei von Philadelphia. Vielleicht findet er etwas über Eden heraus, während wir uns hier mit der Sache befassen.«

»Gute Idee«, meinte Josie, während Gretchens Finger über das Display ihres Handys flogen. »Er soll auch nach ihrem Auto Ausschau halten. Wenn es nicht dort ist, gebe ich eine Fahndungsmeldung raus.«

»Alles klar«, sagte Gretchen.

Josie rief Judy Tiercar an, ihren Kontakt im Büro des Sheriffs von Alcott County, und erläuterte ihr die Situation. Judy versprach, zurückzurufen, sobald sie Gabriel Watts erreicht hatte. Nachdem Josie das Gespräch beendet hatte, suchte sie auf ihrem Smartphone nach Profilen von Eden Watts in den sozialen Medien. Auf Facebook war sie nicht, doch hatte sie einen Account auf Twitter und Instagram. In ihren Posts ging es vorwiegend um Kaffeesorten und verschiedene Locations in Philadelphia – Clubs, ein Yogastudio, eine Töpferei. In einigen Posts vom Sommer waren ihre Füße mit blau lackierten Zehennägeln auf einem Sandstrand am Ozean zu sehen. Die Hashtags lauteten #jerseyshore, #getaway und #oceanvibes. Ansonsten entdeckte Josie nichts Persönliches. Seufzend schloss sie die Apps.

Gretchen behielt die Tür zur Eingangshalle des Krankenhauses im Auge und wartete darauf, dass Lydia Norris auftauchte. »Irgendetwas an der ganzen Sache stinkt zum Himmel. Aber was?«, murmelte sie.

Josie tippte als Nächstes Lydias Namen in die TLOxp-Datenbank. »Alles«, sagte sie zu Gretchen. »Wirklich alles. Amber hat ihrer ältesten Freundin Grace Power gegenüber erwähnt, dass ihre Familie toxisch und dysfunktional sei und sie schon seit der Highschool nicht mehr mit ihr gesprochen habe. Das hat sie auch Mett erzählt. Aber warum hat ihre Mutter dann einen Schlüssel zu ihrem Haus?«

Die Ergebnisse zu Lydia Norris waren fast genauso spärlich wie die zu Amber. In den letzten zwölf Jahren war sie an einer einzigen Adresse in Danville gemeldet gewesen, aber das war es auch schon. Sie hielt ihren Führerschein auf dem neuesten Stand und zahlte ihre Nebenkosten pünktlich.

»Glaubst du wirklich, dass sie einen Schlüssel hat?«, fragte Gretchen. »Oder blufft sie nur?«

Josie dachte an Lydias Gesichtsausdruck, als sie gefragt hatte, ob sie sich in Ambers Haus umsehen könnten. »Es sah nicht so aus, als würde sie lügen. Warum sollte sie uns auch anbieten, hinzufahren, wenn sie keinen Schlüssel hat?«

»Kann es sein, dass Amber Mett deshalb keinen Schlüssel gegeben hat, weil Lydia einen hatte und sie nicht wollte, dass die zwei sich jemals zufällig begegnen?«, fragte Gretchen.

»Ich weiß es nicht.« Josie tippte »Nadine Watts« ein, bekam aber keine Ergebnisse. Vermutlich war die Frau verheiratet oder es zumindest gewesen. Sie nahm sich vor, Lydia nach Nadines Nachnamen zu fragen.

»Sie schien sehr überrascht, als sie ihre andere Tochter in dem Leichensack sah«, sagte Gretchen.

»Ich glaube, jeder wäre geschockt, wenn er sein Kind in einem Leichensack sehen würde«, murmelte Josie.

»Du weißt schon, was ich meine«, brummte Gretchen verärgert zurück. »Und hast du ihre Ringe gesehen? Ich glaube, einer war ein Harry Winston und einer ein Blue Nile. Teures Zeug. Von denen kostet jeder eine fünfstellige Summe, vielleicht sogar noch mehr.«

Josie sah sie an. »Ich wusste gar nicht, dass du eine Diamantenexpertin bist.«

Gretchen zuckte die Schultern. »Bevor ich hierhergekommen bin, musste ich in Philly einen Einbruch mit Mord bearbeiten. Ein reiches Paar war in seiner Villa überfallen worden. Die Frau besaß eine ziemlich umfangreiche Kollektion extrem teurer Schmuckstücke. Da habe ich einen Crashkurs bekommen.«

»Du meinst, dass Lydia reich ist.«

»Ich meine, dass eine von uns allein mit dem, was sie an den Fingern trägt, in den Ruhestand gehen könnte.«

Josie blickte auf und sah Lydia Norris aus dem Krankenhauseingang kommen. Sie legte sich die Riemen ihrer Handtasche auf der Schulter zurecht. Gretchen hupte und sie winkte. Sie hatten vereinbart, mit zu Ambers Haus zu fahren, damit sie sich dort etwas umsehen konnten. Lydia stieg in einen schwarzen Mercedes-Benz und fuhr los. Josie loggte sich wieder in ihr mobiles Datenterminal ein und sah, dass eine schwarze Mercedes-Benz-Limousine der S-Klasse unter derselben ländlichen Adresse wie auf dem Führerschein auf sie angemeldet war. »Du hattest recht, sie hat Geld«, sagte Josie. »Sie fährt ein Auto, das mehr als hunderttausend Dollar kostet.«

Gretchen folgte Lydia kreuz und quer durch Denton. Immer wieder musste Lydia wenden und die Richtung wechseln.

»Sie hat keine Ahnung, wo sie ist«, stellte Josie fest. »Sie weiß nicht einmal, wo Amber wohnt!«

Doch nach zwanzig Minuten bog Lydia in die Straße ein, in der Ambers Haus stand. Sie stellte ihren Wagen direkt hinter Ambers Auto ab. Gretchen blieb hinter ihr stehen. Als sie alle ausstiegen, ging Lydia an der Kühlerhaube von Ambers Fahrzeug vorbei. Sie blieb stehen und starrte auf die Windschutzscheibe.

Gretchen und Josie kamen näher.

Lydia beugte sich über die Scheibe. »Sind das Schlieren oder soll das etwas heißen?«

»Russell Haven, fünf Uhr morgens«, antwortete Gretchen.

»Aber um fünf Uhr war nicht Amber am Damm, sondern Eden.«

»Sagt Ihnen der Russell-Haven-Damm etwas?«, fragte Josie. Lydia schüttelte den Kopf.

»Hat der Damm für Amber oder Eden oder sonst jemanden in Ihrer Familie irgendeine Bedeutung?«, hakte Gretchen nach.

»Nein, absolut nicht«, erwiderte Lydia. Sie sog scharf die Luft ein und lächelte sie gequält an. »Sollen wir?«

Sie gingen auf dem Weg zur Haustür hinter ihr her. Im Tageslicht bemerkte Josie links neben dem Weg vor dem Haus einen Pflanzenhalter aus Gusseisen in Form eines Hirtenstabs. Allerdings hing keine Pflanze daran. Stattdessen hatte Amber ein Weihnachtsgesteck aus roten und silbernen Schleifen am Ende des Stabs befestigt. Als Lydia die einzige Stufe zur Türschwelle hochstieg, hatte sie bereits einen Schlüsselbund in der Hand und führte ihn zum Schloss. Josie zählte neben dem Autoschlüssel noch fünf weitere Schlüssel. Sie steckte sie einen nach dem anderen ins Schloss und versuchte aufzuschließen. Keiner passte.

»Mrs Norris, Sie haben gar keinen Schlüssel, nicht wahr?«, sagte Gretchen.

Lydia drehte sich nicht um, sondern schüttelte nur den Kopf. »Natürlich habe ich einen Schlüssel. Ich habe nur den falschen Bund mitgenommen.«

Sie ließ die Schultern hängen und seufzte. »Ich muss nach Danville zurückfahren und ihn holen.« Als sie sich umdrehte, blieb ihr Blick am Hirtenstab hängen. »Oder ich benutze einfach den Ersatzschlüssel, den Amber für Notfälle hier draußen deponiert hat.«

»Was ist das für ein Ersatzschlüssel?«, fragte Josie.

Ohne eine Antwort zu geben, steckte Lydia die Schlüssel wieder in ihre Handtasche und stellte sie neben die Eingangstür. Sie trat auf den Rasen und packte den Hirtenstab mit beiden Händen.

»Mrs Norris?«, sagte Gretchen.

Sie schob den Stab hin und her, drückte und zog, bis sie ihn so weit gelockert hatte, dass sie ihn aus dem gefrorenen Boden ziehen konnte. Ihr Gesicht war vor Anstrengung gerötet. Als sie ihn hochhob, sah Josie, dass am spitzen unteren Ende ein Plastikbeutel mit einer Schnur befestigt war. Lydia nahm den Beutel und zerriss die Schnur mit einer raschen Handbewegung. Sie steckte den Hirtenstab wieder in die Erde, diesmal leicht nach rechts geneigt. Eines der Bänder daran fiel zu Boden. Lydia ließ einen Schlüssel aus dem Beutel in ihre Hand gleiten.

»Als meine Kinder noch klein waren, habe ich meine Schlüssel immer so deponiert. Für den Fall, dass ich nicht rechtzeitig vor ihnen zu Hause war. Manche haben künstliche Steine mit Geheimfächern oder legen den Schlüssel unter eine Matte oder so. Das ist viel zu offensichtlich. Ich habe mir das hier ausgedacht – ein Gartendekor, bei dem der Schlüssel im Boden steckt. Darauf kommt kein Mensch.« Lächelnd wischte sie ihren Rock sauber und ging zurück zur Tür. Der Schlüssel glitt leicht ins Schloss. Lydia drehte ihn und die Tür ging mit einem Klicken auf. Sie nahm ihre Handtasche.

»Hat Amber Ihnen verraten, wo der Ersatzschlüssel ist?«

»Natürlich«, antwortete Lydia, als sie über die Schwelle ins Haus trat. Josie und Gretchen sahen sich an. Josie wusste, dass Gretchen dasselbe dachte wie sie: Lydia Norris hatte sich soeben raffiniert Zutritt zum Haus verschafft. Sie folgten ihr trotzdem nach drinnen.

ZWANZIG

Direkt vom Eingang gelangte man in das Wohnzimmer. Es enthielt nur wenige Möbelstücke: ein Sofa, einen Stuhl, einen Couchtisch und einen Beistelltisch. Josie folgte Lydia und Gretchen durch die anderen Räume im Haus. Das einstöckige Gebäude war klein, spärlich möbliert und äußerst gepflegt, jeder Raum farblich abgestimmt dekoriert. Alles wirkte, als sei es speziell für Fotos arrangiert worden, mit denen Makler Immobilien zum Verkauf anboten. Amber achtete auf Sauberkeit und Ordnung, dennoch kam Josie etwas seltsam vor: Trotz der sorgfältigen farblichen Abstimmung spiegelte nichts Ambers Persönlichkeit wider – oder auch nur irgendeine Persönlichkeit. Wie Mettner schon gesagt hatte, war nichts in Unordnung. Sie folgten Lydia durch das Wohnzimmer, das Esszimmer und die Küche. Josie fragte sich, ob sie schon jemals hier gewesen war.

In der Küche blieb Lydia stehen, stemmte die Hände in die Hüften und sah sich um. Josie blickte ihr über die Schulter und musterte alles. Da waren weiße Schränke und Schubladen mit schwarzen Knäufen und Griffen. Auf der Arbeitsfläche aus schwarzem Marmorimitat standen ein Toaster und eine Kaffeemaschine. Am Kühlschrank hafteten keinerlei Magnete. Josie dachte an ihren und Noahs Kühlschrank, an dem fast kein Zentimeter mehr frei war, weil so viele Zeichnungen von Harris und Noahs Nichte, Fotos von ihnen zu zweit, mit Familie und Freunden und Einladungen zu Festen oder anderen Veranstaltungen daran hingen. Sie dachte daran, was Grace über Amber gesagt hatte: Sie lebte ein einsames Leben. Im Raum stand ein kleiner, zweckmäßiger weißer Küchentisch, unter den zwei schwarze Stühle geschoben worden waren. Auf der Platte lagen sauber drapiert ein Handy, eine Handtasche und ein Schlüsselbund. Über einer Stuhllehne hing Ambers Wintermantel.

Hinter dem Tisch führte eine Tür in den Garten. Eine Glasscheibe fehlte und war durch Karton ersetzt worden. Es musste die sein, die Mettner eingeschlagen hatte, um die Tür von innen zu entriegeln. Er hatte die Scherben aufgekehrt und das Loch mit Pappe geschlossen, wie er ihr erzählt hatte. Sollte Lydia dieses eine, nicht zum übrigen Gesamteindruck passende Detail aufgefallen sein, so erwähnte sie es zumindest nicht. Sie war damit beschäftigt, sich die Küche genau anzusehen, und ließ den Blick über die Schrankreihen und Schubläden wandern. Dann ging sie zur Arbeitsfläche und zog eine Lade direkt darunter auf. Während sie die Geschirrtücher und Topflappen durchwühlte, sagte sie: »Ich würde Ihnen ja Kaffee anbieten, aber ich muss mich umsehen. Ich erinnere mich nicht, wo Amber alles aufbewahrt.«

»Das ist nicht nötig«, beruhigte sie Gretchen.

Trotzdem ging Lydia weiter die Läden und Schränke durch. Schließlich drehte sie sich wieder zu ihnen und meinte mit einem gequälten Lächeln: »Aber hier scheint sowieso kein Kaffee zu sein.«

»Es ist in Ordnung«, beschwichtigte Gretchen sie. »Wirklich.«

Josie ging zum Tisch und starrte auf Ambers Handy. Nun, da die Unbekannte zweifelsfrei als Ambers Schwester identifiziert worden war, würden sie vermutlich einen Durchsuchungsbeschluss für Ambers Haus sowie richterliche Verfügungen für ihr Handy und ihre Finanzunterlagen bekommen. Allerdings dauerte das seine Zeit – Zeit, die Amber womöglich nicht hatte. Lydia konnte ihnen die Erlaubnis geben, sich den Inhalt des Smartphones sofort anzusehen. Sie würden zwar trotzdem noch eine Verfügung für die eigentlichen Daten brauchen, wozu auch alles gehörte, was Amber oder sonst jemand auf dem Handy gelöscht hatte. Fürs Erste aber konnten sie Mettners Auskunft überprüfen, dass nichts darauf war. Josie deutete auf das Gerät. »Würde es Ihnen etwas ausmachen, wenn ich mir Ambers Handy ansehe?«

Lydia antwortete ohne zu zögern. »Überhaupt nicht. Wenn Sie meinen, dass es hilft, sie ausfindig zu machen. Falls Sie Ihrer Ansicht nach wirklich in ernster Gefahr ist, sollten keine Mühen gescheut werden, um sie zu finden.«

Josie zog ein Paar Latexhandschuhe aus der Tasche und streifte sie über, bevor sie das Handy nahm. Auf dem Startbildschirm war ein Selfie von ihr und Mettner zu sehen. Sie hatten die Wangen aneinandergepresst und lachten in die Kamera. Amber trug eine Strickmütze. Beider Gesichter waren gerötet. Im Hintergrund sah Josie gelbes und oranges Herbstlaub. Das Fotos war vermutlich im September oder Oktober gemacht worden, denn in dieser Zeit begannen sich in Denton die Blätter der Bäume zu verfärben. Josie wischte über den Monitor, woraufhin das Gerät einen PIN-Code forderte. Mettner hatte ihr gesagt, dass er Ambers Handy bereits überprüft hatte. Das bedeutete, dass er ihren Code kannte, obwohl er keinen Schlüssel zu ihrem Haus hatte. »Mrs Norris, Sie kennen nicht zufällig Ambers PIN?«

»Nein, tut mir leid, die kenne ich nicht. Ich dachte, die Polizei hätte spezielle Programme, um Handys knacken zu können.«

Josie ignorierte die Bemerkung und meinte nur: »Würde es

Ihnen etwas ausmachen, wenn wir es mitnehmen und später wieder zurückbringen?«

»Nein, ganz und gar nicht.«

Josie steckte das Handy ein. »Was ist mit dem Inhalt ihrer Handtasche? Wir würden gern eine richterliche Verfügung einholen, um ihre Finanzen zu überprüfen und zu sehen, ob es in letzter Zeit Bewegungen auf ihren Konten gab.«

»Kein Problem«, erwiderte Lydia.

»Außerdem würden wir gern einen Blick in die Schlafzimmer werfen, wenn Sie nichts dagegen haben.«

»Natürlich«, sagte Lydia. Sie folgte ihnen durch den Flur zum Bad und den Schlafzimmern. Im Bad lag ein zusammengeknülltes Handtuch auf dem Boden eines Wäschekorbs. Auf der Ablage waren einige Toilettenartikel aufgereiht, aber Josie bemerkte nichts Ungewöhnliches. In einem der Zimmer stand nichts weiter als ein Laufband. Das Schlafzimmer enthielt ein Doppelbett, einen Nachtschrank und eine dazu passende Kommode. Wie Mettner bereits erwähnt hatte, war ihr Bettzeug in Unordnung. Abgesehen davon sah der Raum genauso wenig bewohnt aus wie das übrige Haus. Auf dem Nachtschrank standen lediglich eine Lampe und ein Wecker. Daneben lag ein Ladegerät für Smartphones.

Josie ließ ihren Blick durch das Schlafzimmer schweifen. Im ganzen Raum war nichts Persönliches zu sehen. Sie öffnete Ambers Wandschrank und war seltsam erleichtert, einige Dinge zu finden, die darauf hindeuteten, dass Amber tatsächlich hier lebte. An der Kleiderstange hingen mehrere Sachen zum Anziehen, während auf dem Boden verschiedene Paar Schuhe standen. Auf der Ablage über der Kleiderstange lagen zusammengelegte Decken und Badetücher. Josie fand weder etwas Besorgniserregendes noch Hinweise darauf, was mit Amber passiert war. Gretchen zog die Schubladen eine nach der anderen auf, doch als sie fertig war, konnte Josie ihrem tiefen Seufzer entnehmen, dass auch sie nichts gefunden hatte.

Josie öffnete die Schublade des Nachtschranks. Darin lag nur ein einziges Buch: *Erwache zum Glauben* von Thatcher Toland. Josie holte es heraus. Auf dem Einband war Tolands wettergegerbtes, aber attraktives Gesicht zu sehen. Mit verhaltenem Lächeln blickte er in die Kamera. Er musste zwischen sechzig und siebzig sein, doch auf dem Foto wirkten seine blauen Augen wesentlich älter, als er in Wirklichkeit war. Als sie ihm heute Morgen außerhalb seines vertrauten Terrains begegnet war, hatte er einen jugendlicheren Eindruck gemacht. Der Untertitel seines Buchs lautete: *Mein Weg von der Selbstzerstörung zur Hoffnung und zu einem neuen Leben.* Josie schüttelte den Kopf, als sie es durchblätterte. Sie hatte Amber nie als sonderlich religiös eingeschätzt, doch Toland war in den letzten Monaten im ganzen Land zum Star aufgestiegen. Überall sah Josie Menschen sein Buch lesen. Außerdem trat er in fast jeder nur erdenklichen Talkshow auf, um dafür zu werben. Und nun, da die Eröffnung der Megakirche in Denton bevorstand, würde er noch viele Wochen lang immer wieder im Fernsehen zu sehen sein.

Lydia betrat nach ihnen das Zimmer. Sie ging langsam, als hätte sie Angst, jemanden aufzuwecken. Als sie sich Josie näherte und das Buch bemerkte, fragte sie: »War das hier? In Ambers Haus?«

Josie deutete mit einer Hand auf die offene Schublade, in der sie es gefunden hatte. »Da drin.«

Lydia schüttelte den Kopf. »Das sieht Amber überhaupt nicht ähnlich. Sie hat sich nie für ... für so etwas interessiert.«

»Sie meinen Religion?«, fragte Gretchen von der anderen Seite der Matratze. Sie war in die Knie gegangen und warf einen Blick unter das Bett.

»Nein«, entgegnete Lydia. »Fernsehprediger und so Leute. Sie hielt sie immer für unlauter.«

Nach dem, was Lydia ihnen über Gabriel Watts und seinen Beitritt zur Wiedergutmachungskirche erzählt hatte, fragte sich

Josie, ob Amber das Buch womöglich von ihrem Bruder bekommen hatte. Wenn er derjenige gewesen war, der Amber Sawyer zufolge auf der Straße bedrängt hatte, lag es vielleicht daran, dass er dachte, seine Schwester hätte etwas wiedergutzumachen.

Als Josie das Buch durchblätterte, fiel etwas heraus und flatterte auf den Boden. Lydia bückte sich, um es aufzuheben, und warf einen Blick darauf. Ein leiser Schreckenslaut kam über ihre Lippen. Sie schlug ihre freie Hand vor den Mund. Josie reckte den Hals, um zu sehen, worum es sich handelte, konnte es jedoch nicht klar erkennen. Es sah aus wie ein auf Kopierpapier gedruckter Zeitungsartikel.

»Mrs Norris? Stimmt etwas nicht?«

Sie schüttelte den Kopf und nahm die Hand vom Mund. Auf ihrem Gesicht zeichneten sich Überraschung, Schock, Angst und schließlich Erleichterung in so rascher Folge ab, dass Josie gar nicht alles registrieren konnte. Lydia gab Josie das Blatt. Die Schlagzeile lautete:

Mord in Sullivan County: Frau offenbar brutal ertränkt.

Es war nur ein kleiner Artikel, aber jemand hatte mit dickem schwarzem Filzstift darübergeschrieben:

DING DONG! DIE HEXE IST TOT!

Josie versuchte, den Artikel unter dem Schriftzug zu entziffern, konnte dem nur teilweise sichtbaren Text aber lediglich entnehmen, dass Nadine Fiore, geborene Watts, in ihrem Haus ermordet worden war. Es war weder ein Datum zu sehen noch ein Hinweis auf die Zeitung, aus der der Artikel stammte.

Lydia legte ihre Hände auf die Brust, als wolle sie verhindern, dass ihr das Herz aus der Brust sprang.

Josie hielt den Artikel hoch. »Wussten Sie davon?«

Lydia schüttelte den Kopf.

»Haben Sie eine Ahnung, wer Amber das gegeben oder geschickt haben könnte?«

»Nicht die geringste.«

»Vielleicht Ihr Sohn?«, fragte Gretchen, als sie zu ihnen trat und Josie den Artikel aus der Hand nahm, um ihn sich anzusehen.

»Ich weiß es nicht, aber ich bezweifle es. Er und Amber sind nie miteinander ausgekommen. Vielleicht Eden? Nadine hat meine Mädchen am schlechtesten behandelt.«

»War Eden ein Mitglied von Thatcher Tolands Kirche?«

»Nein, absolut nicht. Sie hasste ...« Lydia sprach nicht weiter.

Josie und Gretchen starrten Lydia an, die sichtlich mit sich kämpfte, um den Satz zu Ende zu bringen.

»Thatcher Toland?«, fragte Josie. »Die Kirche?«

»Institutionalisierte Religion«, stieß Lydia schließlich hervor. »Sie hätte nie so etwas wie das Buch hier gelesen. Niemals.«

»Denken Sie, dass Gabriel seiner Schwester das Buch zusammen mit dem Zeitungsausschnitt gegeben hat? Wie war sein Verhältnis zu Nadine?«

Lydia presste ihre Lippen zu einem dünnen Strich zusammen. Dann sagte sie: »Nicht besonders. Ich glaube nicht, dass ihm Nadine je etwas angetan hat – ich meine, körperlich. Aber sie hasste ihn trotzdem. Diese Nachricht, ›Die Hex ist tot‹, klingt allerdings eher nach Eden als nach Gabriel.«

Natürlich war es möglich, dass Amber das Buch selbst gekauft, den Zeitungsausschnitt zugeschickt bekommen und ihn zwischen die Seiten gesteckt hatte. Oder sie hatte das Buch von Gabriel und den Artikel von Eden erhalten. Im Augenblick ließ sich noch nichts mit Sicherheit sagen.

»Können wir das behalten?«, fragte Josie.

»Natürlich, klar«, sagte Lydia sofort.

Josie steckte das Blatt wieder in das Buch. »Können wir Sie unter einer Telefonnummer erreichen, falls wir noch weitere Fragen haben sollten?«

»Unter meiner Handynummer«, antwortete Lydia. Sie gab sie ihnen. Josie tippte sie in ihr Smartphone und speicherte sie.

»Mrs Norris, das war's fürs Erste«, erklärte Gretchen. »Ich gebe Ihnen meine Karte für den Fall, dass Sie sich mit uns in Verbindung setzen müssen. Eine letzte Sache noch: Würde es Ihnen etwas ausmachen, wenn wir Ambers Überwachungskamera über der Haustür mitnehmen? Sie bekommen sie mit dem Handy und anderen Gegenständen wieder, sobald wir sie untersucht haben.«

Lydia lächelte schwach. »Sicher«, antwortete sie. »Ganz wie Sie wollen.«

EINUNDZWANZIG

Gretchen löste die Außenkamera mit Handschuhen aus der Halterung und steckte sie in einen Spurensicherungsbeutel. »Ich lasse sie von Hummel holen und auf Fingerabdrücke untersuchen«, sagte sie zu Josie. Sie stellte Mrs Norris Empfangsbelege für Ambers Handy, ihre Handtasche, die Kamera, den Zeitungsartikel und Thatcher Tolands Buch aus. Dann fuhren beide zurück zum Revier. Als sie Ambers Straße verließen, stieß Gretchen einen leisen Pfiff aus. »Ich habe keine Ahnung, was hier abgeht.«

»Ich auch nicht«, sagte Josie, während sie sah, wie die Straßen von Denton an ihr vorbeizogen. »Sicher ist nur, dass in dem Haus kein Verbrechen begangen wurde, sieht man einmal davon ab, dass Mett eingebrochen ist. Wenn Amber von dort entführt wurde, hat sie sich nicht gewehrt, was darauf hindeutet, dass sie die Person kannte und ihr vertraute oder mit Waffengewalt gezwungen wurde. Ich nehme Letzteres an, denn sie hat nichts mitgenommen.«

»Stimmt«, pflichtete Gretchen ihr bei. »Trotzdem ergibt das alles keinen Sinn. Es ist, als hätten wir Teile von zwei verschiedenen Puzzles und würden versuchen, sie mit Gewalt zu einem zusammenzusetzen.«

»Was meinst du damit?«

»Wir haben zwei Fälle: Edens Ermordung und Ambers Verschwinden. Die einzige Verbindung zwischen ihnen ist der Damm und die Tatsache, dass sie Schwestern sind. Nur hatte Amber gar keinen Kontakt zu ihrer Schwester – das sagt zumindest jeder, den wir bisher befragt haben. Wenn sie aber schon seit einem Jahrzehnt nicht mehr miteinander gesprochen haben, wie kann es dann sein, dass sie beide in eine Sache verwickelt wurden, bei der die eine umgebracht wurde und die andere ...«

»... entführt?«, ergänzte Josie. »Uns fehlt der Gesamtzusammenhang. Nach allem, was wir wissen, und was sogar ihre eigene Mutter gesagt hat, hatte Amber zu niemandem in ihrer toxischen Familie Kontakt, außer vielleicht zu ihrem Bruder.«

»Das steht im Moment noch gar nicht fest«, erinnerte Gretchen sie. »Aber wenn er derjenige war, den Sawyer mit ihr gesehen hat, bedeutet das, dass er eine körperliche Auseinandersetzung mit Amber hatte, bevor sie verschwand.«

»Ich schreibe meiner Kontaktfrau im Sheriffbüro eine Nachricht und frage nach, ob sie ihn schon aufgespürt hat«, sagte Josie und schickte Deputy Judy Tiercar umgehend eine Nachricht. »Aber ich denke, das fügt sich allmählich zu einem Bild zusammen. Wir haben zwei, möglicherweise auch drei Mitglieder der Familie – und damit meine ich die Kinder –, die alle irgendwie in die Sache verwickelt sind.«

»Findest du?«, fragte Gretchen.

»Wie meinst du das?«

»Ich meine, mit Sicherheit wissen wir bisher nur, dass Nadine Fiore und Eden Watts in zwei unterschiedlichen Zuständigkeitsbereichen ermordet wurden und Amber abgängig ist. Wir wissen im Grunde nicht, mit wem sie eine Auseinandersetzung an dem Tag hatte, als Sawyer sie gesehen hat. Ich möchte mich nicht zu sehr auf die Familie fixieren und dabei etwas anderes übersehen. Viele haben beschissene Familien und werden trotzdem nicht von ihren elenden Familienmitgliedern ermordet oder entführt.«

Ein Brummen zeigte Josie, dass eine Nachricht auf ihr Handy gekommen war. Sie warf einen Blick darauf und seufzte. »Deputy Tiercar. Gabriel Watts ist nicht zu Hause. Sie fährt in ein paar Stunden noch einmal bei ihm vorbei und hofft, ihn dann anzutreffen. Aber womit sollten wir uns deiner Meinung nach genauer befassen, was wir bisher noch nicht in Betracht gezogen haben?«

»Mett«, antwortete Gretchen. »Sie wollen zusammenziehen, aber trotzdem erzählt sie ihm mit keinem Wort, dass sie ihrem Bruder begegnet ist. Warum nicht?«

»Weil sie nicht die ganzen Fragen beantworten wollte, die das nach sich gezogen hätte«, meinte Josie. »Komm schon, Gretchen, sie hatte eine üble Kindheit. Du und ich wissen, wie das ist. Sie wollte nicht darüber reden.«

»Etwas stimmt da nicht«, widersprach Gretchen. »Sawyer hat sie mit irgendeinem Typen auf der Straße gesehen. Was wäre, wenn Mettner sie ebenfalls mit ihm gesehen und gedacht hätte, dass sie ihn betrügt? Was, wenn sie ihn *tatsächlich* betrogen hat?«

Josie öffnete den Mund, um Gretchens Theorie sofort als unrealistisch abzutun. Dann fiel ihr ein: Mettner hatte zunächst gedacht, dass Russell Haven eine Person sei. Das hieß, er hatte sich wirklich Gedanken darüber gemacht. »Auf ihrem Handy war nichts, was darauf hindeutet, dass sie Mett betrügt – sagt zumindest Mett. Und wenn, würde er sie dann nicht zur Rede stellen? Würde er nicht einfach zu ihr gehen und sie geradeheraus fragen, ob sie fremdgehen würde?«

»Das ist die Frage«, erwiderte Gretchen. »Er ist völlig in sie vernarrt. Ich finde, das grenzt schon an Besessenheit. Wie gut kennen wir ihn wirklich? Können wir mit einiger Sicherheit sagen, was für ein Mensch er hinter verschlossenen Türen ist?«

Josie dachte an die Geburtstagskarte, die sie in Ambers Schreibtisch gefunden hatte. Mettners handschriftliche Notiz darauf kam ihr in den Sinn.

Ich werde dich immer lieben.

Das konnte man je nach Kontext für unglaublich nett oder bedrohlich halten.

Gretchen fuhr fort. »Im Grunde können wir nicht zweifelsfrei sagen, ob Amber ihn nicht doch betrogen hat. Wie du schon sagtest: Im Augenblick wissen wir nur von Mett selbst, dass auf ihrem Handy nichts von Bedeutung war. Wir müssen bedenken, von wem die Information stammt. Er könnte jeden Hinweis auf Untreue ihrerseits von ihrem Smartphone gelöscht haben. Wie das geht, weiß er nur zu gut, schließlich ist er bei der Polizei.«

»Es gibt Mittel und Wege, so etwas wiederherzustellen, selbst wenn es gelöscht wurde«, gab Josie zu bedenken. »Dagegen könnte auch Mettner nichts machen.«

Gretchen schüttelte den Kopf. »Wir sind hier im Revier dafür nicht ausgerüstet. Das ist forensische Arbeit, für die uns die Mittel fehlen.«

»Na und? Wir würden es einer Abteilung schicken, die so etwas kann«, widersprach Josie. »Das weiß auch Mettner. Wovon reden wir hier eigentlich, Gretchen? Denkst du wirklich, dass Mettner Amber etwas angetan hat? Und was ist dann mit Eden?«

»Vielleicht hat er ihr auch etwas angetan. Möglicherweise war sie zur falschen Zeit am falschen Ort, weshalb er sie ebenfalls umbringen musste. Dann hat er sich überlegt, wie er es so dreht, dass es aussieht, als sei es ganz anders gewesen.«

»Nein«, sagte Josie.

»Ganz ausgeschlossen ist es nicht«, entgegnete Gretchen. »Mett ist einer von uns. Er wüsste, was er tun müsste, um uns in die Irre zu führen und auf eine falsche Fährte zu bringen.«

Josie dachte an seine Reaktion auf dem Parkplatz am Damm, als er dachte, es sei Amber, die ertrunken war, und wie verzweifelt er versucht hatte, die Leiche selbst zu sehen, als sie ihm gesagt hatten, dass sie es nicht war.

»Ich weiß nicht«, meinte Josie. »Ich habe nicht das Gefühl, als würde er etwas verbergen.«

»Er ist in ihr Haus eingedrungen, Boss«, erinnerte Gretchen sie.

Josie seufzte und sah wieder zum Fenster hinaus. Die Straßen von Denton zogen verschwommen vorbei. Obwohl die Sonne schien, spendete sie keine Wärme. Selbst in ihrem Licht wirkte die Stadt kalt und grau. Es war eine bedrückende Stimmung. Josie weigerte sich, das Schlimmste von Mettner zu denken, doch zugleich wusste sie, welchen Preis es hatte, wenn man korrupte Polizeibeamte mit Mord davonkommen ließ. Ein Schauder lief ihr über den Rücken. »Ich hasse das«, sagte sie schließlich. »Aber wir müssen ganz neutral an die Sache herangehen. Als sei es nicht Mettner.«

»Meine Rede«, pflichtete Gretchen ihr bei. »Also, was haben wir? Ein Freund hat Streit mit seiner Freundin. Zwei Tage später sagt der Freund, dass er nichts mehr von ihr gehört hat. Er bricht in ihr Haus ein. Es fehlt nichts und nichts ist kaputt ...«

»Allerdings ist sie ohne irgendetwas weg. Die Lichter sind an und es sieht so aus, als habe sich jemand an der Überwachungskamera vergriffen«, warf Josie ein.

»Genau. Jemand hat ›Russell Haven 5A‹ auf die vereiste Windschutzscheibe von Ambers Auto geschrieben. Was nicht unbedingt eine verlässliche Art und Weise ist, jemandem eine Nachricht zu hinterlassen.«

»Von dieser Nachricht wissen wir nur, weil der Freund uns darauf hingewiesen hat«, sagte Josie.

»Er hat eine befreundete Person darauf hingewiesen«, berichtigte Gretchen sie. »Du warst nicht in deiner Eigenschaft als Detective der Polizei dort, Josie. Er hat dich zu Hause aufgesucht. Privat. Es war deine Idee, zum Russell-Haven-Damm zu fahren.«

»Stimmt«, sagte Josie. »Die Nachricht führt uns zu einer Stelle, an der die Schwester der Freundin überfallen, gefesselt und zwischen die Felsen geworfen wurde, damit sie ertrinkt. Die Freundin ist noch immer nicht auffindbar.«

»Als wir den Schreibtisch der Freundin durchsuchen, stoßen wir auf ein verstecktes Tagebuch aus ihrer Kindheit mit einer rätselhaften Nummernliste darin.«

»Deren beste Freundin bestätigt, dass es das Tagebuch aus ihrer Kindheit ist«, fügte Josie hinzu. »Ich weiß nicht, ob das eine Bedeutung hat.«

»Eine Bedeutung hat, dass Amber es vor ihrem Freund versteckt hat«, sagte Gretchen. »Eine Bedeutung hat auch, dass sie deinen Namen auf einen Post-it-Zettel geschrieben und daraufgeklebt hat, zumal der Freund als Detective bei der Polizei arbeitet.«

»Das ist merkwürdig, sicher, aber noch einmal: Ich bin nicht sicher, ob es mit Edens Ermordung und Ambers Verschwinden zu tun hat. Dann taucht ihre Mutter auf und bestätigt im Wesentlichen, was sowohl Mettner als auch Grace Power uns bereits erzählt haben: dass Amber in einem ›toxischen‹ Umfeld aufgewachsen ist.«

»Die Mutter wusste, wo der Ersatzschlüssel war«, hob Gretchen hervor. »Mettner nicht.«

»Ich finde, du versuchst zu sehr, Mettner die Sache anzuhängen«, protestierte Josie.

Gretchen presste indigniert die Lippen zusammen. »Unseres Wissens war Mettner der Letzte, der sie lebend gesehen hat. Er war auch der Letzte, der bei ihr zu Hause war, und der Letzte, der ihr Smartphone in der Hand hatte. Er hätte alles Belastende beseitigen können. Wir haben zugelassen, dass er bei diesen Ermittlungen von Anfang an die Richtung vorgab. Denk einmal darüber nach.«

Josie wusste, worauf Gretchen anspielte. Bei ihrem letzten großen Fall hatte die Mörderin die Ermittlungsrichtung von Anfang an auf sich selbst gelenkt und dadurch fast die ganze Zeit die Kontrolle darüber gehabt. Es war ein Riesenfehler gewesen, den Josie – und ihr Team – begangen hatten.

»Verdammt«, schimpfte Josie. »Er wollte uns auch partout nicht sagen, weswegen sie gestritten hatten.«

»Ja, das sieht nicht gut aus«, stimmte Gretchen ihr zu. »Ich denke, wir sollten ihn etwas mehr unter Druck setzen. Befassen wir uns mit ihm, wie wir uns mit jedem anderen in Ambers Leben befassen würden – als ihren Freund, nicht unseren Kollegen. Im besten Falle können wir ihn ausschließen und dann in eine andere Richtung ermitteln.«

Das Polizeirevier von Denton schob sich ins Blickfeld. Josie spürte, wie sich ihr Magen zusammenzog. »Habe ich schon gesagt, dass ich das hasse?«

ZWEIUNDZWANZIG

Noah saß an seinem Schreibtisch und hielt sich das Telefon ans Ohr. Vor ihm lag eingeschaltet Ambers Diensttablet und forderte ein Passwort. Josie konnte seinen Worten entnehmen, dass er mit dem technischen Dienst sprach und versuchte, in das Tablet zu gelangen. Er legte eine Hand auf die Sprechmuschel und sagte zu Josie und Gretchen: »Die Kraftwerksangestellten können wir alle ausschließen, die Berichte liegen auf deinem Schreibtisch. Mett sitzt unten im Konferenzraum, falls ihr mit ihm reden wollt. Ich bin zu Gretchens Haus gefahren und habe ihn von dort geholt.«

Josie ging die Treppe hinunter ins Erdgeschoss. Gretchen folgte ihr mit den Beweissicherungsbeuteln, in denen die Überwachungskamera, die Handtasche und Thatcher Tolands Buch mit dem Zeitungsartikel steckten. Mettner hatte auf dem gleichen Stuhl Platz genommen, auf dem wenige Stunden zuvor Grace Power gesessen hatte, aber seine Arme auf dem Tisch verschränkt und den Kopf daraufgelegt. Als Josie und Gretchen eintraten, blickte er auf. Die Hälfte seiner braunen Haare stand in die Luft. Ein rosa Fleck hatte sich auf seiner Wange dort gebildet, wo sie auf seinem Ärmel gelegen hatte.

»Wisst ihr etwas Neues?«, fragte er.

Josie zog den Stuhl neben Mettner unter dem Tisch hervor. Sie nahm den Mantel ab, hängte ihn über die Lehne und setzte sich. »Möchtest du einen Kaffee?«

Er starrte sie einen langen Augenblick an, bis sein vernebelter Blick klarer wurde. »Nein. Ich will keinen Kaffee. Ich will wissen, was hier abgeht.«

Josie zog an der Lehne seines Stuhls, bis er sich zu ihr drehte. In ihrer Hand erschien Ambers Handy. »Hat sie dir ihre PIN verraten?«

Mettner wurde so rot wie das Schlafmal auf seiner Wange.

Von der anderen Seite des Tisches rief Gretchen: »Himmel, Mett!«

Er blickte weiter Josie an. »Ich habe ein paarmal gesehen, wie sie die Nummer eingegeben hat.«

»Du hattest also nicht die Erlaubnis, dich in ihr Handy einzuloggen?«

»Sie war nicht da! Sie war weg. Ich habe mir Sorgen gemacht. Ich mache mir noch immer Sorgen. Warum fragt ihr mich nach ihrem Handy?«

Gretchen streckte sich über den Tisch und nahm es. »Ich bekomme wahrscheinlich sowieso eine richterliche Verfügung, um mir anzusehen, was darauf ist.«

Sie nahm die Beweissicherungsbeutel mit und verließ den Raum. Josie sagte: »Heute ist Ambers Mutter im Leichenschauhaus aufgetaucht, um Ambers Leichnam zu beanspruchen, weil sie in den Nachrichten davon erfahren hat. Wir sagten ihr, dass es sich nicht um Amber handelt. Sie hat uns nicht geglaubt. Als wir ihr die Unbekannte zeigten, hat sie sie als Ambers Schwester Eden identifiziert.«

»Was? Woher wusste die Frau, wohin sie muss? Bist du sicher, dass es wirklich Ambers Mutter ist?«

»Mett, wieso sonst sollte jemand in einem Leichenschauhaus auftauchen und um die Herausgabe eines Leichnams bitten? Es kostet Tausende Dollar, jemanden zu beerdigen. Warum sollte sich jemand für Ambers und Edens Mutter ausgeben?«

Er sagte nichts.

»Mrs Norris wusste, wo Amber ihren Ersatzschlüssel versteckt hatte.«

Er blinzelte langsam. »Was? Nein. Sie hat keinen Ersatzschlüssel.«

»Doch. Mrs Norris wusste, wo er war. Sie hat uns ins Haus gelassen, damit wir uns dort umsehen. Mett, nichts hat gefehlt.«

»Das kann nicht sein«, erwiderte er. »Dieser Schlüssel – das muss ein Irrtum sein. Irgendetwas stimmt da nicht. Sie hätte ihn nie vor mir verheimlicht. Warum sollte sie?«

»Weiß ich nicht«, sagte Josie. »Ich frage mich auch, warum sie dir etwas verheimlichen sollte.«

Einen Augenblick lang herrschte Stille zwischen ihnen. Dann deutete er auf sie. »Hör auf damit. Denk nicht einmal dran. Du glaubst, ich war ... meinst du wirklich, sie hat mir etwas vorenthalten, weil sie Angst vor mir hatte?« Er sprach das Wort »Angst« betont leise aus, als sei allein der Gedanke schon zu schrecklich, um ihn in Worte zu fassen.

Josie wollte aufstehen und den Raum verlassen. Jede Faser ihres Körpers sträubte sich gegen das hier. Mett war ein Kollege und Freund. Aber sie musste ihre Pflicht tun. »Und? Hatte sie Angst vor dir, Mett?«, brachte sie mit Mühe hervor.

Er schüttelte den Kopf, lehnte sich in seinem Stuhl zurück und verschränkte die Arme vor der breiten Brust. »Natürlich nicht. Das ist doch absurd. Nein, sie hatte keine Angst vor mir. Es gab keinerlei Grund, sich vor mir zu fürchten. Alles, was ich gesagt habe, ist wahr. Wir haben gestritten. Ich habe sie ein paar Tage lang nicht gesehen und nichts von ihr gehört. Da habe ich mir Sorgen gemacht. Ich bin zu ihr, um nach ihr zu sehen. Ja, ich bin in das Haus eingedrungen, und ja, ich habe ohne Erlaubnis auf ihrem Handy nachgesehen, aber das war's auch schon. Es stimmt nicht, dass im Haus nichts ungewöhnlich war. Wenn ich es dir doch sage. Sie hatte klare Vorstellungen, wie die Dinge sein mussten. Ganz feste Gewohnheiten. Das Bett war nicht gemacht! Die Lichter waren an! Ihre ganzen Sachen waren da, nur sie nicht!«

»Wo warst du am Montagmorgen um fünf Uhr morgens?«

Er wurde bleich. »Machst du jetzt Witze? Denkst du wirklich, dass ich Ambers Schwester etwas angetan habe? Ich wusste nicht einmal, dass Russell Haven keine Person ist!«

Josie konnte in ihrem Hinterkopf förmlich Gretchens Stimme hören, wie sie den Teufelsadvokaten spielte. Wusste er wirklich nichts vom Russell-Haven-Damm oder tat er nur so? Hatte er etwas mit Edens Ermordung und Ambers Verschwinden zu tun? Und wenn, wie tief war er darin verwickelt? Wieder spürte sie ein großes Unbehagen. Es fühlte sich falsch an, was sie tat. Und doch wusste sie, dass es notwendig war. Sie machte ihm weiter Druck.

»Wir müssen dein Haus durchsuchen. Wir besorgen uns eine richterliche Verfügung, falls du nicht einverstanden bist. Aber ich denke, es wäre das Beste für alle Beteiligten, wenn du uns die Erlaubnis geben würdest.«

Mettner presste die Kiefer aufeinander. Zwischen zusammengebissenen Zähnen brachte er hervor: »Dann durchsucht es von mir aus. Die ganze Bude.« Er zog seine Schlüssel und das Handy aus seiner Hosentasche und warf sie ihr in den Schoß. »Du weißt ja, wo ich wohne. Ich bleibe bei Gretchen, bis ihr fertig seid. Ich will nicht, dass meine Familie erfährt, dass ich verdächtigt werde, die Frau, die ich liebe, festzuhalten – oder ermordet zu haben. Himmel. Nehmt euch auch meinen Pick-up vor. Er steht auf dem Parkplatz, der Autoschlüssel ist am Bund mit dabei. Beschlagnahmt den Wagen, wenn ihr wollt. Untersucht mein Handy, das kommt ja als Nächstes. Die PIN lautet 5231. Da könnt ihr alles überprüfen – meine Mails, die sozialen Medien. Aber das alles wird euch nicht helfen, Amber zu finden. Josie, ich muss wissen, was mit ihr passiert ist.«

»Worüber habt ihr gestritten?«, fragte Josie.

»Das habe ich dir schon gesagt. Es war eine private Angelegenheit und völlig irrelevant und hat mit Ambers Verschwinden nichts zu tun.«

»Es muss dir nicht peinlich sein, wenn es etwas ist, das ...«

Mettner schlug mit der Hand auf den Tisch. »Es ist mir nicht peinlich. Es ist einfach nur privat und ich möchte, dass das so bleibt. Jetzt mach schon, tu, was du tun musst, um mich als Verdächtigen auszuschließen, damit du dich darauf konzentrieren kannst, Amber zu finden – und die Person, die ihre Schwester umgebracht hat.«

Josie nahm sein Smartphone und die Schlüssel und ging wieder nach oben in das Großraumbüro. Noah telefonierte noch immer und gab erfolglos ein Passwort nach dem anderen in Ambers Arbeitstablet ein. Gretchen tippte auf ihrer Tastatur und bereitete die richterliche Verfügung für Ambers Handy vor.

Auch Hummel war anwesend. Der Leiter des Spurensicherungsteams schrieb Beweismittelkettenbelege für die Überwachungskamera, den ausgedruckten Zeitungsartikel und das Buch von Thatcher Toland, bevor er sie mitnahm. »Du willst nur Fingerabdrücke, oder?«, sagte er.

»Genau«, antwortete Gretchen. »Das heißt, nimm dir als Erstes die Kamera vor. Aber ich bin mir nicht sicher, ob die Aufzeichnungen darin gespeichert sind. Ich denke, sie gehen sofort in die Cloud.«

Hummel öffnete einen der braunen Beweissicherungsbeutel aus Papier und warf einen Blick hinein. »Ja, da ist nichts zu holen. Das läuft über eine App. Aber wenn ihr das Handy knackt, sollte auch die App darauf sein. Dann müsstet ihr sehen, ob darauf Videos gespeichert sind, die sie noch nicht gelöscht hat. Ich habe übrigens Fingerabdrücke von der Karosserie ihres Autos genommen. Da waren welche von ihr darauf, von Mettner und einem halben Dutzend anderer Personen, die nicht im System gespeichert sind.«

»Da kommen wir also nicht weiter.«

Josie löste einen Schlüssel von Mettners Bund und gab ihn Hummel. »Der hier ist für Mettners Pick-up. Er steht draußen. Kannst du ihn dir vornehmen?«

Hummel starrte sie an, als sei ihr gerade ein zweiter Kopf gewachsen.

»Ist was?«, fragte ihn Josie.

»Nein, ich mach ja schon«, erwiderte er und zog los.

Gretchen warf einen Blick auf die Uhr an der Wand. »Ich bringe die Verfügung zum Richter, damit er sie mir unterzeichnet. Außerdem brauche ich etwas zu essen. Wie sieht es mit euch aus?«

Noah streckte den Daumen nach oben.

»Essen wäre super«, sagte Josie.

Als Gretchen gegangen war, begann Josie widerwillig, ihren Schreibtisch aufzuräumen. Sie warf noch einmal einen Blick in das Tagebuch und sah sich die Nummern an. Mehrere Minuten lang starrte sie darauf und zerbrach sich wieder den Kopf darüber, was sie bedeuten könnten. Dann legte sie es frustriert seufzend beiseite und rief auf ihrem Handy das Foto auf, das sie von dem Zeitungsausschnitt aus Ambers Buch von Thatcher Toland gemacht hatte. Mit einer Bewegung der Maus startete sie den Monitor ihres Computers. Es dauerte keine fünf Minuten, bis sie die Onlineversion des Artikels aus der *Sullivan County Review* gefunden hatte. Der Artikel war vor zwei Wochen erschienen.

Am Donnerstagmorgen wurde die Leiche von Nadine Fiore im Teich ihres dreihundert Hektar großen Anwesens in Eagles Mere entdeckt. Christopher Wills, ein örtlicher Handwerker, war bei der Immobilienunternehmerin wegen eines

Termins vorstellig geworden. Als sie auf sein Klingeln nicht reagierte, begann er auf dem Grundstück nach ihr zu suchen. »Ich sollte ein paar Bilder für sie aufhängen. Als sie mir nicht aufmachte, dachte ich, sie sei vielleicht in einem der anderen Gebäude. Dann habe ich sie im Teich liegen sehen. Ich bin ins Wasser gesprungen und habe sie herausgezogen, aber es war zu spät. Ich habe den Notdienst gerufen, doch auch der konnte nichts mehr machen. Eine Tragödie, das Ganze.«

Die Sanitäter vermuteten sogleich eine unnatürliche Todesursache und riefen die Staatspolizei. Detective Heather Loughlin zufolge hatte Fiore Abwehrverletzungen am Körper, weshalb von Mord auszugehen sei, was allerdings noch von der Rechtsmedizin bestätigt werden müsse. »Unglücklicherweise lebte Ms Fiore allein und hatte auf diesem Teil ihres Grundstücks keine Überwachungskameras installiert. Wir werden den Tatort und Ms Fiores Anwesen in den nächsten Tagen weiter auf Spuren untersuchen.«

Sachdienliche Hinweise nimmt die Staatspolizei entgegen.

Josie druckte den Artikel aus. Sie und ihr Team hatten bereits in mehreren Fällen mit Detective Heather Loughlin zusammengearbeitet. Loughlin war eine erfahrene Ermittlerin und gute Teamplayerin. Josie nahm ihr Telefon und wählte ihre Handynummer. Nach dem fünften Klingeln nahm die Polizistin den Anruf an. »Josie Quinn. Was kann ich für dich tun?«

Josie schätzte an Heather, dass sie immer sofort auf den Punkt kam. »Was kannst du mir über Nadine Fiore erzählen?«, fragte sie.

»Siebzig Jahre. War mal verheiratet. Jetzt Witwe. Hat allein in einer Zwei-Millionen-Dollar-Immobilie direkt am World's End State Park gelebt. Ein riesiges Anwesen.«

»So riesig, dass sie Leute kommen lassen musste, die sich

darum kümmerten? Landschaftsgärtner? Reinigungspersonal? Schneeräumer? Handwerker?«

»Ich weiß, worauf du hinauswillst. Die Antwort ist Ja. Um ein so großes Gelände in Schuss zu halten, braucht es eine ganze Menge Leute. Trotzdem hat sie die Zahl der Leute, die Zugang zu ihrem Grundstück hatten, gering gehalten. Du darfst nicht vergessen, das ist Sullivan County. Im ganzen Bezirk gibt es eine einzige Verkehrsampel. Da wimmelt es nicht gerade von Menschen, die darauf warten, für die Lady arbeiten zu dürfen. Die Einheimischen mochten sie nicht und sie mochte sie auch nicht, obwohl sie schon seit mehr als zwanzig Jahren hier wohnte. Auf jeden Fall können wir alle, die für sie gearbeitet haben, ausschließen, auch Christopher Wills.«

»Den Handwerker, der sie gefunden hat?«

»Genau«, bestätigte Heather.

»Was kannst du mir über die Leiche sagen?«, fragte Josie. »In der Zeitung hieß es, sie habe Abwehrverletzungen gehabt.«

»Abschürfungen an den Handgelenken, Haut unter den Fingernägeln. Ein paar Verletzungen an den Unterarmen. Würgemale am Hals«, zählte Heather auf. »Jemand hat sie unter Wasser gedrückt. Wir lassen ein DNA-Profil von der Haut unter ihren Nägeln machen, aber du weißt ja, wie lange das dauert.«

»Wochen, wenn nicht Monate, bis wir es zurückbekommen und mit der Datenbank abgleichen können«, erwiderte Josie. »Und einen Treffer landen wir nur, wenn der Täter schon einmal verhaftet oder verurteilt wurde und im System erfasst ist.«

Heather seufzte. »Genauso ist es.«

»War sie gefesselt?«, wollte Josie wissen. Die Abschürfungen an Edens Hand- und Fußgelenken kamen ihr in den Sinn.

»Nein. So wie es aussieht, hat sie jemand an den Handgelenken gepackt, mit ihr gekämpft, sie in den Teich geworfen und so lange unter Wasser gedrückt, bis sie ertrunken ist. Das hat auch die Autopsie bestätigt.«

»Gibt es Kameraaufzeichnungen?«, fragte Josie.

»Sie hatte lediglich Kameras im Haus und die zeigen nur, wie sie an dem Nachmittag, bevor Chris Wills sie gefunden hat, etwa um dreizehn Uhr von der Veranda ging«, antwortete Heather. Als hätte sie Josies nächste Frage geahnt, fuhr sie fort: »Die Elektronik bringt uns in diesem Fall nicht viel, was nicht überrascht, denn Internetanschluss und Mobilfunknetz sind dort noch vorsintflutlich. Wir haben auch keinerlei Hinweis darauf gefunden, dass sie jemand gestalkt hat oder Streit mit ihr hatte. Sie war einfach nur eine exzentrische alte Dame, die irgendwo am Ende der Welt gelebt und ihr Geld gezählt hat. Anscheinend gehören ihr viele Immobilien. Ihr nächster Verwandter ist Hugo Watts, ihr Bruder. Lebt in Williamsport. Er wurde am Tag nach ihrem Auffinden benachrichtigt. Hat ein Alibi.«

Josie seufzte. Sullivan County war eine extrem ländliche, abgeschiedene Gegend. Schon allein dorthin zu gelangen konnte im Winter eine Herausforderung sein. Viele der abgelegenen Häuser ließen sich nur schwer finden. Wer Nadine Fiore umgebracht hatte, hatte es gezielt auf sie abgesehen gehabt.

»Sie ist in ihrem Teich ertrunken«, fuhr Josie fort. »War er nicht zugefroren?«

»Nein. Es war ungewöhnlich warm. Erst letzte Woche hat es hier zum ersten Mal geschneit. Jetzt ist er wahrscheinlich zugefroren. Es ist inzwischen eisig kalt geworden.«

»Stimmt«, meinte Josie. In Denton war es genauso gewesen.

»Hast du etwas für mich?«, hakte Heather nach.

»Weiß nicht«, antwortete Josie. Sie gab ihr einen Abriss der bisherigen Ermittlungen.

Heather pfiff leise. »Vielleicht eine noch nicht bereinigte Familienangelegenheit.«

»Es sieht immer mehr danach aus«, pflichtete Josie ihr bei.

»Wir sind gerade dabei, die übrigen Mitglieder der Familie Watts aufzutreiben – Gabriel und Hugo.«

»Hältst du mich auf dem Laufenden? Ich habe Gabriel Watts nicht auf dem Schirm, aber sollte es sich herausstellen, dass er in deine Fälle verwickelt ist, sag mir bitte Bescheid.«

»Mache ich«, versprach Josie. »Ach, Heather. Du sagtest, die Einheimischen hätten Nadine Fiore nicht gemocht. Wie kommst du darauf?«

»Naja, alle, mit denen ich dort über Nadine Fiore geredet habe, sagten mir das Gleiche. Ich zitiere: ›Sie war ein Miststück.‹«

DREIUNDZWANZIG

Gretchen kam mit einem vorgezogenen Abendessen und Kaffee für alle zurück. Noah war noch immer nicht in Ambers Arbeitstablet gekommen, wartete aber auf einen Rückruf des technischen Dienstes. Josie schickte eine Nachricht an Deputy Judy Tiercar vom Sheriffbüro in Alcott County, die zurückschrieb, dass sie ein weiteres Mal bei Gabriel Watts' Wohnung in Woodling Grove vorbeigefahren war, ihn aber noch immer nicht angetroffen hatte. Sie sah sich erneut die Nummern im Tagebuch an und versuchte vergeblich, ein Muster zu erkennen – irgendeinen Hinweis auf das, was sie bedeuteten. Frustriert legte sie das Büchlein beiseite. Während alle ihr Essen hineinschaufelten, informierten Josie und Gretchen Noah über alles, was sie von Lydia Norris erfahren und in Ambers Haus gefunden hatten. Dann berichtete Josie über Nadine Fiores Ermordung. Sie holte sich aus der Datenbank die Handynummern von Hugo und Gabriel Watts und rief sie an. Keiner von beiden hob ab. Sie sprach ihnen auf die Mailbox. Gretchens Smartphone klingelte.

»Mein ehemaliger Partner in Philadelphia«, sagte sie, bevor sie das Gespräch annahm. Sie hörte ihm eine Weile zu und nickte, obwohl er sie nicht sehen konnte. Dann sagte sie: »Okay, okay. Treffen wir uns dort.«

Sie legte auf und sah Josie und Noah an. »Er hat etwas über Eden Watts. Ich treffe mich auf halbem Weg zwischen hier und Philadelphia mit ihm. Er hat Aufnahmen von ihr, wie sie vor zehn Tagen mit ihrem Mini Cooper auf die Schnellstraße in Philadelphia gefahren ist.«

»Eden Watts verlässt Philadelphia vor zehn Tagen in ihrem eigenen Auto und landet schließlich zwischen den Felsen am Russell-Haven-Damm«, sagte Noah. »Wo ist das Auto geblieben?«

»Wir sollten sofort für den ganzen Bundesstaat eine Fahndung danach einleiten.«

Gretchen zog ihren Mantel an. »Das wäre nicht schlecht. Wenn ich wieder da bin, statten wir Gabriel Watts selbst einen Besuch ab, falls dein Kontakt im Sheriffbüro ihn bis dahin noch nicht aufgetrieben hat.«

Josie gab über die Datenbank des Pennsylvania Criminal Intelligence Center eine Fahndung nach Eden Watts' Mini Cooper heraus. Sie würde im ganzen Bundesstaat an die Polizeidienststellen gehen. So wussten auch andere Reviere, wonach die Kollegen in Denton suchten. Als sie fertig war, ging sie zusätzlich noch in die zentrale Verbrechensdatenbank der Vereinigten Staaten und schrieb das Fahrzeug dort ebenfalls aus. Nun wusste in den ganzen USA jeder Polizeibeamte, der das Fahrzeug sah, dass er es anhalten musste. Dann ging sie die Navigationssysteme durch und fand heraus, dass die Mini-Cooper-Modelle eine eigene App namens Mini Connected hatten. Es war jedoch nur ab Baujahr 2019 verfügbar. Das bedeutete, dass Edens Fahrzeug noch nicht damit ausgestattet war. Dennoch rief Josie mehrere Hersteller von Navigationssystemen an und erkundigte sich, ob sie Unterlagen über Eden Watts oder ihren Mini Cooper hatten. Manche lieferten ihr die Informationen gleich am Telefon – sie hatten weder über Eden noch ihren Mini Cooper etwas in ihren Daten. Andere forderten eine richterliche Verfügung, die Josie daraufhin vorbereitete. Sie ging wieder hinaus in die Kälte, um sie von einem Richter unterschreiben zu lassen, und schickte sie sofort nach ihrer Rückkehr an die jeweiligen Naviunternehmen. Wenn sie den Wagen ausfindig machten, würde das vielleicht mehr Aufschluss darüber geben, wo sie gewesen war. Und vielleicht würden sie sogar herausfinden, mit wem sie zwischen dem Verlassen ihrer Wohnung in Philadelphia und ihrem Tod im Susquehanna in Denton zehn Tage später zusammengewesen war.

Noah telefonierte wieder mit dem technischen Dienst. Vor ihm lag eingeschaltet Ambers Tablet und forderte noch immer ein Passwort, das niemand kannte. Während Josie darauf wartete, dass er fertig wurde, dämmerte sie weg. Sie waren alle völlig übernächtigt und nun, da ihr Magen voll war und sie bequem in ihrem Stuhl saß, konnte sie kaum noch die Augen offenhalten. Im Halbschlaf spürte sie wieder Ambers Finger um ihr Handgelenk. *Nicht Amber*, hörte sie eine Stimme in ihrem Hinterkopf. *Eden.* Sie versuchte, sich an sie zu klammern. Am Leben zu bleiben.

Während sie zwischen Wachen und Träumen hin und her glitt, hörte sie plötzlich, wie das Wasser rauschend über sie beide hereinbrach. Sie schreckte auf, setzte sich kerzengerade auf und legte ihre Hände auf die Arme. Schweißtropfen glänzten auf ihrer Stirn. Direkt vor ihr blickte Noah von Ambers Tablet auf, in das er gerade etwas tippte. »Albträume?«, fragte er.

Josie nickte und trank einen Schluck des Kaffees, den Gretchen für sie dagelassen hatte.

»Lisette?«

»Nein. Eden Watts. Ich spüre noch immer, wie sie mir aus der Hand gerutscht ist.«

»Du bekommst sie immer dann, wenn du dich hilflos fühlst, hast du das schon gemerkt?«, sagte Noah.

»Wovon sprichst du?«, fragte Josie und trank noch einen Schluck von ihrem Kaffee. Die Flüssigkeit verbrannte ihr den Mund.

»Von deinen Albträumen. Du hast sie, wenn du dich am hilflosesten fühlst. Lisette. Eden. Du konntest sie nicht retten. Warst machtlos. Machtlos zu sein ist deine schlimmste Befürchtung.«

Ein Kloß bildete sich in Josies Kehle. Sie versuchte, ihn hinunterzuschlucken, musste aber husten. Für diese Art von Unterhaltung war sie noch nicht wach genug.

»Deine Kindheit«, fuhr Noah fort. »Du warst all diesen Erwachsenen ganz allein ausgeliefert. Nur Eli und Lisette wollten für dich das Beste und selbst sie haben dich in vielerlei Hinsicht enttäuscht. Nicht, weil sie es nicht versucht hätten.«

Er hatte recht. Eli Matson hatte sie vor der Frau retten wollen, die sie ihrer richtigen Familie entrissen hatte, doch es hatte ihn das Leben gekostet. Und Lisette hatte Jahre gebraucht und mehrere Zehntausend Dollar ausgegeben, um das Sorgerecht für Josie zu bekommen.

»Seither versuchst du, sie zu behalten«, meinte Noah. Dabei sah er weiter auf das Tablet, während er wischte und scrollte.

Josie räusperte sich wieder. »Was zu behalten?«

»Die Kontrolle«, meinte er nüchtern. »Du willst alles im Griff haben. Hast du auch schon eine ganze Weile. Seit Lisette das Sorgerecht über dich erlangt hat, als du vierzehn warst. Aber immer, wenn du jemanden verlierst ...« – er sah ihr in die Augen – »... fühlst du dich schuldig, weil du es nicht verhindern konntest. Selbst wenn dich überhaupt keine Schuld trifft.«

»Hast du mit meiner Therapeutin gesprochen?«, fragte Josie und quälte sich ein Lächeln ab. Ihre Hand zitterte, als sie den Kaffeebecher wieder an ihre Lippen führte.

Noah lächelte. Er nahm das Tablet, kam auf ihre Seite, kniete sich neben sie und legte das Tablet auf ihren Schreibtisch. »Nein, natürlich nicht. Aber du solltest mit Dr. Rosetti darüber sprechen. Josie, du kannst nicht alle Probleme lösen. Mit manchen musst du einfach leben. Leider. Hier, der technische Dienst konnte mir endlich helfen, das Passwort zurückzusetzen und ins Tablet zu kommen.« Er deutete auf den hellen Monitor. Josie beugte sich vor, um zu sehen, was er aufgerufen hatte. Es war eine E-Mail, die eine Woche vor Edens Tod an Ambers dienstlichen Account geschickt worden war. Absender war lydwanor@spurmobile.com. Die Betreffzeile war leer. In der E-Mail stand:

Das habe ich heute mit der Post bekommen. Müssen wir reden?

»Gibt es einen Anhang?«, fragte Josie.

»Zwei.« Noah klickte auf das erste JPEG. Es erschien die Aufnahme einer Postkarte auf einem glänzenden Holztisch. Die Karte zeigte eine Luftansicht vom Russell-Haven-Damm. Noah öffnete die zweite JPEG-Datei. Ein Foto von der Rückseite der Postkarte füllte den Monitor. Darauf stand nichts außer Lydia Norris' Namen und Adresse, die auf ein Klebeetikett gedruckt worden waren. Der Poststempel stammte vom gleichen Tag wie die E-Mail und enthielt die Ortsangabe »Harrisburg«, was nicht viel brachte, denn alle Sendungen in Mittelpennsylvania liefen über das zentrale Postdrehkreuz in Harrisburg.

»Schon wieder Russell Haven«, murmelte Noah. »Wo ist da eine Verbindung?«

»Ich weiß es nicht«, erwiderte Josie. Sie deutete auf die E-Mail-Adresse. »Lydwanor? Lydia Watts Norris. Lydia hat Amber diese Mail geschickt. Aber warum?«

»Lydia Norris hat die Mail nicht erwähnt, als du und Gretchen mit ihr gesprochen habt, oder?«, fragte Noah.

»Nein. Wir haben von ihr auch nicht so genau herausbekommen, wann sie das letzte Mal Kontakt zu Amber hatte. Außerdem behauptete sie, dass der Russell-Haven-Damm keine besondere Bedeutung für sie habe.«

»Sie hat gelogen.«

»Auf jeden Fall.«

»Niemand weiß, was es mit dem Damm auf sich hat«, stellte Noah fest. »Grace Power hatte keine Ahnung. Mett wusste nicht einmal, dass es ein Damm ist. Aber sieh dir diese E-Mail an. Was meint sie mit ›Müssen wir reden?‹?«

»Das werden wir Mrs Norris fragen müssen«, erwiderte Josie. »Hat Amber geantwortet?«

Noahs Miene hellte sich auf. »Hat sie. Und das ist noch rätselhafter als diese Mail.« Er klickte ein paarmal, bis Ambers Antwortmail an Lydia auf dem Monitor erschien. Sie war nur wenige Augenblicke nachdem Amber Lydias Nachricht mit den Fotos im Anhang bekommen hatte, verschickt worden und lautete:

Wir müssen nicht reden. Rede mit niemandem. Ganz gleich, was passiert, sag kein Wort. Kontaktiere mich nicht mehr.

»Ganz gleich, was passiert«, murmelte Josie.

»Klingt ominös, nicht wahr?«, sagte Noah.

Josie fasste sich mit Daumen und Zeigefinger an die Nasenwurzel. Sie spürte von ganz weither pochende Kopfschmerzen nahen. »Wenn Amber nicht wollte, dass Lydia sie noch einmal kontaktiert, warum bestand Lydia dann darauf, zu Ambers Haus zu fahren, als wir das Leichenschauhaus verlassen hatten? Was wollte sie dort finden?«

»Das müssen wir sie fragen, wenn wir das nächste Mal mit ihr reden«, antwortete Noah.

»Ist sonst noch etwas auf dem Tablet?«

Er blickte konzentrierte auf den Monitor, während seine

Finger über das Touchpad huschten. »Ich sehe nichts, was uns irgendeinen Hinweis geben könnte.«

»Was ist mit dem Browserverlauf?«, fragte Josie.

Noah rief ihn auf. Seine Augen wanderten über den Bildschirm. »Viel, was mit ihrer Arbeit zu tun hat. Außerdem hat sie sich ein paar Angebote auf einer Immobilienseite angesehen. Aber keines war hier in Denton. Nur in Philadelphia, Coatesville, Harrisburg, Doylestown, Ardmore, Collegeville, Pittsburgh, Villnova, Edgeworth, New Hope, State College, Pocono Springs und Newton. Die Liste ist noch länger. Auf der Immobilienseite war sie aber schon vor Wochen.«

»Vielleicht wollte sie wegziehen«, mutmaßte Josie.

Noah schüttelte den Kopf. »Bei ihrem Gehalt hätte sie sich die Häuser nicht leisten können. Sie kosten alle über eine Million Dollar.«

»Wirklich? Gehörte eines Nadine Fiore?«

Wieder wischte und klickte Noah auf dem Mousepad herum. »Einige der Häuser befinden sich in Countys, die ihre Grundbuchdaten online stellen. Von denen sehe ich in der Liste keine, die zurzeit Nadine Fiore gehören. Die anderen sind in Countys, die die Daten nicht online zugänglich machen. Bei denen müsste ich in den Grundbuchämtern jedes einzelnen Countys nachfragen.«

Josie seufzte. »Stellen wir das fürs Erste zurück. Ich bin mir nicht sicher, ob es relevant ist, vor allem, weil sie schon vor Wochen auf der Website war.«

Noah schaltete das Tablet aus und sah sie an.

»Was, wenn sie tot ist, Noah?«, flüsterte Josie. »Egal, in was sie verwickelt war, sie war eine von uns. Mett ist verliebt in sie.«

Sein Blick verdüsterte sich vor Sorge. Noah machte es wie Josie und Gretchen: Er schob solche Fragen ebenso beiseite wie alle Gefühle, um den Fall lösen und Amber finden zu können. Aber Josie schaffte es nicht, die Realität auf Abstand zu halten.

»Was, wenn wir den Fall nicht lösen?«, sagte sie leise. Dabei strich sie mit den Fingern über das rosa Tagebuch auf ihrem Schreibtisch.

Noah beugte sich vor, umfasste mit einer Hand ihren Hinterkopf und gab ihr einen Kuss auf die Lippen. »Wir lösen ihn«, beruhigte er sie. »Wir lösen unsere Fälle doch immer. Wir schaffen das, egal, was passiert. Komm jetzt. Wir reden mit Lydia Norris über diese E-Mails und warum sie zu Ambers Haus wollte. Wenn wir dann noch Zeit haben, fahren wir zu Gabriel Watts' Haus und sehen, ob wir mehr Glück haben als Deputy Tiercar.«

Josie warf einen Blick auf Mettners Handy und seine Hausschlüssel, die in der Ecke ihres Schreibtischs lagen. »Wir müssen noch Metts Haus durchsuchen. Er hat mir auch die PIN zu seinem Handy gegeben.«

»Eines nach dem anderen. Ich fahre«, erwiderte Noah. »Unterwegs kannst du dich mit seinem Handy befassen. Jetzt auf zu Ambers Haus.«

VIERUNDZWANZIG

Lydia Norris war nicht bei Amber. Alles war dunkel und Lydias Auto nicht mehr da. Wo sie es abgestellt hatte, stand nun ein leerer Streifenwagen der Polizei von Denton. Josie wusste, dass er dem Beamten gehörte, den Gretchen angewiesen hatte, die Anwohner in der Straße zu befragen. Er hatte eindeutig fast den ganzen Tag hier zugebracht, denn es war bereits später Nachmittag. Josie konnte gerade noch den Hirtenstab in Ambers Vorgarten erkennen. Das Gesteck war heruntergefallen, die weihnachtlichen Schleifen lagen auf dem Rasen verstreut. Noah ging um das Haus herum und leuchtete mit einer Taschenlampe, die er aus dem Auto geholt hatte, in die Fenster. Unterdessen versuchte Josie, Lydia unter der Nummer anzurufen, die sie ihnen gegeben hatte. Doch es sprang lediglich die Mailbox an. Eine roboterartige Stimme teilte ihr mit, dass sie die soeben gewählte Nummer erreicht hatte und doch bitte eine Nachricht hinterlassen möge, was sie auch tat.

Allerdings hatte sie wenig Hoffnung, dass Lydia Norris tatsächlich zurückrufen würde.

Noah kam auf dem Weg neben dem Haus zurück. »Ich sehe nichts«, sagte er. »Nicht, dass da viel zu sehen wäre. Die meisten Jalousien sind heruntergelassen und völlig dicht.« Noah deutete auf die Straße. »Schau, da ist unsere Streife und befragt die Nachbarn.«

Josie drehte sich um und sah einen uniformierten Beamten mit einem Notizblock in der Hand aus dem Haus direkt gegenüber kommen. Josie und Noah gingen zu ihrem Fahrzeug zurück und winkten ihn herbei. Sein Namensschild verriet ihnen, dass er Daugherty hieß.

Josie begrüßte ihn und deutete auf seinen Wagen. »Haben Sie zufällig einen schwarzen Mercedes-Benz hier irgendwo auf der Straße parken sehen, als sie hergekommen sind?«

Daugherty schüttelte den Kopf. »Nein.«

»Wie lange sind Sie schon hier?«, wollte Noah wissen.

»Ein paar Stunden. Ich bin aber noch einmal zurück, um mit dem Nachbarn dort zu sprechen.« Er deutete auf das Haus, aus dem er gerade gekommen war. »Er sagte nämlich, er habe in den letzten Wochen ein paarmal eine männliche Person hier gesehen. Ich habe Detective Palmer angerufen, um sie zu fragen, ob sie Fotos hat, die ich ihm zeigen soll.«

»Hatte sie welche?«, fragte Josie.

Er zog sein Handy hervor und hielt ihr das Display hin. »Eines von Detective Mettner. Der Mann sagte, er sei es nicht gewesen. Er wusste aber, dass Mettner ihr Freund ist. Er meinte, jemand anders habe sie besucht. Also habe ich ihm dieses Foto hier gezeigt.« Er wischte zum nächsten Bild, das Gretchen ihm geschickt hatte. Josie sah, dass es das Führerscheinfoto von Ambers Bruder, Gabriel Watts, war. »Er meinte, der könnte es gewesen sein, aber er war sich nicht sicher.«

»Wie oft hat er ihn gesehen?«, wollte Noah wissen.

Daugherty steckte sein Handy wieder ein und warf einen Blick auf seine Notizen. »Dreimal. Das erste Mal vor etwa zwei Wochen und dann zweimal letzte Woche. Er schlich hier herum. Deshalb ist er ihm überhaupt erst aufgefallen. Stand ständig auf dem Gehweg, als warte er darauf, dass Amber herauskam oder so etwas.«

»Und? Kam sie?«

»Nein. Nicht, solange der Kerl hier war. Zumindest hat der Nachbar es nicht gesehen.«

»Was hatte er an?«, fragte Josie.

Daugherty sah wieder auf seine Notizen. »Langer schwarzer Mantel, Turnschuhe. Mehr konnte er mir nicht sagen.«

Das klang ganz nach dem Mann, mit dem Amber eine Auseinandersetzung auf der McAllister Street gehabt hatte, als Sawyer sie gesehen hatte.

»Und die letzten drei Tage?«, bohrte Josie nach. »Hat er sonst noch jemanden gesehen?«

Daugherty schüttelte den Kopf. »Nein. Er sagte, er habe nur Mettner gesehen und heute Sie und Detective Palmer mit einer Frau. Das war's. Ach nein, warten Sie. Er meinte, nachdem sie und Detective Palmer weg gewesen seien, sei ein weiterer Kerl aufgetaucht und habe an die Tür geklopft. Die Frau sei herausgekommen, sie hätten eine Weile miteinander geredet und dann sei er wieder weg. Ein paar Stunden später habe sie das Haus verlassen, sei in ihr Auto gestiegen und weggefahren.«

»Aber das war nicht derselbe, der in den letzten Wochen hier herumgelungert hat?«, hakte Josie nach.

»Nein. Er sagte, der hier sei älter gewesen und habe ...« Daugherty schlug eine neue Seite in seinem Notizblock auf. »Er habe eine Carhartt-Jacke, Jeans, Arbeitsstiefel und eine grüne Baseballkappe getragen.«

»Sind Sie sicher?«, fragte Josie.

Daugherty sah auf. »Ja. Das hat er gesagt.«

Noah zog eine Braue hoch. »Was ist?«

»Thatcher Toland«, sagte Josie. »Der Prediger. Er war hier. Bei Amber.«

FÜNFUNDZWANZIG

»Woher willst du wissen, dass das Thatcher Toland war, dem du im Komorrah's begegnet bist?«, fragte Noah, als sie wieder im Auto saßen.

Josie drehte die Heizung voll auf und redete lauter, um das Gebläse zu übertönen. »Er war es, glaub mir. Ich bin ganz sicher.«

»Was hat er in Denton gemacht?«, hakte Noah nach, als er losfuhr.

»Das hat er mir nicht gesagt. Ich habe angenommen, dass er wegen der Hockeyarena hier war.«

Noah schüttelte den Kopf. »Okay. Aber warum war er bei Amber?«

»Das werde ich herausfinden«, antwortete Josie. Sie hatte sich bereits im mobilen Datenterminal eingeloggt und versuchte gerade, seine Telefonnummer herauszubekommen. Es waren ein Dutzend Nummern unter seinem Namen und dem seiner Frau Vivian registriert. Während Noah zu Mettners Haus fuhr, rief sie jede einzelne Nummer an. Einige waren nicht mehr gültig. Bei den übrigen schaltete sich die Mailbox ein. Josie hinterließ Nachrichten.

»Du wirst nicht bis zu ihm durchdringen«, vermutete Noah. »Er ist jetzt eine Berühmtheit. Wahrscheinlich steht zwischen ihm und der Öffentlichkeit eine ganze Armee von Leuten, die ihn abschirmt.«

»Ich bin nicht die Öffentlichkeit«, wandte Josie ein.

»Wir kommen wahrscheinlich weiter, wenn wir herausfinden, wo er sich aufhält, und dort aufkreuzen.«

Josie seufzte. »Wahrscheinlich hast du recht. Fahren wir zur Hockeyarena.«

Einen Augenblick sagte Noah nichts. Dann meinte er: »Es ist fast achtzehn Uhr. Ich glaube nicht, dass da noch jemand ist, geschweige denn Thatcher Toland.«

»Die wollen die Kirche unbedingt am Heiligabend eröffnen. Bis dahin sind es nur noch ein paar Tage. Ich bin sicher, dass dort noch jemand arbeitet. Und selbst wenn Thatcher selbst nicht vor Ort ist, wird es für einige Unruhe sorgen, wenn die Polizei auftaucht.«

Noah fuhr an den Straßenrand und wendete, um zurück in den Osten von Denton zu Thatcher Tolands neuer Megakirche zu fahren. Als sie näherkamen, sahen sie Straßensperren. Die Bauarbeiten in der ehemaligen Hockeyarena und draußen auf dem Parkplatz waren so umfangreich, dass mehrere kleinere Straßen in der Umgebung hatten abgeriegelt werden müssen, damit schweres Gerät und große Lkw manövrieren konnten. Noah umfuhr den Bereich, bis er eine Baustellenzufahrt entdeckte, in die er einbog. Er hielt sich hinter einem großen Kastenwagen und folgte ihm über eine lange Zufahrt. Vor ihnen ragte das riesige kreisförmige Bauwerk auf. Sie sahen frisch verfugte Ziegelwände, funkelnde neue Glasfenster auf der zweiten Ebene – soweit sich Josie erinnerte, befand sich dort einer der umlaufenden Gänge – und große Neontafeln, auf denen stand: WIEDERGUTMACHUNGSKIRCHE – SEID ALLE WILLKOMMEN und KIRCHENGEMEINDE THATCHER TOLAND.

Der Kastenwagen vor ihnen bog seitlich ab und fuhr kreuz

und quer durch die Baustelle zur Rückseite der Arena. Beim Eingang standen mehrere kleinere Lastwagen und weitere Fahrzeuge. Das Areal war hell erleuchtet und machte den Dezemberabend zum Tag. Noah parkte seinen Wagen auf einem freien Platz. Sie stiegen aus. Der Eingang zum Gebäude bestand aus mehreren Glastüren. Sie gingen zu einer Tür, die von einem chromglänzenden Abfalleimer offen gehalten wurde. Als sie eintraten, kam Josie Wärme entgegen, eine Wohltat nach der beißend kalten Abendluft. Wo sich früher ein Betonboden mit Essens- und Bierflecken erstreckt hatte, war nun ein weicher, weinroter Teppich verlegt. Dahinter befand sich eine weitere Tür. Josie war erleichtert, als sie den Griff drückte und merkte, dass sie sich leicht öffnen ließ.

Die Eingangshalle wurde von gleichmäßig verteilten Wandleuchten in ein beruhigendes, weiches goldenes Licht getaucht. Josies Füße schienen tief im dunkelroten Teppich zu versinken – oder war es nur die schwülstige Atmosphäre des Raums, die diesen Eindruck vermittelte? Der einstige Gang im Erdgeschoss zog sich wie früher um die Haupthalle im Inneren des Gebäudes, stand aber nun nicht mehr mit Imbiss- und Getränketheken oder Merchandise-Buden mit Hockey-Fanartikeln voll. Stattdessen klebten an den Wänden Strukturtapeten mit goldenen Ranken, die sich vor einem helleren gelben Hintergrund auf und ab wanden. In regelmäßigen Abständen hatte man gepolsterte Bänke aufgestellt, die in derselben Farbe wie der Teppich gehalten waren. Dazwischen standen kleine Teakholztische mit Werbematerial. Josie blieb vor einem stehen und sah sich die Broschüren an. Von jeder strahlte ihr Thatcher Tolands Gesicht entgegen. Allerdings war er auf jedem Foto anders angezogen – je nachdem, welche Zielgruppe angesprochen werden sollte. Es gab Angebote für ein Jugendprogramm, ein örtliches Sozialprojekt, ein Sommercamp und verschiedene Selbsthilfegruppen. Sogar Hochzeiten sowie weitere »wichtige Lebensereignisse« konnte man in der Wiedergutmachungskirche feiern. Als sie mit

Noah im Gang umherspazierte, sah sie, womit sie sowieso schon gerechnet hatte: ein Arsenal an Kreuzen und Fotos von Toland an den Wänden. Außerdem standen Vitrinen mit gerahmten Fotos, Zeitungsartikeln und Auszeichnungen herum, die Tolands Werdegang und Erfolge als Prediger feierten.

»Kann ich Ihnen helfen?«, hörten sie eine männliche Stimme.

Josie und Noah drehten sich um. Sie sahen einen Mann in einer gebügelten schwarzen Hose und einem kastanienbraunen Poloshirt, auf das über der linken Brust in goldenen Lettern »Toland-Kirchengemeinde« gestickt war. Josie schätzte ihn auf Mitte dreißig. Sein blondes Haar hatte er aus dem breiten Gesicht nach hinten gekämmt. In einer Hand hielt er ein Klemmbrett, in der anderen ein Smartphone, mit dem er herumwedelte wie mit einer Waffe. Josie konnte sehen, dass das Display leuchtete und der Daumen über etwas schwebte – vermutlich dem Sendesymbol. Sie fragte sich, ob er den Notruf wählbereit für den Fall aufgerufen hatte, dass sie auf Ärger aus waren.

Noah ging auf ihn zu und schenkte ihm jenes gewinnende Lächeln, mit dem er fast alle für sich einnahm. Er zeigte seinen Polizeiausweis. »Lieutenant Noah Fraley. Das ist meine Kollegin, Detective Josie Quinn.« Josie trat näher und zeigte ebenfalls ihren Ausweis. »Wir kommen vom Denton Police Department und würden gern mit Mr Toland sprechen.«

Der Mann bewegte sich nicht. Immerhin machte er, als der Monitor seines Handys dunkel wurde, keine Anstalten, ihn wieder zu aktivieren. Argwöhnisch fragte er: »Gibt es ein Problem?«

»Nein, keineswegs«, beschwichtigte Josie ihn. »Wir haben nur ein paar Fragen an ihn.«

»Worüber?«

»Das würden wir ihm gern selbst sagen«, erwiderte Josie.

Der Mann klemmte sich das Brett unter den Arm, nahm sein Smartphone in beide Hände und reaktivierte das Display. »Tut mir leid. Mr Toland ist im Augenblick nicht hier. Aber ich kann mir Ihre Telefonnummern notieren, wenn Sie mir sagen, worum es geht.«

Netter Versuch, dachte Josie bei sich.

»Wir haben ihm bereits einige Nachrichten hinterlassen und dachten, dass er vielleicht hier sei«, schaltete sich Noah wieder ein.

»Wie gesagt, er ist nicht hier. Ich kann ihn bitten, Sie anzurufen. Wenn Sie mir nur Ihre ...«

Eine Frauenstimme unterbrach ihn. »Paul? Wo bist du? Ich habe dich gerufen. Das sind noch ein paar Stühle, die ausgetauscht werden müssen ...« Als sie von hinten an ihn herantrat, bemerkte sie Josie und Noah und hielt inne. Josie erkannte sie sofort. Es war Vivian Toland. Zwar überließ sie in der Regel ihrem Mann das Rampenlicht, doch hatte man sie gelegentlich bei Presseterminen an seiner Seite gesehen. Sie war Ende fünfzig, groß, schlank und eine beeindruckende Erscheinung mit kurzem, sandblondem Haar, das meist toupiert, gelockt und mithilfe von Haarspray ein paar Zentimeter über ihren Kopf frisiert war. Zurzeit fiel es in kurzen Wellen und wurde von einem schwarzen Haarband aus dem Gesicht gehalten. Statt ihres üblichen altmodischen Rocks trug sie heute Jeans, Stiefel, eine langärmelige schwarze Bluse und darüber eine Daunenweste. Wenn sie einem höchstpersönlich in legerer Kleidung gegenüberstand, wirkte sie wesentlich jünger, als sie wirklich war.

Sie streckte Josie als Erstes die Hand hin und lächelte. »Vivian Toland. Sie kommen mir bekannt vor. Kennen wir uns?«

Josie schüttelte ihr die Hand. »Nein. Ich bin aber viel in den Nachrichten. Detective Josie Quinn von der Polizei in

Denton. Außerdem habe ich eine Zwillingsschwester, Trinity Payne. Sie ist Journalistin.«

Ein überraschter und zugleich freudiger Ausdruck erhellte ihr Gesicht. »Ach, wirklich? Ich bin ein großer Fan von Miss Payne und habe kürzlich am Abend die Pilotfolge ihrer neuen Sendung im Fernsehen gesehen. Freut mich sehr.« Dann wandte sie sich Noah zu und stellte sich ihm auch vor: »Vivian Toland.«

Er schüttelte ihr ebenfalls die Hand. Dann zeigten Noah und Josie ihre Ausweise. Unterdessen stand Paul hinter Vivian, trat von einem Fuß auf den anderen und sah die beiden finster an. Als sie sich vorgestellt hatten, meinte er nur: »Sie wollten mir nicht sagen, warum sie hier sind.«

Vivian drehte sich zu ihm um. »Vielleicht, weil sie nichts von dir wollen, Paul. Ich kümmere mich darum. Kannst du nach drinnen gehen und dir die erste Stuhlreihe in Abschnitt 209 ansehen? Ich glaube, sie muss ausgetauscht werden.«

Sein finsterer Blick hellte sich nur unwesentlich auf. Einen Augenblick lang starrte er sie nur an. Dann machte er auf dem Absatz kehrt und stapfte davon. Vivian wandte sich wieder den beiden zu und verdrehte die Augen. »Tut mir sehr leid! So ist er, unser Paul. Er hat schon für uns gearbeitet, als wir noch eine winzige Gemeinde in Collegeville waren. Für die jetzige Gemeinde ist er eine echte Bereicherung, aber manchmal kann er gegenüber Fremden sehr misstrauisch sein.« Sie lachte. »Stellen Sie sich das vor. Immerhin sind wir eine Kirchengemeinde! Ich habe ihn schon ein paarmal gebeten, etwas entgegenkommender zu sein. Wie dem auch sei, ich entschuldige mich für ihn. Was kann ich für Sie tun?«

»Wir müssen mit Mr Toland sprechen«, erwiderte Josie.

Vivian lächelte sie weiter mit unverminderter Freundlichkeit an. »Ich wollte, es wäre möglich, aber Thatcher hält heute Abend auf einer weihnachtlichen Wohltätigkeitsveranstaltung in Philadelphia eine Rede. Er wird erst spätabends zurück sein.

Ich sage ihm, dass er Sie morgen früh als Allererstes anrufen soll. Sofern nicht ich Ihnen irgendwie weiterhelfen kann.«

»Heute Morgen hat ein Zeuge gesehen, wie Mr Toland vor der Tür einer Frau namens Amber Watts stand«, sagte Noah. »Kennen Sie sie?«

Vivian schüttelte den Kopf. »Amber Watts, sagten Sie? Ist das nicht Ihre Pressesprecherin? Ich habe sie im Fernsehen gesehen. Sie leistet hervorragende Arbeit. Ich wollte, wir hätten jemanden wie sie, der die PR für uns macht. Sie sagten, Thatcher sei bei ihr gewesen, um mit ihr zu reden? Das könnte der Grund gewesen sein.«

»Bei ihr zu Hause?«, fragte Josie ungläubig.

Vivian zuckte die Schultern. »Wer weiß? Thatcher macht, was er für richtig hält.«

»Wirklich?«, sagte Josie. »Ich bin ihm heute Morgen in einem Café begegnet und er war verkleidet. Er meinte, Sie wären entsetzt, wenn Sie wüssten, dass er in der Öffentlichkeit erkannt werden würde.«

Vivian klatschte in die Hände und lachte. »Meine Güte!«, rief sie. »Er übertreibt maßlos. Ich kümmere mich in der Tat um seine Terminplanung und, ja, ich kann recht strikt sein, wenn Veranstaltungen anstehen, aber nur, weil er sich so leicht ablenken lässt. Die Leute warten lange, um ihn zu sehen, und ich will sichergehen, dass er pünktlich ist. Seiner Meinung nach gängle ich ihn, dabei versuche ich nur, dafür zu sorgen, dass er rechtzeitig dort ist, wo er sein soll. Er hält mich für eine gestrenge Zuchtmeisterin, aber im Grunde ist das eben seine melodramatische Art und Neigung, aus einer Mücke einen Elefanten zu machen. Lassen Sie mich raten: Er trug Arbeitsstiefel, die noch nie mit Schmutz in Berührung gekommen sind, und eine Carhartt-Jacke, die aussah, als sei noch das Preisschild daran.«

Josie hob eine Braue. »Wussten Sie, dass er unterwegs war?«

Vivian winkte ab. »Nicht direkt, nein, aber ich kenne seine kleine ›Verkleidung‹. Er benutzt sie oft. Manchmal möchte er einfach ausgehen, ohne erkannt zu werden, Autogramme zu geben oder aufzufallen. Ich schätze, seiner Meinung nach klingt es besser zu sagen, dass ich ihn davon abhalten würde, sich in der Öffentlichkeit zu zeigen, als zuzugeben, dass ein Mann hin und wieder eine Auszeit braucht.«

Aus der Gebäudemitte war von dort, wo sich früher das Spielfeld befand, ein Scheppern zu hören. Vivian drehte den Kopf in die Richtung, aus der der Lärm kam. Dann bedeutete sie Josie und Noah mit einem Winken, ihr zu folgen. »Kommen Sie herein und sehen Sie sich das Gebäude an, während wir reden.«

Sie gingen hinter ihr her zu einer Doppeltür, die sie aufstieß, und gelangten in einen kurzen, mit goldenem Seidenbrokat ausgekleideten Flur. Er führte in die untere Ebene der Kirche. Viele Reihen gepolsterter, rotbrauner Stühle umgaben eine große Bühne. Sie stand dort, wo sich früher das Eisfeld erstreckt hatte. Josie und Noah sahen sich in der riesigen Halle um. Es gab neben dem Parkett vor der Bühne noch drei bestuhlte Ebenen. Mehrere wie Paul gekleidete Männer arbeiteten auf der Bühne. Sie verlegten Kabel, justierten die Beleuchtung und testeten die Mikrofone. Vor der Bühne befand sich eine rechteckige Steinmauer. Als sie näherkamen, an der unteren Ebene vorbeigingen und den Kirchenboden betraten, sah Josie, dass die Mauer ein wassergefülltes Becken einfasste, das fast wie ein Swimmingpool in den Boden eingelassen war. In der Mitte stand erhöht eine große, runde Steinschüssel, aus der Wasser quoll und in das Becken zurückfiel.

Vivians Augen leuchteten vor Aufregung. »Das ist unser Taufbecken. Wunderschön, nicht wahr? Für mich der schönste Teil des neuen Gebäudes. Treten Sie näher.«

Als sie zum Brunnen gingen, zog Josie ein stechender Chlorgeruch in die Nase.

»Hier ist ein ganz besonderer Ort«, schwärmte Vivian weiter. »Thatcher dachte zuerst, ich sei verrückt, als ich die Hockeyarena kaufen und umbauen wollte. Aber er verstand einfach nicht, was mir vorschwebte.«

»Als ich mit ihm geredet habe, sagte er, wenn Sie sprächen, würde er zuhören«, sagte Josie.

Vivian ging um das Becken herum. Sie folgten ihr. Lachend erwiderte sie. »Als ob das so einfach wäre! Thatcher hat seinen eigenen Kopf, er ist sehr stur. Aber bei dieser Sache hier hat er tatsächlich auf mich gehört. Wissen Sie, ich habe früher in der Immobilienbranche gearbeitet, bevor ich die Frau eines Fernsehpredigers wurde.«

Josie versuchte sich zu erinnern, ob sie das auch schon in den vielen Interviews gehört hatte, die in den letzten Monaten im Fernsehen gezeigt worden waren. Aber sie hatte den beiden nie viel Beachtung geschenkt. »Immobilien?«, fragte sie. »Sie kannten nicht zufällig Nadine Fiore?«

Vivian blieb stehen und setzte sich auf die Mauer um das Becken. Sie presste einen Finger auf das Kinn. »Ich glaube nicht, nein.«

»Sie hieß früher Nadine Watts.«

»Oh. Meine Güte. War sie mit Ihrer Pressesprecherin Amber Watts verwandt?«

»Sie war die Tante«, antwortete Josie.

Vivian schüttelte langsam den Kopf. »Tut mir leid, der Name sagt mir nichts. Wo befindet sich ihr Büro?«

»In Sullivan County.«

Wieder schüttelte Vivian den Kopf. »Ich habe den Großteil meines Lebens in Montgomery County verbracht. Das ist recht weit von Sullivan County entfernt, wie Sie sicher wissen. Ich kann mich nicht erinnern, ihr je begegnet zu sein. Ich werde Thatcher fragen. Vielleicht hat er sie gekannt.«

»Mrs Toland«, schaltete sich Noah ein. »Sie sagten, Ihr Mann sei womöglich bei Amber Watts gewesen, um sie als PR-

Agentin für Ihre Kirche anzuheuern. Können Sie sich noch einen anderen Grund für seinen Besuch vorstellen?«

Vivian drehte sich etwas und sah nach oben. Hoch über ihr stand Paul im Abschnitt 200 auf einem Stuhl, den er aus der ersten Reihe gezogen hatte. Er schrieb etwas auf sein Klemmbrett.

Sie wandte sich wieder ihnen zu und sagte: »Ich weiß es wirklich nicht, Officers.«

»Detectives«, berichtigte Josie sie.

»Detectives«, wiederholte Vivian mit einem nachsichtigen Lächeln. »Aber Sie können ihn sicher morgen selbst fragen. Lassen Sie mich raten: Als Sie ihm im Café begegnet sind, hat er versucht, Sie zu bekehren. Wollte er, dass Sie in die Kirche kommen? Ich sage ihm ständig, er soll nicht so aufdringlich sein. Die Leute sollen ihren Weg zu ihm aus eigenem Antrieb finden. Das tun sie immer. Aber er kann nicht anders. Die Gemeinde ist für ihn kein Beruf, sondern Berufung.«

»Er hat es tatsächlich versucht«, stimmte Josie ihr zu.

»Mrs Toland«, meldete sich Noah wieder zu Wort. »Amber Watts wird seit drei Tagen vermisst. Wir haben Grund zu der Annahme, dass es dabei nicht mit rechten Dingen zugeht. Darüber hinaus haben wir in etwa zu der Zeit, da sie verschwunden ist, ihre Schwester Eden Watts ermordet aufgefunden.«

Vivian sah sie erschrocken an. »O nein. Das tut mir sehr leid. Ich stehe hier und plaudere über meinen Mann und die Kirche und Sie beide versuchen, ein waschechtes Verbrechen aufzuklären. Ich entschuldige mich. Ich kann Ihnen versichern, ich habe Amber Watts zwar im Fernsehen gesehen, kenne aber weder sie noch ihre Schwester – wie war doch gleich ihr Name?«

»Eden«, sagte Josie.

Vivian nickte feierlich. Sie faltete ihre Hände unter dem

Kinn, als würde sie beten. »Eden«, wiederholte sie leise. »Ich bete heute Abend für sie und Amber.«

»Es wundert mich, dass Sie von den beiden noch nicht gehört haben«, meinte Noah. »Ihr Bruder Gabriel ist ein sehr treues Mitglied der Wiedergutmachungskirche.«

Vivian bekam große Augen. »Wirklich? Das ist ja großartig! Ich bitte Paul, ihn für uns aufzuspüren. Er wird Thatchers Beistand nach dieser Tragödie dringend brauchen.«

»Sie kennen ihn nicht persönlich?«, wollte Josie wissen.

Vivian legte den Kopf nach links zur Seite und runzelte die Stirn. »Nein, tut mir sehr leid. Bedauerlicherweise ist unsere Gemeinde inzwischen so groß, dass ich unmöglich alle Mitglieder persönlich kennen kann. Es wäre sehr schön, aber wie Sie sehen ...« – mit einer ausgreifenden Handbewegung deutete sie auf alles um sich herum – »... bringt das Ausmaß dessen, was wir mit unserer Wiedergutmachungskirche tun, es zwangsläufig mit sich, dass individuelle Kontakte einfach nicht mehr möglich sind. Wir hoffen, dass wir das wenigstens mit unseren Sonderprogrammen und dadurch, dass unser Nachwuchs und die Hilfspastoren mehr Aufgaben übernehmen, kompensieren zu können.«

»Was ist mit Ihrem Mann?«, bohrte Noah weiter. »Ist es möglich, dass er Gabriel Watts persönlich kennt?«

»Er hat ihn nie erwähnt, aber ich denke, möglich ist es schon. Sollte er ihn noch nicht kennen, dann wird er das bald ändern. Thatcher wird Mr Watts jede mögliche Unterstützung anbieten wollen. Mein Gott, man stelle sich das vor – so kurz vor Weihnachten die Schwester zu verlieren.«

Josie streckte ihr die Visitenkarte hin. »Bitte sorgen Sie dafür, dass uns Ihr Mann so bald wie möglich kontaktiert.«

Vivian nahm die Karte und steckte sie in eine Tasche ihrer Weste. »Das mache ich, danke. Ich weiß zwar, dass Sie nicht deswegen hier sind, aber ich lade Sie ein, zu unserer Eröffnungsfeier zu kommen. Wir halten am Heiligabend einen

Gottesdienst ab. Alle sind willkommen. Detective Quinn, man kennt und mag Sie in Denton, davon bin ich überzeugt. Wenn die Leute sehen, dass Sie sich in der Wiedergutmachungskirche wohlfühlen, hätten sie vielleicht mehr Anreiz, selbst dem Gottesdienst beizuwohnen.«

Josie lächelte gequält. »Mal sehen. Fürs Erste wäre es gut, wenn Sie Ihren Mann bitten würden, uns anzurufen.«

SECHSUNDZWANZIG

Als sie von der gigantischen Wiedergutmachungskirche wegfuhren, war es fast halb sieben. Josies Körper schmerzte und ihre Augen brannten vor Erschöpfung. Es war höchste Zeit, nach Hause zu fahren und sich auszuruhen, doch ging ihr Amber nicht aus dem Sinn. Was, wenn sie lebte und wie Eden irgendwo festgehalten wurde? Jede Minute konnte zählen. Irgendwann mussten sie schlafen, das wusste sie, doch wollte sie sich noch nicht in den Feierabend verabschieden. Als Noah um die Straßensperren herumfuhr, sagte sie zu ihm: »Lass uns zu Mettners Haus fahren.«

»Machen wir«, erwiderte Noah. »Apropos Mett: Was ist mit seinem Handy? Hast du irgendwas darauf entdeckt?«

»Warte.« Sie fasste in ihre Manteltasche und holte Mettners Smartphone heraus. Während Noah fuhr, ging sie es durch. Mettner nutzte seine Social-Media-Accounts kaum. Er schien dort nur zu sein, um die Posts seiner Schwägerinnen sowie die Fotos von seinen Neffen und Nichten zu liken oder zu kommentieren und zu erfahren, was sie so trieben. Auf einer Aufnahme waren zwei Jungen zu sehen. Josie schätzte sie auf sieben bis zehn Jahre. Sie waren mit einem von Mettners Brüdern im Sommer angeln gewesen. Jeder hielt mit einem Grinsen bis über beide Ohren eine Forelle hoch. Mettner hatte dazu geschrieben:

Mann, sind die beiden schon groß! Super Fang! Sag ihnen, Onkel Finn geht mit ihnen im Winter eisfischen!

Sein Bruder hatte darauf mit einem Daumen-hoch-Emoji geantwortet, gefolgt von einem lachenden Gesicht und den Worten:

Sie können es gar nicht erwarten, dich wiederzusehen. Du solltest sie den ganzen Winter nehmen. LOL.

Darunter kommentierte jemand, dem Namen nach die Mutter der Jungs:

Mama Bär gibt ihre Jungen nicht her! Aber sie vermissen dich tatsächlich, Onkel Finn!

An den Schluss hatte sie ein Herz-Emoji gesetzt.

Auf der Seite gab es nur eine Handvoll Fotos von Mettner und Amber, aber da er fast nie Beiträge postete, überraschte Josie das nicht. Auf dem Handy selbst allerdings waren Hunderte von Aufnahmen gespeichert, die Mettner und Amber zusammen zeigten. Josie scrollte und scrollte. Amber in Komorrah's Koffee, Amber im Stadtpark, Amber in Mettners Haus – seinem Wohnzimmer, der Küche, dem Schlafzimmer, sogar beim Zähneputzen in einem knappen Seidenpyjama. Auf dem Badezimmerbild stand Mettner mit nacktem Oberkörper hinter ihr, sodass beide im Spiegel zu sehen waren. Amber lächelte ihn verführerisch an, sogar während sie ihre Zähne putzte. Josie fühlte sich wie eine Voyeurin und wischte das Bild schnell weg. Weitere Fotos zeigten sie bei gemeinsamen Unternehmungen: beim Angeln, Wandern, auf einem Herbstfestival, einem Konzert, auf Josies und Noahs Hochzeit. Sogar Aufnahmen von einem Besuch bei Mettners Familie letztes Jahr zu Weihnachten und von den Thanksgiving-Feiern dieses Jahr waren darunter.

»Ich glaube nicht, dass du jemals so viele Fotos von mir auf deinem Handy hattest«, meinte Josie nachdenklich.

Noah sah sie lächelnd an. »Ich bin von dir besessen, seit ich vierzehn bin, Josie. Ich habe Bilder.«

Sie lachte und gab ihm einen Klaps auf die Schulter. »Mach mir keine Angst. Aber im Ernst: Wo hört Liebe auf und fängt Besessenheit an?«

»Ungesunde Besessenheit?«, fragte Noah.

»Keine Ahnung«, seufzte sie und wischte weiter. »Sie sieht auf allen Fotos so verdammt glücklich aus.«

»Vielleicht sind ja auf ihrem Handy genauso viele Fotos von ihm. Wir hatten noch keine Gelegenheit, nachzusehen.«

»Oder sie hat nur für die Fotos gute Miene zum bösen Spiel gemacht und in Wirklichkeit schon daran gedacht, ihn zu verlassen. Vielleicht haben sie deswegen gestritten. Er hat es nicht verkraftet und etwas Schlimmes ist passiert.«

Darauf sagte Noah nichts.

Josie schloss die Fotogalerie und öffnete Mettners E-Mail-Account. Er enthielt größtenteils arbeitsbezogene Mails. Die einzigen persönlichen Nachrichten stammten von seinen Brüdern und drehten sich um die Frage, was sie ihren Eltern gemeinsam zu Weihnachten schenken sollten. Dann waren da noch wochenlange Chatverläufe zwischen Amber und Mett in der Nachrichten-App mit etlichen Einträgen, die meisten liebevoll und kitschig. Manche auch anzüglich. Andere bezogen sich darauf, was sie am Abend unternehmen oder wo sie essen gehen sollten. Zum Schluss, von Sonntagmorgen bis Montag-nachmittag, hatte Mettner Amber etliche Nachrichten geschickt, auf die sie nicht geantwortet hatte. Verdächtiges war nicht darunter. Nichts, was ihnen weiterhalf. Mit einem weiteren Seufzer schloss Josie die Nachrichten-App. »Nichts«, sagte sie.

»Sei doch froh«, meinte Noah. »Ich glaube, keiner von uns will, dass Mett irgendein ...«

Sie wusste, er brachte es nicht über die Lippen, ihn Mörder zu nennen. »... Ungeheuer ist«, vollendete sie seinen Satz.

»Genau.«

Wieder hörte sie Gretchens Stimme in ihrem Hinterkopf: *Was, wenn er alles Belastende von seinem Handy gelöscht hat, bevor er es dir gegeben hat?*

»Wir sind da«, hörte sie Noah sagen.

Noah hielt vor Mettners Haus. Sie waren schon mehrmals hier gewesen, sei es, um Mettner zu einer Schicht abzuholen oder weil er sie zu Grillfesten oder einfach nur zu einem gesel-ligen Beisammensein eingeladen hatte. Er wohnte am Stadt-rand an einer schon recht ländlichen Straße. Die relativ große Zufahrt führte zu einem bescheidenen Häuschen mit vier Zimmern, einer grauen Fassade und kastanienbraunen Fenster-läden. Auf der großen Veranda standen rustikale Holzmöbel. Mettner besaß noch einige Tausend Quadratmeter Grund hinter dem Haus, zum Teil mit Baumbestand. Eine Garage gab es nicht, doch hatte er einen Carport errichtet, unter dem sein Quad und ein kleines Boot standen. Beides hatte er für den Winter mit einer Abdeckung versehen. Sie wurden beide vom Licht der Scheinwerfer von Noahs Auto gestreift, als er neben dem Haus parkte.

Josie schloss auf und sie betraten das Haus. Während sie von Zimmer zu Zimmer gingen und in jedem Raum das Licht einschalteten, hatte sie das ungute Gefühl, unberechtigt in Mettners Privatsphäre einzudringen. Er hatte ihnen zwar die

Erlaubnis gegeben, doch fühlte es sich trotzdem falsch an. Zugleich wusste sie, dass sie es nur taten, um herauszufinden, was mit Amber und ihrer Schwester passiert war. Sie schob ihre Schuldgefühle beiseite und ging mit Noah weiter auf der Suche nach etwas Ungewöhnlichem durch die Räumlichkeiten.

Mettners Haus war das Gegenteil von Ambers. Jedes Zimmer war mit Möbeln vollgestopft. In einer Ecke seiner dick gepolsterten braunen Couch lag eine zerknüllte Fleecedecke. Unter dem Couchtisch standen zwei Herrenhausschuhe. Der Schrank im Erdgeschoss enthielt sauber hineingestellt zwei Frauenpantoffeln. In jedem Zimmer waren Fotos von Mettners Familie zu sehen. Eine Küchenecke war kreuz und quer vollgestellt mit Angelruten, die an der Wand lehnten. Im Wohn- und Esszimmer hingen schlichte Holzkreuze an den Wänden.

Überall war Amber präsent. Auf dem Abtropfbrett stand ein Thermokaffeebecher, der farblich zu ihrem Schreibtischset passte. Ein rosa Kleid war im Wohnzimmer über einen Sessel drapiert. Auf dem Couchtisch lagen zwei Ausgaben der *Cosmopolitan*. Über der Lehne eines Stuhls im Esszimmer hing ein Pullover, den Josie Amber schon oft bei der Arbeit hatte tragen sehen. Die Ablage des Badezimmers im oberen Stock stand voll mit allerlei Toilettenartikeln, die eindeutig einer Frau gehörten. Im Badezimmerschrank waren Hygieneartikel für Frauen verstaut, während ein Korb daneben einen Haartrockner, einen Haarglätter und eine Rundbürste mit braunen Haaren zwischen den Borsten enthielt.

»Sieht fast so aus, als sei sie hier schon eingezogen«, bemerkte Noah.

Ein Zimmer war als Gästezimmer eingerichtet. Es enthielt ein sehr ordentlich gemachtes Bett, das aussah, als sei es schon seit Monaten nicht mehr angerührt worden. Ein weiterer Raum war mit Angel- und Jagdausrüstung vollgestopft, einschließlich eines gesicherten Waffenschranks. Das Doppelbett im Schlafzimmer war ein Chaos: Die Decken lagen zusammengeknüllt am Fußende, die Kopfkissen irgendwo auf der Matratze. Anhand der Nachtschränke konnte Josie erkennen, welche Seite Mettner und welche Amber gehörte. Auf seinem Nachtschrank stand neben einem Wecker und einer Lampe ein gerahmtes Foto von ihr, auf ihrem lagen ein Paar Creolen, eine Handcremedose, ein Handyladegerät und ein Stapel Bücher, ausnahmslos Liebesromane: *Mondschein über Muddleford Cove* von Kim Nash, *Schön wär's* von Angela Marsons, *Der Mann, den ich vorher liebte* von Anna Mansell und *Auf nimmer und ewig* von Emma Robinson. Titel, die thematisch in eine ganz andere Ecke gehörten als das Thatcher-Toland-Buch, das sie in Ambers Haus gefunden hatten.

Noah öffnete den großen Schlafzimmerschrank. Eine Hälfte war freigeräumt – für Amber, wie Josie annahm –, aber noch nicht wieder gefüllt worden. Sie begann die Schubläden der Kommode aufzuziehen. Eine Schubladenreihe war völlig leer, mit Ausnahme der obersten, die Frauenunterwäsche und BHs enthielt. Josie tastete das hintere Ende der Lade ab und griff unter die Wäsche, fand jedoch nichts. Sie durchsuchte die zweite Reihe, in der Mettners Kleidung verstaut war. Die oberste Schublade enthielt ebenfalls Unterwäsche. Auch darin suchte Josie im hinteren Teil und unter der Wäsche nach etwas. Diesmal stieß sie auf etwas, das sich nicht nach Boxershorts anfühlte. Sie zog einen kleinen grauen Zugbeutel hervor. Darin steckte ein schwarzes Kästchen mit dem Logo eines ortsansässigen Schmuckgeschäfts.

»Was ist das?«, fragte Noah und sah ihr über die Schulter.

In dem schwarzen Kästchen befand sich eine weitere Box, etwas kleiner und marineblau. Sie ließ sich öffnen wie eine Blume. Die Seiten klappten auf und gaben den Blick auf ein Samtbett frei, auf dem ein großer, funkelnder Diamantring lag. »Ein Verlobungsring«, sagte Josie. »Der größte, den ich je gesehen habe.«

Noah kam näher und sah ihn sich an. »Da kann ich nicht mithalten«, scherzte er.

Josie legte das Schmuckkästchen auf die Kommode, nahm den Zugbeutel und kramte darin herum. Schließlich zog sie mehrere gefaltete Zettelchen heraus. Sie breitete sie auf der Kommode aus und sah ein Zertifikat, das bestätigte, dass es sich um echte Diamanten handelte, außerdem Pflegehinweise und eine Quittung mit der Summe, die Mettner für den Ring bezahlt hatte – sowie dem Kaufdatum.

»Er hat diesen Ring schon gekauft, als sie erst drei Monate beisammen waren«, stellte Josie fest.

Noah beugte sich vor und warf einen Blick auf die Quittung. »Ja und?«

»Irgendwie schon ein bisschen …« Sie brach ab und suchte nach dem richtigen Wort.

»Romantisch?«, schlug Noah vor.

»Seltsam.«

»Er hat ihr ja nach drei Monaten keinen Antrag gemacht. Er hat nur einen Ring gekauft.«

»Weil er vorhat, ihr einen Antrag zu machen.«

»Josie, sie sind gerade dabei, zusammenzuziehen. Ich bin sicher, Amber erwartet, dass er ihr irgendwann einen Antrag macht.«

Seufzend packte sie den Ring wieder so ein, wie sie ihn vorgefunden hatten. Sie griff noch etwas tiefer in die Schublade und entdeckte mehrere Hochglanzbroschüren. Als sie sie herauszog, erkannte sie sogleich Thatcher Tolands Gesicht. Es war das gleiche Material, das sie schon in der Megakirche gesehen hatte: eine Broschüre für sein örtliches Sozialprogramm und eine weitere, die Gemeindemitgliedern anbot, sich in der Kirche von Thatcher Toland höchstpersönlich trauen zu lassen.

»Merkwürdig«, sagte Noah. »Ich hätte nicht gedacht, dass Mettner etwas mit dieser Kirche zu tun hat.«

»Er ist früher immer in diese Gemeindekirche gegangen, zu der man kommt, wenn man vom Revier aus die Straße hinuntergeht«, sagte Josie. »Ich schätze, die Kampagne, die Thatcher Toland online und in den Medien gestartet hat, um mehr Mitglieder zu bekommen, hat bei ihm verfangen.«

Sie steckte die Broschüren und den Ring wieder unter Metts Boxershorts. Als sie Noah zurück nach unten folgte, meinte sie: »Ich sehe nichts, was darauf hindeutet, dass hier etwas Gewaltsames vorgefallen ist.«

»Ich auch nicht«, erwiderte Noah. »Aber Mettner ist einer von uns. Er wüsste, wie er Spuren verwischen müsste, wenn etwas Schlimmes passiert wäre. Warum lassen wir nicht Hummel kommen, damit er hier stichprobenartig mit Luminol durchgeht und nach Blutflecken sucht, die wir nicht sehen können? Luminol würde sie selbst dann noch sichtbar machen, wenn er sie weggeputzt hätte.«

»Gute Idee«, sagte Josie. Sie holte ihr Handy hervor, rief Hummel an und bat ihn, herzukommen und jemand vom Spurensicherungsteam mitzubringen, um Mettners Haus auf Blutspuren abzusuchen.

»Ich bin in zwanzig Minuten da«, versprach Hummel. »Ich habe mir übrigens Mettners Pick-up angesehen. Wir haben Blutspuren gefunden, aber von einem Tier, nicht einem Menschen.«

»Mett ist Jäger«, meinte Josie. »Klar, dass das Spuren hinterlässt. Wir warten auf dich.«

Josie und Noah warteten, bis Hummel und Chan eintrafen. Dann gingen sie zu ihrem Auto, während die beiden sich mit dem Haus befassten und nach Spuren suchten, die mit bloßem Auge nicht zu erkennen waren. Nach einigen Stunden brachen sie ab. Sie hatten nichts Ungewöhnliches und keinerlei Anzeichen dafür entdeckt, dass hier ein Verbrechen stattgefunden hatte. Als Hummel begann, seine Ausrüstung einzupacken, fuhren Josie und Noah los. Da klingelte Josies Handy. Es war der Sergeant vom Dienst, Dan Lamay. »Was ist?«, fragte sie, nachdem sie über das Antwortsymbol gewischt hatte.

»Boss«, sagte Lamay. »Ich weiß, es ist schon nach zehn. Aber Hugo Watts ist hier. Er ist gerade aufgetaucht. Soll ich ihm sagen, dass er morgen noch einmal kommen soll?«

Josie sah Noah an. »Nein«, antwortete sie. »Sag ihm, wir sind in fünfzehn Minuten bei ihm.«

SIEBENUNDZWANZIG

Als sie wieder im Revier waren, ging Josie schnurstracks in den Konferenzraum. Hugo Watts empfing sie mit einem Lächeln, das sie fast aus der Fassung brachte. Es war Ambers Lächeln. Nun, da sie ihm direkt gegenüberstand, sah Josie die frappierende Ähnlichkeit. Die gleichen feinen Gesichtszüge, die Amber so umwerfend attraktiv machten, ließen auch ihren Vater auffallend gut aussehen. Hugo Watts war wesentlich größer als Amber und hatte dunkleres Haar als sie. Er trug einen schwarzen Anzug ohne Krawatte und darüber einen geöffneten grauen Parka mit Kunstpelzkapuze.

Josie stellte sich vor und bot ihm an, sich zu setzen. Er zog seinen Parka aus und warf ihn auf einen leeren Stuhl. Dann setzte er sich und faltete die Hände vor sich – fast so, als würde er beten. Josie setzte sich neben ihn, während Noah ihm gegenüber am Tisch Platz nahm. Hugo runzelte sorgenvoll die Stirn. »Ich habe heute Morgen, bevor Sie angerufen haben, die Nachrichten gesehen. Darin ging es um eine Frau, die aus dem Fluss gezogen wurde. Nach ihrem Anruf habe ich die Sendung noch einmal aufgerufen und abgespielt. Die Beschreibung ...«

Josie berührte ihn am Arm. Sie sprach betont ruhig und so

beschwichtigend wie möglich. Diese Art von Nachrichten ließ sich nicht schonend übermitteln. Josie lag stets daran, es schnell hinter sich zu bringen. »Es tut mir sehr leid, Mr Watts, aber die Frau, die wir aus dem Fluss geholt haben, war Ihre Tochter Eden.«

Seine Kinnlade fiel herunter. Er wischte sich mit einer Hand über den Mund bis hinunter zum Kinn. »Nein«, sagte er. »Nein. Bitte nicht. Nein, nein, nein.«

»Es tut uns wirklich sehr leid«, sagte nun auch Noah. »Ich weiß, dass das der denkbar ungünstigste Moment ist, aber wir müssen Ihnen ein paar Fragen stellen.«

Langsam blickte Hugo auf. »B-bitte?«, stammelte er.

»Jemand hat Eden umgebracht. Sie wurde misshandelt und anschließend in den Fluss gestoßen, damit sie ertrinkt«, fuhr Josie fort. »Genauer gesagt, in einer Rinne am Damm. Wir glauben außerdem, dass sie vor ihrem Tod eine Zeit lang gefangen gehalten wurde.«

Hugo schluckte schwer, sein Adamsapfel hüpfte. Seine Stimme war kaum zu hören, als er sagte: »Was ist mit Amber?«

»Amber wird seit etwa vier Tagen vermisst«, antwortete Noah.

Hugo legte den Kopf auf die Hände, sodass seine Stirn auf den verschränkten Fingern ruhte. »Ich verstehe das nicht«, sagte er leise. »Das ergibt einfach keinen Sinn.«

»Wann hatten Sie das letzte Mal Kontakt mit Eden?«, wollte Noah wissen.

Hugo lächelte. Dann, als fiele ihm ein, dass Eden tot war, begann er zu weinen und das Lächeln wurde zur Grimasse. Die Stimme brach ihm, als er sprach. »Eden war mein Mädchen und die Einzige, die vergab und vergaß. Die Kinder hatten immer das Gefühl, ihre Kindheit sei schrecklich gewesen.«

»Warum glaubten sie das?«, fragte Josie.

Er schüttelte den Kopf. »Ich habe keine Ahnung. Weil wir uns scheiden lassen haben? Weil wir oft umgezogen sind? Wer weiß? Die Sache ist die, dass alle diese abstruse Idee hatten, dass es für sie fürchterlich gelaufen war. Amber wollte nichts mehr mit mir und Lydia zu tun haben, als sie achtzehn wurde. Gabriel hat überhaupt nicht mehr mit mir geredet, nachdem er dieser merkwürdigen Kirche beigetreten ist. Aber Eden ... sie hatte so ein großes Herz. Wir standen uns nicht unbedingt nahe, aber wir haben mindestens einmal im Monat miteinander telefoniert. Ich habe versucht, mich ein- oder zweimal im Jahr mit ihr zu treffen, wenn sie einverstanden war.«

»War sie einverstanden?«, hakte Noah nach.

Josie schob Hugo eine Schachtel mit Papiertüchern hin. Er holte eines heraus und tupfte sich damit das Gesicht. »Ja. Wir haben uns normalerweise irgendwo zwischen Philadelphia und Williamsport getroffen, zu Mittag gegessen und versucht, den Tag gemeinsam zu verbringen. Ich habe sie das letzte Mal im Juli gesehen. Am vierten Juli.«

»Wann haben Sie das letzte Mal mit ihr gesprochen?«, wollte Josie wissen.

»Thanksgiving. Ich habe sie an Thanksgiving angerufen und wir haben ein paar Minuten geredet. Wenn Sie als Nächstes nach Amber fragen, dann kann ich Ihnen nur sagen, dass ich sie schon seit ungefähr zehn Jahren nicht mehr gesehen und auch nicht mit ihr gesprochen habe.«

Amber hatte also die Wahrheit über die Beziehung zu ihrer Familie gesagt.

»Was ist mit Ihrer Ex-Frau?«

Er schüttelte den Kopf. »Mit Lydia habe ich seit fast zwölf Jahren nicht mehr gesprochen. Sie hat uns verlassen. Einfach sitzen lassen. Seither haben wir uns nichts mehr zu sagen.«

»Mrs Norris meinte, dass die Kinder nach der Scheidung böse auf sie gewesen seien und beschlossen hätten, bei ihrem Vater zu bleiben«, sagte Noah.

Hugo lachte bitter. »Wir haben uns scheiden lassen, weil sie weg ist! Die Kinder hatten gar keine andere Wahl, als bei mir zu bleiben. Ihre Mutter ist einfach verschwunden! Ohne Vorwarnung. Sie hat alles hinter sich gelassen, sogar ihre eigenen Kinder.«

»Hat Amber deshalb erzählt, dass sie nichts mit ihrer Familie zu tun haben wollte?«, fragte Josie.

Er ließ den Kopf sinken. »Ich weiß nicht, warum sie das nicht wollte. Meine Mädchen hatten schon immer einen Hang dazu, Dinge zu sehr zu dramatisieren. Ich habe bei ihnen mein Bestes gegeben, aber es war nie genug.«

Amber war Josie allerdings nie als Dramaqueen vorgekommen. Die Anforderungen ihrer Arbeit hatten sie manchmal gestresst, aber das war nichts Ungewöhnliches. Sie war stets professionell, ausgeglichen und sehr kompetent. »Kann das etwas mit Ihrer Schwester zu tun gehabt haben?«, fragte Josie freiheraus.

Er blickte auf und sah sie mit finsterer Miene an. »Ach, das wieder. Schade, dass Sie zuerst mit Lydia gesprochen haben. Wissen Sie, auf eines kann man sich bei Lydia immer verlassen.«

»Und das wäre?«, fragte Josie.

»Dass sie lügt.«

ACHTUNDZWANZIG

Josie sah Hugo Watts lange regungslos an. So lange, dass sie das Ticken der Wanduhr hören konnte. Noah tat nichts, um die Stille zu füllen. Sie warteten darauf, dass Hugo etwas sagte. Noah rollte mit dem Zeigefinger einen Stift auf dem Tisch vor und zurück, als langweile er sich. Man musste Hugo zugutehalten, dass er sehr lange durchhielt, ohne nervös zu werden. Josie begann die Schläge der Uhr zu zählen. Als sie bei einhundertsiebenundsechzig war, löste Hugo seine verschränkten Finger, rieb die Handflächen aneinander, als sei ihm kalt, und faltete die Hände wieder. Bei einhundertdreiundneunzig räusperte er sich. Bei zweihundertfünf sagte er: »Was hat Ihnen Lydia über meine Schwester erzählt?«

Josie nahm auf ihrem Stuhl eine andere Position ein. »Das spielt doch gar keine Rolle, oder? Vor allem, da sie ja, wie Sie sagen, gelogen hat.«

Noah rollte den Stift von sich weg und stoppte ihn mit der Handfläche. Hugos Schultern zuckten vor Schreck. Noah lächelte ihn freundlich an. »Warum erzählen Sie uns nicht, was wirklich passiert ist?«

Hugo schluckte. »Was wirklich womit passiert ist?«

»Fangen wir doch mit dem an, was Amber veranlasste, nie wieder jemanden von Ihnen sehen zu wollen«, schlug Josie vor.

Hugo hob die gefalteten Hände zur Stirn und rieb mit dem Daumenknöchel über seinen Stirnwulst. Dann senkte er sie wieder und sagte: »Ich weiß nicht, warum, okay? Meine beiden Mädchen waren, wie gesagt, sehr schwierig und mit nichts zufrieden. Als Amber achtzehn wurde, sagte sie, dass sie nicht mehr zur Familie gehören wolle. Zu der Zeit ging sie schon aufs College. Sie kündigte an wegzugehen und wollte keinen Kontakt mehr. Nicht einmal für das Studium durften Lydia oder ich noch zahlen. Sie wollte einen radikalen Schlussstrich ziehen. Zunächst dachten wir, wenn wir ihr etwas Abstand ließen, würde sie zurückkommen. Aber es verging ein Jahr nach dem anderen, ohne dass etwas passierte. Sie hat nie wieder angerufen oder versucht, mit uns Verbindung aufzunehmen.«

»Gab es keinen konkreten Auslöser für diesen ›radikalen Schlussstrich‹?«, fragte Josie.

»Nein. Sie war schon lange unglücklich gewesen, eigentlich schon seit der Scheidung. Ich nehme mal an, als sie auf das College ging, war das gerade der richtige Augenblick für sie, sich völlig zu distanzieren.«

Irgendetwas an dieser Erklärung kam Josie merkwürdig vor. Wenn Ambers Entfremdung von ihrer Familie allmählich stattgefunden hatte und das Ergebnis eines Zwiespalts nach der Scheidung ihrer Eltern gewesen war, warum erzählte sie das anderen nicht einfach? Warum weigerte sie sich, überhaupt von ihrer Familie zu sprechen, selbst gegenüber ihrer besten Freundin und dem Mann, mit dem sie zusammenziehen wollte?

»Sie sagen, es gab keine Probleme mit Ihrer Schwester, Nadine?«, fuhr Josie fort.

»Meine Ex-Frau hat mich mittellos mit drei Kindern zurückgelassen. Ich war ein junger Anwalt, noch nicht etabliert. Meine Schwester hat uns aufgenommen, bis ich auf die Beine gekommen bin und eine Bleibe für uns alle gefunden habe. Nadine hat ihnen im Gegensatz zu ihrer Mutter Struktur, Regeln und Routine gegeben. Das gefiel keinem von ihnen. Lydia hatte ihnen immer alle Freiheiten gelassen. Dieses Leben zogen sie vor.«

Josie hatte von Lydia und Hugo nun zwei völlig unterschiedliche Versionen ein und derselben Geschichte gehört. Sie fragte sich, ob überhaupt etwas Wahres an dem war, was die beiden erzählt hatten. »Amber hat als Kind eine Verbrennung am Rücken erlitten. Was können Sie uns darüber erzählen?«

Hugo lachte, aber als er sah, dass sie auf eine Antwort warteten, trat ein verärgerter Zug in sein Gesicht. »Inwiefern hat das mit dem zu tun, worüber wir gerade reden? Denken Sie, wenn Sie wissen, wie sie sich die Verbrennung am Rücken zugezogen hat, werden Sie sie leichter aufspüren? Oder herausfinden, wer Eden umgebracht hat?«

»Wenn wir uns mit der Familiendynamik befassen, bekommen wir manchmal ein besseres Bild von den Opfern und können uns leichter erklären, warum gewisse Dinge passiert sind«, entgegnete Josie.

»Sie glauben also ernsthaft, dass Sie eher herausfinden, warum Amber verschwunden ist, wenn Sie wissen, wie sie als Kind zu der Verbrennung auf ihrem Rücken gekommen ist?«

Statt auf diese neuerliche Frage zu antworten, sagte Josie. »Dann reden wir doch einfach über Ihre Familie. Wir haben Lydias Version der Geschichte gehört. Was ist Ihre?«

Hugo seufzte. »Was möchten Sie wissen?«

Noah zuckte die Schultern. »Beginnen wir am Anfang. Mit Ihnen und Lydia.«

»Wir haben uns kennengelernt, als wir jung waren. Damals ging ich noch mit jemand anderem. Ich war ein junger Anwalt und habe allein gelebt. Weil ich keine Familie ernähren musste, hatte ich etwas Geld gespart. Meine Freundin und ich beschlossen, uns ein Wohnmobil anzuschaffen. Lydia hat uns einen

Camper verkauft. Meine Beziehung mit dem Mädchen hielt genau einen Campingtrip lang. Ich bin wieder zu Lydia und wollte fragen, ob sie das Wohnmobil zurücknimmt, doch sie hat mir stattdessen ein noch größeres verkauft. Wir sind damit durch das Land gefahren. Lydia wurde mit Gabe schwanger. Dann mit Amber. Da haben wir geheiratet. Schließlich kam Eden. Aber danach wurde Lydia ...«

Seine Gedanken schweiften ab.

»Wurde Lydia was?«, drängte Noah.

Hugo löste seine Hände und legte sie in den Schoß. Er lehnte sich im Stuhl zurück. »Ich glaube, die Anforderungen des Mutterseins waren zu viel für sie.«

»Wie kommen Sie darauf?«, fragte Josie.

»Warum hätte sie sonst weg gewollt?«, antwortete Hugo. »Ich weiß nicht, warum sie das erste Mal weg ist, als die Kinder noch klein waren, aber sie hat es getan. Anfangs hat sie sich noch um sie gekümmert, wenn sie Zeit hatte, obwohl die Kleinen bei mir lebten.«

»Wann hatte sie denn keine Zeit, sich zu kümmern?«, fragte Noah.

»Immer wenn ihr neuer Mann keine Kinder um sich haben wollte«, sagte Hugo. »Und es gab einige, die das nicht wollten.«

»Einige?«, wiederholte Josie. »Wie oft war sie verheiratet?«

»Abgesehen von mir? Fünfmal. Wir haben zwischen Ehemann vier und fünf noch einmal geheiratet, aber die Ehe hat nur ein paar Monate gehalten.«

»Sie sagten doch, Sie hätten sich scheiden lassen, weil sie weg ist«, hakte Noah nach.

Hugo schüttelte den Kopf. »Ich habe die Story abgekürzt. Wir waren bereits seit mehreren Jahren geschieden gewesen. Sie war weitergezogen und hatte noch viermal geheiratet, aber irgendwie haben wir wieder zusammengefunden. Danach hat sie uns endgültig verlassen. Dabei war alles wieder in Ordnung gekommen. Hatte ich zumindest gedacht.«

»Wie alt waren Ihre Kinder, als Sie sich das erste Mal scheiden lassen haben?«, wollte Josie wissen.

»Ziemlich jung. Eden hatte gerade zu laufen begonnen. Amber war im Kindergartenalter und Gabe kurz vorher in die Schule gekommen.«

»Und wie alt waren sie, als Sie wieder geheiratet haben?«, fragte Noah.

»Da waren sie alle schon Teenager. Aber wie gesagt, das zweite Mal hat die Ehe nur ein paar Monate gehalten. Dann hat uns Lydia wieder verlassen – diesmal, um Ehemann Nummer fünf zu heiraten.«

»Endeten die anderen Ehen immer mit Scheidung?«, erkundigte sich Josie.

Hugo nickte. »Der letzte Mann starb, glaube ich. Ein gewisser Norris. Ich weiß nicht, ob sie alle noch leben. Ist schon lange her, das alles. Sie können es ja nachsehen, aber ich weiß nicht, inwieweit Ihnen das in der jetzigen Situation weiterhelfen sollte.«

»Erinnern Sie sich an ihre Namen?«, fragte Noah.

»Die Nachnamen schon. Mal sehen. Da war Kleymann, Vawser, Purdue und ... Moment ... Chasko, glaube ich, hieß er.«

»Amber hat einmal gesagt, dass sie als Kind viel umgezogen ist«, fuhr Noah fort. »Lag das daran, dass Lydias Männer weit verstreut lebten?«

»Ja. Ich wollte um jeden Preis, dass die Kinder in ihrer Nähe aufwuchsen. Selbst wenn Lydia sie nicht sehen wollte, lag mir daran, dass sie und die Kleinen wenigstens die Möglichkeit hatten, zusammenzukommen.«

»Ihre Frau hat Sie verlassen und ›mittellos mit drei Kindern zurückgelassen‹, wie Sie es nennen«, schaltete sich Josie wieder ein. »Und Sie sind ihr jedes Mal, wenn sie wieder geheiratet hat, quer durch den Bundesstaat hinterhergezogen?«

Hugo schürzte die Lippen und nickte. »Klingt verrückt, ich weiß. Aber damals dachte ich, es sei für die Kinder das Beste.

Wie gesagt, als Lydia das erste Mal weg ist, sind wir bei meiner Schwester eingezogen. Die Kinder mochten keine Regeln, deshalb habe ich dafür gesorgt, dass ihre Mutter immer in Reichweite war, als ich wieder einigermaßen auf den Beinen war. Rückblickend habe ich damit vielleicht mehr Schaden angerichtet, aber ich wollte, dass sie eine echte Beziehung zu ihr aufrechterhalten, obwohl sie mit jemand anderem verheiratet war. Wenn wir in derselben Stadt lebten, war die Chance größer, dass sie sich Zeit für sie nahm und sie besuchte. Es war wahrscheinlich dumm von mir, vor allem, da sie sich letzten Endes trotzdem davonmachte. Aber ich war der Vater und habe mein Bestes getan.«

»Mr Watts, hat der Russell-Haven-Damm für Sie oder Ihre Familie irgendeine Bedeutung?«, wechselte Josie das Thema.

»Leider nein. Ich weiß nichts über ihn, außer dass meine Tochter dort gestorben ist. Detectives, ich hatte einen langen Tag. Ich brauche jetzt wirklich etwas Zeit, um alles zu verarbeiten, vor allem den Tod meiner geliebten kleinen Eden. Ich würde gern ihre Beerdigung vorbereiten.«

»Das müssen Sie mit Lydia und dem Krankenhaus besprechen. Setzen Sie sich mit dem Leichenschauhaus in Verbindung, ich bin sicher, dort hilft man Ihnen gern weiter. Noch einmal unser herzliches Beileid.«

»Haben Sie eine Nummer von Lydia?«, fragte Hugo.

Josie holte ihr Handy heraus und rief die Nummer auf. Hugo zog eine Brille aus der Hemdtasche und sah sich die Ziffernfolge an, bevor er sie in sein Smartphone tippte.

»Wenn Sie mit ihr reden«, meinte Josie, »sagen Sie ihr, dass wir noch einmal mit ihr sprechen müssen.«

»Mach ich.« Hugo stand auf und zog seinen Mantel an. »Ich denke, ich suche mir ein Hotel hier im Ort und bleibe ein paar Tage.«

»Noch eine Sache, bevor Sie gehen«, sagte Noah. »Ich bin sicher, Sie haben Verständnis dafür, dass wir Sie fragen müssen, wo Sie am Montagmorgen etwa um vier Uhr dreißig, fünf Uhr waren.«

Seufzend erwiderte Hugo: »Klar, natürlich. Sie brauchen ein Alibi von mir, nicht wahr? Das ist ja eine polizeiliche Ermittlung. Ich war mit ein paar Freunden in Florida, Golf spielen. Vor einer Woche bin ich hinuntergeflogen und erst heute Nachmittag zurückgekommen. Mein Rückflug wurde storniert, da habe ich beschlossen, noch ein paar Tage zu bleiben.«

»Können Sie dafür Belege liefern?«, fragte Josie.

Hugo holte sein Handy aus der Manteltasche und zeigte ihnen mehrere E-Mails mit Rechnungen des Hotels, der Fluggesellschaft und des Golfclubs. »Ich kann sie Ihnen schicken, wenn Sie möchten.«

Noah diktierte ihm seine Mailadresse, die Hugo in sein Smartphone tippte. Dann steckte er es wieder ein und schloss den Reißverschluss seiner Jacke.

»Mr Watts, finden Sie es nicht merkwürdig, dass Ihre Schwester vor zwei Wochen ermordet wurde und dasselbe nun auch Ihrer Tochter Eden passiert ist?«, begann Josie. »Gleichzeitig wird Ihre zweite Tochter vermisst?«

Er sah sie an. »Ich weiß nicht genau, was Sie damit sagen wollen.«

»Wäre es möglich, dass es ein Mörder auf alle Frauen in Ihrer Familie abgesehen hat, dass diese Verbrechen also zusammenhängen?«, fragte Josie ihn.

»Das kann ich mir beim besten Willen nicht vorstellen«, entgegnete Hugo.

»Wann haben Sie das letzte Mal mit Ihrem Sohn gesprochen?«, wollte Noah wissen.

»Gabriel? Schon seit Jahren nicht mehr. Ich habe Ihnen ja bereits gesagt, seit er in dieser Kirche ist, will er nichts mehr mit mir zu tun haben. Er ist völlig fanatisch geworden, die sind wie eine Sekte da. Immer wieder hat er gesagt, dass wir nur in

Kontakt bleiben könnten, wenn ich eine ›Last‹ von mir nehmen und meine Fehler ›wiedergutmachen‹ würde. Nein, meine ›Sünden‹, so hat er es genannt.«

»Reden Sie von der Wiedergutmachungskirche?«, hakte Josie nach. »Der von Thatcher Toland?«

»Ja, genau!«, rief Hugo. »Seit Gabriel ihr beigetreten ist, hat er sich völlig verändert. Er nicht mehr wie vorher.«

Das Gleiche hatte auch Lydia gesagt. Vielleicht war es das Einzige, worüber sie und Hugo sich einig waren.

»Gibt es Grund zu der Annahme, dass Gabriel Ihrer Schwester und Ihren Töchtern etwas antun wollen würde?«, fragte Noah.

Hugo holte ein Paar Handschuhe aus der Tasche und zog sie an, während er auf den Tisch sah. »Nein. Ich sehe keinen Grund, warum. Er kann es nicht gewesen sein. Er hat sich verändert, aber ich kann mir nicht vorstellen, dass er seiner eigenen Familie etwas antut, selbst wenn wir in seinen Augen ein Sündenpack sind. Bitte, Detectives, ich bin völlig fertig von dem Schock heute. Ich möchte jetzt gehen.«

Sie sahen ihm nach, als er zur Tür ging. »Wenn Ihnen noch etwas einfällt, das für unsere Ermittlung von Bedeutung sein könnte, sagen Sie uns bitte sofort Beschcid«, sagte Josie noch.

Wortlos nickte Hugo und ging.

Noah wartete, bis er die Tür hinter sich geschlossen hatte, dann fragte er: »Was denkst du?«

Josie schüttelte den Kopf. Sie nahm ihr Handy und sah, dass Gretchen ihr geschrieben hatte. Sie war noch bei ihrem ehemaligen Partner von der Polizei in Philadelphia. Josie wusste, dass sie abgesehen von dem aktuellen Fall viel zu bereden hatten. Gretchen war vermutlich noch einen guten Teil der Nacht weg. »Ich denke, wir sollten etwas schlafen, damit wir wieder klarer denken können.«

Noah ging zu ihr und hielt ihr die Hand hin. Als sie sie

nahm, zog er sie zu sich in seine Arme und gab ihr einen Kuss. »Machen wir Feierabend.«

Erschöpft fuhren sie nach Hause. Josies Familie schlief bereits in den Gästezimmern. Sie und Noah machten mit Trout noch einen Nachtspaziergang, dann fielen sie beide ins Bett. Der Schlaf übermannte sie so schnell und heftig, dass Josie zum Glück weder von der Ermordung ihrer Großmutter träumte noch davon, wie ihr Eden Watts durch die Finger glitt.

Stunden später wurde sie von Noah geweckt. Sanft schüttelte er sie an der Schulter. Sie hörte, wie er ihren Namen rief, als sei er in einem anderen Zimmer. Aber als sie die Augen öffnete, sah sie, dass er mit nacktem Oberkörper und nur mit Boxershorts bekleidet auf ihrer Seite des Betts stand und sich über sie beugte. Sein braunes Haar war zerzaust. In der Hand hielt er ihr klingelndes Handy, auf dem ein eingehender Anruf zu sehen war. Sie kannte die Nummer nicht. Mit zusammengekniffenen Augen sah er auf das Display. »Dein Handy dreht durch. Aber ich kenne die Nummer nicht.«

Das Klingeln hörte auf. Josie warf noch einen Blick auf die Nummer, dann wurde das Display wieder dunkel. »Ich auch nicht«, sagte sie. »Aber wenn jemand um vier Uhr morgens anruft, kann das nichts Gutes bedeuten.«

Noah griff zum Nachtschrank und schaltete die Lampe ein. Trout schnarchte unter der Decke unbeirrt weiter. Wieder begann das Handy zu klingeln. Dieselbe Nummer.

Sie wischte über das Antwortsymbol. »Josie Quinn hier.«

Eine Männerstimme sagte: »Detective Quinn? Haben Sie zu den Leuten von der Polizei gehört, die neulich hier draußen waren?«

»Wo ist denn hier draußen, bitte?«, fragte Josie und blinzelte, um ihre Augen an das Licht zu gewöhnen.

»Ach so, ja. Beim Russell-Haven-Damm. Mein Name ist Will Wilson. Der diensthabende Techniker. Ich wollte keinen Notruf absetzen, damit die Presse sich nicht wieder hier herumtreibt. Auch mein Vorgesetzter hat darauf keine Lust. Aber ich habe ein Problem.«

Noahs Blick wurde wacher, während er dem Gespräch zuhörte.

»Was für ein Problem, Mr Wilson?«, fragte Josie.

»Ich fürchte, wir haben hier noch eine Leiche.«

NEUNUNDZWANZIG

Fünfundvierzig Minuten später standen Josie, Noah, Gretchen und der Chief im Inneren des Kraftwerksgebäudes und starrten Will Wilson an, der vor der als »Zählraum« gekennzeichneten Tür in der unteren Ebene stand. »Das hier ist echt gruselig«, sagte er. Josie konnte an seiner blassen Gesichtsfarbe erkennen, dass das, was er ihnen gleich zeigen würde, tatsächlich verstörend sein würde. Aber seit sie seinen Anruf entgegengenommen hatte, gingen ihr gebetsmühlenartig immer nur dieselben Worte durch den Kopf. *Bitte lass es nicht Amber sein. Bitte lass es nicht Amber sein. Bitte lass es nicht Amber sein.*

Chief Chitwood zog eine buschige Augenbraue hoch und sah ihn scharf an. »Sie haben mein gesamtes Team mitten in der Nacht hergeholt. Ich hoffe sehr für Sie, dass dort hinter der Tür wirklich etwas Gruseliges ist.«

Wilson nahm die Basecap vom Kopf und setzte sie wieder auf. »Ich habe nicht Ihr ganzes Team gerufen, sondern nur sie hier.« Er deutete auf Josie.

»Egal«, sagte Gretchen verärgert. »Jetzt zeigen Sie es uns.«

»Einen Moment«, entgegnete Wilson. »Wissen Sie alle, was ein Zählraum ist?«

Josie konnte an Gretchens verzweifeltem Gesichtsausdruck sehen, dass auch sie befürchtete, gleich Ambers Leiche gezeigt zu bekommen. Sie begann zu schreien: »Mr Wilson ...« Aber Noah brachte sie abrupt zum Schweigen, indem er ihr eine Hand auf den Unterarm legte.

Sie sah ihn an. Josie konnte von da, wo sie stand, die stille Kommunikation zwischen den beiden lesen. Gretchen wollte das hinter sich bringen. Wenn es sich bei der Leiche, wegen der Wilson sie hergerufen hatte, um Amber handelte, mussten sie alle das möglichst schnell hinter sich bringen.

»Schon okay«, flüsterte Noah ihr zu. Sie schüttelte den Kopf und drehte sich weg. Josie sah, dass sie sich über die Augen wischte.

Noah drehte sich wieder zu Wilson und sagte: »Dort sitzen Sie und zählen die Amerikanischen Maifische, die im Frühjahr durch den Fischlift kommen, damit Sie den Überblick über ihr Migrationsverhalten behalten.«

Wilson sah ihn überrascht an. »Stimmt. Völlig korrekt.«

Chief Chitwood knurrte und wollte an Wilson vorbei, doch Wilson stellte sich ihm in den Weg. »Ich meine es ernst, Chief. Als ich den Kraftwerksleiter hineingelassen habe, ist er mir fast umgekippt. Ich muss Sie warnen.«

»Ich habe in meinem Beruf schon viel gesehen«, brummte ihn der Chief mit zusammengebissenen Zähnen an.

Josie schluckte ihre Beklommenheit hinunter und ging darauf ein. »Wie zählen Sie die Fische, die durch den Lift kommen? Sieht man von diesem Raum den Lift?«

»Nein«, antwortete Wilson. »In dem Raum ist ein Fenster. Wenn der Lift vom Fluss unten nach oben über den Damm fährt, ist er voller Wasser und Fische. Von diesem Fenster sieht man wie in einem Aquarium in den Behälter hinein. Er ist beleuchtet. Wenn das Wasser flussaufwärts ausgelassen wird, können wir die Fische vorbeischwimmen sehen.«

Josie war froh, dass sie unterwegs nicht stehen geblieben

waren und Kaffee mitgenommen hatten. Sie konnte sich gut vorstellen, worauf Wilson hinauswollte. Bei dem Gedanken drehte sich ihr der Magen um.

Geduldig sagte Noah: »Mr Wilson, ich weiß Ihre Bedenken wirklich zu schätzen. Aber je eher wir sehen, weswegen Sie uns gerufen haben, desto früher können wir mit den Ermittlungen beginnen. Ich verspreche Ihnen, niemand von uns wird in Ohnmacht fallen.«

Josie wusste, dass das stimmte. Sie waren alle erfahrene Polizisten. Und doch ließ sich nicht mit Sicherheit sagen, ob wirklich alle die Fassung bewahren würden, wenn hinter der Tür Amber war.

Wilson schüttelte den Kopf, als würde er ihm nicht glauben, drehte sich aber zur Tür und öffnete sie langsam. Der Raum bestand aus den für das Kraftwerk typischen Betonziegelwänden, war klein und nur schwach beleuchtet. In einer Ecke stand ein L-förmiger Schreibtisch. Darüber war an der Wand ein Chromgehäuse mit diversen Knöpfen angebracht, mit denen wohl die Apparaturen des Fischlifts gesteuert wurden, wie Josie vermutete. Daneben befand sich das von Wilson erwähnte riesige Fenster aus dickem Glas, das genauso aussah wie in einem zoologischen Aquarium. Von der anderen Seite drang ein schwaches Licht herein, wodurch das ganze Fenster schmutzig braun und grün schimmerte.

Dort, im Wasser auf der anderen Seite des Glases, schwebte wie eine Art lebensgroßer Laborprobe Lydia Norris.

Alle vier starrten sie an. Sie trug noch immer dieses strenge Lehrerinnenoutfit, das sie angehabt hatte, als Gretchen und Josie sie im Leichenschauhaus getroffen hatten. Ihr Rock blähte sich im Wasser auf. An ihren Fingern funkelten Diamanten. Die Halskette hatte sich von ihrer Brust gelöst und schwebte im Wasser. Selbst ihre Gucci-Stiefel hatte sie noch an. Das Haar war ausgebreitet und wiegte sich sanft mit der Bewegung des Wassers. Die Augen und der Mund waren weit geöffnet. Eine

Hand schwebte seitlich neben ihr, während sich die andere nach oben streckte, als wollte sie etwas über ihrem Kopf fassen.

Jemand räusperte sich. Niemand bewegte sich. Schließlich meinte Wilson: »Ich habe Ihnen ja gesagt, es ist ziemlich gruselig.«

Noah sprach als Erster. »Wann haben Sie sie gefunden?«

»Ungefähr eine Stunde bevor ich Ihre Kollegin angerufen habe. Ich musste erst den Kraftwerksleiter wecken, damit er kam und es sich ansah. Dann habe ich ihre Nummer gewählt.« Er deutete auf Josie. »Übrigens wurde ein Alarm im Kraftwerk ausgelöst. Ich habe mir die Kameraaufzeichnungen angesehen. Da war jemand draußen.«

»Wo draußen?«, wollte Josie wissen.

»Draußen beim Fischlift.« Er seufzte frustriert, griff nach einem Stifthalter und nahm eine Handvoll Stifte heraus. Dann holte er von der anderen Seite der Tastatur einen Schreibblock. »Das ist der Fluss«, sagte er und deutete auf den Block. »Okay?«

Alle nickten. Er platzierte einen Stift so auf dem Tisch, dass er zur Hälfte auf dem Block lag – also dem Fluss. »Der Stift ist das Gebäude, in dem Sie sich gerade befinden – das Kraftwerk. Es ragt teilweise in den Fluss hinein.« Er nahm von einem der übrigen Stifte die Kappe ab und legte sie neben dem Stift auf den Block. »Dann ist da eine Stahlbrücke, die zum Fischlift und um ihn herum führt.« Er nahm einen weiteren Stift und stellte ihn senkrecht neben die Kappe. »Der Fischlift verläuft flussab-wärts. Etwa so.« Schließlich positionierte er einen dritten Stift so auf der anderen Seite der Kappe, dass er quer über dem Block lag. »Hier ist der Überlauf, der den Fluss komplett quert.« Er deutete auf den lotrechten Stift, der für den Fischlift stand. »Der Fischlift hat oben eine Luke, die man von der Brücke aus erreicht. Dort war jemand.«

»Wo dort? Beim Fischlift draußen?«, fragte der Chief.

Wilson nickte. Er tippte mit dem Finger auf den Stift, der für den Fischlift stand. »Genau. Auf der Brücke. Die Person ist auf dem Video zu sehen, wie sie vom Fluss kommt, über die Brücke geht und die Leiche in die Luke wirft.«

»Ich dachte, zum Fischlift kommt man nur von hier aus, also durch das Kraftwerk«, entgegnete Noah. »Und der Zugang ist durch einen Zaun versperrt.«

»Ja, genau. Das will ich Ihnen ja die ganze Zeit sagen«, meinte Wilson. »Die Person kam nicht über das Kraftwerk, sondern vom Fluss.«

Nun meldete sich auch Gretchen zu Wort. »Wie kann sie vom Fluss zum Fischlift gelangen?«

In Wilsons Ton schwang leichte Ungeduld mit, als hätte er es mit Schülern zu tun, die einfach nicht begriffen, was er ihnen beibringen wollte. Er klopfte nun mit dem Finger auf den gelben Schreibblock. »Der Fischlift ist ja *im* Fluss. Die Person kam von flussabwärts, nicht von hier. Weder von diesem Gebäude noch von der Zugangsbrücke.«

»Wie ist das möglich?«, fragte der Chief.

»Mit einem Kajak«, antwortete Josie.

Sie drehten sich alle um und sahen sie an. »Ich glaube nicht, dass das geht«, sagte Gretchen.

Wilson zuckte die Schultern. »Ich denke, sie hat recht. Das ist wahrscheinlich der einzige Weg, vom Fluss aus dorthin zu gelangen. Der Lift ist im Winter nicht in Betrieb. Nur im Frühjahr, wenn die Maifische wandern. Er steht einfach so da. Jeder kann hinfahren und zur Luke oben gelangen.«

»Mit einer Leiche im Schlepptau?«, fragte Gretchen.

»Möglich ist es«, erwiderte Noah. »Wenn der Körper nicht zu schwer ist und die Person gut Kajak fahren kann.«

»Trotz der Strömung, die sie flussabwärts zieht?«, fragte der Chief.

»Das Kraftwerk blockiert einen Großteil des Wassers zwischen Ufer und Fischlift«, erklärte Wilson. »Dadurch entsteht dort eine Art Bucht ohne Strömung. Außerdem ist das ein beliebter Kajakplatz. Schon immer. Wir versuchen, sie auf der anderen Seite des Flusses zu halten. Die Kajakfahrer mögen die Ablaufrinne dort, weil sie da Stromschnellen haben. Aber sie treiben sich entlang des ganzen Kraftwerks herum. Die sind echt eine Plage. Ein paar hat's schon erwischt.«

»Wie tief ist es dort?«, wollte Josie wissen. »In dieser Bucht?«

»Jetzt gerade?«, fragte Wilson. »Herrgott, ich weiß es nicht.«

»Zeigen Sie uns die Aufzeichnungen«, bat Josie ihn. »Dann sehen wir uns das draußen an.«

Ein paar Minuten später hatten sie sich alle hinter Wilson versammelt, der an seinem Schreibtisch saß und auf seinem PC herumklickte, bis er die Aufzeichnungen fand, nach denen er gesucht hatte. Er rief sie auf und startete sie. Es erschienen unscharfe graue Bilder. Die Kamera war von hoch oben auf die Stahlbrücke zwischen Kraftwerk und Überlauf gerichtet. Sie ragte flussabwärts in den Wasserlauf hinein und bildete ein langes Rechteck. Darüber ragte parallel dazu eine Betonwand aus dem Fluss und fasste einen Teil des Wassers ein. Zusammen bildete alles eine Art Mole aus Stahl und Beton. In dem Bereich, der dem Damm am nächsten lag, sah man eine Metallvorrichtung von der Größe eines kleinen Hauses. An ihr waren verschiedene Kabel, Körbe und etwas, das wie ein sehr komplizierter Aufzug aussah, befestigt. Wilson deutete auf die am weitesten flussabwärts gelegene Stelle, an der im Bild fast nichts mehr außer Nachtschwärze zu sehen war. »Hier ist die Luke, da unten.«

»Ich sehe keine Luke«, sagte Noah.

»Können Sie auch nicht«, erwiderte Wilson. »Es ist zu dunkel dort. Aber glauben Sie mir, sie ist da. Sehen Sie diese Linie hier?« Er fuhr mit dem Finger den Rand der Betonmauer entlang.

»Ja.«

»Das ist die Mauer. Auf der anderen Seite ist der Fluss, außer hier, da ist eine Zunge.«

»Was für eine Zunge?«, wollte Gretchen wissen.

»Eine Landzunge, also so etwas wie eine kleine Insel, die bis zum Ende des Lifts verläuft«, antwortete Wilson.

»Also hatte Quinn recht«, schaltete sich der Chief ein. »Jemand hätte mit dem Kajak vom Ufer aus quer durch diese Bucht zu der kleinen Insel fahren können. Den Körper hätte er in seinem eigenen Kajak oder einem zweiten im Schlepptau transportieren können. Dann hätte er ihn die Mauer hochziehen und darüberwerfen können, oder? Direkt in die Luke?«

»Genauso ist es, Mister«, pflichtete ihm Wilson bei. Er startete das Video. Sie mussten eine Weile warten. Josie konzentrierte sich so sehr auf die Linie zwischen Mauer und Fluss oder den kleinen Felsvorsprung auf der anderen Seite, dass sie zusammenzuckte, als plötzlich eine Gestalt wie aus einem Horrorfilm auftauchte. Zuerst kamen ein Arm und ein Bein über die Mauer, dann erschien eine nur als schwarze, verschwommene Silhouette erkennbare Person, die sich vollends über die Mauer schob und das zweite Bein nachzog. Sie bückte sich und zwei Sekunden später erschienen links und rechts von ihr zwei Schatten.

»Das sind die Lukenklappen«, sagte Wilson. »Jetzt passen Sie auf.«

Die Person verschwand eine Zeit lang hinter der Mauer. Dann kletterte sie wieder zurück auf die Mauer. Dort kniete sie eine Weile, doch konnte man wegen der Aufnahmequalität nicht genau erkennen, was geschah, bis ein großes Objekt auf der Mauer erschien. Nein, kein Objekt, erkannte Josie, als die Person es zur Lukenklappe zerrte. Lydia Norris. Die Person warf den leblosen Körper in die Luke, schloss die Klappe und verschwand ein letztes Mal hinter der Mauer.

»Das war's«, erklärte Wilson. »Ich habe das gesehen und bin hinausgelaufen, aber als ich dort angekommen bin, war niemand mehr da. Weder flussabwärts noch auf der Insel. Anfangs wusste ich nicht, was die Person hineingeworfen hatte. Ich habe den Leiter gerufen und er kam. Wir haben den Lift in Gang gesetzt und als wir ihn auf die Höhe des Zählraums hochgefahren hatten, haben wir sie gesehen.«

Der Chief seufzte. »Also gut, Detectives. Erledigen wir ein paar Anrufe.«

DREISSIG

Amber hat jedes Zeitgefühl verloren. Endlose Kälte quält sie. Er hält das Zimmer dunkel, außer wenn er zurückkommt und mit ihr sein krankes Russisch Roulette spielt. Nicht verloren hat sie die Erinnerung daran, wie oft er schon hier war, ihr die Pistole an den Kopf gehalten und den Abzug betätigt hat.

Dreimal.

Dreimal hat er sie glauben lassen, dass sie gleich sterben würde. Dreimal betätigte er den Abzug, sodass alle Kraft sie verließ und ihre Blase sich leerte. Dreimal schrie er sie an, beschimpfte sie und forderte sie auf, ihm endlich zu sagen, was er wissen wollte, damit es aufhörte – ›es‹, sein Psychospiel. Amber hat sich geschworen, ihr Wissen mit ins Grab zu nehmen. Allerdings beginnt sie allmählich zu glauben, dass das Martyrium nie enden wird. Wie lange muss sie noch durchhalten? Sie kennt nur noch Kälte, Dunkelheit, Hunger, Durst und den widerlichen Geruch ihrer schmutzigen, verschwitzten Kleider. Fast wünscht sie sich, er würde ein für alle Mal Schluss machen.

Aber dann bekommt er nicht, was er will.

Die Tür geht schabend auf. Licht blendet sie. Sie bleibt, wo sie ist, eingerollt neben den Rohren in der Ecke. Einige Male am Tag werden sie warm. Es ist die einzige Wärme, die sie bekommt. Sie hält den Unterarm vor ihre Augen. Mit schweren Schritten geht er langsam durch den Raum.

Sie erschrickt, als etwas ihre Haut berührt, schlägt um sich und schreit, bis sie merkt, dass es eine Decke ist. Sie wickelt sie um sich. Ihr Körper beginnt vor Wohlbehagen zu zittern.

»Ich muss mich entschuldigen«, sagt er.

Sie blickt hoch, sieht aber nur einen schwarzen Umriss vor dem Licht, das durch die Tür in den Raum fällt. Er spricht mit einer Ruhe, die sie trotz der Decke schaudern lässt.

»Es tut mir leid, dass ich dich so behandelt habe«, fährt er fort.

Ihre Stimme zittert. »Du hast versucht, mich umzubringen. Dreimal! Meinst du wirklich, es reicht, wenn du dich entschuldigst und so tust, als sei alles in Ordnung? Du hältst mich gefangen.«

Er kniet sich vor sie und starrt sie an. »Es tut mir leid. Du musst wissen, ich habe keine andere Wahl.«

»Wovon redest du?«, entgegnet sie ihm. »Natürlich hast du eine Wahl. Du kannst mich gehen lassen. Wir können das alles vergessen. Ich zeige dich nicht an. Du weißt, dass ich das nicht tue. Ich will nicht, dass irgendjemand fragt, warum du mich entführt hast.«

Er seufzt tief. »Ich kann dich nicht gehen lassen. Nicht deswegen. Ich weiß, dass du Geheimnisse für dich behalten kannst. Ich kann dich nicht gehen lassen, weil ich Informationen brauche, die du hast. Ich kann dich erst gehen lassen, wenn du sie mir verrätst. Aber ich möchte, dass du weißt, dass ich das hier nicht gern mache.«

Sie zieht sich die Decke fester um die Schultern. »Aber ich kann es dir nicht sagen«, erwidert sie mit krächzender Stimme.

Lange sagt er nichts. Amber erschaudert unter seinem stechenden Blick. Schließlich sagt er: »Du würdest also lieber sterben, als mir dein Geheimnis zu verraten?«

»Ich weiß, dass du das nicht verstehst, aber genauso ist es.«

Josie spürte weder ihre Finger noch ihr Gesicht. Selbst die Beine in ihren Jeans waren vor Kälte taub. Sie stand am Flussufer einige Meter neben dem Sicherheitszaun des Kraftwerks. Wie schon vor einigen Tagen peitschte der Wind über den Fluss und bestrafte jeden, der dumm genug war, sich ihm in den Weg zu stellen. Die Lichter der Rettungs- und Polizeifahrzeuge blinkten vom Kraftwerksparkplatz herüber. Sie war nicht dem Team zugeteilt worden, das Lydia Norris' Leichnam aus dem Fischlift hatte holen müssen, was ihr sehr recht gewesen war. Über ihr ging der Himmel allmählich in morgendliches Grau über. Sie hatten auch die Wasserpolizei von Denton gerufen, damit sie die Leute der Spurensicherungseinheit vom Ufer zu der Insel neben dem Fischlift transportierte. Allerdings verdiente sie kaum die Bezeichnung Insel, wie Josie fand. Es war eher eine große, zerklüftete Felsplatte, die aus dem Wasser ragte. Trotzdem bot sie mehreren Leuten der Spurensicherung Platz. Sie standen in ihren Tyvek-Schutzanzügen darauf und untersuchten jede Ritze und Ecke auf Hinweise.

Noah trat neben Josie. »Sie bringen Lydia Norris jetzt ins Leichenschauhaus. Dr. Feist fängt sofort mit der Obduktion an.

Lydias Auto haben wir noch nicht gefunden, aber jetzt, da es allmählich hell wird, hat der Chief ein paar Streifenwagen losgeschickt, damit sie wenigstens die Gegend hier für den Fall absuchen, dass Lydia jemanden in der Nähe getroffen hat. Jemand hat sie nämlich gesehen, wie sie Ambers Haus verlassen hat. Allein.«

Josie nickte und steckte die Hände in die großen Taschen von Noahs Jacke. Sie brauchte wirklich dringend ein Paar neue Handschuhe.

»Was denkst du?«, fragte Noah.

»Ich denke, wer das gemacht hat, wollte ein Zeichen setzen. Es ist Dezember und eiskalt. Wenn der Herbst nicht so warm gewesen wäre, wäre diese Bucht vermutlich zugefroren. Es erfordert schon einige Planung und Mühe, Lydia Norris' Leiche hierherzutransportieren und in den Fischlift zu werfen. Und ziemlich viel Unverfrorenheit. Er hat wahrscheinlich direkt hier am Ufer geparkt. Man kann von der Zufahrtstraße bis hierher fahren, ohne am Kraftwerkseingang vorbeizumüssen. Die Stelle ist so weit weg vom Kraftwerk weg, dass man nicht gesehen wird. Nachts ist hier draußen niemand. Wahrscheinlich ist er mit dem Kajak zum Lift gefahren, hat die Leiche hineingeworfen und ist zurückgepaddelt. Es ist dunkel genug, sodass ihn niemand sieht. Das Kraftwerk ist nachts nur mit Wilson besetzt, Schichtwechsel erst um sieben. Am schwierigsten dürfte es abgesehen vom Transport der Leiche gewesen sein, mit einem Kajak – oder zwei – zum Auto zurückzukehren, bevor Wilson nach dem Auslösen des Alarms zur Fischleiter kam. Der Mörder muss gewusst haben, dass er gefilmt wurde.«

»Stimmt«, pflichtete ihr Noah bei. »Aber die Kamera hat im Grund nur einen Schatten erfasst. Identifizieren lässt sich in den Aufzeichnungen niemand. Allerdings muss er sich auch mit dem Lift ausgekannt haben, meinst du nicht?«

»Ja, aber die Kraftwerksleute kommen nicht infrage, wie wir schon festgestellt haben. Außerdem werden hier jedes Frühjahr

Führungen angeboten – nicht im Kraftwerk, aber beim Fischlift selbst. Jeder kann daran teilnehmen. Im Frühjahr bringen sie Schulklassen her und zeigen ihnen die Anlage. Ich glaube nicht, dass wir den Mörder über diese Schiene finden«, meinte Josie.

»Aber wie sonst?«

»Indem wir herausfinden, was es mit dem Russell-Haven-Damm auf sich hat. Für den Mörder hat er ganz offensichtlich eine Bedeutung. Es gibt genug Orte, an denen man einen Leichnam Mitte Dezember bequemer loswerden kann als in einem Fischlift. Außerdem müssen wir herausfinden, wie die Familie Watts in die Sache verwickelt ist, denn der Killer hat sie eindeutig auf seiner Liste.«

»Bis jetzt war niemand aus der Familie Watts besonders mitteilsam«, sagte Noah. »Inzwischen gehen uns allmählich die Familienmitglieder aus, die wir noch befragen können. Dein Kontakt im Sheriffbüro war gestern bei Gabriel, hat ihn aber nicht zu Hause angetroffen.«

Josie dachte an Amber und fragte sich wieder, wo sie war und ob sie noch lebte. »Ich weiß. Ich bitte sie, heute noch ein paarmal bei ihm vorbeizuschauen, bis wir selbst Zeit haben hinzufahren. Ich möchte außerdem ein paar Einheiten zu beiden Seiten des Flusses hier für den Fall postieren, dass der Mörder zurückkommt.«

Noah holte sein Handy heraus und begann Nachrichten zu verschicken. Josie tat es ihm nach. Da hörten sie hinter sich Kies knirschen. Josie drehte sich um und sah Gretchen auf sie zustapfen. Sie hatte sich die Kapuze ihrer Jacke über den Kopf gezogen und fest zugebunden, sodass nur noch ein kleiner runder Teil ihres Gesichts zu sehen war. »Eine Streife hat Lydia Norris' Auto gefunden.«

»Wo?«, fragte Josie.

Gretchen deutete zum Fluss. »Auf der anderen Seite des

Damms. Auf dem Parkplatz bei der Treppe und dem Weg, der zur Schussrinne führt.«

»Dort, wo wir vor ein paar Tagen waren, als wir Eden gefunden haben?«, wollte Noah wissen.

»Genau. Kommt, der Chief will, dass wir mit ihm dorthin gehen.«

Sie fuhren im Konvoi auf die andere Flussseite. Als sie ihre Autos auf dem Parkplatz abstellten, schob sich gerade die Sonne über den Horizont. Der schwarze Mercedes-Benz stand mit der Kühlerhaube zur Treppe. Sie stiegen aus. Noah und Gretchen begannen, den Rand des Parkplatzes abzusuchen, während Josie zum Auto ging.

»Quinn«, bellte der Chief. »Dass Sie mir bloß nichts anrühren. Ich will, dass alles so bleibt, wie es ist, bis Hummel sich das hier vorgenommen hat. Er wird das Auto abschleppen lassen müssen.«

Sie gab ihm das Daumen-hoch-Zeichen, als sie beim Auto war. Vorsichtig, ohne etwas anzufassen, beugte sie sich vor und warf einen Blick durch die Fenster. Der Schlüssel steckte noch im Zündschloss. Lydias Hermès-Tasche lag im Fußraum des Beifahrersitzes. Josie nahm an, dass ihr Handy und ihre Brieftasche darin waren.

Sie hob den Kopf und sah, dass der Chief auf sie zukam. »Sie scheint hier jemanden getroffen zu haben«, sagte sie.

»Ich bleibe hier und sichere den Tatort, bis die Spurensicherung auf diese Seite kommt. Vielleicht finden wir am Auto

Fingerabdrücke. Ich lasse für alle Fälle auch den Weg und das Ufer absuchen. Sie können Fraley und Palmer mit auf das Revier zurücknehmen und die Aufgaben neu verteilen. Dieser Fall wird immer umfangreicher, dabei haben wir mit Mett sowieso schon einen Mann weniger.«

Das musste er Josie nicht zweimal sagen. Sie rief Gretchen und Noah, und zusammen gingen sie zu ihren Fahrzeugen zurück. Eine halbe Stunde später saßen sie im Großraumbüro des Reviers hinter ihren Schreibtischen, vor sich dampfende Becher mit Kaffee von Komorrah's. Josie hatte noch immer leicht taube Finger, als sie ihr Schreibtischtelefon nahm und zuerst Hugos, dann Gabriel Watts' Nummer wählte. Es war zwar noch früh, aber für die Art Nachricht, die Josie über-bringen musste, war nie die rechte Zeit. Keiner der beiden nahm ab. Sie hinterließ ihnen eine Nachricht auf der Mailbox und bat sie, sich mit ihr in Verbindung zu setzen. Dann lehnte sie sich in ihrem Stuhl zurück, umfasste den Kaffeebecher mit beiden Händen und fragte Gretchen: »Was hast du über Eden Watts herausgefunden?«

Gretchen hatte noch ihren Mantel an. Sie zog eine Lese-brille aus der Tasche und setzte sie auf. Dann öffnete sie ihr Notizbuch und begann die Aufzeichnungen durchzublättern. »Eden Watts war Barista in einem Café ein paar Blocks von ihrem Apartment entfernt. Sie kam gut mit der Belegschaft dort aus. Eine Frau, Karishma Sinha, behauptete sogar, sie seien beide ›beste Freundinnen‹ gewesen, obwohl sie so gut wie nichts über Edens Vergangenheit und ihre Kindheit wusste, außer dass ihre Eltern sich scheiden lassen hatten und die Familie viel umgezogen ist, als Eden noch klein war.«

Von seinem Stuhl aus sagte Noah: »Also war Eden genauso wenig auskunftsfreudig wie Amber, hat ihre Familie aber zumindest nicht als toxisch oder dysfunktional beschrieben.«

»Scheint so«, stimmte Gretchen ihm zu. »Auf jeden Fall

war Karishma am Boden zerstört, als sie erfuhr, was Eden zugestoßen ist.«

»Wie lange haben sie zusammengearbeitet?«, fragte Josie.

»Zwei Jahre. Karishma schien eine Menge über Edens Alltag zu wissen, obwohl es da nicht viel zu erzählen gab. Sie hatte weder einen festen Freund noch Streit mit jemandem. Keine ungewöhnlichen Kontakte in den Tagen und Wochen bevor sie Philadelphia verließ. Nur eines ist der Kollegin aufgefallen: Letzten Monat kam an mehreren Nachmittagen ein älterer Typ ins Café, als Edens Schicht zu Ende war. Die beiden setzten sich in einen Tisch in der Ecke und redeten stundenlang. Karishma dachte zuerst, es sei – ich zitiere – ›dieser Fernsehprediger‹«.

Josie setzte sich in ihrem Stuhl auf. »Thatcher Toland?«

»Genau«, antwortete Gretchen. »Aber als Karishma fragte, wer das gewesen sei, meinte Eden nur, dass sie ihn aus ihrer Kindheit kenne und sie sich erzählen würden, was sie in der Zwischenzeit gemacht hätten. Karishma habe Eden freiheraus gefragt, ob der Typ Toland gewesen sei, doch Eden habe nur gelacht und gesagt, dass sie sich nicht lächerlich machen solle. Er sei lediglich ein alter Nachbar.«

»Gibt es im Café Überwachungskameras?«, fragte Josie.

Gretchen seufzte lang und vernehmlich und blätterte in ihrem Notizbuch herum. »Die Aufzeichnungen wurden schon gelöscht. Das machen sie dort einmal in der Woche. Eden hat mit einer Katze, die jetzt Karishma übernommen hat, in einer Zweizimmerwohnung gelebt. An den Wochenenden hat sie Töpferkurse und zweimal in der Woche Yogakurse besucht. Für gewöhnlich sind die beiden außerdem jedes Wochenende etwas trinken gegangen. Eden schien sehr zufrieden zu sein und überhaupt nicht verstört. Sie hätte demnächst zwei Wochen Urlaub gehabt. Anscheinend hat sie ihren Urlaub aber nie genommen und immer zusätzliche Schichten gearbeitet, wenn Bedarf war.«

»Weil sie kein Geld hatte?«, fragte Noah. »Oder weil sie Beschäftigung brauchte?«

»Weiß ich nicht«, erwiderte Gretchen.

Josie musste an Amber denken, deren beste Freundin sie als einsam beschrieben hatte, bis sie für die Polizei von Denton zu arbeiten begonnen und dort, wie Grace Power es beschrieben hatte, ihre »Familie« gefunden habe. Eine tolle Familie waren sie, dachte Josie traurig. Sie hatten nicht einmal etwas über Ambers Vergangenheit gewusst. Und jetzt würden sie vielleicht nie mehr herausfinden, was wirklich mit ihr passiert war.

»Diesmal hat sie den Urlaub genommen«, sagte Josie. »Wurde sie deshalb nicht als vermisst gemeldet? Oder hat ihre Freundin eine Vermisstenanzeige aufgegeben?«

Gretchen blätterte wieder in ihrem Notizbuch. »Karishma hat tatsächlich eine Vermisstenanzeige aufgegeben, aber wie es scheint, haben die Ermittlungen der Polizei in Philadelphia nichts ergeben. Vor drei Tagen hätte Eden wieder ihre Arbeit antreten sollen. Sie hatte Karishma den Schlüssel zu ihrer Wohnung gegeben, damit sie die Katze füttern konnte. Karishma zufolge hat Eden schon kurz nach Urlaubsantritt nicht mehr auf Anrufe und Nachrichten reagiert.«

»Hat Eden gesagt, wo sie hinwollte?«, fragte Noah.

»Nur dass sie in die Berge wollte. Das war alles.«

»Im Dezember?«, fragte Josie ungläubig.

Gretchen zuckte die Schultern. »Genau das hat auch Karishma gefragt. ›Was willst du Mitte Dezember in den Bergen?‹ Eden sei eine Zeit lang ausgewichen und habe schließlich zugegeben, dass sie ein paar Leute aus ihrer Vergangenheit treffen wolle, weil sie Fehler wiedergutmachen müsse, die sie gemacht habe.«

»Was für Fehler?«, wollte Noah wissen.

»Wollte sie nicht sagen. Als Karishma nicht lockerließ, meinte Eden, dass sie Videos von Thatcher Toland online gesehen habe und es sie sehr berührt habe, als er sagte, es sei nie zu spät, Fehler zu korrigieren. Sie habe gemerkt, dass sie nie unbeschwert leben könne, wenn sie nicht ein paar Dinge wiedergutmache, die sie während ihrer Teenagerzeit getan habe. Karishma meinte, es sei ihr alles sehr seltsam vorgekommen. Eden wollte ihr einen Link zu dem Video schicken, was aber nicht passiert sei.«

»Sie hat sich also seine Videos angesehen«, stellte Josie fest. »Der ›alte Nachbar‹, mit dem sich Eden getroffen hat und den Karishma für Toland hielt – hat sie ihn beschrieben?«

Gretchen warf einen Blick in ihre Notizen. »Jeans, Kappe mit dem Logo der Philadelphia Eagles, Stiefel, braune Jacke.«

»Das könnte er gewesen sein«, meinte Noah.

»Genau das denke ich auch«, pflichtete Josie ihm bei. »Wenn es so ist, hat sich Eden mit ihm getroffen, bevor sie weggefahren ist. Gretchen, hat dein ehemaliger Partner gesagt, ob in Edens Wohnung ein Exemplar von Tolands Buch gefunden wurde?«

Gretchen schüttelte den Kopf. »Nein, er hat nichts erwähnt. Er hat mir zwar Fotos von der Wohnung geschickt, die er gemacht hat, als Karishma ihn hineingelassen hat, aber ich habe auf den Bildern kein Buch gesehen. Allerdings hat er Edens Laptop gesichert. Karishma kannte das Passwort. Wir können es also untersuchen.«

Gretchen deutete auf die Spurensicherungstasche aus Papier, die in einer Ecke ihres Schreibtischs lag.

»Hast du ihn dir schon angesehen?«, fragte Josie.

»Noch nicht. Ich fahre ihn für dich hoch, dann kannst du dich damit befassen.«

»Okay«, sagte Noah. »Eden hat sich also möglicherweise mit Thatcher Toland getroffen. Ganz sicher aber hat sie gegenüber ihrer besten Freundin zugegeben, dass sie mindestens eines seiner Videos gesehen hat. Dann wollte sie irgendwohin, um ihre Sünden wiedergutzumachen. Wo könnte das gewesen sein?«

Gretchen reichte Josie Edens aufgeklappten Laptop über die Schreibtische hinweg und warf wieder einen Blick in ihr Notizbuch. »Ihr Mini Cooper wurde von einer Kamera erfasst, als sie auf die nordöstliche Ausbaustraße im Bezirk Plymouth Meeting direkt vor Philadelphia fuhr. Sie hat sie über die Ausfahrt 95 wieder verlassen.«

»Also ist sie anschließend auf die Route 80«, vermutete Noah.

Josie warf im Laptop zunächst einen kurzen Blick auf die gespeicherten Fotos und Dokumente, fand aber nichts von Interesse. Als Nächstes startete sie den Browser. Viele Nutzer blieben auf ihren PCs in den E-Mail- und Social-Media-Accounts eingeloggt, doch bei Eden war das nicht der Fall. Umgehend rief Josie den Browserverlauf auf.

»Wir wissen nicht, was sie gemacht hat«, sagte Gretchen. »Wenn sie einen ihrer Angehörigen besuchen wollte, hat sie vermutlich die Route 80 genommen. Trotzdem wissen wir nicht, ob sie je auf diese Straße gefahren ist. Die Polizei von Philadelphia hat sie auf Aufzeichnungen entdeckt, die sie an der Wawa-Tankstelle mit Minimarkt an der Ausfahrt direkt gegenüber der Zufahrtrampe zur Route 80 zeigen, aber das war's auch schon. Sie hat sich dort Kaffee und einen Schoko-riegel geholt.«

»Das war's?«, fragte Noah ungläubig. »Und danach ist sie verschwunden, bis wir sie am Damm gefunden haben?«

»Sieht so aus«, sagte Gretchen.

In den Wochen, bevor sie aus Philadelphia weg war, hatte Eden einhundertzweiundvierzig Videos von Thatcher Toland auf YouTube angesehen. Sie hatte mehrere Online-Einkaufs-plattformen besucht – alles von Amazon bis zu einer Website, auf der man Katzenfutter kaufen und sich nach Hause liefern lassen konnte. In die Suchmaske hatte sie eingegeben, »Wie man Long Island Iced Tea mixt«, »Woran man merkt, dass Katzen

Allergien haben«, »Wann öffnet die Midnight City Rooftop Lounge«, »Wimperntusche, die nicht verläuft« und zahlreiche andere alltägliche Dinge, wie Josie sie von einer sechsundzwanzigjährigen, alleinstehenden Katzenbesitzerin erwartete. Außerdem hatte sie sich einige Immobilien angesehen. Der letzte Eintrag im Browserverlauf war ein Artikel über Nadine Fiores Tod. Eden hatte ihn zweiundzwanzigmal angeklickt.

Josie drehte den Monitor des Laptops zu Noah und Gretchen. »Seht euch das an. Es ist sehr wahrscheinlich, dass Eden es war, die Amber den Artikel über die Ermordung ihrer Tante geschickt hat.«

Noah und Gretchen beugten sich über ihre Schreibtische und warfen einen kurzen Blick auf den Bildschirm. Als Gretchen sich wieder in ihren Stuhl zurücksinken ließ, sagte sie: »Nach den Fotos zu urteilen, die ich in ihrer Wohnung gesehen habe, scheint sie einen Drucker gehabt zu haben. Außerdem meinte Lydia Norris, wenn jemand ihn geschickt habe, dann Eden.«

Josie drehte den Laptop wieder zu sich und sah sich weiter die Immobilienlisten an, die Eden angeklickt hatte.

»Was ist mit Edens Handy?«, fragte Noah Gretchen.

»Ich muss für die Verbindungsdaten und Funkzellenabfrage eine richterliche Verfügung vorbereiten. Mache ich gleich. Dann lasse ich sie von einem Richter unterzeichnen und schicke sie sofort los, aber es kann bis zu einer Woche dauern, bis wir die Daten vom Provider bekommen.«

Josie rief die von Eden besuchten Immobilienseiten eine nach der anderen auf, bis über ein Dutzend Fenster geöffnet waren.

»Wir sollten uns auch Lydia Norris' Verbindungsdaten besorgen«, meinte Noah. »Jetzt, da sie ermordet wurde.«

»Bin schon dabei«, sagte Gretchen.

»Und ich besorge uns einen Durchsuchungsbeschluss für

ihr Anwesen in Danville. Mal sehen, ob wir dort etwas finden«, verkündete Noah. »Irgendetwas war da im Busch.«

»Übrigens hat Dr. Feist eine Nachricht hinterlassen«, sagte Gretchen. »Sie ruft uns wegen der Autopsie von Lydia Norris an, sobald sie etwas hat. Was ist mit euch beiden? Was habt ihr gestern herausgefunden?«

Noah rekapitulierte den Tag, angefangen von Josies Begegnung mit Thatcher Toland im Komorrah's bis zur Aussage von Ambers Nachbarn, wonach ein Mann, dessen Beschreibung auf Thatcher Toland passte, mit Lydia Norris gesprochen habe. Außerdem berichtete er von dem Gespräch mit Vivian Toland. »Thatcher hat allerdings noch nicht angerufen«, sagte er abschließend.

»Wenn es stimmt, wenn also wirklich er Amber aufgesucht hat, dann heißt das, dass er Lydia Norris als Letzter lebend gesehen hat«, folgerte Gretchen.

»Ich brauche Ambers Arbeitstablet«, meinte Josie plötzlich.

Noah und Gretchen sahen sie erstaunt an.

»Bitte«, sagte Josie. »Noah, kannst du es für mich starten?«

»Klar«, antwortete er. Er holte das Tablet unter einem Stapel Papiere hervor und schaltete es ein. Als er es ihr gab, legte sie es neben Edens Laptop, damit sie die Listen vergleichen konnte.

Nach einer Weile sagte sie: »Seht euch das an. Sie haben fast im gleichen Zeitraum dieselben Websites aufgerufen.«

»Wovon redest du?«, fragte Gretchen. Sie stand auf und kam zu ihr herüber, um die Monitore sehen zu können. Noah rollte mit seinem Stuhl heran, damit auch er einen Blick auf die Bildschirme hatte.

»Seht euch das an. Amber hat ein paar Wochen vor ihrem Verschwinden nach diesen Immobilien in mehreren Gegenden des Bundesstaats gesucht. Alle kosten über eine Million Dollar. Kurz davor hat sich Eden, ehe sie diese mysteriöse Fahrt unternahm, die gleichen Anwesen angesehen.«

»Wie viele sind identisch?«, wollte Noah wissen.

Josie klickte mal auf dem einen, dann auf dem anderen Gerät herum und versuchte, sie zu vergleichen. Ein paarmal schloss sie versehentlich Fenster. Noah legt eine Hand auf ihren Unterarm. »Lass mich mal machen. Ich drucke sie alle aus und lege sie nebeneinander. Du wolltest dich doch mit dem Russell-Haven-Damm befassen, oder?«

»Ja«, sagte Josie erleichtert.

»Dann mach es. Ich übernehme das hier. Ich habe schon ein bisschen in dieser Richtung recherchiert, um zu sehen, ob es eine Verbindung zu Nadine Fiore gibt. Ich erstelle eine Liste der restlichen Immobilien. Dann rufe ich die Grundbuchämter an und besorge mir die aktuellen Unterlagen. Vielleicht gibt es Zusammenhänge, die nicht auf den ersten Blick offensichtlich sind.«

Und Gretchen meinte: »Ich muss noch zentnerweise Berichte schreiben. Seid ihr mit den Zahlenfolgen in Ambers altem Tagebuch weitergekommen?«

Josie schüttelte den Kopf. Als Noah sich den Laptop und das Tablet von ihrem Schreibtisch nahm, holte sie das Tagebuch und gab es Gretchen. »Ich habe nicht die leiseste Ahnung, aber du darfst es gern auch einmal probieren.«

»Also steht jetzt Schreibkram auf dem Programm«, meinte Gretchen und nahm das Tagebuch. »Zumindest bis Thatcher Toland anruft.«

Noah grunzte. »Das kann noch dauern.«

DREIUNDDREISSIG

Sie machten sich auf einen langen, bedrückenden Vormittag mit viel Büroarbeit gefasst. Josie schrieb ihre Berichte über die grauenhafte Entdeckung vom Morgen. Dann begann sie ihre Recherche zum Russell-Haven-Damm. Zunächst gab sie den Namen in Google ein, gefolgt von »Denton, Pennsylvania«. Es erschienen mehrere Tausend Suchergebnisse. Sie scrollte durch Hunderte von Meldungen über den Anbau des Wasserkraftwerks an den bestehenden Damm. Anschließend ging sie mehrere Einträge über die mögliche Anlage eines Wildwasserparcours am Damm durch. Dort fand sie auch Berichte über die verunglückten Kajakfahrer. Sie waren an exakt der Stelle in der Rinne umgekommen, an der ihr Eden Watts entglitten war. Nach den Todesfällen war die Einrichtung eines Wildwasserparcours am Damm kein Thema mehr.

Einige Dutzend Suchergebnisse weiter unten fand sie auf der WYEP-Website einen vor dreizehn Jahren erschienenen Artikel. Die Thumbnails zeigten Trinity mit dem Mikrofon in der Hand in einem WYEP-Poloshirt vor dem Russell-Haven-Damm. Josie holte sich aus einer Schreibtischschublade Ohrhörer und steckte sie in ihrem PC an. Sie klickte auf den

Link und startete das Video. Am unteren Bildrand erschien die Einblendung *Berühmter Psychologe begeht Selbstmord.* Trinity, damals noch blutjung, stand auf dem Gelände, auf dem das riesige Kraftwerksgebäude errichtet werden sollte. Damals war es nicht mehr als ein Schlammloch mit einem relativ großen Hang daneben. Hinter ihr rauschte das Wasser des Susquehanna durch den Überlauf und ergoss sich schäumend in das Flussbett.

Josie warf einen Blick auf die Zeitmarke. Damals war sie eine unerfahrene Streifenpolizistin gewesen und ständig bei Verkehrskontrollen eingesetzt worden. Sie erinnerte sich nicht an die Tragödie. In Denton gab es jedes Jahr Tausende von Unfällen, Verbrechen und anderen Ereignissen, die man sich unmöglich alle merken konnte. Sie drehte den Ton lauter, damit sie Trinitys Bericht hören konnte.

»Anfang der Woche bargen Rettungskräfte den Leichnam des berühmten Harrisburger Psychologen Jeremy Rafferty aus dem Susquehanna. Hier am Russell-Haven-Damm hatten Kajakfahrer seine Leiche entdeckt, nachdem ihn seine Familie als vermisst gemeldet hatte. Es wird nach derzeitigem Stand davon ausgegangen, dass Dr. Rafferty Selbstmord begangen hat. Sein Auto fand die Polizei einige Kilometer flussaufwärts. Wie aus offiziellen Kreisen verlautete, sprang er dort vermutlich ins Wasser, ertrank und trieb flussabwärts bis zum Damm hier. Unsere Zuschauer werden sich vielleicht daran erinnern, dass Dr. Rafferty häufiger Gast in regional und landesweit ausgestrahlten Fernsehsendungen war. Er hatte sich auf Paar- und Familientherapie spezialisiert, betrieb eine private Praxis und war Dozent am renommierten Preston Hill College. Darüber hinaus hat er mehrere Bücher verfasst und stand mit einem Kabelsender in Verhandlungen über eine eigene Sendung. Obwohl Dr. Rafferty, wie manche seiner Kollegen und Patienten berichteten, in den letzten Monaten etwas abwesend wirkte, kam diese Tragödie völlig unerwartet. Nach Auskunft seiner Familie kämpfte er zwar mit einer leichten Depression, doch rechnete niemand damit, dass er sich etwas antun würde. Warum nahm er sich ausgerechnet in Denton das Leben? Einigen seiner Freunde zufolge könnte der Grund gewesen sein, dass er hier aufwuchs, bevor er wegzog und auf das College ging.«

Damit wurde zurückgeschaltet zu der Moderatorin und dem Moderator im WYEP-Studio, die beide angemessen betrübt und schockiert wirkten. Sie stellten Trinity noch einige Fragen, dann lief die Nummer einer Telefonseelsorge über den Bildschirm, bevor das Video endete. Josie startete eine neue Suche nach Dr. Jeremy Rafferty, die Hunderte von Artikeln über seinen Tod und viele Tausend weitere Ergebnisse zu seinen Büchern und Fernsehauftritten zutage förderte. Er war Ende fünfzig geworden. Josie rechnete nach. Die Watts-Geschwister mussten damals im Teenageralter gewesen sein, Amber etwa fünfzehn oder sechzehn Jahre alt, Eden dreizehn oder vierzehn.

Gab es da eine Verbindung? Waren Amber und ihre »toxische« Familie bei ihm in Behandlung gewesen? Hatten sie in Harrisburg und Umgebung gelebt, als er sich das Leben nahm? Eine der Immobilien, die Amber auf ihrem Arbeitstablet und Eden auf dem Laptop angesehen hatte, lag in Harrisburg. Um Antwort auf ihre Fragen zu bekommen, würde Josie weiter nachforschen müssen. Aber die beste Quelle für Informationen, die nicht im WYEP-Bericht auftauchten, war ihre Schwester, das wusste sie. Sie nahm die Ohrhörer heraus und schnappte sich die Autoschlüssel. Gretchen und Noah waren gegangen, um sich ihre Durchsuchungsbeschlüsse unterschreiben zu lassen. Anschließend wollten sie Dr. Feist nach den Autopsieergebnissen fragen. Der Chief war noch nicht wieder vom Russell-Haven-Damm zurück.

Zehn Minuten später bog Josie in die Zufahrt zu ihrem Haus ein. Das Auto ihrer Eltern war weg, aber Trinitys Mietwagen stand noch da. Sie ging ins Haus, kümmerte sich kurz um Trout, ließ ihn in den Garten und füllte seinen Fressnapf. Dann ging sie nach oben, wo Trinity in einem Gästezimmer noch immer tief und fest schlief. Sie lag mit dem Handy in der Hand ausgestreckt auf dem Bett und trug einen langen Flanellschlafanzug. Wahrscheinlich hatte sie darauf gewartet, dass Drake anrief, und war dabei eingeschlafen. Lächelnd stupste Josie sie an der Schulter, bis sie blinzelnd die Augen aufschlug. Sie starrte Josie einen Augenblick an, ohne sie zu sehen, und sah dann auf ihr Handy. Als sie merkte, dass es fast elf Uhr war, stöhnte sie. »Warum weckst du mich? Ich schlafe sonst nie so lang. Nie.«

Josie kroch auf das Bett und setzte sich neben sie. »Tut mir leid. Ich muss mit dir reden.«

»Ich habe dich schon seit Tagen nicht mehr gesehen, obwohl ich bei dir zu Besuch bin. Und sag nicht, dass du arbeiten musstest. Du musst immer arbeiten.«

Josie verdrehte die Augen. »Bist du nicht auch ständig am Arbeiten? Möchtest du wirklich darüber streiten, bevor du deinen Morgenkaffee getrunken hast?«

Mürrisch setzte sich Trinity auf und schob ihre Haare auf dem Kopf herum. Ganz gleich, in welcher Verfassung sie war, irgendwie gelang es ihr immer, glamourös auszusehen. Es widersprach jeder Vernunft, dass ausgerechnet sie beide Zwillinge waren. Josie schaffte es nie, ihr Haar so glänzend zu bekommen, vor allem nicht, wenn sie einige Stunden darauf geschlafen hatte.

»Du hättest Kaffee mitbringen können«, meinte Trinity.

»Ich mache es wieder gut.«

Trinity lachte. »Klar. Gut. Wir haben ja beide Zeit dafür. Sag schon. Was willst du?«

»Als du für WYEP gearbeitet hast ...«

»Das ist lang vorbei«, unterbrach Trinity sie.

»Hör mir einfach zu. Du hast eine Reportage über Dr. Jeremy Rafferty gemacht. Er hat sich umgebracht.«

Es dauerte ein paar Sekunden, aber dann erinnerte sich Trinity und sie nickte. »Ja. Der berühmte Psychologe. Das war eine schreckliche Tragödie. Gerade jemand wie er, von dem man denken könnte, er wüsste, wie man sich Hilfe holt. Warum fragst du nach ihm?«

»Seine Leiche wurde am Russell-Haven-Damm gefunden.«

»Ja, stimmt. Und du bearbeitest gerade den Fall einer Frau, die dort umgebracht wurde.«

»Zwei Frauen. Seit gestern Nacht.«

Trinity bekam große Augen. »Was? Wirklich? Ermordet?«

Josie nickte. »Warum hast du mir nach dem ersten Mord nicht gesagt, dass du von dort schon einmal berichtet hast?«

Trinity versetzte ihr einen leichten Ellbogenstoß. »Du solltest wirklich zu vernünftigen Zeiten heimkommen. Wie gesagt, ich habe dich seit Tagen nicht gesehen. Du bist im Grunde weg, seit Mett neulich am Abend hier war. Ich hatte keine Gelegenheit, mit dir über irgendetwas zu reden, geschweige denn über diese Geschichte. Denkst du, dass ein Zusammenhang zwischen Raffertys Selbstmord und den beiden Mordopfern besteht?«

»Das versuche ich ja gerade herauszufinden«, erwiderte Josie. »Woran erinnerst du dich bei dem Fall? Ich meine das, was es nicht in deinen 30-sekündigen TV-Bericht geschafft hat?«

Trinity gähnte und legte ihr Handy auf den Nachtschrank. Sie kniff die Augen zusammen, während sie in ihrem Gedächtnis kramte. »Ich erinnere mich nur, wie überrascht alle waren – alle, die ihn kannten. Andererseits sagte aber auch jeder, der ihn kannte, dass er depressiv gewesen sei. Niemand wusste, wann oder warum er es geworden war. Nur dass er nicht mehr er selbst gewesen war. Merkwürdig, nicht wahr? Die haben alle zugesehen, wie er von Tag zu Tag depressiver wurde, aber keiner dachte, dass er sich etwas antun würde. Vielleicht waren die Leute der Meinung, dass er als Psychologe das nicht machen würde. Auf jeden Fall war seine erwachsene Tochter die Einzige, die nicht glaubte, dass er sich umgebracht hatte.«

»Wieso das?«

Trinity zuckte die Schultern. »Ich erinnere mich nicht mehr. Josie, es ist schon so lange her. Ich weiß nur noch, dass mein Produzent dagegen war, dass ich sie interviewe. Er wollte diese alternative Theorie nicht auf den Tisch bringen, nachdem die Polizei den Fall ziemlich rasch zu den Akten gelegt hatte.«

»Hat er einen Abschiedsbrief hinterlassen?«, fragte Josie.

»Auf seinem Computer war noch ein Microsoft-Word-Dokument geöffnet, in dem stand: ›Tut mir leid.‹ Die Tochter meinte, das hätte jeder schreiben können.«

»Sie glaubte, dass ihn jemand ermordet hat?«

»Oder dass jemand ihn in den Tod getrieben hat«, fügte Trinity hinzu.

»Wie kam sie darauf?«

Trinity rollte sich auf dem Bett zusammen, vergrub den Kopf im Kissen und schloss die Augen. »Ich weiß es wirklich nicht mehr. Aber du kannst sie wahrscheinlich selbst fragen. Ich bin sicher, sie lebt noch in Pennsylvania. Sie war Dozentin am College, wie ihr Vater. Aber nicht an derselben Hochschule. Und auch in einem anderen Fach. Sie hat Kinesiologie gelehrt. Ich erinnere mich nur daran, weil es mir so ungewöhnlich vorkam.«

»Kinesiologie?«, fragte Josie. »Ist das so etwas wie Chiropraktik?«

»Es ist die Wissenschaft der menschlichen Körperbewegungen. Da geht es um Motorik und so Zeug. Ich weiß es nicht. War alles sehr vage und ist auch schon sehr lange her. Auf jeden Fall hieß sie ... ach, Mist. Ihr Name beginnt mit einem ›D‹ ... Devon ... ja, ganz sicher Devon. Ich erinnere mich, weil es fast wie Denton klang. Mit Nachnamen hieß sie wie ihr Vater. Ich weiß nicht, ob sie verheiratet war oder nicht. Aber ich denke schon, weil sie sagte, dass sie sich nach einigen Fehlgeburten einer Fruchtbarkeitsbehandlung unterzogen habe. Nach dem Suizid ihres Vaters hatte sie eine weitere Fehlgeburt. Stress. Eine ganz traurige Geschichte. Eine der traurigsten, über die ich je berichtet habe. Ihre Mutter starb, als sie noch ein Kind war. Sie hatte nur ihren Vater. Auf jeden Fall hat sie promoviert und den Namen ihres Vaters behalten, glaube ich. Dr. Rafferty.«

»Danke«, sagte Josie. »Jetzt schlaf weiter.«

Trinity zog sich die Decke bis zum Hals. »Mit Vergnügen.«

Zurück im Erdgeschoss, suchte Josie auf ihrem Laptop nach Devon Rafferty. Zu ihrer Überraschung wohnte sie jetzt in Denton und lehrte Kinesiologie an der Universität. Josie fand unschwer ihre Adresse und gab sie in das GPS-System ein. Sie würde zuerst dort vorbeifahren und es, falls sie nicht zu Hause war, an der Universität probieren. Allerdings hoffte sie sehr, dass Devon zu Hause war, denn sie hatte nicht die geringste Lust, auf dem riesigen Campus herumzulaufen, um das richtige Gebäude zu finden.

Im Auto merkte sie, dass ihre Augen vor Müdigkeit brannten. Trotzdem schwirrten ihr viele Fragen im Kopf herum. Unter den Kandidaten, die für sie als Verdächtige besonders interessant waren, begann Thatcher Toland allmählich eine Spitzenposition einzunehmen. Allerdings war da auch noch Gabriel Watts, der mit Amber möglicherweise auf der Straße einen Streit gehabt hatte und seit einigen Tagen wie vom Erdboden verschwunden zu sein schien. Deputy Sheriff Tiercar war tagsüber immer wieder bei seiner Wohnung vorbeigefahren und hatte ihn noch immer nicht angetroffen. Dann war da die zweite Tragödie am Russell-Haven-Damm. Sie hatte vielleicht mit Edens und Lydias Ermordung überhaupt nichts zu tun – angesichts der nicht zusammenpassenden Puzzleteile, die sie bereits hatten, schien das auch tatsächlich der Fall zu sein. Aber Josie wurde das Gefühl nicht los, dass der Mörder den Russell-Haven-Damm ausgesucht hatte, weil er für ihn von großer Bedeutung war. Sie mussten zwar noch vielen Spuren nachgehen, waren jedoch bei der Suche nach Amber bislang kein Stück weitergekommen. Trotzdem wollte Josie jeden Hinweis prüfen, ganz gleich, wie unwichtig er schien. Sie schrieb Noah und Gretchen, wohin sie fuhr. Diese Ermittlungsrichtung würde sich entweder als Sackgasse erweisen oder sie der Entdeckung von Amber – und dem Mörder – näherbringen.

Devon Rafferty wohnte in den Hügeln oberhalb des Universitätscampus. Sie besaß ein schönes Steingebäude mit leuchtend rotem Blechdach sowohl auf dem Haus selbst als auch auf der angebauten Dreifachgarage. Zwischen dem Gebäude und der Straße lagen etwa zwei Morgen Land. Bäume fassten das Haus ein. Sie warfen in den Frühlings- und Sommermonaten sicher ausreichend Schatten. An der dem Haus abgewandten Seite der Garage erstreckte sich eine Terrasse mit Adirondack-Stühlen um eine Feuerstelle. An einer der geschlossenen Garagentüren lehnten zwei Fahrräder. Josie fuhr die lange Zufahrt entlang bis zum Haus. Hinter einem silbernen Land Rover parkte eine kleine hellbraune Toyota-Limousine. Josie stellte ihr Auto neben dem Land Rover ab und ging über einen mit Steinen gepflasterten Weg zur Haustür. Sie klingelte und wartete.

Einen Augenblick später ging die schwere Eingangstür auf und ein Mädchen von etwa elf oder zwölf Jahren sah Josie erstaunt an. Sie hatte zu einem Bob geschnittenes Haar und verschwand fast in ihrem übergroßen Sweatshirt mit dem Logo der US Navy auf der linken Brust. Das Shirt passte zu ihren marineblauen Leggins. Braune UGG-Stiefel vervollständigten das Outfit. Sie sah Josie mit zusammengekniffenen Augen an. Dann drehte sie sich halb um und rief über ihre Schulter: »Mom! Dad! Da steht diese Polizistin, die immer im Fernsehen ist!« Sie sah wieder Josie an und fragte: »Haben Sie schon mal jemanden erschossen?«

Aus der Wohnung hinter dem Mädchen rief eine männliche Stimme laut »Lilly!« in warnendem Ton. Dann: »Moment!«

»Und du?«, fragte Josie.

Lilly deutete ein Lächeln an und verschränkte die Arme vor der Brust. »Nein. Noch nicht.«

»Dafür kommt man ins Gefängnis«, verriet Josie ihr.

»Nicht alle. Mein Dad hat Leute erschossen. Er sagt zwar, er darf es nicht sagen, wenn er es gemacht hat. Aber er ist ein Navy Seal. Also hat er es wahrscheinlich gemacht und darf es nicht sagen.«

Ein großer, kräftiger Mann in Jeans und Fleecejacke erschien mit einer Reisetasche hinter Lilly. Er hatte dichtes rotes Haar, einen akkurat gestutzten Bart und ein ansteckendes Lachen. Um seinen Hals hing ein kleines Goldkreuz. »Lilly!« Er stellte die Tasche auf den Boden, schob seine Tochter beiseite und reichte Josie die Hand. »Tut mir sehr leid. Sie ist ein bisschen altklug. Ich heiße Bob und bin nicht mehr ...« – er sah seine Tochter streng an – »... bei der Marine. Das ist meine Tochter Lilly. Wie können wir Ihnen helfen?«

Josie schüttelte ihm die Hand. »Detective Josie Quinn.«

Lilly sah zu ihrem Vater hoch. »Vielleicht kommt sie, um uns zu verhaften.«

Bob lachte und legte einen Arm um ihre Schulter. Dann sah er zu ihr hinab und sagte: »Verhaften Sie junge Frauen, weil sie Fremden unangebrachte Fragen stellen?«

»Ich frage nur, weil ich neugierig bin«, entgegnete Lilly. »Mom sagt, ich habe eine neugierige Seele.«

Er küsste sie auf die Stirn. »Das hast du von deiner Mutter. Warum holst du sie nicht? Sie möchte wahrscheinlich mit der Polizistin hier sprechen.«

Lilly lief zurück in das Haus. Bob bat Josie herein. Ein langer, gefliester Flur führte zu einem Raum auf der Hinterseite des Hauses, der nach Küche aussah. Auf einer Seite des Flurs gelangte man in ein Wohnzimmer, auf der anderen in einen Raum, der ein Büro zu sein schien. Die Räume waren voller Zimmerpflanzen, farbenfroher Möbel in unterschiedlichsten Stilen und abstrakter Bilder in leuchtenden Farben. Überall, wo Josie hinblickte, sah sie Farben. Leben. Ein einladendes, behagliches Heim. Neben der Eingangstür standen allerlei Schuhe, meist Turnschuhe. Ein paar kleinere, ein paar etwas größere. Keine Herrenschuhe.

»Schön, Sie kennenzulernen«, sagte Bob. »Meine Ex-Frau wird ...« Er zögerte. Sein warmherziges Lächeln verwandelte sich in eine Grimasse. »... sich freuen.«

Josie konnte sich beim besten Willen nicht vorstellen, warum sich jemand freuen sollte, sie in ihrer Eigenschaft als Kriminalpolizistin vor der Tür stehen zu sehen. Aber sie rollte seinen Satz von vorn auf. »Ex-Frau?«

Er stieß mit dem Fuß leicht an die Reisetasche. »Wir haben ein phänomenales Kind, aber unsere Beziehung hat nicht gehalten. Ich habe Lil nur hergebracht. Sie hatte heute Morgen einen Termin beim Zahnarzt. Diese Woche ist sie bei Devon. Dann eine Woche bei mir. Eine Woche hier, eine Woche dort. So machen wir es.«

»Wohnen Sie hier in Denton?«

»Ja. Ungefähr zehn Minuten von hier.«

Eine Frau kam aus der Küche. Groß, etwa Mitte vierzig, sportlich. Sie trug eine Yogahose, ein Sweatshirt, Söckchen, aber keine Schuhe, und sah aus, als käme sie gerade aus dem Fitnessstudio. Ihr dunkles Haar hatte sie zu einem hochgesteckten Pferdeschwanz zusammengebunden. Josie sah, dass sich an ihren Schläfen erste graue Strähnen zeigten. Ihre braunen Augen wurden groß, als sie näherkam. »Ach, Sie sind es«, sagte sie.

Josie war es zwar gewöhnt, in Denton als Berühmtheit erkannt zu werden, doch hatte sie den Eindruck, als habe Devon Rafferty sie erwartet, was sie etwas aus der Fassung brachte. Sie gab ihr die Hand. »Dr. Rafferty. Ich bin Kriminalbeamtin bei der Polizei von Denton ...«

»Ich weiß, wer Sie sind«, unterbrach Devon sie und schüttelte ihr die Hand. »Ich habe Sie im Fernsehen gesehen. Ich weiß, dass Ihre Schwester Trinity Payne ist. Sind Sie deswegen hier? Ich habe mir vor ein paar Tagen ihre neue Sendung angesehen. *Ungelöste Verbrechen.* Sie hat auch über den Tod meines Vaters berichtet, als sie hier noch Reporterin war. Wussten Sie das?«

»Ja«, antwortete Josie. »Ich ...«

»Dev«, meldete sich Bob. »Ich muss los.«

»Ja, klar«, entgegnete Devon zerstreut. »Lil ist in ihrem Zimmer und schindet etwas Zeit am Tablet heraus.«

Bob verdrehte die Augen. »Dann hast du wenigstens eine Stunde lang Ruhe vor ihr. Hat mich gefreut, Sie kennenzulernen, Detective.«

Er küsste seine Ex-Frau auf die Wange und ging.

Kaum hatte Devon die Tür hinter ihm geschlossen, fixierte sie Josie wie ein Raubvogel seine Beute. »Sind Sie wegen Trinity hier? Sie hat mir damals versprochen, dass sie, wenn sie je etwas Aufschlussreiches über den Tod meines Dads herausfinden würde, es mir mitteilen würde. Ich dachte mir, jetzt, da sie diese Sendung hat, könnte sie sich ja mit seinem Fall befassen. So nach der Art: ›Was ist wirklich mit Dr. Jeremy Rafferty passiert?‹ Mit Theorien. Ich hätte da ein paar. Kommen Sie herein. Mein Büro ist gleich hier. Ich habe heute keine Vorlesungen. Nur eine Fakultätssitzung am Nachmittag, aber das war's auch schon.«

Josie folgte ihr in das Büro. Statt eines Schreibtisches erstreckte sich dort ein langer Holztisch aus mehreren Holzarten, der irgendwie fehl am Platz wirkte. Auch hier waren im ganzen Raum Zimmerpflanzen aufgestellt. Sie standen überall, wo Platz war: auf dem Tisch, auf Regalen und auf Aktenschränken. In der Raummitte lag ein bunter Teppich auf dem Holzboden. Darauf stand ein kleiner runder Wohnzimmertisch zwischen zwei braunen Lehnsesseln. Auf der Tischmitte lag Thatcher Tolands Buch. Josie unterdrückte ein Seufzen. Er schien im Moment allgegenwärtig zu sein. Und doch erwies es sich als schwierig, ein Treffen mit ihm zu arrangieren.

»Setzen Sie sich«, bat Devon sie und deutete auf einen der Sessel. Sie sah, dass Josie das Buch betrachtete, und lächelte: »Haben Sie es gelesen?«

Josie zog ihre Jacke aus und legte ihn sich auf den Schoß. Sie setzte sich auf die Sesselkante. »Nein, nein«, antwortete sie.

»Müssen Sie unbedingt!«, sagte Devon. »Sie können das Buch mitnehmen, wenn Sie gehen.«

»Ich würde lieber ...«, setzte Josie an, aber Devon beugte sich nach vorn, nahm das Buch und reichte es Josie. »Er ist fabelhaft. Wirklich. Dabei habe ich mit Kirchen eigentlich gar nichts am Hut. Sie wissen sicher von dem neuen Gebäude, das bei der alten Hockeyarena gebaut wird, oder?« Sie wartete gar nicht erst auf eine Antwort. »Die Einweihung ist Heiligabend. Ich wollte hingehen. Bis jetzt habe ich nur seine Videos online gesehen, aber er ist an dem Tag persönlich anwesend. Sie sollten das Buch lesen und ebenfalls Heiligabend zum Gottesdienst kommen. Vielleicht könnten wir ...« Sie brach ab und ihr Blick verdüsterte sich. »Tut mir leid«, sagte sie, nun merklich weniger enthusiastisch. »Vergessen Sie es. Sie sind nicht deswegen hier. Warten Sie einen Augenblick. Ich hole schnell etwas.«

Devon ging zu einem Bücherregal und begann darin

herumzusuchen. »Trotzdem will ich, dass Sie das Buch mitnehmen«, sagte sie über ihre Schulter.

»Trinity hat erwähnt, dass Sie einige Zweifel hatten, ob Ihr Vater wirklich Selbstmord verübt hat«, versuchte Josie, die Unterhaltung wieder in die gewünschte Bahn zu lenken.

Einen Augenblick war es still. Dann sagte Devon: »Hatte ich, ja, und ich habe sie bis zu einem gewissen Grad noch heute. Ich bin mir nicht sicher. Sicher bin ich mir allerdings, dass ihn jemand, falls es wirklich Selbstmord war, dazu getrieben hat.« Sie fand einen großen Aktenordner und zog ihn aus dem Regal. Statt sich in den Sessel gegenüber Josie zu setzen, ließ sie sich auf dem Fußboden nieder, überkreuzte ihre Beine und schlug den Ordner auf. »Wussten Sie, dass mein Vater in den sechs Monaten vor seinem Tod mehr als fünfzigtausend Dollar von verschiedenen Konten auf seinen Namen abgehoben hat?«

»Nein«, antwortete Josie. »Das wusste ich nicht. Trinity hat es nicht erwähnt.«

»Damals wusste ich es auch noch nicht«, fuhr Devon fort. Sie nahm ein grünes Trennblatt und schlug die Seite dahinter auf. Dann drehte sie den Ordner so, dass Josie sehen konnte, was abgeheftet war. Es sah aus wie ein Stapel Kontoauszüge. »Ich wusste es nicht, bis ich Wochen später angefangen habe, seinen Nachlass zu regeln. Wissen Sie, meine Mom ist vor ihm gestorben, deshalb lebte er allein. Damals stand ich schon auf eigenen Füßen und war mit Bob verheiratet. Ich brauchte von seiner Erbschaft nichts, trotzdem war es ein Schock.«

»Haben Sie mit jemanden von seinen Banken gesprochen?«, fragte Josie und sah sich den ersten Auszug an, auf dem Devon drei Abbuchungen unterstrichen hatte. »Er hätte doch sicher nicht große Summen auf einmal abheben können, ohne dass jemand misstrauisch wurde.«

»Habe ich. Er hatte Konten bei drei Banken und hat im Verlauf eines Monats mehrmals kleinere Beträge abgehoben. Der größte von einer einzelnen Bank belief sich auf fünftausend Dollar.« Sie blätterte durch die Auszüge und zeigte Josie jede Abbuchung, die sie unterstrichen hatte, mitsamt Datum.

»Was hat er mit dem Geld gemacht?«

»Ich weiß es nicht. Das habe ich immer herauszufinden versucht. Ich bin zur Polizei, aber dort sagte man mir, da er durch Suizid gestorben sei und das Recht gehabt habe, sein eigenes Geld abzuheben, könnten sie nichts tun. Ich dachte, vielleicht kann Ihre Schwester in Ihrer neuen Sendung die Öffentlichkeit auf diesen Fall aufmerksam machen.«

»Ich weiß nicht, ob das möglich ist«, erwiderte Josie. »Aber ich kann mit ihr sprechen.«

»Das wäre sehr nett.«

»Dr. Rafferty ...«

»Devon, bitte.«

»Devon, gab es sonst noch etwas, das Ihnen im Zusammenhang mit dem Tod Ihres Vaters seltsam vorkam? Abgesehen von dem Geld?«

Sie blätterte zurück zu einem Abschnitt weiter vorn im Ordner. »Als ich seine Akten durchgegangen bin, um sie den Patienten zurückzugeben – ich musste ja seine Praxis schließen –, habe ich eine Patientenakte auf seinem Schreibtisch gefunden.« Sie zog einen alten Manilaordner aus einer Plastikhülle.

»Hat er noch mit Papierakten gearbeitet?«, fragte Josie.

»Ja, handgeschrieben. Er war sehr altmodisch und hatte Angst, dass man sich in seinen Computer hacken könnte, wenn er sie dort speicherte. Die Vertraulichkeit von Patientendaten nahm er sehr ernst. Er war ja ziemlich berühmt und befürchtete, dass jemand sich vielleicht unberechtigt seine Akten aneignen und mit der Veröffentlichung drohen könnte. Das hätte ihn ruiniert.«

Josie versuchte, das Gespräch wieder auf das ursprüngliche Thema zu lenken. »Sie sagten, Sie seien seine Akten durchgegangen. Haben Sie etwas Ungewöhnliches gefunden?«

»Das hier.« Sie gab den Manilaordner Josie, die ihn aufschlug, aber nichts darin fand. Auf dem Reiter stand handschriftlich ein Name: *Ella Purdue.* »Das lag auf seinem Schreibtisch neben dem Computer mit der Notiz auf dem Bildschirm.« Sie sprach das Wort »Notiz« mit einer Mischung aus Abscheu und Skepsis aus. »Wie Sie sehen, ist er leer.«

Beim Anblick des Namens überkam Josie leises Unbehagen. Trotz ihrer geistigen Erschöpfung ging sie den Fall noch einmal durch. Wo hatte sie den Nachnamen Purdue schon gehört?

»Sind Sie sicher, dass es nicht nur eine neue Patientin war, die nie auftauchte?«, fragte Josie.

»Das habe ich in Betracht gezogen, aber hätte ich dann nicht eine Nachricht oder Notiz über sie in seiner Praxis finden müssen? Irgendwo? Er notierte sich seine Telefongespräche in einem speziellen Notizbuch auf dem Schreibtisch. Darin stand nichts. Ich habe auch im ganzen Bundesstaat versucht, eine Ella Purdue zu finden, aber ohne Erfolg. Wussten Sie, dass es in Pennsylvania siebenundachtzig Personen mit dem Nachnamen Purdue gibt? Ich habe jede einzelne kontaktiert. Drei Jahre habe ich dafür gebraucht. Niemand kannte eine Ella oder hatte eine Verwandte, die so hieß.«

Josie wusste nicht, ob sie ihre Hartnäckigkeit bewundern oder darüber traurig sein sollte. Aber sie verstand nun, was Devons Ex-Mann gemeint hatte, als er sagte, sie würde froh sein, Josie zu sehen. »Was wollen Sie damit sagen?«

»Ich will sagen, dass jemand, der sich als Ella Purdue ausgab, ihn vielleicht um fünfzigtausend Dollar betrogen und in den Selbstmord getrieben hat.«

Purdue. Irgendwie ganz tief drinnen kam ihr der Name bekannt vor. Sie dachte an alle Befragungen, die sie in den letzten Tagen durchgeführt hatten. »Inwiefern betrogen?«, hakte Josie nach.

Devon seufzte tief, nahm den Ordner wieder an sich und

steckte ihn in die Plastikhülle zurück. »Wenn ich das wüsste. Wirklich. Ich kann mir nicht vorstellen, wie das hätte gehen sollen. Mein Vater war extrem intelligent. Und beliebt. Er hat vielen geholfen. Als Nächstes kam mir in den Sinn: Was, wenn ihn jemand erpresst hat? Aber weswegen? Er hatte keine Geheimnisse. Deshalb kann ich mir beim besten Willen keinen Grund vorstellen. Ich hatte sogar dieses Zweifeljahr. Ich nenne es mein ›Zweifeljahr‹. Ein ganzes Jahr, in dem ich mich gefragt habe, ob mein eigener Vater wirklich dieser großartige Mann war, für den ich ihn immer gehalten habe, oder ob er ein schreckliches Geheimnis mit sich herumschleppte, mit dem ihn jemand erpresst hat! Können Sie sich das vorstellen?«

Sie sah Josie ernst an. Plötzlich empfand Josie tiefes Mitgefühl für die Frau. Sie wusste, wie es war, wenn ein Verlust das eigene Leben völlig durcheinanderbrachte. Wusste, wie es sich anfühlte, mit einer Trauer leben zu müssen, die so übermächtig war, dass sie sich nur minutenweise ertragen ließ. Wusste, was es bedeutete, von Grübeleien über geliebte Menschen, die man verloren hatte, zerfressen zu werden und wie besessen über alles vor ihrem Tod nachzuforschen, als helfe eine tiefgreifende Analyse der letzten Minuten, Stunden oder in manchen Fällen auch Wochen und Monate, einen Sinn in der Tatsache zu finden, dass sie tot waren. Dabei konnte kein noch so verbissenes Suchen, Zerpflücken und Analysieren das Ergebnis ändern. Das tat am allermeisten weh. Aber das Wissen hielt einen nicht davon ab, weiterzumachen. Menschen, so folgerte Josie, taten alles, um den Schmerz der Risse in ihrer Seele, die nicht geschlossen werden konnten, zu lindern.

»Devon«, sagte Josie und versuchte, eine ruhige Stimme zu bewahren. »Ich rede mit meiner Schwester, ob sie den Fall Ihres Vaters in ihrer Sendung thematisieren kann. Aber jetzt frage ich Sie: Hatte der Russell-Haven-Damm irgendeine Bedeutung für Ihren Vater?«

»Oh, danke! Nein. Hatte er nicht. Denton schon, denn hier

kam er auf die Welt. Um ehrlich zu sein, deswegen bin ich auch hergezogen. Wenn das der Ort war, den er aufsuchte, als er gegen Ende seines Lebens bedrückt war, dann wollte ich auch hier sein.«

»Es tut mir sehr leid, dass Sie Ihren Vater verloren haben«, meinte Josie. »Ich weiß nicht, ob ich es schon gesagt habe, aber es ist so.«

»Vielen Dank«, sagte Devon feierlich. »Ich weiß das zu schätzen. Vielen Dank auch, dass Sie mir zugehört haben. Warten Sie, Sie sind ja deshalb hier, weil Ihre Schwester mit Ihnen über den Fall geredet hat, nicht wahr?«

»Ich wünschte, das wäre der Grund. Aber die Wahrheit ist, dass wir diese Woche zwei Leichen am Russell-Haven-Damm gefunden haben.«

»O mein Gott«, keuchte Devon. Sie senkte die Stimme, als habe sie Angst, jemand könne sie hören. Josie warf einen Blick zur Tür, aber von Lilly war nichts zu sehen. »Ich habe von einem Fall in den Nachrichten gehört, aber es hieß nur, es handle sich möglicherweise um eine unnatürliche Todesursache. Waren es Selbstmorde?«

»Nein«, antwortete Josie. »Morde.«

Devon wurde bleich. »Mein Gott.«

Josie wollte gerade nach den übrigen Patientenakten ihres Vaters fragen, als es ihr wieder einfiel. Hugo Watts hatte den Namen Purdue erwähnt, als er die Namen von Lydia Norris' Ex-Männern aufgezählt hatte.

»Endeten die anderen Ehen immer mit Scheidung?«, erkundigte sich Josie.

Hugo nickte. »Der letzte Mann starb, glaube ich. Ein gewisser Norris. Ich weiß nicht, ob sie alle noch leben. Ist schon lange her, das alles. Sie können es ja nachsehen, aber ich weiß nicht, inwieweit Ihnen das in der jetzigen Situation weiterhelfen sollte.«

»Erinnern Sie sich an ihre Namen?«, fragte Noah.

»Die Nachnamen schon. Mal sehen. Da war Kleymann, Vawser, Purdue und ... Moment... Chasko, glaube ich, hieß er.«

»Detective Quinn? Alles okay?«, fragte Devon.

Josie blinzelte und lächelte sie an. »Ja. Tut mir leid. Ich habe nur noch ein paar Fragen. Kam in den Patientenakten Ihres Vaters der Nachname Watts vor? Ob als Patient, Familienmitglied oder Freund eines Patienten?«

Devon stand auf und ging zu ihrem Laptop. »Das kann ich nachsehen. Ich habe alle Patientennamen und -adressen meines Vaters in einer Excel-Tabelle – außer Ella Purdue, denn sie scheint es nicht zu geben. Die Liste hat mir wirklich geholfen, als ich seine Unterlagen archivieren und den Patienten Kopien mailen musste.« Sie ging zum Wohnzimmertisch zurück und setzte sich wieder auf den Boden. Dann öffnete sie den Laptop und klickte darauf herum. Schließlich drehte sie den Monitor zu Josie. »Niemand mit Namen Watts.«

Josie beugte sich vor und sah sich die Namen in der Tabelle an. Sie waren nach Nachnamen geordnet. Rasch scannte sie alle Nachnamen, die mit »W« begannen. »Macht es Ihnen etwas aus, wenn ich ein paar andere Namen suche? Fiore? Norris?«

»Nein, gar nicht«, erwiderte Devon. »Ich kann Ihnen eine Kopie der Liste schicken, wenn Sie möchten.«

»Das wäre hervorragend«, antwortete Josie.

Keiner der Namen fand sich in der Datenbank. Seufzend drehte Josie den Computer wieder zurück in Devons Richtung. »Devon, kennen Sie Leute mit diesen Nachnamen?«

Langsam schüttelte Devon den Kopf. »Nein, ich glaube nicht. Der Nachname Watts kommt mir bekannt vor, aber persönlich kenne ich niemanden, der so heißt. Haben Sie nicht jemanden im Polizeirevier, der diesen Namen trägt? Sie ist doch die ganze Zeit im Fernsehen zu sehen.«

»Unsere Pressesprecherin«, antwortete Josie.

»Genau«, sagte Devon. Sie griff an ihren Pferdeschwanz. »Kastanienbraunes Haar, stimmt's?«

»Ja, das ist sie.« Josie lächelte gequält. Sie holte ihr Handy hervor und scrollte durch eine Immobilienliste, die Noah für das Team zusammengestellt hatte. Darin waren alle Häuser aufgeführt, die sich Eden und Amber angesehen hatten. Als Josie gefunden hatte, wonach sie suchte, hielt sie Devon das Display ihres Smartphones hin. »Ihr Vater hat in Harrisburg gelebt. War das sein Haus? Hat er je dort gewohnt?«

Devon runzelte die Stirn, als sie sich die Adresse und das Foto des Hauses ansah. »Nein. Wir haben dort nur in einem einzigen Haus gelebt. Seine Praxis war in der Remise. Hier, ich kann es Ihnen zeigen.«

Sie zog den Laptop zu sich heran und tippte darauf herum, bis sie die Immobilie fand. Dann drehte sie den Bildschirm zu Josie und sagte: »Das war unser Haus. Seit ich klein war.«

Josie merkte sich die Adresse, wusste aber bereits, dass es keines der Häuser war, für die sich die Watts-Schwestern interessiert hatten. »Danke«, sagte sie.

Devon klappte den Laptop zu und beugte sich mit ernster Miene zu Josie. »Denken Sie, dass der Fall, an dem Sie im Augenblick arbeiten, irgendetwas mit dem Tod meines Vaters zu tun hat? Wenn dem so ist, können Sie dann vielleicht seinen Fall wieder öffnen? Alles, was ich will – was ich immer wollte –, ist, dass sich noch einmal jemand mit seinem Tod befasst. Bitte.«

Bei dem flehenden Ton in ihrer Stimme zog sich Josies Herz zusammen. Die Purdue-Verbindung war bestenfalls dürftig und vielleicht nur eine Sackgasse. »Ich tue mein Möglichstes«, versprach sie.

»Haben Serienmörder nicht diese Abkühlungsphase oder wie man das nennt?«, fuhr Devon fort. »Was, wenn er Menschen umbringt und ihre Körper am Damm ablegt? Ich weiß, dass der Tod meines Vaters schon lange zurückliegt. Aber Serienkiller haben doch diese Phase, in der sie nicht morden.«

Josie lächelte angestrengt.

Devon wurde rot und wandte den Blick ab. »Tut mir leid, ich sehe mir im Fernsehen zu viele True-Crime-Serien an. Ich frage mich nur, wie es ist, mit so etwas zu leben.« Sie berührte den Ordner und strich mit den Fingern darüber, als sei er etwas Wertvolles. Josie wusste, dass er es in gewisser Weise auch war. Er verband Devon mit ihrem Vater und war für sie das letzte Quäntchen Hoffnung, dass er sie doch nicht im Stich gelassen hatte.

»Mein Dad hat Lilly nie gesehen«, sagte Devon fast zu sich selbst. »Bevor Dad starb, hatten Bob und ich jahrelang versucht, Kinder zu bekommen. Ich hatte immer wieder Fehlgeburten. Und gerade als das mit ihm ... passierte, war ich endlich schwanger.«

»Das hat Trinity mir erzählt«, sagte Josie leise. »Es tut mir so leid.«

Devon hielt ihre Augen auf den Ordner gerichtet. Mit der Hand fuhr sie über den abgewetzten Deckel. »Ich war weiter als je zuvor und dachte, dass es jetzt endlich klappen würde. Aber der Stress wegen des Verlusts meines Vaters – sein so plötzlicher und schrecklicher Tod – war so groß, dass mein Körper es nicht verkraftet hat. Das Schlimmste war, dass er davor bei meinen Fehlgeburten immer meine größte Stütze gewesen war.«

Devon lächelte und sah Josie an. Tränen liefen ihr über das Gesicht. »Er war wirklich ein hervorragender Psychologe.«

Josie streckte den Arm und legte ihre Hand auf die von Devon, als wolle sie einen feierlichen Eid auf den Ordner schwören. »Ich sehe mir den Fall Ihres Vaters noch einmal an, wenn ich mit dem jetzigen fertig bin, okay? Und mit meiner Schwester rede ich auch.«

Sie ließ los, woraufhin Devon sich schnell ihre Tränen fortwischte. »Danke. Das würde mir so viel bedeuten.«

Josie gab ihr ihre Visitenkarte. »Wir bleiben in Verbindung«, sagte sie. Sie legte das Thatcher-Toland-Buch auf den kleinen Tisch zurück, aber Devon nahm es und drückte es ihr wieder in die Hand. Widerwillig verließ Josie damit das Haus.

Die kühle Luft war ausnahmsweise willkommen. Als sie in ihr Auto stieg, schaltete sie nicht einmal die Heizung an. Stattdessen warf sie das Buch auf den Beifahrersitz und sah auf ihr Handy, ohne ihren zitternden Fingern Beachtung zu schenken. Es waren etliche Nachrichten von Noah und Gretchen eingegangen. Außerdem hatte Noah versucht, anzurufen.

Sie scrollte durch die Nachrichten und Lageberichte. Alle ausgestellten richterlichen Verfügungen waren verschickt, nun mussten sie nur noch auf die angeforderten Unterlagen warten. Noah hatte mehrere Anfragen an Grundbuchämter geschickt, um weitere Informationen über die Immobilien einzuholen, die sich Amber und Eden angesehen hatten. Von Thatcher Toland dagegen hatten sie noch nichts gehört. Noah hatte einen weiteren Abstecher zur Kirche gemacht, doch weder er noch Vivian waren dort gewesen, wenn man Paul glauben wollte. Gretchen war mit den mysteriösen Nummern nicht weitergekommen und hatte sie dem Chief gegeben, damit auch er sich Gedanken darüber machte. Hummel hatte zwar auf dem Toland-Buch und dem Zeitungsartikel aus Ambers Schlafzimmer ein paar Fingerabdrücke gefunden, doch keiner war im Identifizierungssystem AFIS gespeichert.

Am interessantesten waren die drei Sätze Fingerabdrücke, die Hummel von Ambers Überwachungskamera hatte sichern können. Die ersten beiden Sätze gehörten Amber und Mettner. Ihre Abdrücke waren gespeichert, da sie beide bei der Polizei arbeiteten. Der dritte Satz ließ sich Gabriel Watts zuordnen. Er war vor einigen Jahren verurteilt worden, weil er ungedeckte

Schecks ausgeschrieben hatte, woraufhin man von ihm Abdrücke genommen hatte.

Die letzte Nachricht stammte von Noah.

Gabriel Watts scheint jetzt zu Hause zu sein. Wir treffen uns in Woodling Grove, sobald du fertig bist.

FÜNFUNDDREISSIG

Woodling Grove war nicht recht viel mehr als eine Ansammlung verstreut liegender Häuser an einer kurvenreichen Bergstraße nordwestlich von Denton. Am unteren Ende der Straße erstreckte sich ein kleines Zentrum mit Postamt, Lebensmittelmarkt, Baumarkt, Bar und drei Kirchen an einem breiten Bach, der allerdings zugefroren war, seit das Wetter beschlossen hatte, dass jetzt wirklich Winter war. Als Josie von der Hauptstraße im Zentrum hinauf in die Berge fuhr, um zu Gabriels Haus zu gelangen, spürte sie den Druckunterschied in den Ohren. Sie drehte die Heizung hoch. Heiße Luft blies in ihr Gesicht. Durch die Nähe zu Devon Rafferty und ihrer Trauer, die sie nur zu gut nachvollziehen konnte, war ihr die Kälte in die Knochen gekrochen.

Sie sah Gretchens Auto am Straßenrand vor einem einstöckigen Schindelhaus mit ursprünglich weißer, jetzt vor Schmutz grauer Fassade stehen. Der Vorgarten war mit vertrocknetem Bewuchs zugewuchert. Auf einem Schild stand zu lesen:

FINDE ZUM GLAUBEN. TRITT DER

WIEDERGUTMACHUNGSKIRCHE BEI. SENDE DEIN
ERWECKUNGSERLEBNIS AN 33489.

Das winzige Haus war von Bäumen eingekreist – ihre nackten Äste streckten sich danach, als wollten sie es in ihre dürren Arme schließen. Auf einem verwitterten Holzpfosten war ein Briefkasten befestigt. In ausgebleichten schwarzen Lettern und Ziffern stand darauf »Watts 35«.

Josie parkte hinter Noahs Fahrzeug und stieg aus. Gretchen und Noah kamen zu ihr. Gemeinsam standen sie am Beginn der Kieszufahrt. Am anderen Ende befand sich eine baufällige, frei stehende, schmutzig hellgrün gestrichene Garage. Die Türen waren geschlossen. Josie hatte über Gabriel Watts herausgefunden, dass ein alter Ford Bronco unter dieser Adresse auf ihn zugelassen war. Aber falls er zu Hause war, hatte er den Wagen nicht draußen stehen gelassen. Josie informierte Noah und Gretchen in Kürze über ihr Gespräch mit Devon Rafferty, bevor sie sich der bevorstehenden Aufgabe zuwandten.

»Er ist zu Hause«, sagte Gretchen. »Glauben wir zumindest. Seit wir hier stehen, haben sich die Vorhänge hinter den Fenstern links und rechts der Haustür schon vierzehn Mal bewegt.«

Josie sah sich um. Es gab keine Nachbarn in unmittelbarer Nähe – zumindest nicht in Sichtweite. »Wie groß ist das Grundstück?«

Gretchen holte ihren Notizblock hervor und blätterte ein paar Seiten um. »Er hat ungefähr viertausend Quadratmeter Grund. Dahinter und auf dieser Seite hier beginnt ein staatliches Jagdrevier, die andere Seite gehört einem Nachbarn. Bis zu dessen Haus sind es ungefähr achthundert Meter.«

Noah bemerkte Josies Bedenken. »Meinst du, dass er etwas versucht?«

»Ich weiß es nicht«, antwortete sie. »Wir wissen nichts über ihn.«

»Wir sind nur hier, um mit ihm zu reden«, meinte Gretchen. »Das müsste er eigentlich wissen. Schließlich hast du ihm ein halbes Dutzend Mal auf Band gesprochen und es ihm erklärt.«

Josie nickte. Abgesehen davon, dass er möglicherweise an Ambers Überwachungskamera herumgefummelt und sich vor zwei Wochen eventuell eine Auseinandersetzung mit ihr auf der Straße geliefert hatte, gab es keinen Grund zu glauben, dass Gabriel Watts versuchen würde, auf sie loszugehen. Nichts deutete darauf hin, dass er bewaffnet oder gefährlich war; zudem war es mehr als dumm, sich mit drei bewaffneten Polizeibeamten anzulegen. Trotzdem machte sich in Josies Magen ein mulmiges Gefühl breit.

»Gehen wir's an«, sagte sie.

Gretchen ging voraus in Richtung Haustür. Eine zerbrochene Betonplatte bildete eine Art schiefe Eingangstreppe. Josie blies eine Atemwolke vor sich. Sie zog die Jacke fester um ihre Schultern, als Noah an die Haustür klopfte.

Ihre Atemwolken mischten sich, während sie warteten. Drinnen war kein Laut zu hören. Noah klopfte noch einmal. »Gabriel Watts«, rief er.

Aus den Augenwinkeln sah Josie eine Bewegung im Fenster zu ihrer Linken. Die Vorhänge wackelten. Sie klopfte erneut. »Mr Watts«, rief sie. »Ich heiße Detective Josie Quinn und bin vom Polizeirevier Denton. Ich habe Ihnen schon mehrere Male auf Band gesprochen. Das hier sind meine Kollegen. Wir müssen dringend mit Ihnen sprechen.«

Nichts.

Gretchen klopfte ebenfalls und rief seinen Namen. Noch immer keine Reaktion. Josie wiederholte, was sie soeben gesagt hatte, und fügte hinzu: »Es geht um Ihre Familie.«

Einen Augenblick später öffnete sich die Tür einen Spalt

und es erschien ein blasses Gesicht. Dunkle Augen beobachteten sie argwöhnisch. »Ich will nicht reden«, sagte Gabriel Watts.

Noah, Gretchen und Josie zeigten ihm ihre Ausweise, aber er sah sie nicht einmal an. »Bitte gehen Sie jetzt«, sagte er. »Ich will nicht reden.«

»Mr Watts, es ist wirklich wichtig«, drängte Josie. »Es geht um Ihre Familie.«

»Meine Familie ist die Kirche.«

»Gabriel«, sagte Gretchen, »wir wissen, dass Sie in den letzten zwei Wochen Kontakt mit Ihrer Schwester Amber hatten. Wir wissen auch, dass Sie sich an der Überwachungskamera vor ihrem Haus zu schaffen gemacht haben.«

Eine lange Stille folgte. Sein Blick sprang von einem zum anderen. Dann sah er nach oben, als überlege er, wie viel er sagen sollte. »Ja, ich habe sie getroffen. Jetzt gehen Sie bitte.«

Er wollte die Tür schließen. Josie hob die Stimme. »Wir müssen wissen, wo sie ist, Mr Watts.«

Die Tür bewegte sich nicht weiter. Nur ein Auge war noch zu sehen. »Ich kann Ihnen nicht helfen.«

»Dann sagen Sie uns, worüber Sie geredet haben. Amber hat ihr nahestehenden Personen erzählt, dass sie seit zehn Jahren nicht mehr mit jemandem aus Ihrer Familie gesprochen hat, dass sie nichts mehr mit Ihnen allen zu tun haben wollte. Warum also haben Sie sich mit ihr getroffen? Warum haben Sie sich an Ihrer Kamera zu schaffen gemacht?«

Langsam ging die Tür auf und Gabriel stand in Jeans, einem langärmeligen schwarzen Shirt und schwarzen Turnschuhen vor ihnen. Sein welliges braunes Haar war zerzaust und auf einer Seite flachgedrückt, als hätte er geschlafen.

»Sind Sie erwacht?«, fragte er.

Josie starrte ihn an. »Wie bitte?«

Er ging nach draußen und zog die Tür halb hinter sich zu. Eindringlich starrte er sie an, als er sich direkt an sie wandte.

»Sind Sie erwacht? Leben Sie im Glauben? Haben Sie Ihren Glauben gefunden?«

»Wir können ein andermal über den Glauben reden, Gabriel«, sagte Gretchen. »Vorerst haben wir es mit einem gravierenden Problem zu tun, bei dem es auch um Ihre Familie geht.«

Und Noah fügte hinzu: »Wir suchen Ihre Schwester, Amber Watts.«

Gabriel sah ihn mit seinen dunklen Augen an. »Ich habe Ihnen gesagt, dass ich Ihnen nicht helfen kann.«

»Worüber haben Sie beide geredet?«, fragte Josie.

Er wandte sich abrupt wieder Josie zu. »Amber hatte ihren Glauben nicht gefunden. Sie war nicht erwacht. Da waren Dinge, für die sie Buße tun musste, und ich habe ihr geraten, das zu tun. Ich wollte, dass sie zum Glauben erwacht, so wie der große Seelenhirte es predigt, und das Richtige tut.«

Josie hatte Schwierigkeiten, diesen wirr dreinblickenden Jünger mit dem charmanten, lässigen Thatcher Toland in Verbindung zu bringen. Vivian schien recht gehabt zu haben, als sie sagte, dass Toland Gabriel nicht persönlich kannte. Josie war sich auch nicht sicher, ob er ihn kennenlernen wollte, wenn er ihm je begegnen würde.

»Was war denn das Richtige?«, fragte Noah.

»Das ist eine Sache zwischen Amber und Gott.«

»Es geht um eine sehr ernste Sache«, sagte Gretchen. »Wenn Sie wissen, wo Amber ist, müssen Sie es uns sagen oder uns zu ihr führen.«

Sein stechender Blick durchbohrte Gretchen förmlich. »Ich habe Ihnen schon gesagt, dass ich Ihnen nicht helfen kann.«

»Sie haben nach zehn Jahren einfach eines Tages beschlossen, dass Amber ›aufwachen‹ muss?«, fragte Noah. »Funktioniert das so?«

»Ich tue, was Gott mir aufträgt«, entgegnete Gabriel. »Wenn Sie mit mir über Ihren Glauben reden wollen, können wir fortfahren. Wenn nicht, dann möchte ich, dass Sie jetzt gehen.« Er legte eine Hand auf seinen Türknauf.

»Wann haben Sie Ihre Schwester Eden das letzte Mal gesehen?«, fragte Josie rasch.

»Ich weiß es nicht«, erwiderte Gabriel.

»Und Ihre Mutter?«, fragte Gretchen.

Er antwortete nicht.

»Wo waren Sie am Montag zwischen vier und fünf Uhr morgens?«, fragte Noah.

Zum ersten Mal verlor Gabriel seine unheimliche Ruhe. In seinem Gesicht spiegelte sich Verwirrung. »Ich war hier und habe geschlafen«, erwiderte er.

»Allein?«, wollte Gretchen wissen.

»Ja, allein.«

»Kann das jemand bestätigen?«, hakte Noah nach.

»Nein. Warum sollte das jemand bestätigen müssen?«

»Weil Ihre Schwester Eden etwa zu dieser Zeit am Russell-Haven-Damm in den Tod getrieben wurde.«

Er blinzelte einige Male rasch hintereinander. »Was heißt das? In den Tod? Was sagen Sie da?«

»Sie wissen es nicht?«, fragte Noah. »Ihre Schwester Eden ist tot. Ermordet.«

Er senkte den Blick und begann so leise zu flüstern, dass Josie zunächst nicht verstand, was er sagte. Dann merkte sie, dass er betete. »Mr Watts«, ermahnte sie ihn. »Bitte versuchen Sie, sich daran zu erinnern, wann Sie das letzte Mal mit Eden gesprochen haben.«

»Eden hat versucht, ihren Glauben zu finden«, murmelte er. »Sie hat sich bemüht, aber ich bin nicht sicher, ob sie oder Amber je wiedergutmachen können, was sie getan haben. Vor allem Amber. Pastor Toland lehrt uns, unsere Sünden ins Licht zu zerren, sie einzugestehen und dann alles in unserer Macht Stehende zu tun, um sie wiedergutzumachen. Doch manches lässt sich nicht wiedergutmachen. Es tut mir leid, was mit meinen Schwestern passiert ist, aber Sie müssen verstehen, dass es Sünden gibt, die nicht gesühnt werden können.«

Josie und Noah tauschten einen verwirrten Blick aus. »Welche Sünden?«, fragte Noah. »Was haben Ihre Schwestern getan, das sich nicht wiedergutmachen lässt?«

»Das ist eine Sache zwischen ihnen und Gott. Wir alle können nur versuchen, anderen den rechten Weg zu weisen. Wir müssen den Menschen helfen, zum Glauben zu erwachen.«

»Haben Sie Eden geholfen?«, wollte Josie wissen. Sie fragte sich, ob es eine kranke Art von Taufe gewesen war, Eden im Damm ihrem Schicksal zu überlassen.

»Ich kann nur denen helfen, die sich helfen lassen wollen.« Wieder begann er flüsternd zu beten.

»Was ist mit Ihrer Mutter?«, bohrte Gretchen weiter. »Wollte sie sich helfen lassen?«

Er beendete sein Gebet und sagte: »Meine Mutter hat ihr sündiges Leben vor langer Zeit aufgegeben. Sie muss jetzt nur wiedergutmachen. Wenn sie dazu bereit ist, helfe ich ihr.«

Josie sah zuerst Gretchen und dann Noah an. Leise sagte sie: »Mr Watts. Es tut mir sehr leid, Ihnen das sagen zu müssen, aber Ihre Mutter wurde letzte Nacht ermordet.«

Es wurde so still, dass Josie über sich eine Taube leise gurren hörte. Als Gabriel nichts sagte, fügte Noah hinzu: »Sie wurde am Russell-Haven-Damm umgebracht. Wissen Sie, warum Ihre Mutter und Eden dort getötet wurden? Hat der Damm für Ihre Familie eine besondere Bedeutung?«

Wieder begann Gabriel schnell zu blinzeln. Aber er sagte immer noch nichts.

»Was ist mit einem gewissen Dr. Jeremy Rafferty?«, fragte Josie. »Sagt Ihnen der Name etwas?«

Er reagierte nicht, bewegte keinen Muskel.

»Ich weiß nicht, wie oft Sie mit Ihren Angehörigen sprechen«, sagte Gretchen. »Aber vor einigen Wochen wurde Ihre

Tante Nadine in einem Teich auf ihrem Anwesen ertränkt. Gabriel, wir sind hier, weil es so aussieht, als würde Ihre Familie nach und nach umgebracht. Hinzu kommt, dass Ihre Schwester Amber vermisst wird. Wir wissen, dass Sie mit ihr Kontakt hatten, bevor sie verschwunden ist. Wir wissen auch, dass Sie ihre Überwachungskamera außer Betrieb gesetzt haben. Ich denke, es wäre für alle am besten, wenn Sie mit uns kommen würden, damit wir uns auf dem Revier unterhalten können. Es ist nicht weit bis nach Denton. Wir können Sie mitnehmen.«

Er legte sich eine Hand auf die Stirn und blinzelte noch ein paarmal. »Ich, äh, ich ... hole nur schnell meinen Mantel.«

Er verschwand im Haus und ließ die Tür weit offen. Sie hörten, wie er drinnen herumging. »Es kann doch nicht so einfach sein«, meinte Gretchen.

»Ist es auch nicht«, erwiderte Josie. Sie stapfte durch die vertrocknete, abgestorbene Vegetation im Vorgarten und ging um das Haus herum. Gerade als sie um die Ecke bog, sah sie, wie Gabriel aus der Hintertür kam. Er hatte tatsächlich seinen Mantel angezogen. Sie beobachtete ihn, wie er die Hintertür vorsichtig und leise hinter sich schloss.

»Mr Watts«, rief sie. »Wo wollen Sie denn ohne uns hin?«

Sein Kopf schnellte in ihre Richtung. Josie öffnete ihr Holster.

Und Gabriel Watts begann zu laufen.

SECHSUNDDREISSIG

Josie rief Gretchen und Noah, bevor sie die Verfolgung aufnahm. Unter ihren Stiefeln knisterten trockene Zweige und Blätter, als sie im Zickzack durch die Bäume lief. Sie verlor Gabriel fast sofort aus den Augen. Er schien genau zu wissen, wo er hinwollte, weshalb sie sich fragte, ob er das geplant hatte. Hatte er damit gerechnet, eines Tages eine Fluchtroute zu brauchen? Im Unterbewusstsein nahm sie rasche Schritte hinter sich wahr. Den schweren Tritten zu urteilen stammten sie von Noah.

Das Gelände begann abzufallen, zunächst nur leicht, dann steiler. Sie jagte einen Mann den Hang hinunter, ohne zu wissen, was sie unten erwartete. Kalte Luft brannte in ihrer Nase und trocknete ihre Kehle aus. Ihre Wangen fühlten sich taub an. Sie wurde schneller, als das Gefälle größer wurde, stolperte und hielt sich an Baumstämmen fest, um nicht zu fallen. Vor sich hörte sie Äste brechen. Gabriel rannte noch immer vor ihr. Als sie ihn wieder entdeckte, ging ihr Atem bereits schwer und ihre Lungen brannten. Er war ein Stück weiter unten, lief über einen Felsgrat und sprang dabei von Fels zu Fels. Josie blieb in gleichmäßigem Abstand dicht hinter ihm und wartete auf eine Gelegenheit. Einen Augenblick später bot sie sich. Er sprang von einem großen Fels auf ein Areal aus getrocknetem Schlamm. Sie warf sich auf ihn, landete auf seinem Rücken und riss ihn zu Boden. Sie überschlugen sich beide, bis sie von einer großen Kiefer gebremst wurden.

Sie war zwischen ihm und dem Baumstamm eingeklemmt, hielt ihn aber mit einem Klammergriff um seine Schultern fest. Er versuchte, sich hochzukämpfen, war aber orientierungslos und durch ihr Gewicht auf seinem Rücken in seiner Bewegung eingeschränkt. »Schluss damit«, schrie sie ihn an.

»Lassen Sie mich los«, rief er. Er versuchte, nach hinten zu schlagen, aber sie war zu dicht an ihm.

»Wo ist Amber?«, keuchte sie.

»Lassen Sie mich los.«

»Wo ist sie? Sagen Sie es mir. Sie brauchen es mir nur zu sagen und das Ganze ist vorbei.«

»Halt's Maul«, herrschte er sie an. Er warf seinen Oberkörper nach vorn, aber sie riss ihn zurück und hielt ihn am Boden.

»Ist sie noch am Leben?«, versuchte es Josie weiter.

Er fasste ihre Arme und versuchte, sie von sich wegzuziehen.

»Ich will nur wissen, ob sie noch lebt«, insistierte Josie.

Er verdrehte ihr Handgelenk. Der Schmerz schoss ihr durch den Arm bis zur Schulter. Einen Augenblick wurde ihr schwarz vor Augen. Als sie wieder klar sah, lag sie auf dem Boden und er war über ihr. Mit ihrer unversehrten Hand griff sie nach der Pistole, aber bevor sie sie greifen konnte, trat er ihr in den Bauch. Der Schmerz raubte ihr den Atem. Sie schnappte nach Luft, aber vergeblich. Er ging in die Knie und beugte sich zu ihr. Sie spürte seinen heißen Atem an ihrem Ohr. Ihr Herz pochte so sehr, dass sie kaum verstand, was er sagte.

»Ich habe getan, was ich tun musste.«

SIEBENUNDDREISSIG

Noah erschien wenige Augenblicke nachdem Gabriel sie nach Luft ringend mitten im Wald zurückgelassen hatte. Sie bedeutete ihm, Gabriel weiter zu verfolgen und ihn zu stellen, während sie wieder zu Atem kam. Noah sprintete hinter Gabriel her. Es dauerte noch einige Augenblicke, bis Josie wieder normal atmen konnte. Dann rief sie Gretchen an, forderte Verstärkung und lief hinter Noah her. Eine gefühlte Ewigkeit später entdeckte sie ihn erschöpft und frierend neben einem zugefrorenen Teich am unteren Ende des Hangs. Zum Glück hatte Gretchen Verstärkung angefordert. Als Josie und Noah den Hang hochstapften, wimmelte es im Wald bereits von Staatspolizisten und Deputy Sheriffs, die nach Gabriel suchten. Sein Haus war mit einem Absperrband abgeriegelt, die Straße gesäumt von Streifenwagen. Gretchen stand im Vorgarten neben dem Schild mit der frommen Aufforderung und scrollte hektisch durch ihr Handy.

»Geht es euch gut?«, fragte sie und stapfte herbei.

Josie hatte Schmerzen im Unterleib, den langen Weg zurück zum Haus aber ohne größere Probleme geschafft. Sie bewegte ihr Handgelenk zum x-ten Mal, seit sie auf dem Waldboden gelandet war. Es schmerzte, doch schien nichts gebrochen zu sein. Es spielte auch keine Rolle. Sie hätte sich ihren Arm hundertmal von Gabriel Watts brechen lassen, wenn sie dafür erfahren hätte, wo Amber war. »Es ging mir schon mal besser«, sagte sie. »Hast du das Haus durchsucht?«

»Sie war nicht drin«, antwortete Gretchen.

»Mist«, murmelte Josie.

Noah wirkte genauso mitgenommen wie Josie. Er fuhr sich mit der Hand durch das Haar. »Kannst du eine Hundestaffel herbeordern?«

»Ist schon unterwegs«, sagte Gretchen. »Kommt schon, ihr beiden. Setzt euch in das Auto und wärmt euch auf. Wir reden drinnen.«

Josie und Noah krochen auf die Rückbank von Gretchens Wagen, während Gretchen vorn einstieg. Sie schaltete die Zündung ein und drehte die Heizung auf volle Leistung. Noah zog Josie zu sich und sie legte ihren Kopf an seine Schulter. Eine Zeit lang sprach niemand, während sich die kalte Luft aus dem Gebläse nach und nach aufheizte. Als Josie schließlich die Wärme spürte, hatte sie das Gefühl, mit Noah zu verschmelzen. Die Kälte ließ nach und das Gefühl kehrte in ihren Körper zurück. Da merkte sie erst, was ihr alles wehtat.

Schließlich schaltete Gretchen das Gebläse zurück, damit sie reden konnten. Sie nahm ihr Notizbuch vom Armaturenbrett und begann es durchzublättern. »Das Sheriffbüro schickt uns die Hundestaffel. Der Chief hat alle verfügbaren Kräfte mobilisiert, um den Kerl zu finden, vor allem, weil er Josie angegriffen hat. Er versucht gerade, einen Helikopter der Staatspolizei zu bekommen, aber ich bin nicht sicher, ob das klappt. Hummel und weitere Leute von der Spurensicherung sind im Haus und untersuchen es. Außerdem hat Dr. Feist angerufen. Die Todesursache bei Lydia Norris lautet Ertrinken.«

»Was?«, rief Noah. »Sie hat noch gelebt, als der Mörder sie in den Fischlift warf?«

»Ja«, antwortete Gretchen.

»Lass mich raten«, sagte Josie. »Sie hatte ein subdurales Hämatom durch einen Schlag auf den Kopf. Dadurch war sie schwach und orientierungslos, vermutlich sogar ohne Bewusstsein.«

Gretchen drehte sich in ihrem Sitz um und sah die beiden an. »Sie hatte tatsächlich ein subdurales Hämatom und einen Schädelbruch. Kein Positivabdruck, also wissen wir nicht, womit sie geschlagen wurde. Aber es muss mit ziemlicher Wucht geschehen sein – zweimal. Keine Anzeichen sexueller Gewalt. Dafür ein paar Abschürfungen an den Handgelenken, die darauf hindeuten, dass sie irgendwann vor ihrem Tod gefesselt war.«

»Fast wie bei Eden«, stellte Josie fest. »Haben wir schon die Verbindungsdaten ihres Handys?«

»Noch nicht. Übrigens ruft mich Mettner alle fünfzehn Minuten an.«

Josie wechselte die Position und suchte in ihrer Jacke, bis sie ihr Handy fand. Sie sah sich die Anrufliste an. Sieben nicht angenommene Anrufe von Mett. »Shit«, murmelte sie. »Einer von uns sollte sich bei ihm melden. Noch immer nichts von Thatcher Toland?«

»Nein«, antwortete Gretchen.

Josie warf einen Blick aus dem Fenster zu Gabriels tristem Häuschen. Hummel trat gerade in seinem Tyvek-Ganzkörperanzug mit Handschuhen, Schuhüberziehern und Kopfbedeckung aus der Haustür. Er wechselte ein paar Worte mit dem Beamten, der mit Klemmbrett auf dem Absatz stand. Dann trottete er zum Auto. Noah fuhr die Seitenscheibe herunter. »Was gefunden?«, fragte er.

Hummel stützte sich mit einem Unterarm auf das Autodach und lehnte sich durch das offene Fenster. »Das Haus ist eine Müllhalde und fällt förmlich auseinander. Ich glaube nicht, dass der Typ seit seinem Einzug schon einmal saubergemacht hat. Wir haben eine Pistole gefunden. Eine Beretta M9. Geladen.«

»Volles Magazin?«, fragte Josie.

Hummel schüttelte den Kopf. »Drei Kugeln fehlen.«

Einen Augenblick lang sagte niemand etwas. Dann fragte Gretchen: »Irgendwelche Kajaks drinnen?«

»Nein. Wir haben uns auch die Garage angesehen. Nichts außer einem alten verbeulten Pick-up.«

»Was habt ihr sonst noch gefunden?«, wollte Josie wissen.

»In seiner Schmutzwäsche lag ein Mantel mit Blutspuren auf dem Ärmel. Und zwei lange kastanienbraune Haare.«

»Verflucht«, stieß Noah hervor.

»Wir können das Blut direkt hier vor Ort untersuchen und sehen, ob es zu Edens oder Ambers Blutgruppe passt. Aber ein DNA-Test von Blut und Haaren dauert etwas länger.«

Josie spürte, wie ihr Herz schneller zu schlagen begann. Alles deutete in diesem Fall darauf hin, dass Amber tot war, und auch ihre Erfahrung als Polizistin sagte ihr das. Doch je mehr Indizien darauf hindeuteten, desto schwerer wurde ihr ums Herz. Als würde er ihre Traurigkeit spüren, presste Noah sie nur noch fester an sich. Sie verdrängte ihre Gefühle, dankte Hummel und bat ihn, so bald wie möglich Bescheid zu geben, welche Blutgruppe die Spuren am Ärmel von Gabriel Watts’ Mantel hatten. Kaum hatte Noah das Fenster wieder hochgefahren, sagte sie: »Das muss Mettner nicht wissen. Jedenfalls vorerst noch nicht.«

»Ich rufe ihn trotzdem zurück und sage ihm, dass wir noch dran sind«, erwiderte Noah, ließ Josie los und stieg aus.

»Was denkst du, Boss?«, fragte Gretchen. »Ist Watts unser Mann? Möchtest du hierbleiben? Und dich an der Suche beteiligen?«

»Ich weiß nicht, ob er der Mörder ist. Aber finden müssen wir ihn trotzdem. Fürs Erste ist das so ziemlich alles, was wir tun können, während wir auf die angeforderten Telefonverbindungsdaten von Amber, Eden und Lydia und die Infos über die Immobilien, die sich die beiden Schwestern angesehen haben, warten. Vor ein paar Stunden dachte ich noch, Thatcher Toland sei unser Mann, und wir sollten auch unbedingt mit ihm reden. Aber Gabriel ist geflüchtet, als wir ihn mit den Morden konfrontiert haben.«

»Das ist nie ein gutes Zeichen«, pflichtete Gretchen ihr bei.

»Können wir einen der Uniformierten bitten, Toland zu finden und ihn aufzufordern, aufs Revier zu kommen?«

Gretchens Finger flitzten über das Display ihres Handys. »Klar.«

»Dann beteiligen wir uns jetzt an der Suche.«

Als sie wieder ins Revier zurückkehrten, waren sie alle hungrig, müde und klamm vor Kälte. Gabriel Watts schien sich in Luft aufgelöst zu haben. Chief Chitwood war vor Ort gefahren, um die Suche bis in die Nacht zu koordinieren, während Josie, Noah und Gretchen eine Pause einlegten. Sie besorgten sich auf dem Weg zum Revier einen Imbiss und verspeisten ihn in aller Eile an ihren Schreibtischen, während sie ihre Tagesberichte schrieben. Gretchen fragte bei dem uniformierten Beamten nach, den sie angewiesen hatte, Thatcher Toland zu finden. Er hatte bisher der Kirche und drei von Tolands Anwesen innerhalb eines Radius von zwei Autostunden einen Besuch abgestattet, ihn aber nirgends angetroffen. Auch Vivian war nicht auffindbar, ja, nicht einmal Paul. Gretchen bat ihn, in seinem Streifenwagen vor der Kirche zu warten und sie anzurufen, wenn Thatcher oder seine Frau aufkreuzten.

Hummel rief an, um ihnen mitzuteilen, dass das auf Gabriels Mantelärmel gefundene Blut der Blutgruppe A positiv zuzuordnen war und nach den Unterlagen, die sie sich von Ambers Hausarzt besorgt hatten, mit ihrer Blutgruppe übereinstimmte. Diese Neuigkeit bedrückte sie alle sehr. Josie schickte Hummel und seine Leute als Nächstes nach Danville, damit sie sich auch Lydia Norris' Haus vornahmen. Angesichts der Richtung, die die Ermittlungen nahmen, rechnete sie jedoch nicht damit, dass sie dort etwas Verwertbares finden würden.

Kurz darauf ging die Tür zum Treppenhaus krachend auf und Mettner kam herein. Er ging zu ihren Schreibtischen und stellte sich vor sie, die Hände in die Taschen seines Hoodies gesteckt. Er wirkte fast kränklich. Sein Haar war fettig und ungekämmt. Stoppeln bedeckten sein Kinn. Er war so blass, dass seine Gesichtshaut fast durchscheinend wirkte. Josie sah an seinen Schläfen blaue Äderchen durchscheinen. Unter seinen Augen zeichneten sich tiefe Ringe ab. Josie schickte ein stilles Gebet zum Himmel, in der Hoffnung, Amber lebend zu finden. Mettner und Amber mochten miteinander Probleme gehabt haben. Aber lösen – ob im Guten oder Schlechten – konnten die beiden sie nur, wenn sie noch lebte.

»Was läuft hier eigentlich?«, fragte er. »Könnt ihr mir das endlich sagen? Habt ihr ihren Bruder schon gefunden?«

»Setz dich«, sagte Noah.

»Ich setze mich erst, wenn ihr mir die Wahrheit sagt. Ich kann nicht mehr sitzen. Mich treibt das alles in den Wahnsinn.«

Josie stand auf, ging zu ihm und berührte ihn sanft an der Schulter. »Ich weiß, Mett. Aber setz dich doch bitte, dann bringen wir dich auf den neuesten Stand.«

»Also, was ist?«, fragte er mit rauer Stimme.

Gretchen stand ebenfalls auf, kam zu ihm und stellte sich direkt vor ihn. Sie sprach ruhig und geduldig. »Nichts, Mett. Noch nichts. Wir tun alles, was wir können. Gehen jeder Spur nach.«

Er deutete auf Josie. »Du denkst, dass sie tot ist.«

»Tue ich nicht«, entgegnete sie.

»Was enthaltet ihr mir vor? Ich bin entlastet, stimmt's?«

Noah kam ebenfalls herbei, sodass sie nun alle im Halbkreis

standen. »Ja, du bist entlastet, aber du kannst am Fall nicht mitarbeiten. Das weißt du.«

Wieder deutete Mettner auf Josie. »Sie hat den Fall ihrer eigenen Schwester bearbeitet! Als ihr Verlobter vermisst wurde, war sie ebenfalls mit dabei! Ihr könnt mich nicht ausschließen. Wir reden von der Frau, die ich liebe. Meine künftige Ehefrau, wenn sie mich will. Ihr könnt keine Sonderrechte für euch in Anspruch nehmen.«

»Beruhige dich«, sagte Gretchen mit Nachdruck.

Drohend machte er einen Schritt auf sie zu, doch Gretchen wich keinen Millimeter zurück. »Nein, ich beruhige mich nicht. Ich will wissen, was ihr mir vorenthaltet. Ihr verschweigt mir etwas, das weiß ich. Ich habe lange genug mit euch zusammengearbeitet, ich sehe es euch an.«

Sowohl Noah als auch Gretchen wollten etwas sagen, doch Josie hob die Hand und bedeutete ihnen, still zu sein. »Wir haben bei einem Verdächtigen eine Beretta M9 entdeckt. Geladen. Drei Kugeln fehlen im Magazin. In seinem Wäschekorb lag ein Mantel. Darauf hat Hummel drei kastanienbraune Haare und getrocknetes Blut gefunden, das zu Ambers Blutgruppe passt.«

Mettner riss die Augen auf. Er begann zu schwanken. Gretchen nahm ihn beim Arm und hakte sich fest bei ihm unter, damit er nicht umfiel. »W...was?«

»Das war es, was wir dir verschwiegen haben, Mett«, fuhr Josie fort. »Aber das ist auch schon alles, was wir wissen. Wir müssen weiter davon ausgehen, dass sie noch am Leben ist, und an dem Fall arbeiten.«

Er wollte etwas sagen, doch kam nur ein erstickter Schrei über seine Lippen. Er hielt sich an Gretchen fest, die ihren Arm um seine Hüfte schlang und ihn aufrecht hielt. Josie stellte sich wenige Zentimeter vor ihn und sah ihm aus nächster Nähe fest in die Augen. »Jetzt hör mir einmal zu, Mett. Du hast recht. Ich habe viele Fälle bearbeitet, bei denen ich persönlich involviert war. Es war zermürbend. Ich empfehle das nicht. Im Augenblick kann dich nur der Chief wiedereinsetzen. Niemand von uns hat die Befugnis dazu. Aber du kannst dich zu uns setzen. Keiner wird dich rausschicken. Wenn du zufällig ein paar gute Vorschläge oder Ideen hast, wie wir weiter ermitteln sollen, dann wird dir jeder von uns zuhören. Verstehst du das?«

Er nickte.

»Aber im Moment wirst du von deinen Gefühlen überwältigt«, fuhr sie fort. »Du musst eine Möglichkeit finden, sie beiseitezuschieben und für später aufzuheben. Wenn du Amber helfen willst, musst du fokussiert bleiben. Pack deinen Schmerz weg, Mett, oder geh nach Hause und warte, bis wir dich anrufen.«

Er schluckte. »Ich weiß nicht, ob ich das schaffe.« Er sah auf Gretchen hinab, dann zu Josie und schließlich zu Noah. »Ich bin nicht wie ihr.«

Noah hob eine Braue. »Mach dich nicht lächerlich. Du bist einer von uns, Mett.«

»Nein, ich bin *nicht* wie ihr. Ich hatte keine verkorkste Kindheit. Ich wurde weder gekidnappt noch von einem Serienkiller verfolgt. Ich habe keine Verwandten, die ermordet wurden. Meine Eltern haben nie versucht, mir wehzutun, haben mich nie im Stich gelassen. Ich habe eine großartige Familie und hatte eine wunderbare Kindheit. Ich bin mental stabil. Ich habe keine Traumata, die es mir leicht machen, nichts zu empfinden.«

»Du denkst tatsächlich, wir empfinden nichts?«, fragte Gretchen.

»Ihr tut zumindest so.«

Noah legte eine Hand auf seine Schulter. »Wir machen dasselbe durch wie du, Finn«, sagte er.

»Ganz genau dasselbe«, fügte Gretchen hinzu. »Jedes. Beschissene. Bisschen.«

»Finn«, sagte Josie leise. »Du kannst froh sein, dass du nicht weißt, wie du verdrängen musst, um zu überleben. Ich freue mich, dass du mental stabil bist.«

»Ja«, pflichtete ihr Gretchen bei. »Das ist keine Charakterschwäche.«

»Aber du musst dich fokussieren«, beschwor ihn Noah. »Josie hat recht. Wenn du Amber helfen willst, brauchen wir deine Fähigkeiten als Ermittler. Wenn du denkst, dass du das durchstehst, dann bleib hier. Setz dich. Wir gehen einfach noch einmal alles durch und reden darüber, was als Nächstes zu tun ist.«

Gretchen ließ ihn los. Er brauchte einen Augenblick, um sich über das Gesicht zu fahren und seine Kleidung in Ordnung zu bringen. Dann setzte er sich an seinen Schreibtisch. Als alle saßen, schrieb Josie dem Chief eine Nachricht und fragte, ob man auf der Suche nach Gabriel Watts schon weitergekommen war. War man nicht. Josie, Noah und Gretchen rekapitulierten die bisherigen Ergebnisse und erläuterten auch alle anderen Spuren, denen sie nachgingen. Selbst Josies Unterhaltung mit Devon Rafferty und die dürftige Verbindung zu einer gewissen Purdue erwähnten sie.

»Ich möchte, dass wir alle Ex-Männer von Lydia ausfindig machen«, sagte Josie. »Wie es scheint, hat uns noch niemand die Wahrheit über Ambers Familie gesagt. Irgendetwas verbergen sie alle. Ich glaube, da steckt noch viel mehr dahinter, als dass sie nur toxisch oder dysfunktional waren, und weit Schlimmeres als eine Scheidung.«

»Zum Beispiel?«, hakte Mettner nach.

Josie zuckte die Schultern. »Ich weiß es nicht. Aber der einzige Watts, mit dem wir im Moment reden können, ist Hugo. Und er hat so ziemlich allem widersprochen, was wir von Lydia und den besten Freundinnen der Schwestern gehört haben. Vielleicht müssen wir den Kreis weiter fassen und mit Leuten im weiteren Umfeld der Familie reden. Lydias Ex-Männer waren im Prinzip Gabriel Watts' Stiefväter. Hugo hat zwar behauptet, sie hätten nichts mit Lydias Kindern zu tun haben wollen, aber das muss nicht unbedingt stimmen. Vielleicht hatte Gabriel ein gutes Verhältnis zu einem von ihnen und versteckt sich dort.«

»Ich habe mir die Liste der Ex-Männer aufgeschrieben«, sagte Gretchen. »Ich kann sie abarbeiten, wenn du willst.«

»Was möglicherweise nicht ganz einfach ist«, wandte Josie ein. »Wir wissen nicht, in welchen Countys sie leben.«

Gretchen zog eine Braue hoch. »Willst du damit sagen, dass ich als Rechercheurin im Internet nicht so gut bin wie du, Boss?«

»Vielleicht«, entgegnete Josie grinsend.

Gretchen nickte und begann ihre Computermaus zu bewegen. »Herausforderung angenommen.«

»Das ist ja alles schön und gut«, schaltete sich Mettner ein. »Aber wie passt Thatcher Toland in das Szenario? Was zum Teufel wollte er bei Amber? Sie kann ihn nicht einmal ...« Er verstummte und senkte den Blick.

»Was kann sie nicht einmal, Mett?«

Mettner schüttelte den Kopf. »Sie kann ihn nicht ausstehen. Absolut nicht. Immer wenn er im Fernsehen kam, bestand sie darauf, dass wir umschalten, selbst wenn es nur eine Werbung war.«

»Das muss ja ganz schön unangenehm für dich gewesen sein«, bemerkte Noah. »Wenn man bedenkt, dass du eine Hochzeitsbroschüre seiner neuen Megakirche und einen Verlobungsring in deiner Unterwäscheschublade hattest.«

Mettner legte den Kopf in die Hände. »Hätte ich mir denken können, dass ihr das gefunden habt. Ja, gut, ich habe es ihr noch nicht einmal gezeigt, vor allem, nachdem ich gemerkt habe, wie sehr sie den Typen hasst. Ich wollte mit ihr über ihn reden, weil ich mir einige seiner Videos online angesehen habe. Er ist gar nicht so schlecht. Ich finde, seine Botschaft ist okay. Amber hat mich einmal dabei erwischt, als ich mir ein Video von ihm reingezogen habe. Sie ist an die Decke gegangen. Hat sich aufgeführt, als hätte ich mir gerade Pornos oder so etwas angesehen. Als sie dann auch noch sein Buch bei mir entdeckt hat ...«

»Du hast sein Buch gelesen?«, fragte Josie.

»Nein. Meine Mom hat es gelesen und dann mir gegeben. Alle ihre Kinder haben eines von ihr bekommen. Sie mag den Typen. Auf jeden Fall wollte meine Mom, als die große Eröffnung dieser Megakirche am Heiligabend verkündet wurde, dass wir alle – die ganze Familie – gemeinsam den diesjährigen Weihnachtsgottesdienst dort besuchen.«

»Amber muss begeistert gewesen sein«, meinte Gretchen.

»Sie ist ausgeflippt. Sagte, wir könnten nicht hingehen. Ich habe zu ihr gesagt: ›Ist doch nur ein einziger Gottesdienst. Meine Mom will ja nicht, dass wir der Kirche beitreten, sondern nur ein einziges Mal mit ihr zum Gottesdienst gehen.‹ Da ist sie wieder völlig ausgetickt. Sie meinte, er sei ein Lügner und verabscheuungswürdiger Mensch und jeder, der den Mist glaube, den er verzapfe, sei ein Idiot.«

»Schon heftig«, meinte Gretchen.

Mettner nickte. »Ja, genau. So kam eins zum anderen. Ich dann: Was, du nennst meine Mom eine Idiotin? Ab da wurde es hässlich. Ich habe gesagt, ich würde ohne sie gehen. Aber sie meinte, sie wollte nicht einmal, dass ich auch nur in die Nähe von Toland käme. Also habe ich ihr gesagt: ›Das ist meine Familie und wir können uns da nicht so einfach davor drücken. Außerdem ist es das Einzige, worum mich meine Mom gebeten hat.‹ Da wollte Amber, dass ich mich entscheide – entweder sie oder meine Familie. Ich sagte, dass sie völlig überreagiere und er doch nur irgendein Fernsehprediger sei. Dann habe ich ihr noch einige Dinge an den Kopf geworfen, auf die ich nicht stolz bin. Sie hat geweint. Ich habe versucht, mich zu entschuldigen, aber es war zu spät. Sie hat sich das Buch geschnappt und mir irgendein blödes Zeug daraus vorgelesen. Dann kam sie mit so

Sachen wie: ›Was meinst du, worüber der da schreibt, Finn? Denk einmal darüber nach.‹ Ich hatte keine Ahnung, was sie meinte. Schließlich sagte sie: ›Wir haben uns jetzt nichts mehr zu sagen.‹ Sie nahm das Buch und ist gegangen. Das war's.«

Josie sah ihn eindringlich an. »Das Buch in ihrem Haus hat dir gehört?«

»Meiner Mom.«

»Was hat sie daraus vorgelesen?«, wollte Noah wissen.

Mettner zuckte die Schultern. »Keine Ahnung. Ich habe das Buch ja nicht einmal gelesen!«

Josie zog das Exemplar, das Devon Rafferty ihr gegeben hatte, unter einem Stapel Akten auf ihrem Schreibtisch hervor und warf es Mettner zu. »Such die Passage«, sagte sie.

»Ist das dein Ernst?«

»Und ob.«

»Aber ich habe das Buch noch nie gelesen.«

»Dann lies es jetzt.«

Er starrte Tolands Bild auf dem Umschlag an und schüttelte den Kopf. »Warum war der Kerl bei Amber? Kannten die sich?«

Gretchen lehnte sich in ihrem Stuhl zurück und verschränkte die Finger unter ihrem Kinn. »Hört sich fast danach an, oder? So heftig reagiert man doch normalerweise nicht auf eine Berühmtheit, die man noch nie getroffen hat. Zumindest ist das meine Meinung.«

»Verdammt«, schimpfte Mettner. »Ich bin so blöde. Ich habe mir nichts dabei gedacht. Was stimmt mit mir nicht? Außerdem sagtet ihr, er habe auch mit ihrer Schwester gesprochen? Bevor sie starb?«

»Glauben wir zumindest«, sagte Noah. »Aber beweisen können wir es nicht.«

Mettner klopfte mit den Fingern auf den Buchumschlag. »Was hat er gemacht? Was hat er Amber angetan?«

»Ich weiß es nicht«, erwiderte Josie. »Aber er kommt immer

wieder ins Spiel, Mett. Genau wie der Russell-Haven-Damm. Da muss es einen Zusammenhang geben. Nur kennen wir ihn noch nicht.«

»Eden erzählte ihrer Freundin, dass der alte Mann, den sie im Café getroffen hat, ein ehemaliger Nachbar gewesen sei«, merkte Gretchen an. »Es ist durchaus möglich, dass sie das behauptet hat, damit Karishma keine Fragen mehr stellt. Es könnte aber auch wahr sein.«

»Wir wissen nicht einmal, wo die Watts-Geschwister überall gewohnt haben, als sie noch klein waren«, meinte Noah.

»Sofern es nicht die Häuser waren, die sich Eden und Amber angesehen haben, bevor Eden starb und Amber verschwand«, gab Josie zu bedenken.

»Ich kann unsere Datenbanken nach den Adressen durchsuchen, an denen Thatcher Toland, Hugo Watts und Lydia Norris gewohnt haben, und sie dann vergleichen. Mal sehen, ob es Übereinstimmungen gibt«, schlug Noah vor. »Vielleicht haben Amber und Eden irgendwann in der gleichen Stadt gewohnt wie Thatcher Toland.«

»Er hatte früher eine kleine Kirche«, hob Josie hervor. »Damit hat er angefangen. Vielleicht gehörten sie zu der Kirche.«

Mettner stand auf. »Ich hole euch jetzt Kaffee. Dann sehe ich, ob ich den Passus im Buch noch finde, den mir Amber vorgelesen hat.«

NEUNUNDDREISSIG

Sie arbeiteten bis Mitternacht, sortierten Berichte, gingen die Hinweise immer wieder durch und diskutierten über den Fall. Unterdessen las Mettner so viel er konnte, ohne einzuschlafen. Der Streifenpolizist, den Gretchen vor Tolands Kirche stationiert hatte, kehrte zum Revier zurück und berichtete, dass Paul um halb zwölf endlich bei der Kirche erschienen war, um nachzusehen, ob alle Türen verschlossen waren. Er habe ihm gesagt, dass die beiden Thatchers nach New York gefahren seien, um bis zur Eröffnung der Megakirche Pressetermine wahrzunehmen.

Um Mitternacht tauchte der Chief auf und schickte sie alle nach Hause. Die Suche nach Gabriel Watts war bis zum Morgen unterbrochen worden. Alles stand nun still. Aber nach Hause zu gehen war das Letzte, wonach Josie gerade war. Das fühlte sich an, als würden sie kapitulieren und Amber aufgeben. Was, wenn sie noch am Leben war? Wenn sie irgendwo da draußen war, eingesperrt, wartend und hoffend, dass man sie fand? Bei der Heimfahrt kam ihr immer wieder der Post-it-Zettel mit ihrem Namen in den Sinn, den Amber auf das Tagebuch aus ihrer Kinderzeit geklebt hatte. Hatte Amber gewollt, dass Josie es mit den Nummern darin fand? Aber was sollte Josie damit anfangen? Nicht einmal der Chief hatte das Rätsel gelöst – und er konnte immerhin auf jahrzehntelange Erfahrung als Ermittler zurückgreifen. Warum hatte Amber ihr Tagebuch an ihrem Arbeitsplatz zurückgelassen? Hatte sie geahnt, dass ihr etwas zustoßen würde? Hatte sie es deshalb in ihrem Schreibtisch versteckt? Auf der Arbeit statt zu Hause? Oder hatte sie vorgehabt, es eines Tages Josie zu geben? Wollte sie Josie wegen einer Sache mit den Zahlenfolgen um Hilfe bitten?

»Hör auf«, sagte Noah vom Fahrersitz aus, als sie zu Hause ankamen.

»Hör womit auf?«, fragte Josie.

»Über die Arbeit nachzudenken. Du brauchst jetzt Ruhe. Wir beide brauchen Ruhe.«

Sie wusste, dass er recht hatte. Drinnen waren Trouts aufgeregte nasse Hundeküsse nach dem Tag, den sie gehabt hatten, eine willkommene Seelenmassage. Sie führten ihn kurz aus, fütterten ihn und spielten eine Zeit lang mit ihm, bevor sie zu Bett gingen. Zufrieden zwängte er sich zwischen sie, den Rücken an Josie gedrückt und die Beine an Noahs Hüfte gestützt. Für einen kleinen Hund nahm er viel Bett in Anspruch. Josie lag auf dem Rücken, starrte an die dunkle Decke und lauschte Trouts und Noahs Schnarchduell. Obwohl sie völlig erschöpft war, konnte sie nicht einschlafen. Immer wenn sie die Augen schloss und wegzudämmern begann, riss die Erinnerung an Edens Klammergriff um ihr Handgelenk sie wieder aus dem Schlaf. Nach dem dritten Mal gab sie auf.

Leise öffnete sie die Schublade ihres Nachtschränkchens und tastete darin herum, bis ihre Finger Perlen fanden. Im Licht des Weckerdisplays konnte sie die glatten grünen Perlen des Rosenkranzes sehen, den ihr der Chief gegeben hatte, als ihre Großmutter im Krankenhaus im Sterben lag. Josie nahm ihn in die Hand und schloss die Augen. Monatelang hatte sie den Kranz mit sich herumgetragen, bis sie eines Tages vergessen hatte, ihn in die Tasche zu stecken. Seither lag er in ihrem Nachtschränkchen. Manchmal, wenn sie das Gefühl hatte, als würde ihr Inneres zerreißen oder aus ihr herausbrechen, als sei ihre Psyche ein hauchdünnes Papiertuch, holte sie ihn heraus.

Sie war nicht katholisch, ja, nicht einmal besonders religiös, aber der Chief hatte ihn ihr nicht deshalb gegeben. Der Rosenkranz beruhigte sie. Sie erinnerte sich noch ganz genau an den Tag, als er ihn ihr überlassen hatte.

»Was ist das?«

»Ein Rosenkranz-Kettchen«, erwiderte er.

»Ich bin nicht katholisch, Sir«, sagte Josie.

»Ich auch nicht.«

Sie starrte das Kettchen an. Daran war ein Medaillon mit einer Frau in fließendem Gewand. Um sie herum standen die Worte »Maria Knotenlöserin«.

Josie war zu müde, um zu begreifen, was Chitwood vorhatte.

»Ich verstehe nicht, Sir.«

Er griff nach ihrer Hand und schloss ihre Finger über dem Armband.

»Eines Tages werde ich Ihnen erzählen, wie ich zu diesem Ding gekommen bin. Im Moment müssen Sie nur Folgendes wissen: Selbst wenn Sie noch nie in Ihrem Leben gebetet haben – wenn jemand, den Sie lieben, im Sterben liegt, werden Sie das Beten verdammt schnell lernen. Jemand, der zutiefst an die Macht des Gebets glaubte, hat mir das gegeben, und damals war es ein großer Trost für mich. Vielleicht wird es Ihnen nichts bedeuten. Ich weiß es nicht. Wie dem auch sei, wenn Lisettes Zeit gekommen ist, wird sie hier nichts mehr halten, doch was ist mit Ihnen? Sie werden jede Hilfe brauchen, die Sie bekommen können. Behalten Sie das Kettchen,

bis Sie bereit sind, es mir zurückzugeben, und, Quinn, ich will es auf jeden Fall zurück.«

»Wie weiß ich denn, dass ich bereit bin, es zurückzugeben?«, fragte Josie.

Chitwood ging davon. Über die Schulter sagte er: »Ach, das werden Sie dann schon merken.«

Josie war noch nicht bereit, es zurückzugeben. Sie hatte nach wie vor keine Ahnung, woher sie wissen sollte, wann es so weit war. Chitwood gab ihr stets das Gefühl, dass sie in einem Spiel mitspielte, dessen Regeln sie nicht kannte. Sie drückte die Perlen, bis sich das Medaillon in ihre Handfläche grub. Welchen Trost hatte Gabriel Watts in Thatcher Tolands Kirchengemeinde gefunden? Was für Sünden hatte Eden ihrer Meinung nach wiedergutmachen müssen? Worin war die Familie Watts verwickelt gewesen, dass alle drei Geschwister die Beziehung zu ihren Eltern mehr oder weniger abgebrochen hatten? Welche Verbindung gab es zu Toland? Was war mit dem Russell-Haven-Damm? Welche Bedeutung hatte er? Sie war sich sicher, dass sie nicht falsch lag, wenn sie ihm eine Rolle in dem Ganzen zuschrieb. Und was war mit diesen verdammten Nummern? Was hatten sie zu bedeuten?

Josie setzte sich auf und stellte ihre Beine auf den Boden neben dem Bett. Trout seufzte im Schlaf und drehte sich prompt so, dass er nun mit dem Rücken an Noahs Seite lag. Nachdem sie die Decke über beide gelegt hatte, tapste sie hinunter in die Küche, wo ihr Laptop auf dem Tisch lag. Sie fuhr ihn hoch und begann nach möglichen Verbindungen zwischen Thatcher Toland und dem Russell-Haven-Damm zu suchen. Warum hatte sie nicht schon früher daran gedacht? Aber sie fand nichts. Frustriert startete sie einen neuen Suchbefehl, diesmal nur nach Thatcher Toland. Hunderttausende Treffer erschienen. Sie klickte auf einen Zeitungsartikel mit der Überschrift:

Thatcher Toland: Geld hat nie eine Rolle gespielt

Als angesehener Fernsehprediger mit vielen zehntausend Gemeindemitgliedern und einer Onlinegefolgschaft, die in die Millionen geht, ist Thatcher Toland sicher nicht irgendwer. Doch genau diesen Eindruck vermittelt er, als er sich an diesem Samstagvormittag in seiner Heimatstadt Collegeville mit mir zum Brunch trifft. In seinem lässigen Outfit mit Jeans und Windjacke sowie den vom Wind zerzausten Haaren sieht er aus wie jeder andere Durchschnittstyp zwischen sechzig und siebzig. Glamourös hätte er nicht einmal gewirkt, wenn er gewollt hätte. Und genau das macht seinen Charme aus, merke ich. Natürlich hat er eine Botschaft, die er Millionen vermitteln möchte. Natürlich hofft er die Welt in seiner Eigenschaft als Prediger zu verändern. Und natürlich möchte er auch die Geknechteten ansprechen, die Sünder unter uns, und ihnen Hoffnung, einen Daseinszweck und vielleicht auch einen neuen Sinn im Leben geben. Aber bei einem gemeinsamen Essen ist Thatcher Toland nichts weiter als ein Mann, der seine Spiegeleier gewendet mag und den Frühstücksspeck knusprig. Er fragt den Kellner nach seinem Namen und will von ihm – aufrichtig interessiert – wissen, wie sein Vormittag war. Er lebt seit vielen Jahren nicht mehr hier und kennt niemanden mehr in der Stadt, in der er aufgewachsen ist.

Auch als er sich ganz mir zuwendet, scheint er aufrichtig interessiert zu sein. Ja, er stellt mir so viele Fragen über mein Leben und meine Familie, dass ich Mühe habe, das Gespräch wieder zu einem Interview mit ihm zurückzubiegen. Als ich zum dritten Mal darauf hinweise, dass wir hier sind, um über ihn und nicht über mich zu sprechen, lacht er und entschuldigt sich. »Schießen Sie los«, fordert er mich auf. »Fragen Sie mich irgendetwas. Ich bin ein offenes Buch.« Klingt zunächst aufgesetzt, keine Frage. Als wolle er mir den Thatcher Toland verkaufen, den die Welt in ihm sehen soll. Nur: Wenn man mit ihm redet, ist er entwaffnend aufrichtig. Seine Antworten sind mitunter brutal ehrlich. Als ich ihn nach der finanziellen Seite seines Wirkens als Prediger frage, zuckt er zusammen und räumt ein: »Ich wünschte, Geld würde keine Rolle spielen. Daran war mir nie gelegen. Sie müssen wissen, ich bin im Wohlstand aufgewachsen. Meine Eltern hatten ein Speditionsunternehmen, ein sehr erfolgreiches noch dazu. Es hat mir an nichts gefehlt. Ich hätte in das Familienunternehmen einsteigen können. Aber ich wollte etwas machen, mit dem mein Innerstes zufrieden war.«

Der Haken daran: Wer Tolands neues Buch Erwache zum Glauben liest, weiß, dass die Anfänge seiner Karriere als Gottesmann in einer nicht konfessionsgebundenen Kirche in Südostpennsylvania alles andere als zufriedenstellend waren. »Ich dachte, ich wüsste, was Glaube sei«, umreißt er seine frühen Tage. »Aber ich war jung und dumm und ließ mich von vielen falschen Dingen verleiten. Ich hatte Beziehungen, die ich heute bedauere. Unangemessene Beziehungen. Ich dachte, ich stünde über den Regeln der Gesellschaft, weil ich ja ein Mann Gottes war. Dachte, ich könnte tun, was ich wollte. Aber ich lag falsch. Ich habe Menschen wehgetan. Und mir auch.«

Als ich ihn frage, was er mit »unangemessenen Beziehungen« meint, lächelt er gequält und erwidert, dass er zum Schutz der Privatsphäre aller Beteiligten lieber nichts dazu sagen möchte. »Darum geht es auch gar nicht, oder?«, fährt er fort. »Ich weiß, dass online viel spekuliert wird. Hatte ich eine Affäre mit einer verheirateten Person? Oder mit jemandem in der Kirche? Einer Kollegin? Habe ich jemanden zu meinem Vorteil ausgenutzt? Es ist nicht so, dass ich Probleme hätte, zuzugeben, was ich getan habe. Ich möchte nur die anderen Betroffenen schützen. Ich habe ihnen schon genug geschadet. Würde ich sie ohne ihre Zustimmung ins Rampenlicht zerren, wären meine Sünden nur noch ungeheuerlicher. Stattdessen

versuche ich nun, meine Fehler der Vergangenheit wiedergut-
zumachen. Genau darum geht es in meiner Arbeit. Ich glaube,
wenn wir alle beschließen, aus unserem Dämmerschlaf oder
Selbstbetrug zu erwachen und Verantwortung für unsere
Sünden zu übernehmen, können wir frei und mit Gottes Liebe
leben. Das kann unser Leben verändern.«

Josie fand im weiteren Verlauf des Artikels nichts Verwertbares, schloss ihn und ging weiter die Suchergebnisse durch. Sie
stieß noch auf einige Artikel darüber, wie er seine Frau kennengelernt hatte. Sie war Immobilienmaklerin gewesen und hatte
ihm sein erstes Haus verkauft. Daraus ergab sich ein langes
Werben um sie, gefolgt von einer noch längeren Verlobungszeit.
Aber Thatcher war der Ansicht, Gott habe sie in sein Leben
gebracht, damit sie ihm helfe, seine Gemeinde zu mehren,
sodass immer mehr Menschen zum Glauben erwachen und
ihre Fehler wiedergutmachen würden.

Josie setzte ihre Suche fort und überflog die Ergebnisse, bis
ihre Augen vor Müdigkeit brannten. Sie klickte auf einen
weiteren Sucheintrag, in dem gefragt wurde: »Was ist Thatcher
Tolands Kirchenimperium wert?«. Der Verfasser des Artikels
schätzte die Summe auf etwa fünfundzwanzig Millionen
Dollar.

»Himmel«, murmelte sie.

Sie klickte die Seite weg, loggte sich in eine Datenbank ein
und rief Tolands Führerschein auf. Darauf musste eine Wohn-
adresse angegeben werden. Allerdings besaß er bei einem
Vermögen von fünfundzwanzig Millionen Dollar und einer
Frau, die früher einmal im Immobiliengeschäft tätig gewesen
war, sicher viele Häuser. Als Adresse erschien ein Anwesen in
Gilbertsville, einer Stadt in Montgomery County im Bundesstaat Pennsylvania, etwa eine Autostunde südlich von Denton.
Josie loggte sich in das Finanzamt von Montgomery County ein
und holte sich die Daten zu seinem Anwesen. Toland und seine

Frau hatten es vor zehn Jahren für mehr als eine Million Dollar gekauft. Josie wollte das Fenster gerade schließen, als ihr etwas ins Auge fiel.

»Das gibt es doch nicht«, stieß sie hervor.

Sie lief nach oben, um ihr Handy zu holen. Weder Noah noch Trout wachten auf oder bewegten sich auch nur. Sie ließ sie weiterschlafen. Wieder zurück im Erdgeschoss rief sie die Fotos auf, die sie von Ambers Tagebuch aus Kindheitstagen gemacht hatte. Sie scrollte zu der Seite mit den Nummern darauf und fand, wonach sie suchte. Es passte nicht perfekt, aber es war ein Indiz.

Diese Nacht würde sie keinen Schlaf mehr finden.

VIERZIG

Um neun Uhr vormittags stand Josie, noch immer voller Adrenalin, im Großraumbüro des Reviers vor ihrem Team und Chief Chitwood. Sie war zur Arbeit gefahren, bevor Noah aufgewacht war, und hatte ihm eine Notiz geschrieben, dass er gleich nach dem Aufstehen ins Büro kommen solle. Sie brauchte seine Hilfe, um alle Informationen zu ordnen, vor allem, nachdem er sich schon so viel mit den Immobilien befasst hatte. Während er Papierstapel auf den Schreibtischen sortierte, lief der alte Drucker in der Ecke des Raums noch immer geräuschvoll. Doch sie hatte nun, was sie brauchte.

»Jetzt fangen Sie schon an, Quinn«, drängte Chitwood sie. »Die Spannung bringt mich um.«

Sie verteilte ein ausgedrucktes Blatt, auf das sie die Nummern aus Ambers Tagebuch geschrieben hatte. Die zwölfstelligen Zahlenfolgen hatte sie unterstrichen. »Sie haben es tatsächlich herausbekommen?«, fragte der Chief.

»Genau«, antwortete Josie.

Mettner blickte auf. »Du machst Witze. Wie?«

»Muss der Schlafmangel gewesen sein«, murmelte Gretchen.

»Im Prinzip schon«, pflichtete Josie ihr bei.

»Also, was ist das hier, Quinn?«, fragte Chitwood.

»Das ist eine Liste mit Flurstücknummern«, sagte Josie.

»Keine Ahnung, was das ist«, meinte Mettner müde.

»Die Nummer, die die Finanzbehörden einem Stück Land zuordnen«, sagte Noah. »Damit können sie nachvollziehen, ob die Grundsteuern bezahlt wurden. Aber jedes County ist selbst verantwortlich für das Eintreiben der Grundsteuer. Und jedes hat sein eigenes System.«

»Das bedeutet, dass jedes County in Pennsylvania ein anderes Nummernformat für die Flurstücke hat«, fügte Josie hinzu. »Letzte Nacht konnte ich nicht schlafen, also bin ich aufgestanden und habe ein bisschen zu Thatcher Toland recherchiert. Auf seinem Führerschein steht als Wohnsitz eine Adresse in Montgomery County. Als ich sie auf der Seite des Grundbuchamts überprüft habe, ist mir die Ähnlichkeit der Flurstücknummer mit einigen der Nummern auf der Liste aufgefallen, die Amber aufgeschrieben hat.«

»Ich habe Informationen über einige der Anwesen eingeholt, die Amber und Eden auf ihren Geräten aufgerufen hatten«, ergänzte Noah. »Sie befanden sich alle in Montgomery County. Aber auf die Flurstücknummern habe ich nicht geachtet.«

»Auf die achtet auch niemand, da bin ich mir sicher«, meinte Josie. »Ich habe mir die Immobilien ebenfalls angesehen, als Noah die Daten dazu aufrief, und genauso wenig auf die Flurstücknummern geachtet. Aber seither bin ich diese verdammten Nummern immer und immer wieder durchgegangen. Ich kann sie inzwischen praktisch auswendig.«

»Bedeutet das, dass sich die unterstrichenen Nummern auf Anwesen in Montgomery County beziehen?«

»Genau«, antwortete Josie aufgeregt. »Aber das ist noch nicht alles. Ich habe mir die Unterlagen angesehen, die sich Noah von den verschiedenen Grundbuchämtern besorgt hat.

Und ich konnte nicht nur diese Nummern, sondern fast alle anderen zuordnen. Hier.«

Sie begann die Ausdrucke zu verteilen. »Was ihr gerade in den Händen haltet, ist ein Verkaufsvertrag und ein paar Immobiliendokumente.«

»Ein Haus in Dauphin County«, sagte Gretchen und überflog die Seiten. »Teuer. Die Flurstücknummer ist auf der Liste, die Amber aufgeschrieben hat. Gekauft wurde es vor ein paar Jahren von einem Lemuel Purdue. Das ist einer von Lydia Norris' Ehemännern. Ich habe nachgesehen.«

»Ich verstehe das nicht«, sagte Mettner.

»Sie war achtzehn Monate lang mit einem Lemuel Purdue verheiratet.«

»Ich verstehe es noch immer nicht«, wiederholte Mettner.

»Sieh dir den Abschnitt an, in dem die Maklerin des Käufers genannt ist.«

Chief Chitwood stieß einen leisen Pfiff aus. »Nadine Fiore war seine Maklerin.«

»Genau!«, rief Josie. »Nadine Fiore war seine Immobilienmaklerin, als er das Haus gekauft hat.«

»Moment mal«, sagte Gretchen, holte ihr Notizbuch von ihrem Schreibtisch und blätterte darin herum. »Die Datumsangaben. Diese Datumsangaben. Nadine Fiore verkaufte Mr Purdue das Haus sechs Monate bevor er Lydia heiratete.«

»Richtig«, pflichtete ihr Josie bei. Sie deutete auf einen Stapel Papiere auf ihrem Schreibtisch. »Hier haben wir alles. Nadine Fiore verkaufte jedem von Lydias Männern im Jahr vor ihrer Heirat mit ihnen Häuser.«

»Und alle Männer waren reich, oder?« fragte Mettner.

Gretchen blätterte eine weitere Seite in ihrem Notizbuch um. »Sie waren nicht nur reich, sondern auch sehr alt, als Lydia sie heiratete. Die fünf Männer, die Hugo erwähnte, also Chasko, Purdue, Kleymann, Vawser und Norris, sind alle bereits tot. Sie waren schon recht betagt, als Lydia sie heiratete.

Und wenn ich sage, betagt, dann meine ich, dass keiner unter achtzig war.«

Mettner machte ein angewidertes Gesicht. »War Lydia nicht ...«

»... in manchen Fällen ganze vierzig Jahre jünger als diese Herren, genau«, brachte Gretchen den Satz zu Ende. »Außerdem hatte keiner von ihnen Kinder. Deshalb erbte Lydia alles. Das war für mich die schockierendste Entdeckung des Morgens. Scheint, als seist du doch die bessere Internetrechercheurin, Boss.«

»Das war ein abgekartetes Spiel«, sagte Noah, griff hinüber zum Papierstapel auf Josies Schreibtisch und zog weitere Blätter hervor, die er austeilte. »Als Maklerin kannte Nadine Fiore die finanziellen Verhältnisse ihrer Mandanten. Vermögenswerte, Schulden, alles.«

»Außerdem wusste sie, welche ihrer Mandanten alt, kinderlos und unverheiratet waren«, fügte Chitwood hinzu.

»Nadine lernt die Männer kennen, als sie ihnen ein Haus verkauft«, folgerte Mettner. »Sie setzt Lydia auf sie an. Lydia verführt und heiratet sie. Kurz darauf sterben sie. Sie erbt alles.«

»Jetzt seht euch die Immobilienunterlagen von Lemuel Purdue an, die euch Noah soeben gegeben hat«, fuhr Josie fort. Sie war so aufgekratzt, dass sie auf ihren Fußballen wippte.

Alle begannen das neue Dokument durchzulesen. »Das kann nicht sein«, sagte Mettner. Josie konnte an seinem blassen Gesicht sehen, dass er ebenso reagierte wie sie heute Morgen. Endlich fügten sich einige Puzzlestücke zusammen. Das Bild nahm Formen an.

»Hugo Watts war der Anwalt, der sich um die Immobilie kümmerte?«, fragte Chitwood.

»Ja«, sagte Noah. »Er war, um genau zu sein, sogar der Anwalt und Testamentsvollstrecker nicht nur für dieses Anwesen, sondern für alle Immobilien von Lydias toten Ehemännern.

Als Anwalt und Testamentsvollstrecker in einer Person hat er sein Honorar praktisch verdoppelt. Nicht nur das, Lydia behielt kein einziges der millionenschweren, manchmal sogar multimillionenschweren Immobilien. Sie hat sie verkauft.«

»Vermutlich mit Nadine als Maklerin«, meinte Chitwood.

»Nein«, entgegnete Josie. »Und hier wird es richtig interessant.«

Sie sahen sie alle überrascht an. »Noch interessanter als dieser Irrsinn?«, fragte Mettner.

»Ja«, antwortete Josie. Sie holte einen weiteren Stapel Blätter und verteilte sie rasch. »Hier ist ein weiterer Verkaufsvertrag. Wir nehmen noch einmal die Purdue-Heirat als Beispiel. Er stammt aus der Zeit, als Mr Purdue schon gestorben war und Lydia das Haus an jemand anderen verkaufte.«

Mettner las den Namen der Maklerin, die Lydia beauftragt hatte, das Haus zu verkaufen. »Eine Vivian Smith. Ja, und?«

»Sie heißt nicht mehr Vivian Smith«, sagte Josie. »Sie hat inzwischen geheiratet und heißt jetzt Vivian Toland.«

Wieder starrten sie alle ungläubig an. Gretchen stieß eine lange Liste von Flüchen aus.

»Vivian und Nadine haben zusammengearbeitet«, erklärte Noah. »Sie begannen in der gleichen Immobilienfirma. Vivian hat uns knallhart ins Gesicht gelogen, als sie behauptete, den Namen Nadine Fiore nie gehört zu haben und ihr noch nie begegnet zu sein.«

»Fiore gehörte das Anwesen in Sullivan County«, fügte Josie hinzu. »Aber sie besaß auch mehrere andere Immobilien im gesamten Bundesstaat. Sie hat wie Vivian Toland viele Jahre lang in Montgomery County gelebt, während sie diese Betrugsmasche abzogen.«

Mettner deutete auf die anderen Papierstapel auf Josies Schreibtisch. »Sind die alle so?«

Josie nickte.

Chitwood sah vom Blatt in seiner Hand auf. »Also noch mal: Wir reden hier von einem groß angelegten Schwindel, bei dem Nadine Fiore, Hugo Watts, Lydia Norris und Vivian Toland gemeinsame Sache machten?«

»Jahrelang«, fügte Josie hinzu. »Nadine hat wohlhabende Männer aufgetrieben, die auf der Suche nach teuren Häusern waren. Sie pickte diejenigen heraus, die dem Tod schon ziemlich nahe waren und keine Kinder hatten. Lydia verführte sie und ließ sich von ihnen heiraten. Sie starben. Hugo kümmerte sich anschließend um die Immobilien, kassierte exorbitante Honorare und als alles unter Dach und Fach war, verkaufte Vivian schließlich die Häuser.«

»Moment mal«, meldete sich Mettner. »Lydia hat das ganze Geld bekommen. Sie muss also über die Jahre einen viele Millionen schweren Immobilienbesitz angehäuft haben.«

»Wie viel, weiß ich nicht«, sagte Gretchen. »Nach dem, was ich herausgefunden habe, waren die Männer zwar reich, aber nicht superreich.«

»Wären sie zu reich gewesen, hätte das zu viel Aufmerksamkeit erregt«, gab Chitwood zu bedenken. »Bei Superreichen wären wahrscheinlich von irgendwoher Angehörige gekommen und hätten dagegen geklagt, dass eine jüngere Frau, die den Verstorbenen erst vor Kurzem geheiratet hat, so viel erbt. Irgendwelche entfernten Cousins ... so jemand in der Art.«

»Klingt plausibel«, sagte Mettner. »Aber wir reden hier von fünf Ehen. Da hat sie sicher einen ordentlichen Batzen Geld zusammengeheiratet.«

»Durchaus möglich«, meinte Gretchen.

»Vier Ehen zwischen den beiden Ehen mit Hugo«, sagte Noah. »Sie hat ihn beim zweiten Mal nicht wegen der Kinder geheiratet oder weil sie sich wieder verliebt hatten oder ›alles in Ordnung gekommen‹ war. Sie hat ihn wieder geheiratet, damit er seinen Anteil an den Immobilien bekam.«

»Mein Gott«, stieß Mettner hervor. »Wartet mal, wie passt

Vivian in das ganze Bild? Es sieht so aus, als hätte sie nur die ganz normalen Maklergebühren bekommen.«

Josies Aufregung legte sich einen Moment. »Daraus werde ich noch nicht schlau. Ich kann mir nur vorstellen, dass sie herausgefunden hat, was sie trieben, und damit drohte, es publik zu machen. Also wurde sie beteiligt, indem man sie zum Schluss mit den Verkäufen betraute.«

»Das würde auch erklären, warum sie so oft umziehen mussten, als Amber aufwuchs«, folgerte Mettner. »Was für ein Durcheinander. Hätte sie mir das nur erzählt.«

Gretchen wedelte mit einem Blatt in der Luft. »Wenn das deine Kindheit gewesen wäre, würdest du das erzählen wollen?«

Mettner verzog das Gesicht. »Auch wieder wahr.«

»Was ist mit den Geschwistern?«, fragte Chitwood. »Wir haben noch nicht über sie gesprochen und wie sie in das Ganze passen. Wenn Hugo, Nadine, Lydia und sogar Vivian Toland so viel Geld ergaunert haben, warum hat Eden dann in einem Zweizimmerapartment gewohnt und ihr Geld als Barista in Philadelphia verdient?«

»Und warum haust Gabriel in so einer Bruchbude?«, fügte Gretchen hinzu. »Wir wissen, dass Amber weg ist und alle Verbindungen abgebrochen hat. Sie wollte von niemandem etwas und ließ nicht einmal zu, dass sie ihr das College bezahlen. Aber was ist mit den anderen beiden?«

»Hugo und Lydia waren wohl keine Bilderbucheltern«, sagte Josie. »Ich bin sicher, sobald die Kinder erwachsen waren, hatten sie kein Interesse mehr daran, sie zu unterstützen. Die eigentliche Frage ist: Wozu haben sie ihre Kinder benutzt?«

»Sie waren bei ihrer Tante, die sie misshandelt hat«, antwortete Mettner.

»Nicht immer«, entgegnete Josie.

»Dann wurden sie eben jedes Mal, wenn Lydia wieder

geheiratet hatte, von einem Ort zum anderen geschafft«, vermutete Mettner.

»Glauben Sie wirklich, dass diese Soziopathen nicht versucht haben, ihre Kinder irgendwie zu instrumentalisieren, um anderen das Geld aus der Tasche zu ziehen?«, warf Chitwood ein.

»Aber wie?«, fragte Mettner. »Wie hätten sie mit den Kindern Geld machen sollen?«

»Der Russell-Haven-Damm«, murmelte Josie.

»Was ist?«, fragte Noah.

»Der Russell-Haven-Damm«, wiederholte Josie. »Der Chief hat recht. Sie haben die Kinder benutzt.«

»Wovon redest du?«, fragte Mettner.

»Als die Kinder klein waren, musste Lydia Monate und manchmal Jahre darauf verwenden, eine Beziehung zu diesen Männern aufzubauen. Hugo musste sich zwischendurch lange Zeit allein um die Kinder kümmern, bis wieder einmal einer der Männer gestorben war. In dieser Zeit hatte er keinen Zugriff auf Lydias Geld. Ja, er hat sie manchmal bei Nadine gelassen, aber sie haben nicht ständig bei ihr gelebt. Nach alledem, was wir von ihr wissen, bezweifle ich auch, dass sie damit einverstanden gewesen wäre, Hugos Kinder großzuziehen, während er sein Leben lebte und Lydia reiche Ehemänner um ihre Häuser brachte. Hugo hatte sie also mit Sicherheit ziemlich oft. Er hat uns ja erzählt, dass er jedes Mal mit ihnen umgezogen ist, wenn Lydia wieder geheiratet hatte.«

»Damit sie in der Nähe ihrer Mutter waren«, fügte Gretchen hinzu.

»Keineswegs«, widersprach Noah. »Damit er Lydia im Auge behalten und sicher sein konnte, dass sie bei den Betrügereien ihren Teil erfüllte.«

»Klingt logisch«, stimmte Josie ihm zu. »Er muss die Kinder irgendwie benutzt haben. Wenn es ihm gelungen wäre, sie für kleinere Gaunereien einzuspannen, hätte er genug Geld machen können, um sich und die Kleinen über Wasser zu halten, während Lydia das große Geld heranschaffte.«

»Er ist Anwalt«, wandte Mettner ein. »Warum hätte er seinen Nachwuchs benutzen sollen, um Leute um ihr Geld zu betrügen und damit über die Runden zu kommen?«

»Ich glaube nicht, dass er viel praktiziert hat«, meinte Gretchen. »Dazu war er viel zu viel von County zu County unterwegs. Vielleicht hat seine Anwaltstätigkeit nicht regelmäßig Geld eingebracht. Oder er hat zu schnell durchgebracht, was hereinkam. Ich glaube, der Boss hat recht. Er benutzte die Kinder für kleinere Betrügereien zu seinem Vorteil, während Lydia die langfristigen krummen Dinger durchzog.«

Josie nickte. »Genau! Ich habe mir auch überlegt, ob Ella Purdue vielleicht in Wirklichkeit Lydia war und einen falschen Namen benutzt hat, um sich bei Jeremy Rafferty als Patientin einzuschleichen und ihn zu erpressen. Aber was kann eine erwachsene Frau schon als Druckmittel benutzen? Rafferty war Witwer.«

»Eventuell einen Missbrauchsvorwurf?«, schlug Mettner vor. »Vielleicht hat sie gedroht, an die Öffentlichkeit zu gehen und ihn fälschlicherweise zu beschuldigen, dass er sie vergewaltigt habe?«

»Nein«, sagte Josie. »Ich meine, Sinn ergäbe es schon. Aber ich glaube nicht, dass Lydia für all das Zeit gehabt hat. Außerdem wollte sie wohl kaum diese Art von Aufmerksamkeit auf sich ziehen, denn das wäre in den Augen potenzieller Ehemänner ein Makel gewesen. Hinzu kommt, dass Hugo derjenige war, der Geld brauchte.«

»Er hat eines der Mädchen zu einer Patientin von Jeremy Rafferty gemacht«, sagte Noah.

EINUNDVIERZIG

Der Satz hing in der Luft. Die vielen Tassen Kaffee, die Josie heute Morgen schon getrunken hatte, hatten ihre Magenschleimhäute gereizt. Sie versuchte, sich Amber oder Eden als Halbwüchsige vorzustellen, die dazu gebracht wurden, zu lügen und wesentlich ältere Männer zu manipulieren.

»Du willst damit sagen, dass Hugo Dr. Jeremy Rafferty eine seiner Töchter als falsche Patientin untergejubelt hat?«, fragte Mettner.

»Das kann durchaus sein«, meinte Josie. »Irgendwann hat er Rafferty fälschlicherweise beschuldigt, sich gegenüber ihr unangemessen verhalten zu haben. Er drohte vermutlich damit, es öffentlich zu machen oder zur Polizei zu gehen, wenn Rafferty ihn nicht bezahlen würde. Fünfzigtausend Dollar. Himmel!«

Gretchen verzog das Gesicht. »Das ist das Allerletzte.«

»Rafferty hat bezahlt«, resümierte Josie. »Aber er konnte damit nicht leben.«

»Oder er hat dem Kind wirklich etwas angetan«, warf Noah ein.

Josie musste an Devon Raffertys leidenschaftliche Mission

denken, den Namen ihres Vaters reinzuwaschen. »Ich bin mir da nicht so sicher. Aber möglich ist alles. Ungeachtet dessen hat Hugo seine Kinder für unlautere Tricks benutzt. Um sich Geld zu beschaffen, während Lydia mit ihren Ehemännern beschäftigt war.«

»Da ergibt es mit einem Mal Sinn, dass Amber absolut nichts mehr mit ihrer Familie zu tun haben wollte«, meinte Gretchen. »Und auch, dass sie den Grund nicht nennen wollte.«

Chitwood ging zu Josies Schreibtisch und begann die Dokumente zu durchwühlen. »Wir wissen, dass sich Rafferty vor dreizehn Jahren umgebracht hat. Lydia war damals mit Ehemann Nummer vier verheiratet, dem letzten, bevor sie wieder Hugo geheiratet hat. Anschließend hat sie noch einmal einen älteren Mann geehelicht, hat aber weder Hugo noch Nadine in die Sache eingeweiht. Danach hat sie aufgehört.«

»Ich bin sicher, alle wussten, was lief und was mit Rafferty passiert ist«, sagte Noah. »Vielleicht wusste sogar Vivian Toland Bescheid. Sie haben jahrelang bei ihren Betrügereien zusammengearbeitet. Damals war sie noch nicht einmal mit Toland verheiratet.«

»Sofern es nicht etwas war, was Hugo heimlich durchzog«, gab Chitwood zu bedenken.

»Vielleicht wusste Vivian nicht Bescheid«, räumte Josie ein. »Aber ich bin sicher, Lydia war eingeweiht. Und Nadine möglicherweise auch.«

»Lydia hat eine Postkarte mit einem Bild vom Russell-Haven-Damm bekommen«, hob Gretchen hervor. »Sie wusste also sicher Bescheid. Aber sie hat lediglich Amber eine Mail mit der Karte geschickt. Warum?«

»Vielleicht war es Amber, die Rafferty beschuldigt hat«, spekulierte Josie. Aus den Augenwinkeln sah sie, wie Mettner zusammenzuckte.

»Leute«, sagte Chitwood. »Wir haben noch nicht die eigentliche Sache angesprochen. Warum bringt jemand jetzt all diese Menschen um?«

»Sühne«, schlug Noah vor. »Gabriel ist vor Jahren Thatcher Tolands Kirche beigetreten. Er ist ein ergebener Anhänger. Schon fast unheimlich. Bei ihm dreht sich alles um die Wiedergutmachung von Sünden. Er hat zugegeben, dass er versucht hat, Amber zur Buße zu veranlassen, aber sie wollte nicht mitspielen. Eden war eher bereit. Er wurde gesehen, als er Amber behelligte, bevor sie verschwand. Seine Fingerabdrücke sind auf ihrer Überwachungskamera. Wir haben Blutspuren und Haare von ihr bei ihm gefunden – aller Wahrscheinlichkeit nach zumindest, die Bestätigung vom Labor steht noch aus. Und er hat Josie angegriffen, als er es mit der Polizei zu tun bekam.«

»Aber sie umbringen? Was ist denn das für eine Buße?«, fragte Gretchen.

»Es ist keine«, meinte Mettner. »Das ist Rache.«

»Aber was hat Thatcher Toland mit dem Ganzen zu tun?«, fragte Chitwood. »Weiß er, dass seine Frau eine Betrügerin ist?«

»Ich glaube nicht«, antwortete Josie. »Vielleicht ist er sogar ein anvisiertes Opfer. Denkt daran, sie hat ihm sein erstes Haus verkauft. Er stammt aus einer begüterten Familie. Wusstet ihr das? Er hatte schon reichlich Geld, bevor er mit seiner Kirche erfolgreich wurde. Das war ihr sicher bekannt, als sie seine Immobilienmaklerin wurde. Vielleicht sah sie eine Gelegenheit, mehr für sich selbst herauszuholen als nur die Maklergebühren aus den Betrügereien von Lydia, Hugo und Nadine.«

»Oder die ganze Sache ist ein einziger großer Schwindel«, mutmaßte Noah. »Thatcher steckt mit drin. Er und Vivian arbeiten zusammen. Er wurde erst zum berühmten Fernsehprediger Thatcher Toland, als er Vivian begegnete. Die Kirche könnte das eigentliche unsaubere Geschäft sein.«

»Ich kann mir nicht vorstellen, dass ein Mann in Tolands Position Menschen umbringt, nicht einmal indirekt. Außerdem, was sollte er gegen die Watts-Familie haben? Vivian hat ihnen zwar geholfen, aber sie war nicht die Hauptperson, als es darum ging, den alten Männern das Geld aus der Tasche zu ziehen. Alles, was sie gemacht hat, war, ein paar Häuser zu verkaufen.«

»Weil wir gerade von Häusern sprechen«, meldete sich Gretchen zu Wort. »Auf Ambers Liste waren elf Flurstücknummern. Lydia hatte aber nur fünf reiche alte Ehemänner.«

»Stimmt«, räumte Noah ein. »Die übrigen Nummern waren Ferien- und Mietshäuser der Alten. Ich glaube, Amber hat eine Liste aller Immobilien angefertigt, die durch die Betrügereien von Lydia, Hugo, Nadine und Vivian den Besitzer wechselten.«

»Dann hat Eden zur gleichen Zeit ähnliche Recherchen angestellt«, sagte Gretchen.

»Sie müssen irgendwie in Kontakt gestanden haben«, meinte Chitwood.

»Deshalb brauchen wir die Telefonverbindungsdaten«, sagte Josie. »Amber hat in ihren Anruferlisten vielleicht Telefongespräche zwischen sich und Eden gelöscht, aber anhand der Verbindungsdaten sehen wir trotzdem, ob es welche gab.«

»Gut, gut«, sagte Chitwood und hob die Hände. »Es steht wohl außer Zweifel, dass die beiden Schwestern dabei waren, die Machenschaften ihrer Angehörigen aufzudecken. Das hilft uns allerdings bei der Frage, wer Eden und Lydia umgebracht und Amber entführt hat, nicht weiter.«

»Ich denke, wir sollten uns Gabriel vorknöpfen«, schlug Noah vor. »Bei dem Kerl sind definitiv einige Schrauben locker. Er hegt ganz offensichtlich wegen allem, was passiert ist, einen Groll gegen seine Familie, sonst wäre er Amber gar nicht erst angegangen.«

»Gut, gehen wir einmal davon aus, dass alles so ist, wie wir gerade gesagt haben«, fasste Chitwood zusammen. »Gabriel beschließt, seine Schwestern und seine Mutter umzubringen, weil sie gelogen, ein paar Männer um ihr Geld betrogen und

Dr. Jeremy Rafferty in den Tod getrieben haben. Vielleicht hat er sogar geplant, seinen Vater umzubringen, konnte es jedoch noch nicht umsetzen. Aber würde er Vivian dann verschonen?«

»Vivian kann vorgeben, sie hätte nichts gewusst«, wandte Gretchen ein. »Wie wir schon festgestellt haben, hat sie eventuell nichts weiter getan, als ein paar Häuser für Lydia zu verkaufen.«

Chitwood nickte. »Okay, dann bleiben wir dabei. Gabriel fängt mit seiner Tante Nadine an. Er fährt nach Sullivan County und ertränkt sie im Teich. Danach beschließt er, Eden umzubringen. Er entführt Amber. Dann tötet er Lydia. Er ertränkt Eden und Lydia am Russell-Haven-Damm, weil Dr. Jeremy Raffertys Leiche dort entdeckt wurde.«

»Einen Mann in den Selbstmord zu treiben ist eine ziemlich abscheuliche Sünde«, sagte Noah. »Wesentlich schlimmer, als einen einsamen alten, reichen Mann dazu zu bringen, dich zu heiraten, und dann sein Geld zu behalten, wenn er stirbt.«

»Aber noch einmal: Was spielt Thatcher Toland dabei für eine Rolle?«, fragte Mettner. »Soweit wir wissen, hat er mit Eden gesprochen, bevor sie aus Philadelphia weg ist. Und er hat vor Kurzem Amber aufgesucht.«

»Vielleicht hat Gabriel ihm, Thatcher, gebeichtet, was er getan hat«, spekulierte Josie. »Vivian hat gelogen, als sie sagte, sie kenne Nadine Fiore nicht. Es könnte durchaus sein, dass sie auch nicht die Wahrheit gesagt hat, als sie behauptete, dass Thatcher Gabriel nicht persönlich kennen würde. Vielleicht ist Gabriel zu Thatcher und hat ihm alles erzählt. Thatcher hat erkannt, dass Gabriel einige sehr beunruhigende Vorstellungen davon hatte, wie er seine Familie für ihre Sünden büßen lassen kann, und versucht, die Wogen zu glätten, um Morde zu verhindern. Also hat er Gabriel erzählt, er würde sich um die Angelegenheit kümmern und sowohl mit Eden als auch mit Amber reden. Aber das hat Gabriel nicht gereicht.«

»Dann müssten wir davon ausgehen, dass Thatcher Toland

kein schleimiger, ekelhafter, intriganter Fernsehprediger ist, den nur Geld interessiert«, gab Gretchen zu bedenken. »Immerhin hat er eine Betrügerin geheiratet. Ich bin noch nicht überzeugt von der Theorie, dass er absolut nichts über die früheren Machenschaften seiner Frau weiß.«

»Du glaubst nicht, dass er unschuldig ist?«, fragte Mettner.

»Ich glaube, keiner von denen ist unschuldig«, erwiderte Gretchen.

Etwas drängte aus den hintersten Winkeln von Josies Gedanken nach vorn, aber sie konnte es noch nicht festmachen. Sie versuchte, ein klares Bild davon zu bekommen, doch es gelang ihr nicht. Etwas an der Theorie stimmte nicht. Alle Teile passten und doch war da etwas nicht in Ordnung. Als würde man ein Puzzle zusammenfügen und hätte ein Teil, das fast passt, nur dass eine der Ausbuchtungen einen Tick zu groß oder zu schmal, zu rund oder zu kantig wäre. Man könnte das Teil durchaus in die Lücke legen und es würde passen – bis man das richtige Teil fände, das tatsächlich hineingehören würde. Erst dann sähe man, wie leicht und perfekt es hineinpassen würde und wie falsch man mit dem ersten gelegen hätte.

»Verdammt«, sagte sie.

»Was ist?«, fragte Noah.

Sie schüttelte den Kopf. »Nichts. Ich weiß es nicht. Egal. Wir müssen uns jetzt an die Arbeit machen.«

»Wo fangen wir an?«, fragte Gretchen.

»Wir müssen Gabriel Watts finden«, erwiderte Josie. »Das ist das Erste. Dann sollten wir Hugo noch einmal kommen lassen, um ein bisschen mit ihm zu plaudern. Als Nächstes reden wir direkt mit Thatcher Toland. Ich will außerdem die Verbindungsdaten der Telefone. Von Amber, Eden, Gabriel und Lydia.«

Die Tür zum Treppenhaus ging auf. Ein Schwall kalter Luft ergoss sich in den Raum. Sergeant Dan Lamay schlurfte herein. Er trug eine Weihnachtsmütze und hatte sich eine Lichterkette um den Hals gelegt. In der Hand hielt er ein Backblech mit Weihnachtsplätzchen. Alle starrten ihn an. Er erstarrte.

»Lamay«, fuhr ihn Chitwood an. »Was zum Teufel machen Sie hier?«

Dan warf einen Blick über seine Schulter zurück zur geschlossenen Tür, als überlege er, ob es eine Möglichkeit gäbe, zu verschwinden, ohne die Frage des Chiefs zu beantworten. Da er die Möglichkeit anscheinend ausschloss, drehte er sich wieder zurück und hielt ihnen das Backblech hin. »Die Weihnachtsfeier. Sie hat unten schon angefangen. Ich wollte nur sehen, ob jemand von euch dabei sein will.«

»Die Weihnachtsfeier ist heute?«, fragte Noah erstaunt.

Dan stellte die Plätzchen auf einen Schreibtisch und ging vorsichtig rückwärts, als hätte er eine Bombe vor sich, die jeden Augenblick hochgehen könne. »Vergesst es einfach. Dann bis später.«

Als er weg war, begann Gretchen in den Plätzchen herumzukramen. »Leckere Kekse – wenigstens dafür sind Weihnachtsfeiern gut.«

»Also ist morgen Heiligabend«, stellte Josie fest.

»Erinnere mich nicht daran«, stöhnte Mettner. Er stand auf. »Passt auf, ich kann helfen. Ich gehe zu ...«

Bevor er weiterreden konnte, legte ihm Chitwood eine Hand auf die Schulter. »Setzen Sie sich. Sie bleiben hier und kümmern sich um die richterlichen Verfügungen für die Verbindungsdaten. Rufen Sie außerdem bei Officer Hummel an. Soviel ich weiß, ist er gestern Abend nach Danville gefahren, um Lydia Norris' Haus zu untersuchen. Fragen Sie ihn, ob er etwas gefunden hat, was uns weiterhilft.«

Mettner presste die Lippen zu einem dünnen Strich zusammen. Josie sah, dass er nur zu gern widersprochen hätte. Er wollte draußen mit dabei sein und Gabriel Watts jagen. Allerdings konnte ein falsches Wort zum Chief bedeuten, dass er nach Hause geschickt wurde und dort auf Nachrichten warten musste. »Gut«, sagte er und setzte sich wieder.

Chitwood deutete auf Josie und Noah. »Sie beide kümmern sich um Hugo und Toland.«

»An den kommt ihr im Moment nicht ran«, sagte Mettner. »Er ist bis morgen verreist, falls das nicht gelogen war. Und selbst wenn es stimmt, scheint er euch zumindest zu ignorieren.«

»Aber morgen hält Thatcher seine erste Predigt in der neuen Megakirche«, entgegnete Josie. »Und jetzt ratet mal, wen seine Frau persönlich dazu eingeladen hat?«

Alle sahen sie und Noah an.

Chitwood grinste. »Gut, Leute. Sehen wir mal, wie weit wir kommen. Ihr beide findet Hugo und seht, wie weit ihr mit Toland kommt. Wenn ihr ihn heute nicht mehr zu fassen kriegt, tauchen wir morgen in seiner Kirche auf. Palmer und ich setzen die Suche nach Gabriel Watts fort. Los, Palmer. Mobilisieren wir die Presse.«

ZWEIUNDVIERZIG

Hugo Watts war im Eudora abgestiegen, dem größten und luxuriösesten Hotel in Denton. Das elfstöckige Gebäude nahm einen halben Häuserblock in Beschlag. Es war so alt wie die Stadt selbst. Mit seinem reich verzierten Mauerwerk stand es auf der Liste denkmalgeschützter Bauwerke, seit Josie denken konnte. Die Lobby zu betreten fühlte sich an wie ein Schritt hundert Jahre zurück in die Vergangenheit. Der smaragdgrüne Teppich war noch üppiger als der neue Bodenbelag der Wiedergutmachungskirche. In der Eingangshalle stand viel antikes Mobiliar. Die Kassettendecke wurde von Marmorsäulen gestützt. Kristallleuchter hingen von ihr herab und tauchten alles in ein weiches, angenehmes Licht. Die Lobby war erfüllt von Instrumentalmusik aus einer unsichtbaren Quelle.

Der Hoteldirektor gab ihnen Hugo Watts' Zimmernummer, nachdem sie ihm gesagt hatten, dass sie eine Todesnachricht überbringen mussten. Sie hatten sich bewusst nicht angemeldet. Josie wollte Hugo nicht warnen und riskieren, dass er sich absetzte. Sie gaben bereits Zehntausende Dollar an polizeilichen Mitteln für die Suche nach einem anderen Watts aus.

Josie wollte wenigstens bei diesem ein Überraschungselement bewahren.

Im achten Stock standen Zimmerservicewagen vor mehreren offenen Räumen. Auf ihnen stapelten sich Toilettenartikel, Handtücher und Bettwäsche. Hugo Watts hatte ein Schild mit der Aufschrift »Bitte nicht stören« an den Türknauf gehängt, um zu signalisieren, dass er heute Morgen keinen Zimmerservice wünschte. Josie klopfte an seine Tür. Niemand drinnen reagierte. Sie warteten eine Weile, dann klopfte Noah noch einmal, diesmal etwas heftiger. Noch immer war kein Laut zu hören.

»Mr Watts«, rief Josie schließlich laut. »Hier ist die Polizei. Wir müssen mit Ihnen reden.«

Endlich hörte sie Schritte und eine Sekunde später ging die Tür auf. Hugo stand in einer gebügelten schwarzen Hose und einem noch nicht zugeknöpften Button-down-Hemd, unter dem ein weißes Tanktop zu sehen war, vor ihnen. Seine Hemdmanschetten waren noch offen und die Füße nackt. Er hatte feuchtes Haar und sah frisch gekämmt aus. Josie roch schwach Seife und Shampoo, als er seinen Kopf in den Flur steckte und zuerst links, dann rechts blickte. »Sie müssen nicht schreien«, sagte er. »Es wäre mir recht, wenn Sie keinen Aufstand machen würden. Worum geht es überhaupt? Warum haben Sie nicht angerufen?«

»Was wir zu besprechen haben, lässt sich nicht am Telefon sagen«, antwortete Noah.

Hugo ging mit versteinertem Gesichtsausdruck zurück in sein Zimmer. Er hatte eindeutig Angst, dachte Josie bei sich. »Können wir hereinkommen?«, fragte sie, als sie über die Schwelle trat und sich an ihm vorbeizwängte. Noah folgte ihr und schloss die Tür hinter sich. Als sie im Zimmer standen, sahen sie, dass das Bett noch nicht gemacht war. Eine kleine Reisetasche mit offenem Reißverschluss lag darauf, ein

Rasierset ragte heraus. Über einem Sessel in der Ecke hing ein Jackett mit Krawatte, davor lagen Socken und Schuhe.

Josie ging zum Fenster und blickte hinaus auf Denton. Der Ausblick von einem der oberen Stockwerke des Eudora war immer wieder atemberaubend. Zu ihrer Linken lief stummgeschaltet der Fernseher. Auf dem Bildschirm erschienen Chief Chitwood und Gretchen. Sie standen vor Gabriel Watts' Haus in Woodling Grove.

Noah positionierte sich in der Nähe der Badezimmertür, während Josie am Fenster stehen blieb. Hugo stand neben der Tür. »Detectives«, sagte er, »ich wäre Ihnen dankbar, wenn Sie gleich zur Sache kommen würden. Ich muss in zwanzig Minuten auschecken.«

»Wohin wollen Sie denn?«, fragte Noah.

Hugo schloss eine Hemdmanschette. »Nach Hause. Ich muss nach Hause. Lydia kümmert sich gerade um Edens Beerdigung. Ich habe ihr eine Nachricht geschickt, dass sie mir Bescheid sagen soll, wann die Trauerfeier stattfindet. Bis dahin gibt es für mich nicht viel zu tun.«

»Haben Sie in den letzten vierundzwanzig Stunden keine Nachrichten gesehen?«, fragte Josie.

Hugo warf einen schuldbewussten Blick auf den Fernsehbildschirm. »Ich habe nicht so sehr darauf geachtet.«

»Ihr Sohn hat eine Polizeibeamtin angegriffen«, sagte Noah. »Er ist auf der Flucht und wird im Zusammenhang mit dem Verschwinden Ihrer Tochter Amber gesucht.«

Und ihrer Ermordung, dachte Josie bei sich. Ihre Emotionen, die sie seit Stunden verdrängt hatte, drohten sie mit einem Mal zu überwältigen. Nein, sagte sie zu sich, das würde sie jetzt nicht an sich heranlassen. Sie würde erst glauben, dass Amber tot war, wenn sie einen konkreten, handfesten Beweis dafür hatte.

»Außerdem ist Ihre Ex-Frau tot«, fügte Josie hinzu.

Hugo drehte seinen Kopf abrupt zu ihr. Seine Kinnlade fiel

herunter. Er öffnete und schloss den Mund mehrmals, bis er schließlich hervorbrachte: »Was?«

»Lydia wurde ermordet«, erklärte Josie. »Jemand hat ihr mit einem Gegenstand auf den Kopf geschlagen und sie in den Fischlift des Russell-Haven-Damms geworfen. Darin ist sie dann ertrunken.«

Hugo sagte nichts. Er hatte die Augen weiter auf Josie gerichtet und versuchte, seine andere Manschette zuzuknöpfen, aber seine Finger zitterten zu sehr. »Es tut mir sehr leid, das zu hören, auch das mit Gabriel. Aber ich habe damit nichts zu tun. Ich kann Ihnen nicht helfen.«

»Das stimmt nicht«, widersprach Josie. »Ich glaube, Sie können uns durchaus helfen. Mehr noch, Sie können sich selbst helfen. Ich würde Ihnen im Augenblick nicht raten, nach Hause zu fahren, Mr Watts.«

Und Noah fügte hinzu: »Wenn ich Sie wäre, würde ich noch ein, zwei Nächte hierbleiben. Die Sicherheitsvorkehrungen im Hotel sind sehr gut.«

Hugo sah Noah an, dann Josie und wieder Noah. »Sicherheitsvorkehrungen? Wovon sprechen Sie?«

»Haben Sie das noch nicht begriffen?«, entgegnete Josie. »Jeder in Ihrer Familie außer Ihrem Sohn und Amber, deren Verbleib wir nicht kennen, ist tot. Sie sind vermutlich als Nächster an der Reihe.«

Wieder versuchte er ohne Erfolg, seine Hemdmanschette zu schließen. »Warum soll ich der Nächste sein?«

Noah verschränkte seine Arme vor der Brust und schüttelte den Kopf, als sei er enttäuscht. »Kommen Sie, Mr Watts. Wir alle wissen, dass Sie nicht dumm sind. Warum sollten Sie nicht der Nächste sein?«

»W-was glauben Sie, wer das macht? Wer tötet …«

»Die Mitglieder Ihrer Familie?«, vollendete Josie den Satz. Sie sah Noah an. »Der Lieutenant hier glaubt, dass es Ihr Sohn ist. Ich bin mir nicht so sicher. Ich dachte, wenn wir ein bisschen plaudern, könnten Sie uns vielleicht einiges erklären und uns ein für alle Mal überzeugen.«

Er ließ die Arme sinken. »Erklären? Was erklären? Ich verstehe nicht. Glauben Sie, dass mein Sohn Eden und Lydia umgebracht hat?«

»Und Nadine«, ergänzte Noah.

»Meine Schwester auch?«, fragte Hugo. »Und dass er Amber entführt hat? Wie kommen Sie darauf?«

»Wegen einiger Indizien«, antwortete Josie. »Wir kommen darauf, weil es eindeutige Hinweise gibt.«

»Was für Hinweise?«, wollte Hugo wissen. »Hören Sie auf, rätselhaftes Zeug zu reden, und sagen Sie mir endlich, was zum Teufel hier vorgeht!«

Josie ließ bewusst einen Augenblick verstreichen, bis sie sah, dass sein Kiefer leicht zitterte. Dann sagte sie: »Was hier vorgeht? Wir wissen von den Betrügereien, die Sie, Nadine, Lydia und Vivian Toland durchgezogen haben, als Ihre Kinder noch klein waren.«

»I-ich weiß nicht, wovon Sie sprechen.«

»Kein Problem«, sagte Noah. »Wir können Ihrem Gedächtnis auf die Sprünge helfen. Ihre Schwester war Immobilienmaklerin. Immer wenn sie einem reichen, kinderlosen, älteren Mann ein Objekt verkaufte, gab sie Ihrer Ex-Frau Lydia Bescheid, die eine Beziehung mit dem Mann einging. Sie heiratete ihn und er starb. Daraufhin erbte sie alles. Sie kümmerten sich anschließend um die Immobilie. Als alles unter Dach und Fach war und Lydia die Häuser loswerden musste, trat Vivian auf den Plan und wickelte den Verkauf ab. Das zog Lydia viermal durch, bevor sie Sie zum zweiten Mal heiratete, damit Sie auch an den Reichtum kamen, den sie angehäuft hatte.«

Hugo presste die Zähne so stark zusammen, dass Josie sehen konnte, wie seine Kiefermuskeln zitterten. Sie sagte: »Wir sind nicht sicher, welche Vereinbarung Sie mit Nadine hatten und wie sie sie beteiligten, aber das spielt jetzt keine

Rolle. Darum geht es auch gar nicht. Entscheidend ist, dass das, was Sie vier durchgezogen haben, aus moralischer Sicht einfach nur widerwärtig war.«

Hugo schluckte. Als er sprach, klang seine Stimme angespannt. »Es war vielleicht moralisch verwerflich, aber nicht ungesetzlich.«

Josie hatte in den letzten Stunden viel darüber nachgedacht. »Nein, da haben Sie recht. Es ist nicht verboten, einen älteren, reichen Mann zu heirateten, solange er bei Sinnen ist und freiwillig die Ehe eingeht. Es ist nicht verboten, die Immobilien der verstorbenen Ehemänner ihrer Ex-Frau zu verwalten. Sie haben nur ihre Arbeit als Anwalt getan. Es ist auch nicht verboten, dass Vivian Toland als zugelassene Maklerin in Pennsylvania Lydias Besitztümer verkauft hat.«

»Aber ich glaube nicht, dass Ihren Sohn die rechtlichen Feinheiten so sehr interessieren wie die moralischen und ethischen Aspekte«, fügte Noah hinzu. »Schließlich ist er jetzt Mitglied der Wiedergutmachungskirche. Wir haben gestern mit ihm geredet. Er deutete an, dass sie alle viel zu sühnen hätten.«

»Er ist verrückt«, entgegnete Hugo. »Das habe ich Ihnen schon gesagt. Ja, und? Jetzt, da er dieser Kirche beigetreten ist, glaubt er, das alles von einer Position moralischer Überlegenheit aus beurteilen zu können, und will uns für unsere angebliche Verworfenheit bezahlen lassen. Das ist sein Problem, nicht meines.«

»Es ist durchaus Ihr Problem, falls er beschließt, Sie zu finden und Sie für Ihre Sünden büßen zu lassen«, widersprach Josie. »Was bemerkenswert ist, denn als wir mit ihm geredet haben, schien er vor allem an den Sünden seiner Schwestern interessiert zu sein. Woran, glauben Sie, liegt das, Mr Watts?«

»Ich habe keine Ahnung. Wie gesagt, er ist verrückt. Gut, ich bleibe hier, wenn Sie das wollen und glauben, dass es für mich sicherer ist. Aber ich möchte, dass Sie jetzt gehen.«

Josie ignorierte seine Aufforderung und fuhr fort: »Ich kann mir nur einen einzigen Grund vorstellen, warum Gabriel denkt, dass Ihre Töchter für etwas büßen müssten, und das ist das, was sie Dr. Jeremy Rafferty angetan haben. Das ging nicht so gut aus, oder?«

Hugos Hände an seiner Seite zitterten. Er ballte die Fäuste, um das Zittern zu unterdrücken. »Raus hier. Sofort.«

»Das war mehr als moralisch verwerflich, nicht wahr?«, fragte Josie. »Das war tatsächlich ungesetzlich. Eine Ihrer Töchter als Patientin bei ihm einzuschmuggeln. Sie zu zwingen, ihn fälschlicherweise zu beschuldigen. Ihn zu erpressen. Nachdem Sie ihn um fünfzigtausend Dollar erleichtert hatten, ertränkte er sich im Fluss. Er hat sich umgebracht.«

Das Zittern griff von Hugos Armen auf seine Schultern über. »Wenn ich Sie noch einmal auffordern muss zu gehen«, sagte er, »hole ich den Sicherheitsdienst. Und jetzt verlassen Sie mein Zimmer. Sofort.«

Josie und Noah warteten und ließen einen weiteren langen Augenblick verstreichen. Ihre Körperhaltung entspannte sich. Josie warf einen Blick auf den Fernseher und sah Thatcher Tolands Gesicht. Es lief ein kurzer Ausschnitt aus einem Interview, das er vor Kurzem gegeben hatte – genau dem Interview, das auch gelaufen war, als Josie ihm bei Komorrah's begegnet war. In der Einblendung am unteren Bildrand stand zu lesen: *Morgen Eröffnung von Thatcher Tolands neuer Megakirche.* Dann endete der Beitrag und es wurde Gabriel Watts' Führerscheinfoto eingeblendet. Der Schriftzug lautete nun: *Einheimischer im Fall der vermissten Frau gesucht.* Anschließend wechselte das Bild erneut und eine verschneite Weihnachtsszenerie wurde gezeigt, dazu der Text: *Starke Schneefälle über die Feiertage.* Als Josie einen Blick zu Hugo warf, sah sie, dass auch er auf den Fernseher starrte. Er sprach nun leiser. »Bitte gehen Sie nun, Detectives.«

Josie und Noah gingen langsam zur Tür. Er hielt sie ihnen auf. Als sie, Noah voran, an ihm vorbeigingen, blieb Josie in der

Tür stehen und sagte: »Sie wissen, wo Sie uns finden, wenn Sie reden möchten oder wenn Ihr Sohn auftaucht, um mit Ihnen über Ihre Buße zu reden.«

Sie ging in den Flur. Kurz bevor die Tür sich schloss, rief Hugo: »Detectives.«

Josie und Noah drehten sich um. Nur ein schmaler Streifen seines Gesichts war durch den Türspalt zu sehen. Er sagte: »Wenn Sie versuchen, moralisch verwerfliche und ungesetzliche Dinge auszugraben, sind Sie bei mir an der falschen Adresse. Es gibt Schlimmeres, was passieren kann – was passiert ist, als meine Mädchen noch jünger waren.«

DREIUNDVIERZIG

Im Auto drehte Josie die Heizung hoch. Noah verließ den Parkplatz des Eudora und fuhr zu Thatcher Tolands Megakirche. Josie war sicher, dass sie dort wieder vertröstet werden würden. Obwohl Paul dem Streifenbeamten gegenüber angegeben hatte, dass die Tolands zu einem Pressetermin nach New York gefahren waren, glaubten es weder sie noch Noah. Sie hatte den Eindruck, dass sie an den Prediger erst während des Heiligabendgottesdienstes herankommen würden.

»Was zum Teufel war das denn gerade?«, fragte Noah.

»Ich weiß nicht so recht«, sagte Josie. Wieder veränderten sich die Konturen des Falls in ihrem Hinterkopf, verschwanden hinter einem Schleier und entglitten ihr. »Er lenkt ab. Absolut sicher ist bei Hugo Watts nur, dass er lügt.«

»Stimmt«, pflichtete Noah ihr bei.

Sie fuhren schweigend zur Wiedergutmachungskirche. Josies Gedanken kreisten einzig und allein um Amber. Das Gespräch mit Hugo hatte ihre Angst um sie noch gesteigert. Wenn ihre Arbeitstheorie über Gabriel stimmte und er seine Familie aus krankhaften Sühnemotiven ermordete, um sie für betrügerische, unmoralische und ungesetzliche Handlungen zu bestrafen, warum sollte Amber dann noch am Leben sein? Welche Gründe sollte Gabriel haben, sie festzuhalten? Josie dachte an die Ergebnisse von Dr. Feists Autopsie. Sie hatten eindeutig ergeben, dass Eden vor ihrem Tod etwa zwei Wochen lang festgehalten und wiederholt geschlagen worden war. Warum hatte Gabriel Eden so lange in seiner Gewalt gehabt, bevor er sie umbrachte? Hatte er sie zu einer Art Buße gezwungen, die ihm letztlich doch nicht genügt hatte? Wie weit hatte sich Gabriel bereits von der Realität abgekoppelt? Wieder einmal bekam Josie das Gefühl, dass sie mit Gewalt Puzzleteile zusammenfügen wollten, die nicht zusammenpassten.

»Sieh an«, unterbrach Noah ihre Gedanken. »Unser Freund Paul.«

Er stand mit einem Klemmbrett vor dem Eingang zur Wiedergutmachungskirche, flankiert von einem Mann, der eine Art Uniform und eine Baseballkappe trug. Zusammen studierten sie ein Blatt auf dem Klemmbrett. Gelegentlich deutete der Mann auf etwas auf dem Blatt und redete, während Paul etwas notierte. Als Josie und Noah ihr Auto abstellten und ausstiegen, hielten sie inne und sahen auf. Paul kam herbei und hielt eine Hand abwehrend hoch. »Ich habe Ihrem Beamten gestern Abend schon gesagt, dass sie nicht hier sind«, sagte er. »Mr und Mrs Toland sind nicht da. Ich kann ihnen sagen, dass sie Sie anrufen sollen, wenn ich wieder mit ihnen spreche.«

»Klar«, entgegnete Josie. »Wie all die anderen Male, als uns ›versprochen‹ wurde, dass sie uns anrufen würden.«

Paul verdrehte die Augen. »Ich mache hier nur meine Arbeit, Miss.«

»Detective«, korrigierte ihn Noah. »Wenn Sie wieder mit Mr Toland sprechen, sagen Sie ihm nur, dass unser Gespräch nicht lange dauern wird. Dann ist er uns los und kann sich ganz auf seine Gemeinde konzentrieren.«

Das schien Paul zu beruhigen. Er wirkte nun etwas weniger angespannt. »Sicher«, antwortete er. »Natürlich.«

Sie stiegen wieder ein und fuhren davon. »Es tut mir fast schon körperlich weh, nett zu dem Kerl zu sein«, brummte Noah. »Aber da es so aussieht, als müssten wir morgen noch einmal herkommen, möchte ich ihn nicht zu sehr verärgern.«

»Ich weiß«, sagte Josie.

Als sie auf den Gemeindeparkplatz hinter dem Polizeirevier fuhren, schwebte feiner Schneegriesel vom Himmel. Josie wusste, dass der Chief und Gretchen nach wie vor die Suche nach Gabriel Watts koordinierten – sie hatten sie mit Nachrichten auf dem Laufenden gehalten. Im Großraumbüro saß Mettner mit dem offenen Buch von Thatcher Toland auf dem Schoß an seinem Schreibtisch. Vor ihm lagen auf weihnachtlichen Tellern diverse Häppchen. Ach ja, die Weihnachtsfeier, fiel Josie ein. Traurigkeit überkam sie wieder, als sie daran dachte, dass Amber zu denen gehört hatte, die die Feier geplant hatten. Dank ihres sensationellen Organisationstalents war das Fest auch ohne sie ein voller Erfolg gewesen.

Mettner sprang aus seinem Stuhl auf, als er sie sah. »Ich hab's«, rief er. »Ich habe es gefunden.«

Josie und Noah setzten sich an ihre Schreibtische. »Den Passus?«, fragte Josie.

»Genau! Den Amber mir vorgelesen hat, als sie mir zu verstehen geben wollte, dass Toland ein ekelhafter Mistkerl ist.«

»Lies ihn vor«, bat ihn Noah.

Mettner blätterte zu einer Seite, die er mit einem gelben Post-it-Zettel markiert hatte. Er leckte sich die Lippen und begann laut zu lesen. »*Ich habe in einer kleinen Kirche in einer kleinen Stadt jeden Sonntag vor einer kleinen Gemeinde gepredigt. Woche für Woche stand ich vor ihr und erzählte vom Wort und Willen Gottes. Zunächst gefiel es mir, aber als die Jahre verstrichen, erkannte ich, dass ich Bewunderung mit Erfüllung verwechselte. Mein Innerstes war mit der Arbeit nicht zufrieden. Ich genoss lediglich, jemand zu sein, den andere respektierten, zu dem sie aufblickten und dem sie zuhörten. Ich begann mich wie* ein Hochstapler zu fühlen. Ich war ein Hochstapler. Ich hatte nur aus falschen Gründen zur Kirche gefunden. Eine Gewissens-, eine Glaubenskrise folgte. War das wirklich für mich vorgesehen? Wollte Gott das von mir? Für mich begann eine dunkle Zeit, in der ich einen guten, schonungslosen Blick auf meine Seele werfen musste und mich nicht abwenden durfte, als mir nicht gefiel, was ich sah. Ich hatte viele Fehler gemacht, viele Sünden begangen: Stolz, Maßlosigkeit, Neid, Gier und sogar Wollust. Am vielleicht schlimmsten aber waren die lustvoll begangenen Sünden, denen ich mich aktiv und willentlich hingab und die meine Seele so stark befleckten, dass ich bezweifelte, ob Gott mir je wieder mit Liebe begegnen konnte.

In diesem Augenblick wachte ich auf. Es war mir, als stünde Gott neben mir und sagte: ›Thatcher, die Flecken auf deiner Seele werden bleiben, aber du kannst meine Gnade wieder erlangen, indem du wahrhaftig und von ganzem Herzen die Verantwortung für das übernimmst, was du getan hast, und alles in deiner Macht Stehende tust, um es zu sühnen.‹ Nun, als jüngerer Seelsorger war ich eine Beziehung mit jemandem eingegangen, der für mich nicht angemessen war. Ich hatte mich mit jemandem eingelassen, der nicht in der Lage war, die Art von Entscheidungen zu treffen, die ich tagtäglich ohne Mühe traf. Ich habe jemanden ausgenutzt. Damals redete ich mir ein, dass es Liebe war. Es war aufregend und ich dachte fälschlicherweise, dass diese Person auch mich liebte. Dabei glaube ich, dass ich diese Person nie richtig gesehen habe. Ich nahm mir nur, was ich von ihr wollte, sah lediglich meine Befriedigung und nie auch nur einmal die moralischen Verpflichtungen, die ich ihr oder der Welt und vor allem Gott gegenüber hatte.«

Mettner blickte vom Buch auf und sah zuerst Noah, dann Josie an. »Ich habe recherchiert. Über diese Stelle ist seit dem Erscheinen des Buchs viel spekuliert worden. Die meisten vermuten, dass er eine Affäre mit einer verheirateten Frau hatte.«

»Ich glaube nicht, dass es das war«, sagte Noah.

»Nicht?«, fragte Mettner erstaunt.

»Das kann nicht sein«, meinte Noah. Er beugte sich in seinem Stuhl nach vorn, nahm ein Stück Käse von dem Tablett mit Fleisch- und Käsehäppchen, das ihnen Lamay dagelassen hatte, und steckte es sich in den Mund.

»Er hat recht«, sagte Josie. »Wenn er Ehebruch begangen hätte, würde er es zugeben. Warum auch nicht?«

»Weil die Leute es einem übelnehmen können, wenn man es einfach so gesteht«, antwortete Mettner. »Der Schuss kann nach hinten losgehen.« Er wedelte mit dem Buch in der Luft herum. »Er hat sich darin so vage ausgedrückt, dass die Leute sich nicht gleich angeekelt von ihm abwandten, was seine Karriere ruiniert hätte.«

Noah schüttelte den Kopf. »Denk dran, was er geschrieben hat, Mett. Nicht angemessen. Befleckte Seele. Ausgenutzt. Sah nur seine Befriedigung. Moralische Verpflichtungen.«

»Trifft alles auf Ehebruch zu«, gab Mettner zu bedenken.

»Ihr überseht beide den entscheidenden Punkt«, sagte Josie. »Zeig mir mal das Buch.«

Mettner gab es ihr. Sie schlug es an der Stelle mit dem Post-it-Zettel auf und fuhr mit dem Finger über den Text, bis sie die Zeile fand, nach der sie gesucht hatte. »Hier steht es: ›Ich hatte mich mit jemandem eingelassen, der nicht in der Lage war, die Art von Entscheidungen zu treffen, die ich tagtäglich ohne Mühe traf.‹ Wer könnte unfähig sein, Entscheidungen zu treffen, die er jeden Tag problemlos fällte?«

Beide starrten sie an. Die Puzzleteile in ihrem Hinterkopf formierten sich nun mit rasender Geschwindigkeit zu einem Bild. »Wirklich?«, fragte sie. »Könnt ihr euch das nicht denken?«

Keiner von beiden sagte ein Wort.

Sie warf das Buch auf den Schreibtisch und erwischte dabei einen Teller mit Würstchen im Schlafrock. »Jemand, der unmündig ist!«, rief sie. »Ein Mädchen oder Junge im Minderjährigenalter!«

Beider Mienen veränderten sich, als sie realisierten, was das bedeutete. Mettners Gesichtszüge entgleisten und er wurde blass. Noah machte ein Gesicht, als hätte er etwas Saures gegessen. »Davon hat Hugo also gesprochen, als er sagte, wir seien an der falschen Adresse.«

»Was meinst du damit?«, fragte Mettner.

Josie berichtete ihm von Hugo Watts' Befragung.

»Was kann schlimmer sein als das, was Hugo getan hat, als er eine seiner Töchter zwang, Dr. Rafferty fälschlicherweise zu beschuldigen, und ihn dann erpresste?«, fragte Noah.

»Eine sexuelle Beziehung mit einer Minderjährigen«, antwortete Josie. Plötzlich verursachte ihnen der Anblick des ganzen Essens auf dem Tisch Übelkeit.

Mettners Stimme war ein Krächzen, als er sagte: »Mein Gott, er meinte Amber, nicht wahr? Eine von den beiden war es. Sie oder Eden. Natürlich könnte es Eden gewesen sein, oder? Aber sie hat im Café mit ihm gesprochen und alle seine Videos angesehen. Das würde sie nicht machen, wenn sie diejenige gewesen wäre, oder? Amber hasste ihn. So sehr, dass sie mich vor die Wahl stellte, mich für sie oder meine Familie zu entscheiden, nur weil die in diese blöde Kirche wollte. Sie muss es gewesen sein. Er hat Sachen mit ihr gemacht ... er ...« Die Worte blieben ihm im Hals stecken. »Er war bei ihr, um sein Verhalten wiedergutzumachen. Nur war sie da schon weg.«

Josie stand auf und führte ihn zu seinem Stuhl zurück. »Das wissen wir nicht mit Sicherheit«, sagte sie. »Mett, das alles ist Spekulation, das ist dir schon klar, oder? Wir können teilweise oder völlig falsch liegen.«

Mettner hatte den Kopf gesenkt. Eine Träne rann über seine Wange. »Aber du liegst nicht falsch«, flüsterte er. »Du liegst nie falsch.«

Noah stand auf, kam zu ihm und legte eine Hand auf

seinen Nacken. »Finn«, redete er auf ihn ein. »Ich weiß, dass dich das aufwühlt. Ich will diesem Kerl ebenso an den Kragen wie du, aber Josie hat recht. Wir müssen unsere Arbeit machen. Im Moment ist für uns nur eines wichtig: Amber zu finden. Das Beste, was du im Augenblick für sie tun kannst, ist, dich zusammenzunehmen. Du warst für uns bisher eine enorme Hilfe, indem du einfach nur an deinem Schreibtisch gesessen und von hier aus gearbeitet hast. Wir brauchen dich nach wie vor. Kapierst du das?«

Mettner schüttelte langsam den Kopf. Er entwand sich Noahs Berührung und stand auf. Ohne sie anzusehen, sagte er mit heiserer Stimme: »Ich brauche frische Luft.«

VIERUNDVIERZIG

Mettner kam nicht zurück. Josie und Noah schrieben noch einige Berichte und fuhren dann bei seinem Haus vorbei, um zu überprüfen, wo er sich aufhielt. Zugleich wollten sie sichergehen, dass er nicht Selbstjustiz übte und versuchte, Thatcher Toland etwas anzutun. Sein Pick-up stand in der Zufahrt. Aus einem Zimmer im Erdgeschoss drang Licht. Josie ging näher und warf einen Blick durch eines der Fenster, hinter dem die Vorhänge gerade so weit auseinanderklafften, dass sie nach drinnen sehen konnte. Mettner saß auf seiner Couch und hatte den Kopf in die Hände gelegt. Nur zu gern hätte sie an seine Tür geklopft und versucht, ihn zu trösten. Doch sie wusste, dass Worte im Augenblick fehl am Platz waren und sie nichts für ihn tun konnten, außer Amber zurückzubringen. Und mit jeder Stunde schien diese Möglichkeit in immer weitere Ferne zu rücken.

Als sie wieder ins Auto stieg, hielt Noah sein Handy hoch. »Ich habe mit dem Chief geredet. Er und Gretchen koordinieren nach wie vor die Suche nach Gabriel, aber bisher ohne Erfolg. Sie überlegen, sie ganz abzublasen. Außerdem habe ich das Eudora angerufen. Hugo Watts ist immer noch dort. Er hat sein Zimmer den ganzen Tag nicht verlassen. Auch Hummel habe ich erreicht. Sein Team hat Lydia Norris' Haus auf den Kopf gestellt, aber nichts gefunden. Die Russell-Haven-Postkarte war noch dort. Sie haben sie als Beweismittel gesichert und einige Fingerabdrücke davon genommen, aber keine sind in der AFIS-Datenbank registriert.«

Josie stöhnte, legte den Kopf nach hinten an die Kopfstütze und schloss die Augen. »Wo ist Amber, Noah?«

Er antwortete nicht. Was hätte er auch sagen sollen? Nichts, was er laut hätte sagen wollen. Wenn Gabriel Amber festhielt, und es sah ganz danach aus, wo hatte er sie eingesperrt? Sie war nicht in seinem Haus. Ein weiteres besaß er nicht. Wie es schien, blieb nur eine einzige Möglichkeit: Amber lebte nicht mehr und er hatte ihre Leiche irgendwo abgelegt. Beim Gedanken daran schwoll der Kloß in ihrem Hals so an, dass sie das Gefühl hatte zu ersticken.

Aus dem feinen Schneegriesel waren inzwischen dicke Flocken geworden. Sie schwebten in stetem Rhythmus vom Himmel – ein unerwartet schönes Naturschauspiel in einer Schreckenswelt. »Der Chief hat für morgen früh um acht Uhr eine Sitzung anberaumt, damit wir planen, wie wir anschließend Thatcher Toland in seiner Kirche konfrontieren. Der Weihnachtsgottesdienst beginnt um zehn Uhr.«

Josie öffnete die Augen und winkte ab. »Na schön«, sagte sie. »Wir stellen Toland zur Rede. Wir sagen ihm, wir wissen von seiner unangemessenen, ungesetzlichen Beziehung zu Amber oder Eden, die damals noch minderjährig waren. Selbst wenn er es zugibt, was er nicht tun wird, hilft uns das nicht, Amber zu finden.«

»Du denkst nicht, dass er seine Finger im Spiel hat?«, fragte Noah. »Er ist mit Eden gesehen worden, bevor sie starb. Außerdem ist er zu Amber gefahren. Und er war der Letzte, der Lydia Norris lebend gesehen hat.«

»Du glaubst doch nicht, dass er herumläuft und die

Mitglieder der Watts-Familie umbringt?«, meinte Josie. »Wozu? Um sie zum Schweigen zu bringen? Zu verhindern, dass sie ihn bloßstellen? Er hat doch bereits öffentlich eingestanden, dass er eine unangemessene Beziehung hatte.«

»Die Verjährungsfrist für Sexualstraftaten im Zusammenhang mit Minderjährigen ist in Pennsylvania sehr lang. Es liegt durchaus im Bereich des Möglichen, dass er sich vor Gericht verantworten muss, wenn sein Opfer bereit ist auszusagen.«

»Eden ist tot. Amber wird vermisst. Ganz gleich, wer von den beiden sein Opfer war, keine kann gegen ihn aussagen. Außerdem kann ich mir nach wie vor nicht vorstellen, dass er die Drecksarbeit macht.«

»Dann landen wir wieder bei Gabriel«, seufzte Noah frustriert. »Als Tolands Handlanger.«

»Wir drehen uns im Kreis.«

»Eine klare Aussage von Toland muss her«, sagte Noah. »Morgen. So oder so, er wird mit uns sprechen.«

»Oder sein Anwalt«, meinte Josie.

Noah lachte und löste damit etwas von der Spannung im Auto. »Stimmt. Wohin jetzt? Nach Hause?«

»Nein«, antwortete Josie. »Ich muss vorher noch zu jemandem.«

Sie nannte ihm die Adresse von Devon Raffertys Haus. Der Land Rover stand schneebedeckt in der Zufahrt. Von der Dachtraufe hing Weihnachtsbeleuchtung. In dem Zimmer, das nach Josies Erinnerung Devons Büro war, brannte Licht. Sie klopfte an die Tür. Die Angst schnürte ihr den Magen zusammen. Noah schob seine Hand unter ihre übergroße Jacke und legte sie ihr auf das Kreuz. »Du machst schon das Richtige«, sagte er. »Sie verdient es, das zu erfahren.«

Die Tür ging auf. Josie hatte Lily erwartet, doch stattdessen sah Devon sie erstaunt an. »Können wir reden?«, fragte Josie.

Nachdem sie Devon Raffertys Haus verlassen hatten, versuchte Josie, unterwegs zu schlafen, fand aber keine Ruhe. Immer wieder ging ihr das Gespräch durch den Kopf. Vor allem Devons wechselnder Gesichtsausdruck war ihr im Gedächtnis geblieben. Als Josie und Noah ihr erzählten, was sie wussten, welchen Verdacht sie gegen die Familie Watts hatten und dass ihr Vater möglicherweise erpresst worden war, wirkte Devon zunächst aufgeregt, dann erleichtert, weil sie endlich Antworten hatte, und schließlich bestürzt und verärgert. Sie dankte ihnen, als sie gingen, war aber dabei immer noch am Weinen.

Trinitys und Josies Eltern sollten noch bis nach Weihnachten bei Josie und Noah bleiben. Josies Familie freute sich, dass sie diesmal rechtzeitig zu Hause waren und gemeinsam mit ihnen zu Abend essen konnten. Alle lachten und plauderten fröhlich durcheinander. Josie musste sich auf die Zunge beißen, um Jeremy Raffertys Fall nicht beim Essen zur Sprache zu bringen und Trinity um einen Beitrag über ihn in ihrer Sendung zu bitten. Obwohl Devon nun endlich einige Antworten auf ihre Fragen hatte, würde es noch lange dauern, bis man die Wahrheit über den Tod ihres Vaters an die Öffentlichkeit würde bringen können, falls es überhaupt je möglich war.

Im Bett hielt Josie den Rosenkranz des Chiefs in der Hand, bis sie in einen unruhigen Schlaf fiel. Am Morgen weckte sie Noah mit einer Hand auf ihrem Bauch. Sie drehte sich und presste ihren Körper gegen seinen. Trout war bereits nach unten gelaufen, nachdem er Christian und Shannon in der Küche gehört hatte. Wenn die Aussicht auf Fressen bestand, hatte er keine Hemmungen, seinen Besitzern den Rücken zu kehren. Josie genoss es, neben sich den Körper ihres Mannes und seine forschenden Hände zu spüren. Und doch fühlte sie sich schuldig, weil sie diesen kleinen, dem Alltag abgetrotzten Augenblick genoss, obwohl Ambers Schicksal noch ungewiss war.

Als hätte er ihre Gedanken erraten, küsste Noah ihren Nacken und meinte: »Hör auf damit.«

»Womit?«, murmelte sie.

Er wechselte die Position, um ihren Mund für einen langen Kuss zu erreichen. Dann sagte er: »Über den Fall nachzudenken. Sei jetzt einfach hier bei mir. Es ist okay. Du darfst das genießen.«

Sie sehnte sich danach, den Augenblick zu genießen. Seine braunen Augen funkelten, als er sie fest ansah. Josie drehte den Kopf, umfasste seine Schultern und zog ihn zu sich. »Mach meinen Kopf frei«, forderte sie ihn auf.

Eine Stunde später hatten sie geduscht, sich angezogen, gefrühstückt, ihren Koffeinspiegel halbwegs hochgefahren und standen im ersten Stock des Polizeireviers im Großraumbüro. Obwohl Josie diese Woche konstant zu wenig Schlaf gehabt hatte und die Angst um Amber ständig auf ihr lastete, fühlte sie sich so wach und klar im Kopf wie schon seit Tagen nicht mehr. Sie trank einen großen Becher Kaffee, während der Chief mit ihnen allen sprach. Mettner und Gretchen saßen an ihren

Schreibtischen und wirkten noch mitgenommener als gestern. Draußen lag bereits eine Handbreit Schnee und es waren weitere ergiebige Schneefälle vorhergesagt.

»Als Erstes muss ich sagen, dass wir diesen Dreckskerl Gabriel um alles in der Welt nicht finden können«, begann Chitwood. »Es ist, als hätte er sich in Luft aufgelöst. Selbst die Hundestaffel hatte keinen Erfolg. Die Tiere haben seine Spur irgendwo in dem verfluchten Wald verloren, er scheint also nicht in ein Auto gestiegen zu sein. Ich habe noch eine kleine Truppe draußen, die nach ihm sucht. Außerdem ist sein Foto an jedes Revier im Bundesstaat gegangen. Im Moment brauchen wir nur darauf zu warten, dass er einen Fehler macht und sein Gesicht irgendwo zeigt. Allerdings bin ich im Moment gar nicht mehr so an ihm interessiert.«

Alle horchten auf.

»Ich habe mir die Verbindungsdaten angesehen, die ihr euch ebenfalls hättet vornehmen können – sie kamen heute Morgen herein. Ratet mal, wen Gabriel Watts in den letzten sechs Wochen regelmäßig angerufen hat?«

»Thatcher Toland?«, riet Noah.

Der Chief gab ein brummendes Geräusch von sich. »Falsch. Vivian Toland.«

»Was?«, stieß Gretchen hervor.

»Sind Sie sicher?«, fragte Mettner.

Chitwood verdrehte die Augen. »Nein, ich bin nicht sicher. Vielleicht war es auch der Weihnachtsmann oder Rudolf, das verdammte Rentier. Natürlich bin ich sicher! Gabriel Watts und Vivian Toland haben sich in den letzten sechs Wochen mehrmals täglich angerufen. Das letzte Mal miteinander telefoniert haben die beiden zwei Tage bevor ihr drei ...« – er deutete auf Noah, Josie und Gretchen – »... zu seinem Haus gefahren seid und er davongelaufen ist.«

Ein weiteres Puzzleteil in Josies Hinterkopf fand seinen Platz. »Vivian koordiniert das«, sagte sie. »Um Thatchers Ruf zu wahren und vor allem seine Finanzen nicht zu gefährden. Sie weiß alles. Sie weiß, was Thatcher mit einer der Watts-Schwestern getan hat, und benutzt Gabriel, um sie zum Schweigen zu bringen.«

»Aber warum dann Lydia umbringen?«, fragte Mettner.

»Sie wusste wahrscheinlich davon«, spekulierte Josie. »Genauso wie Hugo. Vermutlich wussten es alle. Vivian hält Kontakt zu Gabriel, weil er der Toland-Gemeinde gegenüber in krankhafter, bedingungsloser Treue anhängt.«

»Denkst du wirklich, dass Gabriel Thatcher Toland, einen Pädophilen, seinen eigenen Schwestern vorzieht?«, fragte Noah. »Seiner eigenen Familie?«

Gretchen meldete sich zu Wort. »Du hast doch selbst gesagt, dass bei ihm ein paar Schrauben locker sind. Vielleicht hat Vivian ihm eingetrichtert, dass das, was zwischen Thatcher und einer seiner Schwestern passiert ist, die Schuld der Schwester war.«

»Aber warum passiert das alles jetzt?«, fragte Mettner. »Die Familie Watts hat jahrelang mit diesem Wissen gelebt. Warum ist das plötzlich ein Thema geworden?«

Chitwood hielt einen Stapel Papiere hoch. »Die Verbindungsdaten«, erinnerte er sie. »Ich habe Lydia Norris' Verbindungsdaten. Sonderlich viel Aufschluss geben sie uns nicht, sieht man einmal davon ab, dass sie, wenige Stunden nachdem Quinn und Palmer mit ihr in Ambers Haus waren, einen Anruf von einem Wegwerfhandy erhalten hat. Das Gespräch dauerte neun Minuten und siebenunddreißig Sekunden.«

»Und kurz darauf wird sie im Fischlift gefunden«, merkte Gretchen an. »Wer sie also von dieser Nummer aus angerufen hat, ist wahrscheinlich ihr Mörder.«

»Allerdings können wir die Nummer nicht zurückverfolgen«, sagte Noah. »Das bringt uns also nicht weiter. Haben Sie auch Eden Watts' Verbindungsdaten?«

Chitwood hob missbilligend eine Braue. »Stellen Sie sich

vor, die habe ich. Sie hatte in den zwei Monaten bevor ihre Freundin sie mit Thatcher Toland in einem Café gesehen hatte, Kontakt mit ihm.«

Josie stand auf und holte sich die Blätter von Chitwood. Sie nahm sie mit zu ihrem Schreibtisch, ging sie durch und sah sich die Einwahlzeitpunkte an. Dann wandte sie sich ihrem Computer zu und startete den Browser. Nach wenigen Sekunden hatte sie gefunden, was sie gesucht hatte. »Einige Tage bevor Thatcher Toland und Eden Kontakt aufnahmen, erschien sein Buch.«

»Ja und?«, fragte Mettner.

»Als sein Buch herauskam und an die Spitze aller Bestsellerlisten kletterte, bekam er vielleicht Angst, dass Eden öffentlich machen würde, was er ihr angetan hatte. Sie muss es gewesen sein, nicht Amber. Amber hasste ihn nur dafür, was er ihrer Schwester angetan hatte. Warum wäre er sonst so lange mit Eden in Kontakt geblieben und hätte Amber erst diese Woche aufgesucht?«

Josie sah nacheinander ihre Kolleginnen und Kollegen an, die sie alle anstarrten, als warteten sie darauf, dass sie fortfuhr. Als sie nichts mehr sagte, meinte Noah: »Er knüpft Kontakt zu Eden, um sicherzugehen, dass sie über das schweigt, was er ihr angetan hat. Und dann? Hat sie beschlossen, es doch öffentlich zu machen? Wieso hat sie dann die Stadt verlassen und sich nicht einmal ihrer besten Freundin anvertraut?«

»Haben Sie auch Ambers Verbindungsdaten?«, fragte Josie den Chief.

»Klar«, antwortete er, drehte sich um und ging in sein Büro. Sekunden später kam er mit einem weiteren Stapel Papiere zurück, die er ihr reichte. »Ich habe sie mir bereits angesehen. Kurz nachdem Toland Kontakt mit Eden aufnahm, hat Eden Amber dreimal angerufen. Amber hat alle Anrufe aus der Liste auf ihrem Handy gelöscht, aber in den Verbindungsdaten des Providers sind sie trotzdem noch gespeichert.«

»Tolands Buch erscheint«, sagte Gretchen. »Er ist nun berühmter denn je. Also beschließt er, Eden zu kontaktieren, um sicherzugehen, dass sie nicht an die Öffentlichkeit geht. Sie reden. Eden meldet sich bei Amber. Beide beginnen, sich Immobilieneinträge von Häusern anzusehen, die ihre Mutter Männern abgeluchst hat. Und dann? Wie geht es weiter? Vivian bekommt Wind davon, dass Thatcher sich mit Eden in Verbindung gesetzt hat, beschließt, dass Eden eine zu große Gefahr für die Kirche ist, als dass man sie gewähren lassen könnte, und bekommt Gabriel dazu, sie umzubringen? Um ihn dann alle anderen umbringen zu lassen?«

»Passt irgendwie nicht so recht, oder?«, sagte Josie. »Irgendetwas stimmt noch nicht ganz.«

Chitwood klatschte in die Hände. »Dann fahren wir jetzt zur Wiedergutmachungskirche und sehen, ob Vivian Toland ein paar Leerstellen für uns füllen kann. Der Gottesdienst fängt in zehn Minuten an.«

SECHSUNDVIERZIG

Die Schneedecke war inzwischen auf fast fünfzehn Zentimeter angewachsen und es fielen immer noch stetig Flocken. Deshalb brauchte ihr kleiner Konvoi fast eine halbe Stunde, um zur Wiedergutmachungskirche zu gelangen. Als sie die lange Straße zum Gebäude entlangfuhren, kamen ihnen etliche Autos entgegen. Alle waren langsam und vorsichtig unterwegs. Ihre Fahrerinnen und Fahrer hielten das Steuer so fest auf zehn und zwei Uhr umklammert, dass die Knöchel weiß hervortraten.

»Was ist denn hier los?«, wunderte sich Noah.

»Ich wette, das ist der Schnee«, antwortete Josie. »Es sind fünfundzwanzig bis vierzig Zentimeter Schnee vorhergesagt. Toland hat wohl vernünftig gedacht und alle nach Hause geschickt, bevor die Straßenbedingungen noch schlimmer werden.«

»Ganz schön umsichtig für einen Perversen, oder?«, bemerkte Noah.

Sie parkten ihre Autos direkt vor dem Eingang. Niemand nahm es zur Kenntnis oder störte sich gar daran. Alle waren viel zu beschäftigt, zu ihren Parkplätzen zu gelangen. Josie, Noah, Gretchen, Mettner und Chitwood kämpften sich durch die Menge in das Gebäude. Sie folgten dem dröhnenden Klang von Thatchers Stimme aus dem Allerheiligsten der ehemaligen Arena. Als sie die unterste Ebene betraten, wie schon vor einigen Tagen, als Josie und Noah mit Vivian Toland gesprochen hatten, kamen ihnen immer mehr Leute entgegen, die eilends zum Ausgang strebten.

Auf der Bühne stand Thatcher Toland in einem dunkelgrünen Anzug mit dem Mikrofon in der Hand. »Es besteht kein Grund zur Hast«, sprach er. »Bitte gehen Sie geordnet hinaus, damit alle sicher nach Hause kommen. Vivian und ich wollen nicht, dass jemand an diesem heiligsten aller heiligen Feiertage zu Schaden kommt. Wir alle haben in Zukunft noch genug Zeit, hier in Anwesenheit von Gott zusammen zu sein.«

Das Parkett vor der Bühne war schon komplett leer, ebenso die Sitze auf der untersten Ebene, aber auf der zweiten und dritten Ebene befanden sich noch jede Menge Leute, die versuchten, in die Gänge zu gelangen. Josie sah sich um, fand Paul jedoch nicht. Vivian saß auf einem Stuhl auf der Bühne, wenige Schritte von Thatcher entfernt. Sie trug ein hellrotes Kleid und Stöckelschuhe in der gleichen Farbe. Ihr Haar hatte sie mit zwei leuchtend roten Haarspangen locker nach hinten gesteckt. Sie lächelte affektiert und hatte den Blick auf ihren Mann gerichtet.

Als Vivian bemerkte, dass die Polizei in Richtung Bühne marschierte, waren das Parkett und die unterste Ebene bereits völlig leer. Thatcher sah sie zunächst nicht. Er hatte seinen Blick nach oben zu den Kirchgängern gerichtet, die noch immer in die Gänge der zweiten und dritten Ebene strömten. »Mrs Toland«, rief Chitwood. »Mein Name ist Bob Chitwood, Polizeichef von Denton. Können wir reden?«

Thatcher drehte seinen Kopf ruckartig in ihre Richtung.

Vivian erhob sich und strich den Rock über ihren Schenkeln glatt. Ihr Lächeln blieb wie festgefroren auf ihrem Gesicht. Die Gruppe teilte sich, als sie am Taufbecken angelangten. Josie, Noah und Mettner gingen zu einer Seite der Bühne, Gretchen und der Chief zur anderen. »Mrs Toland, bitte, wir würden gern mit Ihnen reden«, sagte auch Noah.

Thatcher sah zuerst sie an, dann seine Frau. Der Rest seines Satzes wurde noch vom Mikrofon übertragen: »... was hier vorgeht?«

Die Menschen auf der zweiten und dritten Ebene hielten inne und blickten nach unten, um zu sehen, was sich dort abspielte. Vivian machte noch immer lächelnd drei Schritte auf ihren Mann zu und stieß ihn plötzlich mit beiden Händen gegen die Brust. Thatcher stolperte nach hinten und fiel in das riesige Taufbecken. Josie hörte über sich ein Raunen und mehrere erschrockene Rufe. Vivian zog die Schuhe aus und begann zu laufen.

Thatcher landete näher bei Chitwood und Gretchen. Als sie über die Mauer in das Becken stiegen, um ihn herauszuholen, sah Chitwood das restliche Team an und rief: »Los, los! Schnappt sie euch!«

Josie, Noah und Mettner setzten sich in Bewegung und liefen hinter Vivian her. Sie war hinter der Bühne verschwunden. Mettner warf einen Blick unter die Bühne, als Josie plötzlich sah, wie sie durch eine Tür auf der unteren Ebene in die Eingangshalle lief. »Dort drüben!«, rief sie. Noah rannte in Richtung Tür.

Binnen weniger Augenblicke war auch Josie zurück in der Eingangshalle und drängte Menschen beiseite, um Vivian einzuholen. Durch das rote Kleid war sie leicht auszumachen. Immer wieder sah Josie es aufblitzen, während sie sich durch die Kirchgänger schob, die zu den Parkplätzen strömten. Manche blieben stehen und sahen zu, wie sie hinter Vivian herlief. Hinter sich hörte Josie ein leises Gemurmel. Laut mutmaßten die Menschen, was da gerade vorging.

»Läuft da Mrs Toland?«, wollte jemand wissen.

»Flüchtet sie? Vor der Polizei?«, hörte Josie jemand anderen fragen.

Josie folgte Vivian durch den halben Gang und eine Metalltürenfront, über der ein Schild mit der Aufschrift ›TREPPE‹ angebracht war. Nachdem sie eine der Türen aufgestoßen hatte, blieb sie stehen und horchte auf Vivians Schritte. Es hörte sich an, als kämen sie von unten. Josie beugte sich über das Geländer und sah gerade noch etwas Rotes auf dem Absatz einer Treppe in den Keller aufblitzen. Sie nahm zwei Stufen auf einmal, bis sie die unterste Ebene erreicht hatte, stieß die Tür vom Treppenhaus in den Keller auf und blinzelte, um sich an die Dunkelheit zu gewöhnen. Der umlaufende Gang um die Kellergewölbe war muffig, grau und bestand aus nacktem Beton. Sie hatten sich nicht die Mühe gemacht, diesen Bereich zu renovieren. Er war eindeutig nicht für die Öffentlichkeit bestimmt.

Josie blickte nach links und rechts und versuchte zu erahnen, in welche Richtung Vivian geflüchtet sein konnte. Auf beiden Seiten befand sich eine Reihe geschlossener Türen. Es war, als sei sie vom Erdboden verschluckt worden – was bedeutete, dass sie hinter einer der Türen verschwunden sein musste. Josie entschied sich für eine Richtung und lief weiter. Sie stieß jede Tür auf und leuchtete mit der Taschenlampen-App ihres Handys in die Räume, während ihre Finger an der Wand nach einem Lichtschalter tasteten. Die meisten waren leer. Manche hatten gerade einmal die Größe eines Abstellraums, andere waren sehr geräumig. Ein Raum schien früher eine Umkleidekabine gewesen zu sein. Er enthielt kleinere Abteile sowie Regalfächer, in denen die Spieler ihre Ausrüstung verstaut hatten. In einigen wenigen lagen sogar noch alte Hockeyschläger und Schlittschuhe. Josie spürte förmlich, wie die Sekunden verstrichen, während sie jeden Zentimeter absuchte. Doch da war nichts außer Staub und dem unangenehmen Geruch alter Sportkleidung.

Zurück im langen Gang warf Josie weiter einen Blick in jeden Raum. Fest stand, dass die Kellerebene nicht genutzt wurde. Hielten Gabriel und Vivian hier Amber fest? Hatten sie auch Eden vor ihrem Tod hier eingesperrt? Während Josie eine Tür nach der anderen öffnete, aber nichts außer Räumen voller Spinnweben sah, erkannte sie, dass dieser Keller der ideale Ort war, um jemanden wegzusperren. Solange die Tolands so gut wie keine Bauarbeiter hereinließen, konnte man problemlos jemanden in einem der vielen Räume festhalten – kein Mensch würde ihn finden. Selbst wenn eine Person hinter einer der Türen aus Leibeskräften schrie, war unwahrscheinlich, dass man sie hörte – auf jeden Fall nicht von einem anderen Teil des Gebäudes aus.

Die nächsten Türen führten in ein weiteres Treppenhaus. War Vivian einfach nach oben gelaufen und entkommen? »Mist«, murmelte Josie. Trotz der Kälte hier unten – es war mindestens fünf bis sieben Grad kälter als im Erdgeschoss – war ihre Stirn schweißnass. Sie musste eine Entscheidung treffen: Sollte sie die Treppe hochlaufen, um zu sehen, ob Vivian auf einer der oberen Ebenen zu finden war, oder weiter die Räume hier unten überprüfen? Vivian konnte noch im Keller sein und sich verstecken. Selbst Amber war vielleicht hier. Das Team hielt sich oben auf; zudem war Josie sicher, dass der Chief inzwischen Verstärkung angefordert hatte. Wenn Vivian es bis in das Erdgeschoss geschafft hatte, standen die Chancen gut, dass jemand von der Dentoner Polizei sie dort im allgemeinen Chaos erwischte. Und selbst wenn nicht: Wie weit konnte sie in dem Schneesturm ohne Schuhe schon kommen?

Josie dachte an die Verletzungen, die Eden vor ihrem Tod erlitten hatte. Sie war noch am Leben gewesen, als man sie zum Damm geschafft hatte. Was, wenn Amber jetzt gerade hier unten war? Was, wenn sie noch lebte? Wenn sie verletzt war, aber um ihr Leben kämpfte?

Sie ging weiter und sah systematisch, aber so schnell, wie es das Licht an ihrem Smartphone zuließ, in jeden Raum. Zugleich hoffte sie, dass der Akku nicht allzu schnell leer wurde. Sie kam zum zweiten Umkleideraum. Er sah genauso aus wie der erste und bestand aus einem großen Gemeinschaftsbereich mit den ganzen Fächern, in denen die Spieler ihre Ausrüstung verstauten. Auch hier hatten einige ihre Schlittschuhe zurückgelassen, außerdem einen Torwartschläger und einen Helm. Alle waren von Spinnweben überzogen. Hinter der Umkleide befand sich ein kleines Zimmer mit einem Fenster, von dem aus man den Teambereich im Blick hatte. Vermutlich war es das Büro des Trainers gewesen. Auf der anderen Seite gelangte man in einen größeren Raum. Auf dem Schild über der Tür stand »PHYSIOTHERAPIE«. Das Zimmer war völlig leer. Dann war da noch der Geräteraum.

Verschlossen.

Jemand hatte eine glänzende neue, massive Überwurffalle zwischen Stahltür und Türrahmen angebracht. Daran hing ein schweres Vorhängeschloss.

»Amber«, sagte Josie.

Mit dem Licht ihres Handys suchte sie die Lichtschalter des Umkleideraums und schaltete die Leuchten eine nach der anderen ein. Nur die Hälfte funktionierte noch, aber das genügte. Josie pochte an die geschlossene Tür.

»Amber!«, rief sie. »Amber! Bist du da drinnen? Antworte, wenn du mich hören kannst! Amber!«

Sie hielt inne und lauschte. Es ließ sich schwer einschätzen, weil das Geräusch so gedämpft war, doch glaubte sie, etwas hinter der Tür gehört zu haben. Sie drückte ein Ohr dagegen, doch half das nicht. Trotzdem, da war etwas. Das musste Amber sein. *Bitte*, betete sie still. *Lass es Amber sein.* Wieder schlug sie gegen die Tür, diesmal mit beiden Fäusten, und schrie aus Leibeskräften.

»Amber! Hier ist Josie. Bitte antworte mir! Bitte!«

Durch die Tür drang ein Schreien, das mit Sicherheit menschlich war. Und verzweifelt klang.

Josie fiel auf die Knie und legte ihren Mund so nah an den Schlitz zwischen Tür und Boden, wie sie nur konnte. »Amber?«, rief sie wieder.

Auf der anderen Seite war ein Rascheln zu hören. Dann hörte sie Ambers Stimme, heiser und angstvoll. »Hilf mir! Hilf mir! Hol mich hier raus. Er hält mich hier fest. Bitte, lass mich raus. Ich muss hier raus, bevor er zurückkommt. Bitte!«

Josies Herz setzte einen Augenblick lang aus. Eine Weile brachte sie keinen Ton heraus.

»Josie?«, schrie Amber. »Kannst du mich hören?«

Ihr Herz begann wieder mit solcher Vehemenz zu pochen, dass sie den Eindruck hatte, als würde ihr ganzer Körper von den Herzschlägen durchgerüttelt. »Ja!«, stieß sie hervor. »Ich höre dich! Ich bin hier!«

»Josie! Josie! Hilf mir! Ich will hier raus! Hol mich hier raus!«

Josie stand auf und sah sich nach etwas um, mit dem sie die Tür aufbrechen konnte. Sie lief zurück zur Umkleide und griff sich den alten Torwartschläger. Als sie zurückkam, rüttelte Amber von drinnen wieder an der verschlossenen Tür. »Bitte!« schrie sie. »Es ist stockdunkel hier. Mir ist kalt. Ich bin verletzt. Ich brauche ... bitte, hol mich raus.« Sie begann zu weinen und schluchzte so laut, dass es Josie das Herz zerriss. Tausend Bilder aus ihrer eigenen Kindheit zogen an ihr vorbei. Die Misshandlungen, die Vernachlässigung, die vielen Stunden, die sie im dunklen Schrank eingesperrt gewesen war. Mit Schaudern atmete sie einmal tief durch, um sich zu beruhigen. »Amber«, sagte sie klar und fest. »Ich hole dich da heraus. Hab nur ein bisschen Geduld.«

Sie rammte den Schläger immer und immer wieder an das Vorhängeschloss, bis ihre Arme und Schultern schmerzten. Schweiß lief ihr über das Gesicht. Da zerbrach der Schläger.

»Josie?«, hörte sie Amber auf der anderen Seite der Tür kreischen.

Josie warf den Schläger weg und wischte sich mit dem Handrücken über die Stirn. »Ich bin noch da. Einen Moment.«

Sie lief zurück zur Umkleide und durchsuchte die Fächer, bis sie auf die Schlittschuhe stieß. Als sie wieder bei der Stahltür war, verzog sie das Gesicht und steckte ihre Hand in einen Schuh, in der Hoffnung, dass keine Spinnen darin waren – oder anderes Getier. Mit einer Hand im Schuh und der anderen zur Stabilisierung auf ihm rammte sie die Kufe an den Bügel des Vorhängeschlosses. Mehrere Versuche waren nötig, bis das Schloss zerbrach. Josie warf den Schlittschuh beiseite und fummelte den Bügel aus der Überwurffalle.

Sie warf das Schloss auf den Boden und zog die Tür auf, sah aber nichts als Schwärze. Sie trat in die Kammer. Hinter ihr drang das Licht des Flurs herein und erhellte den Raum schwach. »Amber?«, rief sie.

Ein Körper prallte gegen Josie. Zitternde Arme schlangen sich um sie. Allerlei unangenehme Gerüche stiegen ihr in die Nase. Sie fühlte Ambers feuchte Wange an ihrem Hals. Ihr dünner Körper vibrierte, während sie schluchzend an Josie hing. Als Josie sich orientiert hatte, umarmte sie Amber ebenfalls. Sie presste sie mit einer Hand fest an sich und strich ihr mit der anderen über das verfilzte Haar. In ihrem Kopf wiederholte eine Stimme immer wieder denselben erleichterten Satz: *Sie lebt. Sie lebt. Sie lebt.*

»Es ist gut«, presste sie schließlich hervor. »Jetzt machen wir, dass wir hier rauskommen.«

Ein Schatten erschien in der Tür und tauchte wieder alles in ein Halbdunkel. Amber hob den Kopf von Josies Schulter und rang nach Luft. Sie hob einen dünnen Arm, deutete auf den Schatten und rief: »Er hat mich entführt! Er hat mich entführt!«

Josie drehte sich um und sah Mettners dunkle Silhouette in der Tür stehen. Das Weiße in seinen Augen wurde größer. »Was?«, sagte er. »Ich ...«

Hinter ihm bewegte sich ein weiterer Schatten. Über Mettners Schulter erschienen Gabriels dunkle, hasserfüllte Augen. Eine Pistole glänzte im Licht. Josie schob Amber beiseite und griff nach ihrer Waffe. Mit geübter Leichtigkeit öffnete sie das Holster und zog die Pistole. Gerade wollte sie »Mett!« rufen, da wanderte die Waffe in Gabriels Hand an Mettners Hinterkopf. Josie blieb nur der Bruchteil einer Sekunde, um den Schock und die Verwirrung in Mettners Gesicht zu registrieren, als sie ihre eigene Waffe hob und einen Schritt zur Seite trat, um Gabriel besser im Visier zu haben. Sie schrie: »Waffe fallen lassen!«, da rief jemand die gleichen Worte. Sie war sich nicht sicher, ob sie wirklich jemand anderen gehört oder ihre eigene Stimme in der kleinen Kammer widergehallt hatte. Gabriels Zeigefinger wanderte in Richtung Abzug. Dann war alles erfüllt von einem Schuss. Die ganze Welt schien stillzustehen, als Josie dastand, die Hand am Abzug ihrer Pistole, die sie noch gar nicht abgefeuert hatte.

Lediglich in ihrem Unterbewusstsein hörte sie Amber schreien. Gabriel sackte zu Boden. Hinter ihm stand Noah. Aus dem Lauf seiner Waffe, die nun zu Boden gerichtet war, stieg Rauch auf. Gekonnt bewegte er sich um Gabriels hingestreckte Gestalt herum, bis er seine Pistole entdeckte und sie mit dem Fuß wegtrat. Blut strömte aus einer Wunde unter Gabriels rechtem Schlüsselbein. Er starrte nach Luft ringend zu Noah hinauf. »Das war das letzte Mal, dass du in die Nähe meiner Frau gekommen bist«, brummte Noah.

Mettner drehte sich langsam um und betrachtete die Szene. Als ihm dämmerte, wie knapp er dem Tod entkommen war, fiel er auf die Knie. Hinter Josie kroch Amber hervor. »Finn!«, weinte sie. »Finn!«

Er drehte zuerst den Kopf, dann den Körper zu ihr. Sie fielen sich in die Arme. Mettner wiegte sie hin und her und flüsterte ihr ins Ohr: »Ich lasse dich nie wieder gehen. Nie wieder.«

SIEBENUNDVIERZIG

Während Josie und Noah Josies Jacke auf Gabriels Wunde pressten, führte Finn Amber aus der dunklen Kammer. Er drückte ihr Gesicht auf seine Brust, als sie an Gabriels zusammengesunkener Gestalt vorbeikamen, und führte sie in die Umkleide. Josie sah Noah über Gabriels Körper hinweg an. »Danke«, sagte sie leise. Noah nickte. »Drück weiter auf die Wunde. Ich rufe Verstärkung.« Josie presste die Jacke auf Gabriels Schulter, während Noah mit seinem Handy die Einsatzleitstelle und den Chief anrief. Als er das Gespräch beendete, übernahm er für sie. »Vivian ist weiterhin auf der Flucht, muss aber im Gebäude sein. Jemand in der Menge hat sie in einem der oberen Gänge gesehen. Die Leute strömen noch immer aus der Kirche.« Er deutete mit dem Kinn zur Tür in den Umkleideraum, wo Mettner und Amber eng aneinandergekauert auf einer Bank saßen. »Geh und nimm sie mit. Ich bleibe hier bei ihm, bis Hilfe kommt.«

Josie nickte und stand auf. Sie führte Mettner und Amber durch den langen Flur zum ersten Treppenhaus, auf das sie stieß, und ließ sie in der Eingangshalle zurück, wo gerade Streifeneinheiten eingetroffen waren und begannen, jeden Ausgang zu blockieren, damit Vivian Toland nicht entkommen konnte. Sie ging zurück ins Treppenhaus und stieg hoch zum Gang der ersten Ebene. Während sie ihn entlanglief, gingen noch immer Leute herum und starrten auf etwas. Sie blieb stehen und sah, dass alle die Blicke auf einen tropfnassen Thatcher Toland gerichtet hatten. Er saß auf einer Plüschbank und tupfte sich das Gesicht und Haar mit einem Papiertuch trocken. Neben ihm stand Gretchen. Als hätte sie Josies Frage erahnt, sagte sie: »Er will uns helfen, Vivian zu finden. Ist einfach hier hochgelaufen. Wir konnten ihn nicht daran hindern. Dann ist er hingefallen und jetzt sind wir hier.«

Thatcher sah zu Josie auf. »Das ist meine Schuld«, stöhnte er. »Aber ich hatte keine Ahnung, wie sich das Ganze entwickeln würde. Das müssen Sie mir glauben.«

»Wie hat es sich denn entwickelt?«, fragte Josie.

Thatcher deutete mit einer ausladenden Geste um sich, als sei die Antwort offensichtlich. »So. Mit Toten und meiner Frau, die ... ich wusste es nicht! Sie hat mir versprochen, dass ich die Wahrheit sagen dürfe, nachdem die Kirche erst eröffnet sei. Ich hatte es von Anfang an vor. Sie hat versprochen, dass ich es der ganzen Welt gestehen könne, ganz gleich, was passieren würde, und dass wir versuchen wollten, eine Familie zu werden. Sie sagte, sie würde mich unterstützen, mir zur Seite stehen und die Last meiner schrecklichen Sünde mit mir tragen. Selbst wenn ich mich vor einem Strafgericht verantworten müsse. Ich habe ihr gesagt, dass Eden mich nie anzeigen würde. Dabei fand ich, dass sie es durchaus hätte tun sollen, selbst wenn ihr Vater mich die ganze Zeit deswegen erpresst hatte. Das habe ich Eden erzählt, als wir uns trafen. Ich habe mir alles von der Seele geredet und wollte es wiedergutmachen. Ich sagte ihr, dass es unwichtig sei, wie sie zu dem stehe, was zwischen uns geschehen sei, oder ob sie je etwas für mich empfunden oder es zumindest geglaubt habe. Denn es sei auf jeden Fall falsch gewesen. Punkt. Sie war ein Kind, ich war der Erwachsene. Es war meine Aufgabe, sie zu schützen, und nicht, ihre Schuldmädchenschwärmerei für mich auszunutzen, oder wie man das, was wir miteinander hatten, auch nennen mag. Ich habe Jahre gebraucht, um das zu begreifen.«

Josie hob die Hand. »Sie sind zu Eden und haben mit ihr geredet.«

»Ja!«, sagte er. »Wie konnte ich mich weiter vor die Fernsehkameras stellen, Werbung für mein Buch machen und so tun, als sei ich ein Experte dafür, wie andere ihre Fehler wiedergutmachen können, wenn ich selbst mich nie bei der Person entschuldigte, der ich am meisten geschadet hatte?«

»Warum waren Sie neulich bei Amber?«, wollte Josie wissen.

»Ich wollte auch mit ihr reden. Eden hat mir erzählt, wie Amber ihr beigestanden hatte. Wie sie ihr geholfen hatte, mein Kind zu retten! Ich wollte mit ihr reden, aber sie war nicht zu Hause. Stattdessen war ihre Mutter da. Ich habe versucht, mit ihr zu reden. Eden hatte mir alles verraten. Sie hat mir von den Ehen ihrer Mutter erzählt und welche Rolle ihr Vater und ihre Tante dabei spielten.«

»Hat sie Ihnen auch erzählt, dass Vivian ebenfalls mit von der Partie war?«

Thatcher schüttelte den Kopf. »Sie hat es gesagt, aber sie hatte nicht recht. Zumindest dachte ich es. Ich habe Vivian damit konfrontiert, nachdem ich mit Eden gesprochen hatte. Sie sagte, sie habe gewusst, dass Lydia ältere Männer wegen des Geldes geheiratet habe, aber sie selbst habe nichts weiter getan, als ihre Häuser zu verkaufen, nachdem sie gestorben waren. Sie war nicht wirklich ›beteiligt‹. Auf jeden Fall sagte ich zu Lydia, ich wüsste alles. Nicht nur über die Ehen, sondern auch über Dr. Rafferty.«

»Das hat Eden Ihnen auch erzählt?«, fragte Josie erstaunt.

»Ja. Sie hat mir verraten, dass es nicht das erste Mal gewesen sei, dass ihr Vater jemanden erpresst habe. Sie erzählte, dass ihre Schwester falsche Anschuldigungen gegen Dr. Rafferty erhoben habe. Ihr Vater habe Amber dazu gezwungen, damit er ihn ebenfalls erpressen konnte. Sie verriet mir, wie sehr Amber damit zu kämpfen hatte. Wie sehr sie es bereute und belastete. Als ich Lydia in Ambers Haus angetroffen habe, war sie gerade dabei, es auf den Kopf zu stellen. Sie war sich sicher, dass Amber irgendwo einen Beweis für die Sache mit Rafferty versteckt hatte. Sie wollte ihn finden und vernichten. Ich habe versucht, ihr zu sagen, dass sie sich keine Sorgen machen solle. Dieses Kreuz müsse Amber tragen und so sei es auch an ihr, zu entscheiden, was mit irgendwelchen Informationen oder Beweisen, die sie vielleicht hatte, geschehen solle. Da hat mich Lydia hinausgeworfen.«

»Wissen Sie, ob sie etwas gefunden hat?«

»Ich glaube nicht. Sie war sehr frustriert.«

»Mr Toland, können Sie sich denken, wo Vivian hin ist?«, fragte Gretchen. »Warum läuft sie hier in den Rundgang im ersten Stock, statt das Gebäude zu verlassen?«

Er schüttelte den Kopf.

»Sie steckt in der Falle«, meinte Josie. »Wir müssen die restlichen Kirchenbesucher hinausbekommen, dann finden wir sie. Sie kann sich hier nicht ewig verstecken.«

»Ich führe die Leute nach unten«, sagte Gretchen.

Als Gretchen losmarschierte, sah Josie Thatcher an. In ihrem Kopf fügten sich weitere Puzzleteile zusammen. »Was meinten Sie damit, als Sie sagten, Sie könnten ›versuchen, eine Familie zu werden‹? Meinten Sie damit sich, Vivian und Eden?«

Er schüttelte wieder den Kopf. Das Papiertuch benutzte er nun, um sich die Tränen aus den Augen zu tupfen. »Nein. Ich meinte mich, Vivian und mein Kind.«

»Ihr Kind? Ihr Kind mit wem?«, drängte Josie ihn, weiterzureden.

»Mit Eden. Eden hat ein Kind von mir bekommen«, sagte

Thatcher. »Aber ich habe es nicht gewusst. Erfahren habe ich es erst, als ich zu ihr gegangen bin, um ihr zu sagen, wie leid es mir tat, was ich mit ihr getan hatte und wie schrecklich ich mich ihr gegenüber benommen hatte. Ich wusste nicht einmal, ob sie mir überhaupt zuhören würde, aber Gott sei Dank hat sie es getan. Sie hat meine Entschuldigung angenommen. Wir haben viele Male stundenlang miteinander geredet. Bei einer dieser Gelegenheiten hat sie mir dann erzählt, dass sie damals ein Kind von mir bekommen hat. Mir war, als sei Gott selbst vom Himmel gestiegen und hätte mein Herz aus meiner Brust gerissen. Ein Kind! Geboren aus meiner größten Sünde! Eden war nicht einmal böse auf mich. Sie hatte mir schon lange vergeben, sagte sie.«

Seine Logik hatte Schwächen, erkannte Josie. Glaubte er wirklich, dass seine Frau ein Kind annehmen würde, das er mit einer Minderjährigen gezeugt hatte, als er noch Pastor in seiner ersten Kirche gewesen war? Josie versuchte, sich das Ganze aus Vivians Perspektive vorzustellen. Hätte er zugegeben, dass er eine intime Beziehung mit einer Minderjährigen gehabt hatte, wäre das nicht nur eine Straftat gewesen, sondern auch eine Marketingkatastrophe für ihre Kirche. Aber ein Kind? Ein lebender, greifbarer Beweis für Thatchers Verbrechen? Für einen so skrupellosen Menschen wie Vivian musste der Mord an Eden die logische Folge sein. Wer würde ohne Eden bezeugen können, was wirklich zwischen ihnen passiert war? Und wer wäre als Mörder besser geeignet als Gabriel? Er hätte problemlos in ihre Nähe gelangen können. Selbst wenn sie sich voneinander entfremdet hatten, war er trotzdem noch ihr Bruder. Doch was war mit Lydia? Amber? Und Nadine? Auch sie wussten vermutlich von dem Baby. Es konnte gar nicht anders sein. Wieso aber hatte Vivian Amber nicht gleich umbringen lassen? Warum hatte sie sie im Keller der neuen Megakirche eingesperrt? Warum hatten sie Eden so lange gefangen gehalten? Das war doch äußerst riskant.

»Wo ist das Kind?«, fragte Josie.

»Ich weiß es nicht«, weinte Thatcher. »Das wusste nur Amber. Als das Kind auf die Welt kam, ließ die Familie nicht zu, dass Eden es behielt. Also nahm Amber es und gab es weg. Das hat mir Eden erzählt.«

»Wie alt war Amber damals? Sechzehn? Siebzehn? Alle Erwachsenen in der Familie wussten von dem Baby und ließen trotzdem einen Teenager entscheiden, was mit ihm geschah?«

Thatcher blickte zu ihr hoch. Seine Augen waren vom Weinen und dem Sturz in das gechlorte Becken gerötet. »Sie dachten, dass ihre Tante Nadine es umbringen würde. Amber hat es aus reiner Verzweiflung getan. Sie erzählte Eden, dass sie das Kind an einen sicheren Ort gebracht habe, wo es zu Pflegeeltern kommen und schließlich ein gutes Zuhause haben würde.«

Deshalb hatte Vivian also Amber festgehalten. Sie hatte versucht, den Verbleib des Kindes aus ihr herauszupressen. Josie schauderte bei dem Gedanken an das, was passiert wäre, wenn Vivian Thatchers und Edens Kind in die Hände bekommen hätte.

Josie wurde auf einen Tumult im Sitzbereich der ersten Ebene aufmerksam. Sie ließ Thatcher auf der Bank sitzen, ging zur nächsten Tür und lief durch den Flur zu den Rängen. Dort stand ein Mann, wies mit dem Finger auf die andere Seite der Arena und rief: »Sie kämpfen miteinander! Sie prügeln sich! Das gibt Verletzte!«

Josie sah, dass er auf zwei rangelnde Frauen deutete. Eine von ihnen trug ein rotes Kleid. Der Mann zog sein Handy heraus. »Ich rufe die Polizei!«

»Ich bin die Polizei«, sagte Josie und rannte los.

Sie wand sich durch die Sitzreihen, bis sie die andere Seite der Arena erreicht hatte. Dabei musste sie sich zwingen, nicht nach unten zu sehen, damit ihr nicht schwindlig wurde. Als sie näher kam, konnte sie die beiden Frauen stöhnen hören. Sie wälzten sich kämpfend durch den Gang, der zwei Sitzbereiche trennte. Ihre Körper waren eng verschlungen, aber jede versuchte, die andere zu schlagen und gleichzeitig möglichst nah bei ihr zu bleiben, um selbst keine Hiebe abzubekommen. Vivian hielt die andere Frau umklammert, hob sie leicht an und warf sie mit dem Rücken gegen die erste Sitzreihe. Zusammen fielen sie in die schmale Lücke zwischen den vordersten Sitzen und dem Geländer. Josie kam näher. »Vivian Toland«, rief sie. »Schluss damit! Hören Sie damit auf und heben Sie die Hände.«

Die Frau unter ihr schrie: »Sie bringt mich um!«

Die Stimme war vertraut, doch konnte Josie sie nicht sofort zuordnen. Da Vivian zudem auf der Frau lag, sah Josie ihr Gesicht nicht. Sie hielt sich am Metallgeländer fest, vermied weiter den Blick nach unten und bewegte sich auf die beiden Kämpfenden zu. »Vivian«, rief sie erneut. »Aufhören! Hände hoch!«

Vivian richtete sich mit dem Rücken zu Josie auf und begann auf die Frau unter ihr einzuschlagen. Josie sprang nach vorn, packte Vivian unter den Achseln und zerrte sie von der anderen weg. Vivian schlug wild um sich und kreischte: »Lass mich los! Geht mir aus dem Weg, ihr zwei!«

Vivian warf ihren Oberkörper gegen Josie. Mit den Füßen trat sie gegen einen der Stühle, sodass beide umfielen. Josie riss ihren Körper herum. Sie schlug mit dem Rücken gegen das Geländer und spürte, wie Vivian sich von ihr wegdrückte und sie dadurch über die Stange rutschte. Kurz vor ihrem Sturz mehrere Meter weit in die Sitzreihen unter ihr hatte sie noch Zeit zu denken: *So sterbe ich also.*

Finger packten ihr Handgelenk. Obwohl sie vom Schock zu fallen wie betäubt war, kam ihr dennoch sofort der kalte Griff von Eden Watts in den Sinn, als sie versucht hatte, Ambers Schwester aus dem Wasser zu ziehen. Josie wartete darauf, dass sie der Hand, die sie hielt, entglitt und in den Tod stürzte, stattdessen wurde die Umklammerung fester. Da spürte sie, wie sie über das Geländer zurückgezerrt wurde und wieder auf festem Boden landete. Sie fiel auf Hände und Knie, so dankbar, nicht mehr über dem Abgrund zu hängen, dass sie kaum atmen konnte. Sie hob den Kopf – und blickte in das lächelnde Gesicht von Devon Rafferty.

Plötzlich spürte sie unvermutet einen brutalen Schlag in den Unterleib. Vivian war nach wie vor da und im Angriffsmodus. Als sie etwas zurückwich, um Josie erneut zu treten, sprang Devon vor Josie und packte Vivian an der Kehle. Sie rangen einen gefühlt endlosen Augenblick miteinander, während sich Josie auf die Beine hievte. Dann fielen ihre ineinander verkeilten Körper in Richtung Geländer. Sie krachten mit den Hüften an die Stange und stürzten durch den Schwung über sie hinweg.

»Nein!«, schrie Josie und sprang mit ausgestreckten Armen nach vorn. Es gelang ihr, gerade noch Devons Ellbogen und ein Stück von Vivians Kleid zu packen. Während sie mit aller Gewalt versuchte, beide Frauen zu halten, drückte das Geländer in ihre Armbeugen. Devon griff sofort mit ihrer rechten Hand nach oben und packte Josies Oberarm. Als Josie erkannte, dass Devon guten Halt hatte, ließ sie Devons linken Ellbogen los. Devon hob den anderen Arm und fasste nun auch mit der linken Hand Josies Bizeps. Unterdessen schlug Vivian so um sich, dass Josie alle Kraft aufwenden musste, um sie noch halten zu können. Der Stoff ihres Kleides dehnte sich immer weiter und begann zu reißen.

»Nicht bewegen«, stieß Josie hervor. Die Last beider Frauen zerrte so sehr an ihren Armen und Schultern, dass sie glaubte, ohnmächtig zu werden. Schließlich blickte Vivian zu ihr hoch. In diesem Augenblick riss ein großes Stück ihres Kleides, sodass sie abrupt nach unten rutschte. Rasch hob sie einen Arm und packte Josies Unterarm. So hingen beide in der Luft. Für Josie fühlte es sich an wie Stunden, doch waren nur wenige

Sekunden vergangen. Wie von weither hörte sie Rufe, doch kam niemand, um ihr zu helfen. So hing sie wie festgeschraubt mit der Geländerstange unter ihren Achseln und einer Frau an jedem Arm auf dem Geländer, ohne eine von ihnen nach oben ziehen zu können. Immer weiter begannen sie nach unten zu rutschen. Schweiß trat Josie auf die Stirn. Schmerzen schossen von ihren Unterarmen durch ihre Ellbogen bis in ihre Schultern. »Ich ... kann euch ... nicht mehr lange halten«, keuchte sie.

Vivian und gleich darauf Devon rutschten immer tiefer, bis beide nur noch von Josies Händen gehalten wurden. Josies Muskeln waren über die Schmerzgrenze hinaus zum Zerreißen gespannt. Sie warf einen letzten entsetzten Blick nach unten und erkannte, dass sie nicht beide retten können würde. Sie musste eine loslassen, musste entscheiden, wer leben durfte und wer sterben musste.

Sie wollte diese Entscheidung nicht treffen.

Josie sah auf den Kopf der beiden Frauen und dachte an die Menschen, die Vivian Toland und Gabriel Watts in den letzten zwei Wochen umgebracht hatten. Sie hatten sterben müssen, damit ein schreckliches Geheimnis gewahrt blieb. Geld, Gier und Machtstreben hatten sie das Leben gekostet. Dann dachte sie an Devons Tochter Lilly und ihre neugierige Seele.

Josie ließ Vivian Toland los.

ACHTUNDVIERZIG

Zum zweiten Mal innerhalb weniger Tage fand sich Josie in einem Rettungsfahrzeug mit Sawyer Hayes wieder, dieses Mal mit Amber. Amber lag auf der Pritsche, während Sawyer sie untersuchte, ihre Vitalwerte überprüfte, sie zudeckte und einen intravenösen Zugang legte. Josie saß in sich zusammengesunken auf der Bank gegenüber. Ihre Arme fühlten sich an wie Gelee. Sie hatte noch immer kein rechtes Gefühl in ihnen, wusste aber, dass sie am nächsten Morgen höllisch schmerzen würden.

Sawyer gab Ambers Vitalwerte in sein Computerterminal ein. »Ich denke, Sie haben keine bleibenden Schäden«, sagte er. »Im Moment sind Sie etwas dehydriert und haben ein paar Schnittwunden und Abschürfungen. Ich muss gleich diese große Wunde an Ihrer Hand säubern, ansonsten aber haben Sie viel Glück gehabt.«

Amber lächelte ihn schwach an. »Danke«, sagte sie.

Er suchte in seinen Schubläden nach Verbandszeug und Alkohol.

Amber wandte sich Josie zu. »Du hast mich gerettet.«

Josie schüttelte den Kopf. »Ich habe Glück gehabt. Wir alle haben heute Glück gehabt.«

Sawyer nahm Ambers Hand in seine. Er lächelte. »Josie Quinn arbeitet nicht mit Glück. Sie stürzt sich einfach so lange in die Arbeit, bis sie einen Fall gelöst hat.«

Amber lachte, zuckte jedoch zusammen, als er Alkohol auf die Wunde tupfte. »Tut mir leid«, sagte er. »Ich weiß, das brennt.«

Josie sah ihn mit hochgezogener Braue an. »Das ist das Netteste, was du je über mich gesagt hast.«

Er betupfte die Wunde in Ambers Hand. »Ja, aber gewöhn dich nicht daran.«

Jemand klopfte an die Hecktüren des Rettungsfahrzeugs. Josie stand mit wackeligen Beinen auf und öffnete sie mit einem schlaffen Arm. Draußen stand Noah knöcheltief im Schnee, an seiner Seite Devon Rafferty. Sie war in eine Decke gewickelt und strahlte Josie an.

»Sie haben mir das Leben gerettet«, sagte Devon. »Ich wollte Ihnen nur danken.«

Josie öffnete den Mund, um zu sagen, dass sie sich nicht wie eine Lebensretterin fühlte. Vivian Toland hatte die Kirche in einem Leichensack verlassen. Devon musste nicht mit der Wahl leben, die sie getroffen hatte. Sie schon. Also fragte sie nur: »Warum saßen Sie noch dort?«

Devon runzelte die Stirn. »Was meinen Sie damit?«

»Alle waren dabei, die Kirche zu verlassen. Sie sind noch geblieben.«

Devon lachte. »Ich habe gewartet, bis sich die Menge etwas lichtete. Ich wusste, dass es ein ziemliches Gedränge geben würde, wenn die Leute zu den Parkplätzen strömen. Ein bisschen wie bei einem Konzert, wenn alle auf einmal aufbrechen und man anschließend Stunden im Stau steckt. Also bin ich einfach noch sitzen geblieben, habe auf mein Handy gesehen und gewartet, dass sich die Arena leert. Da ist Vivian Toland an mir vorbeigelaufen. Ich hatte beobachtet, wie sie ihren Mann gestoßen hatte und Sie alle hinter ihr hergerannt waren. Zwar wusste ich nicht, was sie getan hatte, aber es konnte nichts Gutes sein, wenn die Polizei hinter ihr her war. Auf jeden Fall habe ich ihr ein Bein gestellt, als sie an mir vorbei ist. Sie ist aufgestanden und hat auf mich eingeschlagen. Na, den Rest kennen Sie. Was ist denn passiert? Hat sie versucht, Mr Toland umzubringen?«

Josie sah Noah an. »Im Augenblick können wir dazu noch nichts sagen. Die Ermittlungen laufen noch.«

Devon nickte und zog sich die Decke fester um die Schultern. »Ja, natürlich. Tut mir leid. Alles in Ordnung. Ich hätte nicht fragen sollen. Hören Sie, ich wollte Ihnen nur dafür danken, dass Sie mich gerettet haben und mir ehrlich gesagt haben, was mit meinem Dad passiert ist. Ich weiß, jetzt ist nicht der passende Zeitpunkt, aber könnten Sie Amber sagen, dass ich sehr gern irgendwann mit ihr darüber sprechen würde?«

»Natürlich«, antwortete Josie. Sie konnte sich lebhaft vorstellen, wie unangenehm dieses Gespräch sein würde. Noah stand neben ihr, während sie Devon nachsahen, die durch den Schnee davonstapfte. Josie sah ihn an. Obwohl dicke Schneeflocken um sie herum fielen, spürte sie, dass ihn etwas bedrückte. »Was ist?«, fragte sie. War er verärgert, weil sie mit einer erwachsenen Frau an jeder Hand über der Balustrade gehangen hatte?

»Gabriel Watts hat es nicht geschafft.«

»Das tut mir leid«, sagte Josie. Mit Mühe hob sie einen schlaffen Arm und berührte sein Gesicht. »Das ist hart, nicht wahr?«

Er schüttelte den Kopf, sodass Schnee von seinem Kopf fiel. »Nein. Ist es nicht. Es ist nicht hart und genau das macht mir Sorgen. Er hätte auf jeden Fall Mett umgebracht, vielleicht auch dich und Amber. Außerdem hat er Eden und Lydia und wahrscheinlich seine Tante auf dem Gewissen. Ich würde dieselbe Entscheidung tausendmal wieder ohne Bedauern treffen. Was sagt das über mich?«

»Dass du menschlich bist. Nicht wir sollten in unserem Job solche Entscheidungen treffen müssen. Das sollte Geschworenen und Richtern überlassen bleiben. Nicht uns.«

Eine ganze Weile stand er so da, während sich Schnee auf seine beiden Schultern legte. Dann seufzte er. »Ich sehe mal nach Mettner.«

Sie sah ihm nach, bis ihn der dichte Schneefall verschluckt hatte. Dann sprang sie zurück in den Rettungswagen, stampfte den Schnee von ihren Füßen und setzte sich wieder. Sawyer saß an seinem Computer, Ambers Augen waren geschlossen. Sie öffnete sie, als sie Josie hörte. »Es tut mir leid«, sagte sie. »Was für eine Tragödie.«

»Warum bist du nicht zu mir gekommen?«, fragte Josie. »Oder zu jemand anderem von uns? Wir hätten dir helfen können.«

Amber schüttelte den Kopf. »Was wir gemacht haben, war nicht in Ordnung. Es war illegal.«

»Ihr wart Kinder«, entgegnete Josie. »Euer Vater hat euch dazu gebracht. Er war der Erpresser.«

Eine Träne rann über Ambers Gesicht. »Dr. Rafferty hat sich wegen mir umgebracht, wegen etwas, was ich getan habe, weil mein Vater es von mir wollte. Das hat er nicht verdient, er war ein guter Mensch. Ich habe mein ganzes Leben mit dieser Schuld gelebt. Ich wollte es nie jemandem verraten.«

Josie schwieg lange. Dann fragte sie: »Was ist mit dem Kind?«

Mit einem tiefen Seufzer fing Amber an zu erzählen. »Als Eden schwanger wurde, wollte sie das Baby behalten. Aber unsere Eltern sagten, das käme überhaupt nicht infrage. Ursprünglich war das wie bei Dr. Rafferty als eine ihrer kleinen Betrügereien gedacht gewesen. Eden sollte eine Weile in Thatcher Tolands Kirche gehen, einige Male mit ihm allein sein und ein paar schreckliche Vorwürfe erfinden, damit Dad ihn erpressen konnte. Ende der Geschichte. Genau das ist auch passiert. Es waren stets kleinere Dinger, die mein Dad gedreht hat. Der Trick sei, sagte er, bei den Erpressungen immer nur so weit zu gehen, dass die Typen noch gut zahlen konnten, aber nie so viel zu verlangen, dass sie lieber zur Polizei gingen. Das hat bei Dr. Rafferty und Toland auch funktioniert. Nur konnte Eden, ein paar Monate nachdem Toland bezahlt hatte, die Schwangerschaft nicht mehr verbergen. Da wurde klar, dass ihre ›Anschuldigungen‹ alles andere als aus der Luft gegriffen waren.«

»War Thatcher da schon mit Vivian verheiratet?«, wollte Josie wissen.

Amber schüttelte den Kopf. »Noch nicht, aber Vivian plante damals schon, Thatcher in großem Stil abzuzocken. Sie hatte beobachtet, wie meine Tante, Mom und Dad Jahr für Jahr diese arglosen Männer mit ihrem Heiratsschwindel hereinlegten und damit die große Kohle machten. Als Thatcher in der Immobilienagentur vorstellig wurde, weil er ein neues Haus suchte, nutzte sie die Gelegenheit. Thatcher war zwar noch nicht so alt, aber reich. Ihn zu heiraten war lukrativer als das Immobiliengeschäft. Das hat sie jedenfalls meinem Dad erzählt, als ich einmal mithören konnte. Sie war entschlossen, Thatcher zu heiraten. Die beiden hatten sogar schon einen Hochzeitstermin und das alles. Das Baby hätte Vivians Pläne völlig zunichte gemacht. Eden war noch nicht einmal schwanger, als Vivian erfuhr, was zwischen den beiden lief. Sie hatte Thatcher und Eden einmal zusammen in der Kirche gesehen. Statt die beiden zur Rede zu stellen, erzählte es Vivian meinem Dad. Ich war damals ziemlich krank, weil ich mir das Pfeiffer'-sche Drüsenfieber eingefangen hatte und lange zu Hause bleiben musste. Deshalb habe ich die ganze Sache mitbekommen. Eines Morgens ist sie bei uns aufgetaucht, nachdem Eden und Gabe zur Schule gegangen waren. Sie war wütend auf ihn, weil er sich mit seiner Erpressungsmasche jemanden ausgesucht hatte, der eigentlich ›ihr‹ Opfer gewesen war, und forderte ihn auf, sofort damit aufzuhören. Aber er hat sie überzeugt, dass es ihr eigenes Vorhaben nicht gefährden würde, wenn er fünfzigtausend Dollar aus Toland herauspresste.«

»Also hat dein Vater es tatsächlich durchgezogen? Eden hat diese Anschuldigungen gegen Thatcher erhoben, dein Dad hat ihn erpresst und er hat gezahlt?«

»Genau.«

»Hast du Eden erzählt, dass Vivian deinen Vater zur Rede gestellt hat?«

»Nein«, antwortete Amber. »Sie war schon genug gestresst wegen der ganzen Sache mit Thatcher. Ich wollte sie nicht noch mehr belasten.«

»Eden wurde schwanger. Du sagtest, irgendwann ließ es sich nicht mehr verheimlichen. Haben die Leute es so herausgefunden?«

»Ja. Eden ist immer wieder zur Kirche. Ich denke, sie wollte es Thatcher sagen. Sie war zwar nie drinnen, ist aber mit ihrem Fahrrad ständig daran vorbeigefahren und hat im Hof vor der Kirche oder dem Park auf der anderen Straßenseite herumgehangen. Da ist sie Vivian aufgefallen. Am nächsten Tag tauchte sie bei uns auf. Eden und Gabe waren in der Schule. Ich war noch immer krank zu Hause und habe gelauscht. Vivian hat Dad gefragt, ob Eden von Thatcher schwanger sei. Dad hat es nicht abgestritten. Zu der Zeit hatten meine Eltern noch nicht entschieden, was wegen der Schwangerschaft zu tun sei. Dad hat Mom angerufen. Sie musste antanzen, obwohl sie gerade bei ihrem damaligen alten, reichen Mann ›Ehefrau‹ spielte. Vivian drohte, zur Polizei zu gehen und ihr alles über meine Eltern und Tante Nadine zu erzählen, falls meine Eltern sich nicht von dem Baby trennten. Als Eden nach Hause kam, sagten sie ihr, sie hätten beschlossen, dass sie das Kind nicht behalten könne und bei Tante Nadine einziehen müsse, bis es auf der Welt sei. Sie meinten, Tante Nadine würde sich dann ›um die

Angelegenheit kümmern‹. Tante Nadine ließ keinen Zweifel daran, dass sie das Baby gleich nach der Geburt ›entsorgen‹ würde. Ich bin mit Eden mitgegangen, damit sie nicht so allein war.«

»Sie war also genauso grausam, wie jeder behauptet hat«, stellte Josie fest.

»Mehr als das. Eden und ich hatten entsetzliche Angst. Ich musste ihr versprechen, dass ich das Baby schützen würde, wenn es da war. Ich hatte keine Ahnung, wie ich das anstellen sollte. Dann habe ich von dem Safe-Haven-Gesetz in Pennsylvania erfahren. Danach ist es nicht strafbar, ein Baby in einem Krankenhaus oder auf einem Polizeirevier zurückzulassen. Als Edens Tochter auf die Welt kam, habe ich sie aus dem Haus geschmuggelt, bevor Nadine es merkte, und im Krankenhaus abgegeben. Dem Towanda Hospital.«

»Was hast du Nadine erzählt?«, wollte Josie wissen.

Amber warf einen Blick zu Sawyer, aber falls er zuhörte, zeigte er es nicht. »Dass Eden und ich uns um das Baby ›gekümmert‹ hätten und es kein Problem mehr sei. Sie hat uns geglaubt und damit war die Sache erledigt. Niemand dachte mehr daran, bis Thatcher sein Buch veröffentlichte und zu Eden kam, um Abbitte zu leisten. Sie war so angetan von ihm und seiner Bereitschaft, die Angelegenheit zu bereinigen, dass sie ihm von dem Baby erzählte. Ich weiß es, weil sie mich gleich danach anrief und es mir berichtete. Sie meinte, es tue ihr wirklich leid, aber sie habe es ihm erzählen müssen.«

»Und damit kam die ganze Kette von Ereignissen in Gang«, meinte Josie.

»Gabriel hat mich entführt, weil Eden es Thatcher verriet, der wiederum Vivian erzählte, ich wüsste, wo das Baby sei – das inzwischen ja schon etwas größer sein muss. Das Problem war, dass ich keine Ahnung hatte, was mit der Kleinen passiert war. Ich wusste nur, dass sie in Sicherheit war, als ich sie im Krankenhaus zurückgelassen habe.«

Josie tätschelte Ambers Bein. »Gut«, beruhigte sie sie. »Es ist alles in Ordnung.«

»Weißt du, was Thatcher jetzt machen will?«

Josie schüttelte den Kopf. »Nein. Aber heute Nacht ist für dich und mich nur wichtig, dass wir es schön warm haben und nach Hause kommen, okay?«

NEUNUNDVIERZIG

ZWEI WOCHEN DANACH

Es schneite wieder. Nach den sechzig Zentimetern, die ihnen der Schneesturm am Heiligabend beschert hatte, schickten die Wolkenfetzen nun Nachschub. Josie war mit ihrem Auto in den Hügeln nördlich der Universität unterwegs. Sie wollte zu Devon Rafferty. Auf dem Beifahrersitz spielte Amber nervös mit dem Riemen ihrer Handtasche. Josie sah immer wieder zu ihr hinüber. Amber hatte noch etliche blaue Flecken und schien die schrecklichen Erlebnisse noch nicht ganz verwunden zu haben. Doch sie wirkte schon wesentlich gesünder. Eines Tages, so hoffte Josie, würde sie wieder die Alte sein, sofern das nach dem erlittenen Trauma überhaupt möglich war.

»Du musst das nicht machen«, sagte Josie. »Ich kehre einfach um, rufe Devon an und sage ihr, dass wir es wegen des Schnees nicht geschafft haben.«

Amber lachte nervös. »Nein, nein. Ich möchte das hinter mich bringen. Es nagt immer noch an mir. Was sagt man zu jemandem, dessen Vater du im Grunde genommen ins Grab gebracht hast?«

»Du hast Jeremy Rafferty nicht ins Grab gebracht«, sagte Josie leise.

Amber sah aus dem Fenster. Von dem Martyrium, das sie in Gabriels Gewalt erdulden hatte müssen, war ihr eine lange Narbe auf der Handfläche geblieben. Sie strich mit den Fingern der anderen Hand darüber. »Hätte ich nicht gelogen, sondern mich gegen meinen Vater gestellt und etwas gesagt, irgendetwas, statt mich zu fügen, würde er noch leben.«

»Du warst fünfzehn, ein Kind«, entgegnete Josie. »Aufgezogen von Leuten, die so leicht logen, wie sie atmeten. Du hattest in dieser Situation keine Chance, Amber.«

Trotzdem blickte sie versonnen auf die schneebedeckten Häuser, die vorbeizogen, als Josie sich Devon Raffertys Haus näherte. »Wenn man schon von Kindheit an mit Lügen aufwächst«, fuhr Amber fort, »weiß man es nicht anders. Ich wollte dir irgendwann die Liste geben. Die in meinem Tagebuch. Nach dem, was mit Dr. Rafferty passiert war, habe ich darin alle fürchterlichen Dinge festgehalten, die Mom, Dad und Tante Nadine gemacht haben. Ich habe sogar aufgeschrieben, wen sie belogen und betrogen haben. Ich dachte, niemand würde das Tagebuch entdecken. Für eine Fünfzehnjährige war ich so naiv. Aber Tante Nadine hat in meinen Sachen herumgeschnüffelt und das Tagebuch gefunden. Ihr entging nichts. Es ist überhaupt ein Wunder, dass sie mir und Eden die Geschichte von der ›Entsorgung‹ des Babys abgekauft hat. Vielleicht hat sie es uns auch gar nicht geglaubt. Ich weiß es nicht. Auf jeden Fall hat sie das Tagebuch entdeckt, gelesen und war fuchsteufelswild. Sie hat alle Seiten herausgerissen und verbrannt und mir gedroht, dass sie mich umbringen würde, wenn ich die Familie je anschwärzen würde. So wie sie Dr. Rafferty umgebracht hat.«

Josie trat auf die Bremse. Das Auto rutschte und geriet auf der verschneiten Straße leicht ins Schlingern. Beide wurden vor und zurück geschleudert. Josie drehte sich zu Amber und sagte: »Was?«

Tränen traten in Ambers Augen. »Es tut mir so leid«, flüsterte sie. »Sie hat es nur ein einziges Mal erwähnt und nur mir gegenüber. Ich hatte keine Ahnung, ob es stimmte oder ob sie es nur sagte, um mir Angst zu machen. Damals stand in den Zeitungen, dass es Selbstmord gewesen sei. Die Ermittlungen der Polizei bestätigten es. Ich wusste nie, ob ich ihr glauben sollte oder nicht. Hatte sie ihn tatsächlich im Fluss ertränkt hat oder es nur behauptet, um Zweifel in mir zu säen und mich unter Druck zu setzen? Aber es hat funktioniert. Ich war danach total eingeschüchtert.«

Hinter ihnen erschienen Scheinwerfer. Ein Pick-up kam ihnen entgegen. Josie schaltete die Warnblinkanlage ein und fuhr an den Straßenrand, damit das andere Fahrzeug Platz zum Vorbeifahren hatte. »Vielleicht hat Dr. Rafferty gedroht, die Familie anzuzeigen«, meinte Josie. »Aber sie hat die Wahrheit gesagt: Sie haben ihn umgebracht, um ihn zum Schweigen zu bringen – so oder so. Zu schade, dass wir deinen Vater nicht fragen können.«

Das war eines der ungelösten Probleme in diesem Fall, die Josie nachts noch nicht ruhig schlafen ließen. Hugo Watts war nach dem Debakel in der Megakirche am Heiligabend abgereist und seither wie vom Erdboden verschluckt. Amber hatte prophezeit, dass sie ihn nie wiedersehen würden. Er hatte mindestens die Hälfte des Geldes, das Lydia mit ihren Ehen erschwindelt hatte, irgendwo deponiert und vermutlich schon immer geplant zu verschwinden, falls die Polizei ihm eines Tages auf die Schliche kommen würde. Dabei war fast alles, was er getan hatte, inzwischen längst verjährt. Er konnte weder wegen Betrugs noch Diebstahls belangt werden. Falls er jedoch an Jeremy Raffertys Ermordung beteiligt gewesen war und sich das irgendwie nachweisen ließ, konnte es trotzdem sein, dass er dafür noch ins Gefängnis wanderte.

»Gerade weil mein Dad sich davongemacht hat, denke ich, dass Tante Nadine die Wahrheit sagte, als sie behauptete, Dr. Rafferty umgebracht zu haben«, sagte Amber.

»Das musst du alles Devon erzählen«, erwiderte Josie. »Sie hat nie daran geglaubt, dass sich ihr Vater umgebracht hat. Das muss sie wissen. Ich weiß, dass du das nicht gern machst, aber es hilft euch beiden vielleicht mehr, als du dir im Moment vorstellen kannst. Was ist passiert, nachdem Nadine die Tagebuchseiten verbrannt hat? Hast du die Nummernliste damals schon aufgeschrieben oder erst kurz vor deinem Verschwinden?«

Amber wischte sich die Tränen weg. Josie fuhr wieder los. »Damals. Eden und ich wohnten während ihrer Schwangerschaft bei Tante Nadine. An ihre Immobilienunterlagen kam ich problemlos heran. Ich habe angefangen, sie durchzugehen und alle Adressen herauszuschreiben. Aber Eden hatte Angst, dass sie auch das finden und völlig durchdrehen würde. Da fassten wir den Plan, die Flurstücknummern zu notieren, damit wir sie immer parat hätten, falls wir sie eines Tages brauchen würden. Wir hatten immer wieder davon gesprochen, sie anzuzeigen, sobald wir erwachsen waren. Aber dann starb Dr. Rafferty und Eden wurde von Thatcher Toland schwanger. Als wir schließlich weg von zu Hause waren, wollten wir beide nur eines: die Vergangenheit vergessen und ganz neu anfangen. Hätten wir alles publik gemacht, hätten wir damit auch uns an den Pranger gestellt. Wir hatten das Kind weggegeben. Das fühlte sich so falsch an. Wir hatten beide Angst. Selbst nachdem Eden mich angerufen hatte – ein paar Wochen bevor die Hölle losbrach –, hatten wir noch Angst.«

»Ihr beiden scheint euch recht nahe gewesen zu sein«, stellte Josie fest. »Trotzdem hattest du fast zehn Jahre lang nicht mehr mit ihr gesprochen, bevor sie dich angerufen hat.«

Amber seufzte. »Wir waren uns als Kinder nahe, weil es nicht anders ging. Als ich weg bin, um aufs College zu gehen, versuchten wir, uns weiter zu treffen. Wir haben ein paarmal zusammen zu Mittag und zu Abend gegessen, aber es war nicht mehr dasselbe. Es war, als ... das Zusammensein brachte nur die vielen schrecklichen Dinge wieder hoch, die wir getan hatten und mit ansehen mussten. Es machte keinen Spaß, sondern war bedrückend. Wir erinnerten uns gegenseitig an die schlimmsten Sachen, wie wir je getan hatten. So kamen wir überein, dass es das Beste wäre, wenn wir getrennter Wege gingen. Danach habe ich erst wieder von ihr gehört, als sie mich angerufen hat, um mir zu sagen, dass Thatcher sich mit ihr in Verbindung gesetzt und sie ihm von dem Kind erzählt hat.«

»Warum hat sie dich überhaupt angerufen?«, wollte Josie wissen. »Weil Thatcher sie kontaktiert hatte?«

»Ja. Sie fand, ich sollte erfahren, dass er die Sache ›wiedergutmachen‹ wollte«, sagte Amber mit angewidertem Unterton. »Ich kann es noch immer nicht glauben, dass sie auf diesen Mist hereingefallen ist. Aber sie ist ihm völlig auf den Leim gegangen. Sie hat ihm sogar von dem Kind erzählt, dabei haben wir uns geschworen, dass wir nie, nie wieder darüber sprechen und niemandem etwas verraten würden. Ich war so wütend. Anfangs meinte sie, es sei keine große Sache und wir müssten uns keine Sorgen machen. Schließlich war Thatcher derjenige, bei dem alles auf dem Spiel stand. Sie hatte ihm alles über das Baby und unsere Familie und das, was sie anderen angetan hatte, gebeichtet und fühlte sich wie ein neuer Mensch. Sie war so sicher, dass er das Geheimnis bewahren würde.«

»Tat er aber nicht«, stellte Josie fest.

»Als Gabriel bei mir auftauchte, wusste ich, dass Thatcher es nicht für sich behalten hatte. Gabriel erzählte mir, dass ich ihm verraten müsse, wo das Kind sei, sonst hätte das gravierende Konsequenzen. Damit war mir klar, dass Thatcher nicht die Absicht hatte, über das Kind Stillschweigen zu bewahren. Im Gegenteil, er wollte es finden, so viel stand fest. Aber dabei konnte nichts Gutes herauskommen. Ich hatte Angst ...«

Sie verstummte und sah schließlich zu Josie hinüber.

»Du hattest Angst, er würde das Kind umbringen. Auslöschen, was seinem Ruf hätte schaden können.«

»Seinem Reichtum«, widersprach Amber. »Meine Eltern, Tante Nadine, Vivian Toland ... ihnen ging es immer nur um Geld.«

Es schneite immer mehr. Josie hatte Zweifel, ob es gut war, Devon an diesem Tag zu besuchen. Zumindest hatten sie dank des Schneesturms eine Entschuldigung, dass sie aufbrechen mussten, wenn es zu unangenehm wurde.

»Dann hat Eden mir den Artikel über Tante Nadines Ermordung geschickt«, fuhr Amber fort. »Das konnte kein Zufall sein. Wir überlegten, ob wir eine Art Akte oder so etwas zusammenstellen sollten. Eine Liste ihrer Übeltaten. Etwas, das wir der Polizei vorlegen konnten, wenn die Dinge aus dem Ruder liefen.«

»Ihr habt die Immobilieneinträge durchgesehen«, sagte Josie, »und versucht, die Adressen mit der Liste eurer Flurstücknummern abzugleichen.«

»Genau. Ich wollte dir die Liste geben, wenn sie fertig war. Unterdessen habe ich einen Post-it-Zettel mit deinem Namen auf mein Tagebuch geklebt. Ich dachte mir, wenn ich sterbe und du nur diese mysteriösen Nummern hättest, würdest du schon herausfinden, was sie bedeuten.«

Josie lächelte. »Warum ich?«

Amber lächelte zurück. »Weil ich gesehen habe, was du aus nichts zu machen imstande bist.«

Josie lachte. »Okay, das nehme ich als Kompliment. Du hattest recht, dass Eden und Thatchers Kind in Gefahr waren. Aber nicht Thatcher war das Problem. Vivian war es.«

»Ich hatte sie nicht einmal in Betracht gezogen«, räumte Amber ein. »Sie war lediglich jemand, der die Dinge zum Abschluss brachte, nachdem meine Eltern das ihre erledigt hatten. Ich meine, natürlich wusste ich, dass sie Thatcher nur wegen des Geldes geheiratet hatte. Aber sie hatte immer von dem Kind gewusst und trotzdem nicht versucht, eine von uns umzubringen.«

»Sie wusste, dass Eden das Kind bekommen hatte«, widersprach Josie. »Aber sie war der Meinung gewesen, Nadine hätte es ›entsorgt‹.«

»Das stimmt«, räumte Amber ein.

»Die DNA-Spuren unter den Fingernägeln von Nadine passten zu deinem Bruder. Es sieht so aus, als hätte er sie umgebracht. Vielleicht beschloss Vivian, Gabriel ins Spiel zu bringen und zuerst auf Nadine anzusetzen, als Thatcher nach Hause kam, von ›Wiedergutmachung‹ gegenüber Eden sprach und Vivian erzählte, dass das Kind noch leben würde und er es finden wolle.«

»Das ergibt Sinn«, sagte Amber. »Tante Nadine hat bei fast allem die Fäden gezogen. Vivian dachte wohl, dass Nadine sie angelogen hatte, als sie behauptete, das Baby sei ›entsorgt‹ worden. Also hat sie Gabriel beauftragt, herauszufinden, wo das Kind ist. Er dachte, ich wüsste es. Deshalb hat er mich entführt.«

»Aber du hast doch gesagt, dass Eden Thatcher erzählt hätte, du seist die Einzige, die wüsste, was mit dem Baby passiert ist«, hob Josie hervor.

Amber zuckte die Schultern. »Ja, aber ich denke, dass Vivian vorhatte, alle zu töten, die von dem Baby wussten, egal, ob sie den Aufenthaltsort kannten oder nicht. Ich habe lediglich angenommen, dass es Thatcher war, der Gabriel mit der Schmutzarbeit beauftragt hat. Dass er plante, alle zu eliminieren, die von dem Geheimnis wussten, also Tante Nadine, Eden, meine Mutter, meinen Vater, mich und dieses arme Kind, nachdem ich Gabriel die Information gegeben hätte. Bevor Gabriel mich aus meinem Haus verschleppt hat, war er schon ein paarmal bei mir gewesen und hat mich bedroht. Ich habe voller Panik Eden angerufen und ihr gesagt, dass sie Thatcher falsch eingeschätzt habe. Ich erzählte ihr, dass er hinter dem Kind her sei. Sie hat es mir nicht geglaubt. Sie dachte, Mom oder Dad oder Tante Nadine hätten Gabriel auf die Sache angesetzt und ihn überzeugt, dass er das Kind finden müsse, damit sie Thatcher damit erpressen konnten, jetzt, da er so viel Geld wie nie zuvor hatte. Wir waren unterschiedlicher Meinung, von wem die Gefahr ausging oder wer hinter der Sache steckte. Aber über eines waren wir uns einig.«

»Dass Edens Tochter beschützt werden musste«, folgerte Josie.

»Genau.«

Das Auto kam auf der verschneiten Straße ins Rutschen. Josie kämpfte mit dem Steuer, bis sich der Wagen stabilisierte und sie ihn wieder unter Kontrolle hatte. Sie fuhren das letzte Stück den Hügel hinauf.

»Dann hat dich Gabriel entführt«, sagte Josie.

»Ja«, flüsterte Amber. »Er hat dreimal versucht, mich umzubringen. Dreimal. Jedes Mal kam er in die Kammer, hat mir die Pistole an den Kopf gesetzt und den Abzug betätigt. Beim ersten Mal habe ich versucht, ihn davon abzubringen, indem ich ihm erzählt habe, dass Finn nach mir suchen würde und er ein Polizist sei. Aber er hat nicht einmal abgewartet, bis ich fertig geredet hatte. Danach hat er sich bei mir entschuldigt. Da dachte ich, dass er mich nicht umbringen würde, weil er glaubte, ich hätte die Informationen, die er brauchte. Anschließend hat er die Pistole dreimal in der kleinen Kammer abgefeuert. Ich denke, er wollte zeigen, dass er es ernst meinte. Meine Ohren haben danach noch stundenlang gedröhnt.«

Ein Schauder durchlief Josie. Sie dachte an die geladene Beretta und die fehlenden Patronen. Amber hatte Glück gehabt, dass sie in dem kleinen Raum kein Querschläger getroffen hatte. Allerdings hatte die Spurensicherung die drei Patronen aus den Betonwänden geholt.

Beide wurden still. Wieder strich Amber mit den Fingern nervös über die Narbe auf ihrer Handfläche. Mit einem tiefen Seufzer richtete sie ihren Blick wieder auf die verschneite

Landschaft. Einen Augenblick später sagte sie: »Was hat Thatcher bezüglich des Kindes vor?«

»Er behauptet, immer nur das Richtige im Blick gehabt zu haben. Er habe daran gedacht, das Kind ausfindig zu machen und eine Beziehung zu ihm aufzubauen. Inzwischen aber fragt er sich, ob er nicht alles auf sich beruhen lassen sollte. Das Mädchen wäre inzwischen wie alt? Zehn? Er ist sich nicht sicher, ob er ihr Leben in Unordnung bringen soll. Er sagt, er habe getan, was er für richtig hielt, doch habe es nur dazu geführt, dass Menschen gestorben seien.«

Amber knurrte verächtlich. »Wegen seiner mordlüsternen Frau.«

Schließlich erschien Devon Raffertys Zufahrt. Sie war nicht geräumt, aber Devons Land Rover hatte Fahrspuren in den Schnee gedrückt. Josie orientierte sich an ihnen und parkte vor einer der Garagenbuchten.

Sie machten keine Anstalten auszusteigen. Amber atmete mehrmals tief durch. Josie drehte den Kopf und sah, dass Devons Haustür aufging. Lilly lächelte sie an und winkte.

»Okay«, sagte Amber. »Bringen wir es hinter uns.«

FÜNFZIG

Die Begegnung war genauso unangenehm, wie Josie und Amber befürchtet hatten. Devon und Amber standen sich im Flur gegenüber und sahen sich an. Nachdem Josie sie einander vorgestellt hatte, beobachtete sie, wie beide sich um ein Lächeln bemühten, es sich aber dann anders überlegten. Sie tauschten keinerlei höfliche oder nette Worte aus. Halbwegs erträglich wurde die Situation nur, weil Lilly munter neben Josie stand und sie mit Fragen über Polizeiarbeit und wie es war, im Fernsehen zu sein, löcherte.

Schließlich deutete Devon auf Lilly. »Tut mir leid, Detective. Bob hätte eigentlich kommen und sie abholen müssen – diese Woche sollte sie bei ihm sein. Aber er steckt wegen des Wetters in Colorado fest. Lilly, gehst du bitte in dein Zimmer? Du kannst das Tablet eine Stunde länger als sonst haben.«

Lilly schmollte. »Mo-om, ich möchte aber mit Detective Quinn reden. Mit dem Tablet kann ich immer noch spielen.«

Devon wollte gerade etwas sagen, da hob Josie die Hand, um sie zu unterbrechen. »Schon gut, Devon. Ich plaudere gerne ein bisschen mit Lilly, während Sie und Amber ... reden.«

Lilly legte ihre Hand in die von Josie und zog sie zum Ende

des Flurs. »Ich mache uns heiße Schokolade und dann können wir zusehen, wie es schneit.«

»Lilly«, sagte Devon mit warnendem Ton.

Das Mädchen verdrehte die Augen. »Ich kleckere nicht, Mom. Versprochen.«

Devon lächelte gequält und wandte sich wieder Amber zu. Sie deutete auf ihr Büro. »Warum setzen wir uns nicht dort hinein? Ich verspreche, Ihre Zeit nicht zu sehr in Anspruch zu nehmen, vor allem angesichts des bevorstehenden Sturms.«

Amber nickte wortlos und ging in Richtung Büro. Sie wirkte wie eine Frau auf dem Weg zu ihrer Hinrichtung.

»Detective Quinn!«, rief Lilly und zog Josie in die Küche. »Mögen Sie Marshmallows in der heißen Schokolade? Milch? Schlagsahne? Wir haben alles. Setzen Sie sich.«

Josie lächelte und setzte sich an die Kücheninsel in der Mitte des Raums. Er war wie das übrige Haus farbenfroh und voller bunter Dinge in unterschiedlichsten Stilrichtungen. »Marshmallows, bitte«, murmelte sie.

»Die habe ich auch am liebsten!« Lilly machte sich mit Eifer daran, heiße Schokolade zuzubereiten. Josie hatte den Blick noch immer zum Ende des Flurs gerichtet. Sie musste an Ambers Miene denken, als sie mit Devon mitgegangen war. Dabei fiel ihr wieder Eden ein, die am Russell-Haven-Damm tatsächlich in den Tod hatte gehen müssen. Hatte sie den gleichen Gesichtsausdruck wie Amber gehabt oder war sie durch die Kopfverletzung so benommen gewesen, dass sie nicht mehr mitbekommen hatte, was auf sie wartete? Der Fall setzte Josie nach wie vor zu. Die Details gingen ihr im Kopf herum, wenn sie nachts zu schlafen versuchte. Da waren so viele ungeklärte Dinge und offene Fragen. Warum hatte Gabriel den Russell-Haven-Damm gewählt? Er hatte Nadine in ihrem eigenen Teich ertränkt und ihre Leiche einfach zurückgelassen, aber gleichzeitig dafür gesorgt, dass sowohl Edens als auch Lydias Leiche am Russell-Haven-Damm entdeckt wurden. Wo hatte er

Eden all die Tage versteckt, bevor er sie zum Damm gebracht hatte? Die Spurensicherung hatte den Keller der Megakirche auf den Kopf gestellt, aber keinen Hinweis gefunden, dass sich Eden jemals darin – oder in Gabriels Haus – aufgehalten hatte. Auch war Edens Mini Cooper nie mehr aufgetaucht. Wer hatte Lydia die Postkarte vom Russell-Haven-Damm geschickt? Jeder glaubte, dass es entweder Vivian oder Gabriel gewesen war, aber fest stand, dass es niemand mit Sicherheit wusste.

All das hatte sie Chitwood gegenüber mehr als einmal zur Sprache gebracht. Die ersten beiden Male war er darauf eingegangen und hatte Theorien entworfen, um sie zu beruhigen. Vielleicht hatte Gabriel den Damm gewählt, um den noch lebenden Angehörigen klarzumachen, dass es darum ging, Dr. Rafferty zu sühnen. Vielleicht hatte Gabriel genug Zeit gehabt, die Spuren zu verwischen, nachdem er Eden gefangen gehalten hatte, weshalb sie weder in seinem Haus noch in der Kirche DNA von Eden entdeckt hatten. Vielleicht hatte er sie an einem ganz anderen Ort festgehalten, von dem keiner wusste. Vielleicht hatte er Edens Mini Cooper im Fluss versenkt, sodass sie ihn im Sommer sicher finden würden, wenn der Wasserstand sank. Vielleicht hatten Gabriel oder Vivian die Postkarte geschickt, um Lydia zu verhöhnen.

»Aber das spielt jetzt keine Rolle mehr, Quinn«, sagte er zu ihr. »Wichtig ist, dass wir den Mörder und seine Komplizin gefunden haben. Beide sind tot, also gibt es keine weiteren Leichen mehr. Und wir haben Amber zurück.«

Als sie ein drittes, viertes und fünftes Mal bei ihm vorstellig wurde, sagte er nur: »Hören Sie auf, Quinn. Der Fall ist abgeschlossen. Sie wissen verdammt gut, dass nicht alle Fälle bis ins letzte Detail stimmig gelöst werden können. Das Leben hält Unwägbarkeiten bereit und das gilt auch für Morde und Entführungen. Die Teile fügen sich am Ende nicht immer zu einem perfekten Bild zusammen. Damit müssen Sie leben.«

»Hören Sie mir eigentlich zu?«, fragte Lilly.

Josie blinzelte. Sie konzentrierte sich wieder auf Lilly. »Tut mir leid«, sagte sie. »Was hast du gerade gesagt?«

»Ich habe gesagt, dass wir mal Tacheles reden sollten.«

Josie drehte den Kopf zu dem Mädchen, das auf der anderen Seite der Kücheninsel saß und Kakaopulver in eine dampfend heiße Tasse rührte. Vor sich hatte sie eine offene Tüte kleiner Marshmallows liegen. Hinter ihr ging ein großes Fenster auf den Garten, wo Terrassenmöbel und eine dick mit Schnee bedeckte Schaukel standen. Josie lachte. »Hast du gerade gesagt, dass wir Tacheles reden sollen?«

Lilly griff zum Beutel, holte eine Handvoll Marshmallows heraus und warf sie in die Tasse. Heiße Schokolade ergoss sich über den Rand. »Das ist keine richtige Kleckerei«, sagte sie zu Josie. »Und ja, das habe ich gesagt. Mein Dad sagt das ständig. Es heißt, dass man gleich zur wichtigen Sache kommen und nicht nur dummes Zeug reden soll, das nichts bedeutet und die Leute ständig von sich geben. Das kommt aus dem letzten Jahrhundert. Ich habe es nachgeschlagen, weil mein Dad das dauernd gesagt hat.«

Sie ging zur Arbeitsfläche und riss drei Küchentücher von der Rolle. Dann ging sie zum Tisch zurück und tupfte ihre ›unrichtige Kleckerei‹ auf.

»Okay, und was ist diese wichtige Sache?«, fragte Josie.

Lilly schob die Tasse über die Arbeitsfläche zu Josie. »Waren Sie schon einmal bei einer Verfolgungsjagd mit dem Auto dabei?«

Josie war erleichtert. Zumindest hatte sie nicht gefragt, ob sie schon jemanden erschossen hatte. Sie sagte: »So eines, bei dem so richtig schnell gefahren wird? Nein, ich glaube nicht.«

»Nicht lügen«, mahnte Lilly. »Das ist nicht gut.«

Josie lachte und nippte von der heißen Schokolade. Sie war so süß, dass sie nach einer Tasse wahrscheinlich Diabetes hatte.

»Okay, wenn Sie bei einer ganz schnellen Verfolgungsjagd dabei sein müssten, welches Auto würden Sie sich aussuchen?«

Josie nahm ein Marshmallow von dem Berg, der gerade in ihrer Schokolade schmolz, und aß es. »Ein kleines, sportliches, das sich leicht fahren lässt.«

»Welche Farbe?«

»Schwarz«, antwortete Josie.

Lilly rümpfte die Nase, während sie weiter Kakaopulver in ihre Tasse rührte. »Das ist ja langweilig.«

»Okay, wie wäre es dann mit Rot?«, schlug Josie vor.

»Ja! Wie Moms neues Auto.«

»Klar«, sagte Josie langsam. Plötzlich wirbelten ihre Gedanken zum Watts-Fall in ihrem Kopf nicht mehr wild durcheinander, sondern gefroren zu einem Standbild, nur um sogleich wieder umso frenetischer zu schwirren. Puzzleteile glitten mit atemberaubender Geschwindigkeit hin und her und formierten sich zu neuen Konstellationen. »Deine Mom hat ein neues rotes Auto?«, fragte sie.

Lilly hörte auf umzurühren und lächelte Josie mit verschmitztem Blick an. Sie legte einen Finger auf die Lippen und sah zum Flur, aber Amber und Devon waren noch im Büro. Die Tür war geschlossen. Lilly ging zu einer Tür in der Küchenecke und bedeutete Josie, ihr zu folgen.

Die Tür führte in einen kleinen Durchgang, in dem eine Waschmaschine und ein Trockner standen. Am Ende befand sich eine weitere Tür. Lilly öffnete sie. Sie spürten kalte Luft an ihren Beinen. Josie wusste, dass dort die Garage sein musste, konnte aber nur verschwommene Umrisse erkennen. Lilly nahm die zwei Stufen zum Betonboden hinunter im Sprung. Josie folgte ihr und schloss die Tür hinter sich. Sie hörte sie herumhuschen, dann ging eine Deckenlampe an. In der Garage waren drei Stellplätze, getrennt lediglich durch Stangen, die vom Boden bis zur Decke führten. Den größten Teil der Garage nahmen Geräte für die Rasenpflege, Werkzeug, Kaminholz, ein Holzspalter, ein Traktor, eine Schneefräse, ein abnehmbarer Dachträger und drei Kajaks ein. Am hinteren Ende stand ein kleines Auto. Es war vollständig abgedeckt mit einer blauen Kunststoffplane, die von Sandsäcken auf Kühlerhaube und Dach gehalten wurde. Lilly ging hinüber und hob eine Ecke hoch. Darunter glänzte eine rote Karosserie.

Josies Herz begann wie wild zu schlagen. Sie spürte kaum ihre Beine, als sie durch die Garage zu dem Auto ging. Lillys Worte drangen wie aus weiter Ferne zu ihr. »Sie dürfen es aber nicht meiner Mom sagen, okay? Ich darf eigentlich gar nicht in die Garage. Einmal, als ich hier war, habe ich mir nämlich an der Gartenschere wehgetan.«

Josie ging zum Heck des Fahrzeugs und kniete sich hin. Sie hob die Kante der Plane hoch, bis sie das Nummernschild lesen konnte. Ihre Nackenhaare sträubten sich. Ihr Herz pochte immer schneller. Sie kannte die Nummer, denn sie hatte sie zur Fahndung ausgeschrieben.

In Devon Raffertys Garage stand Eden Watts' Mini Cooper.

Alle Puzzleteile, die Josie seit zwei Wochen zusammenzufügen versucht hatte, ergaben plötzlich ein stimmiges Bild. »Dieses Miststück«, murmelte sie.

»Alles okay mit Ihnen?«, fragte Lilly.

Josie blickte auf. Lilly stand direkt neben ihr. Josies begann fieberhaft zu überlegen. Lilly. Amber. Der Sturm. Sie hatte keine Pistole dabei. Heute war ihr freier Tag. Sie waren privat hier. Schon hatte sie ihr Handy in der Hand. Ihre Finger flogen über das Display, um Noah eine Nachricht zu schicken. Neben der Textbox erschien ein rotes Ausrufezeichen. *Nachricht kann nicht gesendet werden.*

Josie atmete tief ein und versuchte, ihren Puls willentlich zu verlangsamen. Sie stand auf. »Lilly«, sagte sie. »Wenn deine Mom nicht will, dass wir hier sind, sollten wir auch nicht hier sein. Warum gehen wir nicht zurück ins Haus?«

Enttäuscht zuckte Lilly die Schultern. »Ja, schon recht.«

Josie legte ihr eine Hand auf die Schulter und entfernte

sich mit ihr vom Auto. »Außerdem sollten wir deiner Mom vielleicht nicht erzählen, dass wir die Regeln gebrochen haben, wenigstens nicht heute. Was meinst du?«

»Eine Polizistin, die meiner Tochter beibringt, die eigene Mutter zu belügen?« Devons Stimme ließ Josie von Kopf bis Fuß unmerklich schaudern. Unter ihrer Hand erstarrte Lilly merklich. Sie blickten beide auf und sahen Devon in der Tür zur Garage stehen. Ein kaltes Lächeln umspielte ihre Lippen. »Lilly«, sagte sie. »Bitte geh in mein Büro und bitte unseren anderen Gast, hierherzukommen. Dann möchte ich, dass du in dein Zimmer gehst und es erst wieder verlässt, wenn ich dich hole. Hast du verstanden?«

Josie erwartete, dass Lilly protestierte oder Fragen stellte, doch sie sagte nur in resigniertem Ton: »Ist gut, Mom.« Als sie Josies Hand losließ und zur Tür eilte, trat Devon beiseite und ließ sie ins Haus. Dann schloss sie die Tür. Instinktiv griff Josie nach ihrer Waffe, obwohl sie nicht da war. Ein Automatismus. Devon ging auf sie zu. Josie hatte den Drang wegzulaufen, blieb aber stehen.

Einige Schritte vor ihr blieb Devon stehen. Ohne Josie aus den Augen zu lassen, griff sie hinter einen Blumentopf auf einem Regal neben sich und zog eine Glock 19 hervor. Bevor Josie reagieren konnte, zog sie am Schlitten und steckte eine Patrone in die Kammer. Nun musste sie nur noch zielen und schießen. Stattdessen hielt sie die Waffe seitlich an ihren Körper. »Ich bin sicher, Sie glauben mir, wenn ich Ihnen sage, dass ich gehofft hatte, es würde nicht so weit kommen. Ich mag und respektiere Sie wirklich. Sie hätten sicher von selbst herausbekommen, was Thatcher Toland mir erzählte, als er vor drei Wochen hier auftauchte. Eden Watts, sagte er, habe ihm gestanden, dass ihre Familie meinen Vater angelogen, manipuliert und erpresst habe.«

Josie hatte ihr Handy noch in der Hand. Doch jetzt Verstärkung anzufordern, während Devon sie direkt ansah, war nicht gut möglich, selbst wenn sie eine Verbindung bekommen hätte, was alles andere als sicher war. Sie musste Devon dazu bringen, weiterzureden, bis sie einen Ausweg gefunden hatte, der für sie alle sicher war. »Thatcher Toland ist zu Ihnen gekommen?«

»Dr. Rafferty?«, rief Amber, als sie durch die Tür trat, die zum Haus führte.

Devon ließ Josie nicht aus den Augen und rief nach hinten: »Wir sind hier. Kommen Sie zu uns.«

Josie sah Amber intensiv an, als sie sich durch die vielen Gerätschaften in der Garage hindurchwand und langsam auf sie zuging. Sie versuchte, Amber mit Blicken zu warnen. Doch Devon hielt die Pistole nach wie vor an ihre Seite gepresst. Josie war sich sicher, dass Amber sie nicht gesehen hatte, als sie an ihr vorbeiging. Trotzdem machte sie, als sie neben Josie trat, wieder eine Miene, als würde sie zur Schlachtbank geführt. »Was ist denn?«, fragte sie kleinlaut.

Devon griff mit ihrer freien Hand nach Ambers Oberarm und zerrte ruckartig daran, sodass sie die Balance verlor. Dann stieß sie Amber zu Josie. Beide fielen auf den Betonboden. Sofort sprang Josie wieder auf die Beine und stellte sich zwischen Devon und Ambers zusammengesunkene Gestalt. Devon drückte mit beiden Händen die Waffe an Josies Brust. Josie fragte sich, ob Devon durch das Metall des Laufs das donnernde Pochen ihres Herzens spüren konnte.

»Was machen Sie da?«, fragte Amber.

Ohne den Blick von Devon abzuwenden, sagte Josie: »Sie hat Eden und deine Mutter umgebracht.«

Amber kam stolpernd wieder auf die Beine. Sie sah von Josie zu Devon und zurück. »Wovon redest du?«

»Sie hat mir soeben erzählt, dass Thatcher Toland bei ihr war, nachdem er mit Eden gesprochen hatte«, antwortete Josie.

Devon drückte die Pistole fest an Josies Brustbein. »Ihre dumme Schwester hat ihm alles erzählt. Sie hat ihm gebeichtet, wie Ihre Familie das Leben meines Vaters ruiniert und ihn in den Selbstmord getrieben hat. Er dachte, dass entweder Ihre Schwester oder Sie herkommen würden, um sich ›von dieser Last zu befreien‹. Er fand, Sie oder Ihre Schwester sollten zugeben, was Sie getan hatten. Eden hat ihm gesagt, dass sie das niemals machen würde. Also hat er es für sie getan. Er meinte, ich würde die Wahrheit verdienen.«

Aus den Augenwinkeln sah Josie, dass Ambers Unterlippe zitterte. »Warum sollte er ...?«

»Weil Thatcher im Gegensatz zu Ihnen und Ihrer schrecklichen Familie kein Lügner ist. Er ist ehrlich. Wussten Sie das nicht? Dieses Auftreten als Fernsehprediger? Das ist keine Fassade. So ist er wirklich. Eden erzählte ihm, was Sie und Ihr Vater meinem Dad angetan haben – dass Ihr Vater Sie als Patientin bei ihm eingeschmuggelt hat, Sie dazu gebracht hat zu lügen und ihn dann erpresst hat. Thatcher wollte, dass ich die Wahrheit erfahre. Ich habe dreizehn Jahre lang gewartet, um herauszufinden, wer meinen Vater getötet hat und warum. Dreizehn Jahre, um zu erfahren, wieso mein Leben zerstört wurde. Haben Sie wirklich geglaubt, dass ich es dabei bewenden lassen würde?«

»Als ich bei Ihnen war«, sagte Josie, »haben Sie mich gebeten, mit meiner Schwester zu reden, damit sie eine Sendung über den Fall Ihres Vaters macht. Sie haben mir Ihren Ordner gezeigt. Da ... da wussten Sie schon genau, was wirklich passiert war. Sie haben mich angelogen. Es war alles nur Show.«

»Natürlich«, antwortete Devon. »Ich musste doch so tun, als sei ich besessen vom Tod meines Vaters. Jeder, der mich kennt, weiß, dass ich nur an das denke. Stellen Sie sich vor, da taucht eines Tages die berühmteste Kriminalbeamtin Dentons bei mir auf und ich erwähne es nicht einmal? Wie hätte das ausgesehen?«

»Aber es waren doch nur wir beide anwesend«, entgegnete Josie. Sie war sich des Pistolenlaufs über ihrem Herzen nur zu bewusst. »Sie hätten nichts sagen und mich wegschicken können. Warum die Lügerei?«

»Weil es funktioniert hat, ganz einfach«, antwortete Devon. »Sie haben mich ja wirklich nicht verdächtigt.«

Sie hatte recht, dass musste sich Josie eingestehen. Es war zwar beschämend, aber wahr. Doch es gab noch einen weiteren Grund, warum Devon eine Show abziehen und sichergehen musste, dass kein Verdacht auf sie fiel. Sie hatte Eden damals schon zehn Tage lang festgehalten, misshandelt und schließlich dafür gesorgt, dass sie starb.

»Sie wollten sie alle umbringen«, sagte Josie.

Devon lächelte. »Da haben Sie verdammt recht. Nur dass Nadine schon ermordet worden war, als ich herausgefunden habe, wo sie lebte. Aber ihr Tod hat mich auf eine Idee gebracht. Was konnte poetischer sein, als jedes einzelne dieser Monster genau da zu ertränken, wo der leblose Körper meines Vaters gefunden worden war?«

Devons Arme schienen vom Halten der Pistole nicht müde zu werden. »Eden ist zu Ihnen gekommen«, sagte Josie.

»Weil Thatcher ihr verraten hatte, dass er mit mir gesprochen hatte. Sie bekam Panik und befürchtete, ich würde auf Amber losgehen! Sie war diejenige, die Lügen verbreitet und meinen Vater damit in den Tod getrieben hatte. Eden hatte Angst um ihre schreckliche Schwester und stand deshalb eines Tages vor meiner Tür. Bob hatte gerade Lilly, sodass ich ganz allein hier war. Ich habe sie hereingelassen und wir haben geredet. Ich bin so wütend geworden. So genau kann ich mich nicht mehr erinnern, was passiert ist. Ich weiß nur noch, dass ich sie so verprügelt habe, dass sie eine ganze Zeit lang nicht stehen konnte. Ich habe sie hier eingesperrt. Hier kommt niemand außer mir herein. Lilly habe ich es verboten. Ich habe lange nachgedacht, was ich mit ihr machen soll. Laufen lassen konnte ich sie nicht mehr. Also musste ich sie umbringen. Aber wenn ich sie schon umbrachte, warum nicht gleich den ganzen Clan auslöschen? Sie sind ein abscheuliches Gesindel. Eden war es auch, die mir erzählte, dass Nadine ermordet worden war. Ich habe den Artikel recherchiert und das war's dann. Mein Entschluss war gefasst.«

Ambers Stimme zitterte. »Sie haben meine kleine Schwester umgebracht? Finn hat mir erzählt, dass Sie sie misshandelt haben. Wie konnten Sie nur?«

Devon richtete die Pistole auf sie. Amber schrie, sprang zurück und wäre dabei fast gestürzt. Josie erwischte sie gerade noch am Ellbogen und hinderte sie am Fallen. Devon hielt die Waffe weiter auf Ambers Kopf gerichtet. »Wie konnten Sie meinen Vater umbringen? Wie konnten Sie alle überhaupt damit leben? Ihre Schwester und Ihre Mutter und Ihre Tante haben bekommen, was sie verdient haben. Sie hätten die Nächste sein sollen, dann wären Ihr Bruder und Ihr Vater an der Reihe gewesen. Aber dann verschwanden Sie und das machte mir einen Strich durch die Rechnung. Eigentlich hätten Sie mit Ihrer Schwester sterben sollen. Ich habe Ihnen eine Botschaft mit einem Hinweis auf den Russell-Haven-Damm auf Ihrer Windschutzscheibe hinterlassen. Ich wusste, dass Sie sofort begreifen würden, was sie bedeutete. Ich dachte mir, dass Sie kommen würden. Dann hätten Sie zusehen können, wie ein geliebter Mensch stirbt, und hätten gewusst, wie sich das anfühlt. Anschließend hätte ich auch Sie umgebracht. Ich habe miterleben müssen, wie mein Vater vor seinem Tod monatelang verfiel. Mit jedem Tag wurde er niedergeschlagener. Ich frage mich inzwischen, ob er nicht irgendwann wirklich Selbstmord begangen hätte, wenn ihn Ihre Tante nicht umgebracht hätte. Ich wollte, dass Sie wissen, wie das ist. Aber Sie sind nicht zum Damm gekommen.«

»Da hatte Gabriel sie bereits entführt«, sagte Josie.

Auch die rätselhafte Nachricht auf der Windschutzscheibe war etwas gewesen, über das sich Josie in den letzten zwei Wochen den Kopf zerbrochen hatte. Ihr Team war davon ausgegangen, dass Gabriel sie geschrieben hatte, aber Josie war die Zeit stets komisch vorgekommen: fünf Uhr morgens. Da Amber ihr Haus jeden Morgen um sieben Uhr verließ, hätte sie die Nachricht nie rechtzeitig gesehen. Sie wussten, dass Gabriel sich zwei Wochen lang in der Stadt herumgetrieben und Amber belästigt hatte. Er hätte ihren Tagesablauf kennenlernen und sichergehen können, dass er die Nachricht zu einer Zeit platzierte, in der sie sie auf jeden Fall sah. Wenn er sie aber einfach entführt hatte, warum dann überhaupt eine Nachricht hinterlassen? Nun wusste Josie, dass diese Fragen irrelevant gewesen waren, denn Gabriel war nicht der Urheber. Devon hatte sie auf die Scheibe geschrieben. Sie hatte definitiv nicht die Zeit gehabt, Amber auszuspionieren und dafür zu sorgen, dass Amber sie rechtzeitig sah und daraufhin zum Damm kam.

»Trotzdem lief es ziemlich gut, finden Sie nicht auch?«, sagte Devon. »Bald ist nur noch Ihr Vater übrig.«

Sie machte einen weiteren Schritt auf Amber zu. Die Waffe berührte nun fast Ambers Stirn. Josie versuchte, sie abzulenken. »Sie haben Lydia Norris die Russell-Haven-Postkarte geschickt.«

Devon nickte. »Sie war auf meiner Liste. Ich wollte ihr zu verstehen geben, dass da jemand ist, der wusste, was sie getan hatte. Dass sie es noch nicht hinter sich hatte.«

»Wie sind Sie an Lydia herangekommen?«

»Ich habe ihre Telefonnummer auf Edens Smartphone gefunden. Anschließend habe ich ein Prepaidhandy gekauft, für das man seinen richtigen Namen nicht angeben muss, und sie angerufen. Wie sich herausstellte, war sie bereits in der Stadt. Es war nicht schwer, sie dazu zu bringen, mich am Damm zu treffen. Es ging ganz einfach: Ein Schlag auf den Kopf und sie war weg. Ich musste sie nur noch hierherbringen, warten, bis Nacht war, und sie wieder zum Damm zurückschaffen. Ein paarmal musste ich ihr noch eins überziehen, damit sie nicht anfing, sich zu wehren. Sie ist nie wieder aufgewacht. In meinem zweiten Kajak habe ich sie hinter mir hergezogen. War ein Kinderspiel.«

In Windeseile ging Josie den Fall noch einmal auf der Grundlage der neuen Fakten durch. Thatcher Toland bringt sein Buch heraus, das sofort zum Bestseller wird. Er spürt Eden auf, um sie um Verzeihung zu bitten. Sie nimmt seine Entschuldigung an und erzählt ihm jede Untat, die die Familie Watts je begangen hat – auch, dass sie Dr. Rafferty erpresst hat und er sich schließlich deshalb umbrachte. Amber war ja die Einzige, die wusste, dass er in Wirklichkeit ermordet worden war. Auch von dem Kind erzählt sie ihm. Eden behauptet, dass nur Amber wisse, was mit dem Kind passiert ist. Thatcher geht nach Hause zu seiner Frau, erzählt ihr alles und besteht darauf, das Kind ausfindig zu machen. Vivian bittet ihn zu warten, bis die Mega-kirche eröffnet ist. Daraufhin taucht Thatcher bei Devon auf und erzählte ihr die Wahrheit über ihren Vater, denn weder Eden noch Amber hätten das je getan. Vivian schickt Gabriel zu Nadine, entweder um mit ihr zu reden oder um sie zu ermor-den. So oder so ist Nadine anschließend tot. Unterdessen ist Eden nach Denton gekommen, um mit Devon zu reden. Devon nimmt sie gefangen, misshandelt sie und bringt sie zum Russell-Haven-Damm, wo sie stirbt. Außerdem versucht sie, Amber zum Damm zu locken, aber da hat Gabriel Amber schon entführt und in der Kirche eingesperrt, damit sie ihm erzählt, wo das Kind ist. Schließlich ermordet Devon noch Lydia.

Trotzdem war da noch etwas, das keinen Sinn ergab.

»Warum sollte Thatcher Toland anstelle von Eden zu Ihnen kommen, um sein Gewissen zu erleichtern?«, stieß Josie hervor. »Ist er zu allen gegangen, die die Watts-Familie je betrogen hat, um dort reinen Tisch zu machen? Was enthalten Sie mir vor?«

Blitzschnell hob Devon die Pistole und schlug den Griff auf Ambers Nase. Josie konnte das Knacken hören. Amber fiel zu Boden. Josie trat vor sie und hob beide Hände, um Devon zu beruhigen, die sich jedoch nicht beirren ließ. Sie hielt die Pistole nun in ihrer rechten Hand und schüttelte sie in Ambers Richtung. Speichel flog aus ihrem Mund, als sie schrie: »Glauben Sie, dass nur die anderen in der Familie Betrüger sind? Sie ist die mieseste und hinterhältigste und grausamste von allen.«

Amber blickte auf. Tränen liefen ihr aus den Augen und Blut aus der Nase. »Eden und ich waren Kinder«, stotterte sie. »Wir wussten nicht, was wir tun sollten. Wir hatten keine Mittel. Wir wussten nur, dass wir das Baby schützen mussten. Das ist alles. Dass es so etwas wie das Safe-Haven-Gesetz gibt, habe ich erst erfahren, als ich schon über zwanzig war. Denken Sie, dass ich zu Ihnen kommen wollte? Niemand hätte je davon erfahren sollen. Nicht einmal Sie!«

»Lilly«, sagte Josie. »Mein Gott, Lilly.« Sie sah auf Amber herab. »Sie ist Edens und Thatchers Tochter.«

Niemand sagte etwas.

Zum ersten Mal, seit sie in die Garage gegangen war, spürte Josie die Kälte so richtig. Sie schien in ihren ganzen Körper zu kriechen. Was hatte Amber im Auto zu ihr gesagt? *Wenn du schon von Kindheit an mit Lügen aufwächst, weißt du es nicht anders.* Josie legte sich die Hand auf die Stirn und versuchte, die Puzzleteile in ihrem Kopf wieder einmal anders zu ordnen.

Devon hielt die Pistole weiter nach unten auf Ambers Kopf gerichtet. »Mein Vater war tot. Ich hatte fünf Fehlgeburten gehabt. Mein Mann hatte mich verlassen. Eines Tages stand dieses bemitleidenswerte Mädchen mit einem winzigen Baby vor meiner Tür. Sie erzählte mir, dass sie in dem Café gearbeitet habe, das mein Dad jeden Tag besucht hatte, und ihn recht gut gekannt habe. Sie meinte, er sei immer so traurig darüber gewesen, dass ich ein Baby nach dem anderen verliere, und habe gesagt, er wisse nicht, wie lange ich das noch aushalten würde. Dann erzählte sie mir, dass ihre Schwester vergewaltigt worden sei. Sie habe die Schwangerschaft vor ihren Eltern verheimlicht, indem sie weggelaufen sei. Sie und ihre Schwester seien so dumm, sagte sie, denn sie hätten das nicht richtig durchdacht. Jetzt aber konnten sie nicht mehr mit einem Baby zu Hause aufkreuzen und wollten auch nicht zur Polizei gehen. Sie sagte, sie habe sich daran erinnert, dass mein Vater über mich geredet habe, und fragte sich, ob ich noch immer ein Kind wolle. Sie wirkte sehr überzeugend.«

»Sie haben ein Kind von einer siebzehnjährigen Fremden angenommen?«, fragte Josie ungläubig.

Devon fuhr herum und starrte Josie an. »Lilly wäre zu Pflegeeltern gekommen. Wer weiß, wo sie geendet wäre? Ich habe ihr ein stabiles, liebevolles Zuhause gegeben. Sie war mein Wunder. Kurzzeitig hat sie mir sogar meinen Mann zurückgebracht. Zum Glück hatten wir, neun oder zehn Monate bevor Lilly kam, ein paarmal miteinander geschlafen. Dann musste er wegen irgendeines Auftrags fast ein Jahr lang in den Nahen Osten. In dieser Zeit war er nicht einfach zu erreichen, was mir zugutekam. Als er zurückkehrte, war Lilly bereits zwei Monate alt. Er war wütend, weil ich ihm nicht erzählt hatte, dass ich schwanger gewesen war, aber er hat sich schnell beruhigt, als er sie zum ersten Mal im Arm hielt. Wir hatten fünf herrliche Jahre als Familie, bevor alles wieder in die Brüche ging. Übrigens trat Lilly am Geburtstag meines Vaters in mein Leben.« Sie stieß Amber mit ihren Turnschuhen an. »Wussten Sie das? Haben Sie das mit Absicht gemacht?«

Amber schüttelte den Kopf und wischte sich mit dem Ärmel über das Gesicht. »Ich wusste nur, dass Sie ein Kind wollten und Ihr Vater ein großartiger Mann war. Ich dachte, dass Sie auch großartig sein müssten, weil er Sie aufgezogen hat. Ich dachte, das Baby wäre bei Ihnen sicher.«

»Das war es auch!«, schrie Devon. »Bis Ihre Schwester ihr großes, dummes Maul aufgemacht hat.«

Amber deutete auf sich. »Ich sollte eigentlich die Einzige sein, die wusste, wo das Baby war! Ich habe es nicht einmal

Eden je erzählt. Das war unsere Abmachung. Niemand konnte das wissen, nicht einmal sie.«

»Woher wusste sie es dann?«, fragte Devon und stieß Amber erneut, diesmal mit dem Lauf ihrer Pistole. Josie versuchte einzuschätzen, ob sie Devon erfolgreich außer Gefecht setzen konnte, ohne dass die Pistole losging. Doch Devon hatte den Finger am Abzug und es war nicht viel Platz. Zu gefährlich.

»Ich habe es ihr nicht erzählt«, sagte Amber. »Ich schwöre es. Nachdem ich Lilly zu Ihnen gebracht hatte, habe ich Eden erzählt, dass ich ein sehr gutes Zuhause für sie gefunden hatte. Sie hat nie danach gefragt. Erst als sie und Thatcher reinen Tisch machten, wollte sie es wissen. Nachdem sie ihm die Wahrheit erzählt hatte, rief sie mich an und stellte mir alle möglichen Fragen über das Baby, etwa woher ich wisse, dass es in Sicherheit sei. Ich habe ihr nur gesagt, dass ich es wisse, weil ich ihre Tochter jemandem gegeben hätte, der sich schon sehr lange ein Kind gewünscht habe, und dass ich gewusst hätte, dass sie eine gute Mutter sein würde. Mehr habe ich nicht verraten.«

»Wie ist sie dann darauf gekommen?«, schrie Devon.

Amber starrte Devon mit großen, wässrigen Augen an. Immer mehr Blut rann aus ihrer Nase. »Ich weiß es nicht! Vielleicht weil es damals, als wir noch Jugendliche waren, nicht allzu viele Leute gab, die wir kannten und von denen wir dachten, dass sie ein Kind nehmen würden, ohne Fragen zu stellen. Außerdem wusste sie, wie schuldig ich mich immer wegen dem gefühlt hatte, was wir Ihrem Vater angetan hatten. Ich bin nie darüber hinweggekommen. Ich wusste von Ihren Fehlgeburten. Ihr Vater hat es mir erzählt, nicht nur im Café. Er hat es mir bei den Therapiesitzungen verraten. Meistens hat er mit Ihnen telefoniert, als ich eintraf. Was Sie durchgemacht haben, hat ihn so sehr belastet. Damals habe ich Eden immer vorgeheult, wie schlimm es war, dass Sie die vielen Kinder und Ihren Vater verloren hatten. Ich denke, Eden hat einfach zwei und zwei zusammengezählt und Thatcher von ihrer Vermutung erzählt. Aber ich schwöre, ich habe es ihr nicht erzählt. Und sie hätte es auch niemandem erzählen sollen.«

Devon drückte ihr die Pistole an die Stirn. »Thatcher Toland kam hierher und hat nach einem kleinen Mädchen gesucht. Er sagte, er wisse, was die Watts' meinem Vater angetan hätten und dass jemand aus der Familie mir ein Baby gebracht habe. Dann sagte er, dass es sein Kind sei. Ich habe natürlich gelogen und gesagt, dass es nicht wahr sei. Sie glauben doch nicht, dass ich ihm Lilly überlassen hätte? Oder zugelassen hätte, dass jemand von euch Lügnern seine schmutzigen Hände an meinen Engel legt?«

»Warum haben Sie ihn nicht umgebracht?«, fragte Josie. »Schließlich hatte er nach Eden am meisten Anrecht auf Lilly.«

Devon hielt die Pistole weiter auf Amber gerichtet, warf aber einen Blick zu Josie. »Das hätte ich irgendwann schon getan. Aber eine solche Berühmtheit wie Thatcher Toland zu töten hätte etwas mehr Planung erfordert.«

Josie dachte an das Buch, das Devon ihr gegeben hatte. »Sie haben nie wirklich dieser Kirche angehört, oder?«

»Natürlich nicht«, zischte Devon. »Ich habe sein Buch nur gelesen, um mehr über ihn herauszufinden. Ich bin in die Kirche gegangen, um zu sehen, was für Sicherheitsvorkehrungen er getroffen hatte.«

Josie sah auf Amber herab. Sie zitterte. »Sie haben diese leere Patientenakte mit der Aufschrift ›Ella Purdue‹ nach dem Tod Ihres Vaters auf seinem Schreibtisch gefunden. Hatten Sie wirklich keine Ahnung, dass Amber diese Ella Purdue war?«

Devon schüttelte den Kopf. »Nein, natürlich nicht. Ich dachte, sie sei nur eine eingeschüchterte, dumme Jugendliche. Als sie hier in Denton als Pressesprecherin für die Polizei zu arbeiten begann, habe ich sie erkannt, aber nie gewagt, mich mit ihr in Verbindung zu setzen. Wir hatten einen Deal.«

Josie versuchte, sich in Devons Lage zu versetzen. Sie war eine junge, verheiratete Frau gewesen, die sich verzweifelt ein Kind gewünscht, aber eine Fehlgeburt nach der anderen erlitten hatte. Dann war auch noch ihre Ehe gescheitert. Und ihr Vater unvermittelt unter mysteriösen Umständen ums Leben gekommen. Es musste ihr wie ein Wunder vorgekommen sein, als ein junges Mädchen ausgerechnet am Geburtstag ihres Vaters mit einem Baby vor der Tür stand. Josie konnte sich gut vorstellen, wie ihr das in ihrer verqueren Denkweise so vorgekommen war, als hätte ihr Vater seinen Segen dazu gegeben. Zehn Jahre lang hatte es auch perfekt funktioniert, bis eines Tages Thatcher Toland vor ihrer Tür stand und ihr alles erzählte. Nun kannte sie die Namen derjenigen, die für Jeremy Raffertys Tod verantwortlich waren. Josie versuchte, sich Devons Schock vorzustellen, als sie erkannte, dass eine dieser Personen ausgerechnet das Mädchen war, das ihr das Kind gebracht hatte.

Obwohl Thatcher Lilly bei seinem Besuch nicht gesehen hatte, wäre es nur eine Frage der Zeit gewesen, bis er auf Nummer sicher hätte gehen wollen. Ein einfacher DNA-Test hätte ihrer aller Leben völlig auf den Kopf gestellt. Mit ihrem Plan, die gesamte Familie Watts auszulöschen, wollte Devon nicht nur ihre Rachegelüste befriedigen, sondern auch ihre Tochter schützen. Vivian Toland und Gabriel hatten es zwar ebenfalls auf die Familie abgesehen, doch ihr Ziel war es gewesen, mit den Morden Thatcher zu schützen.

»Jetzt bringe ich es zu Ende«, sagte Devon und drückte den Lauf der Waffe so fest in Ambers Haut, dass sie stöhnte und zurückwich. »Aber nicht hier. Nicht mit Lilly im Haus. Ich will nicht, dass sie zu viele Fragen stellt. Deshalb machen wir drei jetzt einen Spaziergang.«

Josie überlegte. Sowohl Finn als auch Noah wussten, dass sie beide zu Devon gefahren waren. Selbst wenn Devon Josies Auto versteckte, wie sie es mit dem von Eden getan hatte, würde sie damit nicht viel Zeit gewinnen. Noah wäre ihr hart auf den Fersen und würde nicht aufgeben, bis er die Wahrheit herausgefunden hatte. Na großartig, dachte sie bei sich, zumindest würde der Mord an uns aufgeklärt werden.

Devon zwang sie, in den hinteren Teil der Garage zu gehen, wo eine weitere Tür in den Garten führte. Sie traten in den Schnee hinaus, der inzwischen bis zu Josies Knöcheln reichte. Sie wartete auf eine Gelegenheit, ihr Handy zu benutzen oder Devon in einem unachtsamen Augenblick zu überrumpeln, doch die kam nicht. Devon blieb hinter ihnen und richtete die Pistole mal auf Ambers, dann auf Josies Kopf, während sie Seite an Seite zum Gartenrand und in den Wald dahinter gingen.

Überall lag Schnee. Das Gestöber wurde immer dichter, sodass es kaum möglich war, mehr als ein paar Schritte weit zu sehen.

»Wohin bringen Sie uns?«, fragte Amber. Ihre Zähne hatten begonnen zu klappern.

»Dorthin, wo euch bis zum Frühjahr niemand findet. Bis dahin habe ich mir überlegt, wie ich das alles hinbiege.«

Josie versuchte, sich ein Satellitenbild dieser Gegend von Denton vorzustellen. Sie gehörte zu den entlegensten Bereichen des Stadtgebiets, dennoch gab es auch hier Anwohner. Sie überlegte krampfhaft, wie es hinter Devons Haus weiterging. Doch bevor es ihr einfiel, verließen sie den Wald und kamen auf eine Lichtung. Vor sich sah sie ganz schwach die Silhouette einer Scheune und eines Maissilos. Eine Farm. Sie suchte nach einem Haus oder Fahrzeug – irgendeinem Lebenszeichen oder jemandem, der ihnen helfen konnte.

»Sie sind nicht zu Hause«, sagte Devon, als hätte sie Josies Gedanken gelesen. »Machen zwei Wochen Urlaub in Costa Rica. Die Farm wird nicht mehr bewirtschaftet. Ein paar Künstler haben sie gekauft. Sie nutzen die Scheune und den Silo als Studio.«

Josie blinzelte die Schneeflocken weg, die sich auf ihre

Wimpern legten. Nun begannen auch ihre Zähne zu klappern. Amber schob ihre kalte Hand in ihre und drückte. Irgendetwas musste geschehen. Sie warf einen Blick zurück. Devon hatte den Finger noch immer am Abzug. Die Glock 19 hatte eine Abzugssicherung. Devon musste nur etwas zusätzlichen Druck auf den Abzug ausüben, um zu schießen und eine von ihnen sofort zu töten. Josie konnte es nicht riskieren, auf sie loszugehen oder sie zu Fall zu bringen. Sie musste auf die passende Gelegenheit warten.

»Da rüber«, sagte Devon und deutete mit der Pistole nach links. Neben der Scheune begann ein flacher Hang. An seinem Ende ragten zwei Holzpfosten aus dem Schnee. Dahinter befand sich eine Seilbrücke. Sie war im Weiß kaum zu erkennen, doch als sie näherkamen, konnte Josie die verschneiten Planken mit den dunklen Lücken dazwischen sehen. Amber zögerte, als sie davorstanden. Sie drehte sich zu Devon und fragte: »Was ist das?«

Josie wusste bereits, was es war. Sie versuchte herauszufinden, was Devon vorhatte. Wollte sie sie in einem Teich ertränken, der vermutlich zugefroren war?

Devon drückte den Lauf der Waffe fest an Ambers Schläfe und sagte: »Maul halten und weitergehen.«

Der Teich war riesig und die Seilbrücke so lang, dass man im dichten Schneetreiben nicht einmal das andere Ufer sehen konnte. Als sie in der Mitte der Brücke angekommen waren, befahl ihnen Devon stehenzubleiben. Josie schätzte die Lage ab. Sowohl Devon als auch Amber befanden sich direkt neben den Seilen, ja, berührten sie mit ihren Hüften sogar. Josie stand Amber gegenüber. Zusammen formten sie ein seltsames Dreieck. Josie bildete die Spitze und war am weitesten von der Ecke entfernt, in der Devon stand. Devon wandte sich um und sah nach unten. Josie drehte sich etwas und folgte ihrem Blick. Etwa einen Meter unter ihnen sah sie eine schneebedeckte Oberfläche, vermutlich die des zugefrorenen Teichs. Devon richtete die Pistole darauf und feuerte dreimal in schneller Abfolge darauf. Amber zuckte zusammen und riss ihre Hände nach oben, um sich die Ohren zuzuhalten. Josie dagegen warf sich nach vorn und rammte ihre beiden Arme knapp unterhalb der Schulterblätter in Devons Rücken. Devon kippte nach vorn. Die Pistole fiel ihr aus der Hand und in den Schnee unter der Brücke. Josie ging in die Knie, schlang ihre Arme um Devons Beine und hob sie mit aller Kraft, bis ihr ganzer Körper über die Seile fiel und auf das Eis darunter krachte.

Das Eis brach nicht, als Devon darauf fiel. Aber als Amber auf sie krachte, hielt es der Belastung nicht mehr stand. Devon hatte im Fallen einen von Ambers Armen erwischt und sie mit sich gerissen. Josie hatte noch versucht, Amber aufzufangen, bevor sie ebenfalls fiel, doch es war zu spät. Entsetzt sah Josie, wie die beiden Frauen in dem von Splittern übersäten Loch in der Eisdecke versanken. Ein-, zweimal tauchten ihre Köpfe noch auf. Devon drückte Ambers Schultern nach unten und schob sich damit zugleich aus dem Wasser. Amber tauchte nicht wieder auf. Josie wusste, wenn Amber unter die Eisdecke gelangte, würde sie die Orientierung verlieren und sofort stark unterkühlen. Da es stockdunkel war, würde sie die Öffnung in der Eisdecke nicht mehr finden.

Josie lief ein paar Schritte weg von der Stelle, an der Devon und Amber eingebrochen waren, und sprang auf den Teich. Die knöcheltiefe Schneedecke dämpfte die Landung etwas, dennoch hörte sie das Eis bersten. Devons Schüsse hatten seine Festigkeit beeinträchtigt. Je näher Josie der Öffnung kam, desto mehr Risse würden sich im Eis bilden, sodass sie als Nächste einbrechen würde. Sie ignorierte die Kälte und die Panik, die ihr Herz rasend schnell schlagen ließ, legte sich auf den Bauch und streckte Hände und Beine so weit von sich, wie sie nur konnte, um das Gewicht gleichmäßig auf dem Eis zu verteilen. Die Muskeln in ihren Armen hatten sich noch nicht vollständig von dem Vorfall in der Kirche erholt. Durch die Anstrengung schoss der Schmerz von ihren Handgelenken bis in ihre Schultern. Sie verdrängte ihn und kämpfte sich voran. Als sie sich zum Loch schob und horchte, aus welcher Richtung das Wasserplätschern kam, hörte sie, wie sich weitere winzige Risse im Eis unter ihr bildeten. Schnee sammelte sich in ihrem Mund. Sie spuckte ihn aus. Er klebte auf ihrem Gesicht, ihren Ohren und in ihrem Nacken. Er war so kalt, dass er auf der Haut brannte.

Mit einer Hand ertastete sie Wasser, dann Eissplitter. Devons Kopf erschien. Das Wasser lief von ihm wie von einem Seeungeheuer, das sich aus den Tiefen erhob. Sie heulte wütend auf, streckte sich nach Josie und versuchte, sie zu packen. Josie rollte sich rasch zur Seite und tastete sich weiter an den Bruchrändern entlang. Devon versank erneut. Wieder war spritzendes Wasser zu hören. Eine Hand schoss aus dem Wasser. Josie blinzelte den Schnee weg und erkannte eindeutig die Narbe in der Handfläche. Sie schob sich nach vorn und packte mit beiden Händen Ambers Handgelenk. Unter ihr schwoll das Knistern des Eises fast zu einer Sinfonie an. Sie kämpfte sich auf die Knie und zerrte Amber ein Stück weit aus dem eiskalten Wasser. Josie spürte, wie das Eis nachgab. Ambers Oberkörper erschien in der Öffnung. Mit ihrer freien Hand griff sie nach den Rändern der Eisdecke, die jedoch unter ihrer Last abbrachen.

»Nimm meine andere Hand!«, schrie Josie, aber Amber war völlig orientierungslos. Sie suchte mit der Hand Halt, schien jedoch Josies zweiten Arm nicht zu finden. Wieder spürte Josie, wie das Eis unter ihr nachgab. Sie schob sich zurück auf die Knie und versuchte wieder, etwas Halt zu finden und gleichzeitig Amber mitzuziehen.

Das Knistern von berstendem Eis setzte sich fort. Eine weitere Hand stieß in der Nähe von Josies Knie zwischen den Eisschollen hervor. Devons Gesicht erschien. Sie reckte den Mund nach oben und schnappte nach Luft. »H-h-helfen Sie mir!« Ihre Hand suchte in der Luft Halt. »M-m-meine H-hand. N-n-nehmen Sie sie.«

Sie griff nach Josies freier Hand. In dieser Sekunde schien die Welt stillzustehen, zu gefrieren. Der Schnee. Das Blut in Josies Adern. Die Luft in ihren Lungen. Zwei Hände. Amber und Devon. Sie musste an den Heiligabend in der Megakirche denken. An die obere Sitzebene. Die beiden Arme. Devons und Vivians Hände. Damals glaubte Josie, die richtige Wahl getroffen zu haben. Was sie da noch nicht wusste: Es hatte keine richtige Wahl gegeben. Aber jetzt, heute und hier, gab es eine.

Sie hatte Amber bereits fest im Griff. Wenn sie ihre andere Hand packte, würde sie sowohl sich selbst als auch Amber in Sicherheit ziehen können. Nahm sie Devons Hand, würde sie entweder Amber völlig loslassen oder alle beide sterben lassen müssen. Sie konnte nicht beide retten. Konnte nicht Amber und Devon gleichzeitig halten und mit ihren Beinen auf dem berstenden Eis genug Halt finden, um sich und die beiden in Sicherheit zu bringen. Zog sie beide heraus, würde das bereits splitternde Eis vollends unter ihrem Gewicht brechen, und sie hätten nicht mehr viel Zeit, sich zum Ufer zu kämpfen, ohne unterzugehen. Josie war sich sicher, einen Körper herausholen und über das brüchige Eis ziehen zu können, nicht jedoch zwei.

Wie schon in der Kirche kam Josie Lilly in den Sinn. Dann packte sie Ambers zweite Hand und zog.

EINUNDFÜNFZIG

EINEN MONAT SPÄTER

Das Jubeln in Josies Wohnzimmer konnte nur eines bedeuten: Jemand hatte beim Super Bowl einen Touchdown erzielt. Josie schüttelte den Kopf und wandte sich wieder dem Küchentisch zu. Sie war gerade dabei, Salsa in die Mitte eines großen Tabletts mit Nachos zu gießen. Trout saß zu ihren Füßen und beobachtete jede Bewegung, als führe sie gerade einen chirurgischen Eingriff durch. Misty rauschte mit einem Tablett vorbei, auf dem Jakobsmuscheln im Speckmantel lagen, und stupste dabei mit einem gekonnten Hüftschwung Josies Becken an. Lächelnd warf Misty einen Blick auf die Nachos und sagte: »Gut gemacht.«

Josie freute sich, in der Küche eine Aufgabe zu haben, bei der nicht gleich die Gefahr bestand, dass sie einen Wohnungsbrand auslöste. Zufrieden mit Mistys Lob nahm sie das Tablett und ging damit ins Wohnzimmer. Um zum Couchtisch zu gelangen, musste sie mehrere Leute umrunden, die auf dem Boden vor dem Fernsehgerät saßen. Sie stellte die Nachos neben die Urne ihrer Großmutter. Wieder einmal hatte Harris darauf bestanden, dass Lisette bei den Feierlichkeiten einen Platz in der ersten Reihe bekam.

Neuerlicher Jubel unter den Gästen. Josie warf beiläufig einen Blick auf den Bildschirm und wand sich durch die Sitzenden zurück in den Flur, wo Sawyer Hayes an den Türrahmen gelehnt stand. Er schenkte ihr ein leichtes Lächeln. »Magst du Football nicht?«

»Ich habe nichts gegen Football, bin aber auch kein Fan«, antwortete sie. »Allerdings habe ich mit dem Super Bowl nichts am Hut.«

Sawyer lachte. Es war das erste Mal, dass sie ihn unverstellt lachen hörte. Es erinnerte sie an ihren einstigen Vater Eli. Da war es wieder, dachte sie bei sich. Dieser Anflug von Traurigkeit, der jeden frohen Augenblick nach einem Verlust begleitete. Das eine war ohne das andere nicht mehr möglich. Das hatte Lisette ihr auf dem Totenbett zu sagen versucht. *»Du musst lernen, mit beidem zu leben, mein Liebes. Mit dem Kummer und dem Glücklichsein.«* Sobald man jemanden verlor, wurde die Trauer zu einem festen Bestandteil des Lebens, ja, des eigenen Ichs. Josie musste an die süße, witzige, neugierige Lilly Rafferty denken. Obwohl Amber alles getan hatte, um das Mädchen zu schützen, hatte Lilly die einzige Mutter verloren, die sie je gekannt hatte. Eine Mutter, die zugleich eine Mörderin gewesen war. Lilly würde sich nicht daran erinnern. Sie würde nur an Devon als liebevolle, freundliche Mutter zurückdenken. Damit würde sie für den Rest ihres Lebens zu kämpfen haben und es machte Josie traurig zu wissen, dass das Mädchen schon von Kindesbeinen an in allen schönen Momenten jenen allgegenwärtigen Anflug von Traurigkeit erleben musste. Zumindest konnte Lilly bei Devons Ex-Mann Bob bleiben. Josie hatte Thatcher Toland nach Devons Tod erzählt, wer Lillys wahrer Vater war. Er hatte sich nichts weiter erbeten als ein Treffen mit Lilly und Bob – nicht als ihr biologischer Vater, sondern als Pastor der Kirche ihrer Mutter. Nachdem er Bob und Lilly zusammen erlebt hatte, war Thatcher zu dem Schluss gelangt, dass es das Beste für alle wäre, wenn Lilly bei dem einzigen Vater aufwuchs, den sie kannte. Er verzichtete auf alle Ansprüche und verriet Josie unter vier Augen, dass er sich nie in Lillys Leben einmischen, sie jedoch als Erbin seines gesamten Vermögens einsetzen werde.

»Flagge auf dem Spielfeld!«, rief jemand.

Josie wandte sich von Sawyer ab und beobachtete die Szenerie im Wohnzimmer. Noah lümmelte mit Harris auf dem Schoß im Sofa. Neben ihnen saß Gretchens Tochter Paula. Gretchen hatte Dienst, aber Josie hatte versprochen, Paula Essen mitzugeben, wenn sie nach Hause fuhr. Auch Josies Bruder Patrick und seine Freundin hatten sich auf das Sofa gezwängt. Shannon und Christian saßen auf Klappstühlen, die im Wohnzimmer verstreut standen. Selbst Drake hatte es noch geschafft zu kommen. Er saß mit Trinity auf dem Boden. Dan Lamay war mit Frau und Tochter dabei und selbst Josies Ex-Schwiegermutter Cindy Quinn hatte sich eingefunden. Auch sie hatten sich auf Klappstühlen niedergelassen. Mettner und Amber waren ebenfalls zugegen. Sie saßen eng beieinander im Fernsehsessel. Amber hatte ihren Kopf in Mettners Armbeuge gelegt. Während alle gebannt das Spiel verfolgten, döste sie im sicheren Kokon seiner Arme. Der Plan war, reichlich zu essen, etwas zu trinken, das Spiel zu sehen und last not least bei der Premiere von Trinitys neuer Sendung dabei zu sein. Josie hatte den gemeinsamen Fernsehabend innerlich als *Trinitys Watch Party, die zweite* tituliert. Hoffentlich waren sie am Ende des Abends noch alle zusammen.

Misty erschien mit einer Batterie Bierflaschen im Arm. Sie stellte sich zwischen Josie und Sawyer und rief: »Wer braucht was zu trinken?«

Von überallher streckten sich Arme nach ihr aus und nahmen ihr die Last ab. Mettner löste sich von Amber und gab ihr einen Kuss auf den Mund, bevor er durch den Raum ging und sich die letzte Flasche schnappte. Amber zog ihre Beine unter sich und sah auf den Fernseher, doch sogleich fielen ihr die Augen wieder zu.

Leise fragte Josie: »Hat sie noch immer Probleme, nachts zu schlafen?«

Mettner seufzte. »Ja. Wir arbeiten aber daran. Sie macht inzwischen eine Therapie. Wir hoffen, dass das etwas bringt. Aber ich komme mir so … hilflos vor. Ich habe den Eindruck, dass ich nichts tue, außer zuzusehen, wie sie leidet. Ich kann nichts machen.«

Josie warf einen Blick hinüber zu Amber, deren Augen nun ganz geschlossen waren. Selbst wenn sie nicht schlief, war das Wohnzimmer zu sehr von Geplauder und anderem Lärm aus den Fernsehlautsprechern erfüllt, als dass sie etwas hätte hören können. »Sie braucht Zeit, Mett. Viel, viel Zeit.« Dann sah sie hinüber zu Noah. »Und Unterstützung. Glaub mir, einfach ihren Schmerz zu teilen und ihr zuzuhören hilft schon ungemein. Das Beste, was du im Moment für sie tun kannst, ist, da zu sein, einfach nur da zu sein – selbst wenn du sonst nichts tun kannst.«

Auch er sah Noah an und dann wieder sie. »Ich bleibe bei ihr«, sagte er.

Ein Augenblick verstrich, in denen keiner der beiden etwas sagte. Josie merkte, dass Sawyer neben ihr stand und mithörte. Mettner nahm einen weiteren Schluck von seinem Bier und wischte sich den Mund mit den Fingerknöcheln ab.

»Weiß sie das?«, fragte Josie.

»Ja, klar, also, ich … ich denke schon. Denkst du, dass ich ihr einen Heiratsantrag machen sollte?«

Josie lachte. »Nichts überstürzen. Ich würde damit warten, bis sie sich wieder gefangen hat.«

Verärgerte »Das-gibt's-doch-nicht«-Rufe dröhnten durch den Raum. Jemand schrie: »Was ist das für ein unfähiger Schiedsrichter!«

Mettner wurde bleich. »Denkst du, sie würde Nein sagen?«

»Ich denke, ihr solltet eine Zeit lang Vertrauen zwischen euch aufbauen, bevor du ihr einen Antrag machst.«

»Findest du, dass sie mir nicht vertraut?«

»Ich glaube, sie hat noch nie jemandem vertraut«, erwiderte Josie. »Jedenfalls nicht wirklich. Amber ist in einer Familie voller Lügner aufgewachsen. In ihrer Kindheit kannte sie nur Lug und Betrug – Menschen, die das eine sagten und das andere taten. Das Beste, was du für sie tun kannst, ist, verlässlich zu sein. Zeig ihr jeden Tag aufs Neue, dass du ihr zur Seite stehst.«

Er sah hinüber zu Amber. Ihre Augen flatterten und gingen auf. Für den Bruchteil einer Sekunde sah Josie blinde Panik in ihrem Blick. Dann blinzelte sie und orientierte sich. Ihre Brust hob und senkte sich, sodass es aussah, als würde sie erleichtert aufatmen. Sie bemerkte, dass die beiden sie beobachteten, und lächelte sie schwach an.

»Gut«, sagte Mettner. »Der Antrag kann warten, bis sich alles zum Besseren gewendet hat. Du kannst sicher sein, Boss, dass ich alles tun werde, um ihr zu zeigen, dass sie immer auf mich zählen kann.«

»Sag das nicht *mir*«, meinte Josie und stupste ihn mit dem Ellbogen.

Er sah zu ihr hinab und schenkte ihr ein kurzes Lächeln. Dann durchquerte er in drei großen Schritten das Zimmer und drückte sich wieder in den Sessel zu Amber. Josie beobachtete, wie sie sich ansahen, als gäbe es gerade kein anderes menschliches Wesen auf der Welt. Ein kleines Gefühl von Zufriedenheit machte sich in ihr breit.

Jemand klingelte an der Tür. Trouts Krallen klickten auf dem Holzboden, als er zum Eingang lief, um nachzusehen, wer es war. Josie öffnete und sah Chief Chitwood mit einer mit Alufolie abgedeckten Auflaufform in den Händen auf der Eingangstreppe stehen. »Bin ich zu spät?«, fragte er. »Kann ich mich dazugesellen?«

Josie lächelte ihn leicht verwirrt an. »Klar«, sagte sie und ging einen Schritt zur Seite, damit er eintreten konnte. »Bringen Sie es in die Küche. Misty sagt Ihnen, was zu tun ist. Sie kümmert sich um das Essen.«

Chitwood trat ein und schenkte Sawyer im Vorbeigehen einen gespielten Salutgruß. Josie trat wieder zu Sawyer, der noch immer in der Tür stand. »Ich bin froh, dass du gekommen bist.«

Sie sah ihn an und er nickte. Das war wohl das Beste, was sie von ihm erhoffen konnte, dachte sie bei sich. Dann drehte er den Kopf zu ihr und sah ihr in die Augen. Einen kurzen Augenblick erkannte sie darin das gleiche blaue Funkeln, das sie auch bei Lisette immer beobachtet hatte, und es bildete sich ein Kloß in ihrem Hals.

»Weißt du, was Lisette zu mir gesagt hat, bevor sie gestorben ist?«, fragte er.

»Nein«, murmelte Josie. Sie waren beide bei ihrer Großmutter gewesen, als sie ihre letzten Atemzüge getan hatte. Bevor sie entschlief, hatte sie jedem leise etwas ins Ohr geflüstert, das nur sie hören konnten.

»Sie sagte: ›Du musst deine Familie finden, mein Lieber‹.«

MEHR VON BOOKOUTURE DEUTSCHLAND

Für mehr Infos rund um Bookouture Deutschland und unsere Bücher melde dich für unseren Newsletter an:

deutschland.bookouture.com/subscribe/

Oder folge uns auf Social Media:

 facebook.com/bookouturedeutschland

 twitter.com/bookouturede

 instagram.com/bookouturedeutschland

EIN BRIEF VON LISA

Vielen Dank, dass ihr *Die versunkenen Mädchen* gelesen habt. Wenn euch das Buch gefallen hat und ihr über meine neuesten Veröffentlichungen informiert werden möchtet, meldet euch einfach unter nachstehendem Link an. Eure E-Mail-Adresse wird auf keinen Fall weitergegeben und ihr könnt euch jederzeit wieder abmelden.

deutschland.bookouture.com/subscribe/

Es gehört zu den größten Freuden in meinem Leben, dass ich die Josie-Quinn-Reihe weiterführen kann. Wissen solltet ihr jedoch, dass der in diesem Buch beschriebene Damm reine Fiktion ist. Ich habe mir einige Elemente von anderen Dämmen genommen, über die ich recherchiert habe, und daraus meinen eigenen gebastelt. In der Regel mache ich das vor Ort, aber wegen der COVID-Pandemie konnte ich keinem der Dämme, über die ich mich informiert habe, einen Besuch abstatten. Ich musste mich auf meinen Dammexperten, mehrere Leute, die besagte Dämme gesehen haben, das Internet und meine eigene Vorstellungskraft verlassen. Wie immer versuche ich nach bestem Wissen und Gewissen, die Polizeiarbeit so authentisch wie möglich zu schildern. Manches muss verändert werden, damit die Dramaturgie und der Unterhaltungswert stimmen. Was ich damit sagen will: Fehler und Ungenauigkeiten in diesem Buch gehen allein auf mein Konto.

Ich liebe meine Leserinnen und Leser. Ihr seid die Besten

und ich würde gern von euch hören. Ihr könnt mich über meine Website oder die unten genannten sozialen Medien und über Goodreads kontaktieren. Gern dürft ihr auch meine Bücher bewerten und *Die versunkenen Mädchen* vielleicht sogar anderen Leserinnen und Lesern ans Herz legen. Rezensionen und Weiterempfehlungen aus erster Hand tragen wesentlich dazu bei, alle, die meine Bücher noch nicht kennen, auf sie aufmerksam zu machen. Wie immer danke ich euch sehr für eure Begeisterung, die ihr der Serie entgegenbringt. Sie bewegt mich und bedeutet mir sehr, sehr viel. Hoffentlich bis zum nächsten Mal!

Herzlichen Dank, eure

Lisa Regan

www.lisaregan.com

DANKSAGUNG

Ihr lieben, fantastischen, engagierten Leser:innen, herzlichen Dank, dass ihr ein neues Abenteuer von Josie unternommen habt. Viele von euch begleiten mein Leben und meine Karriere schon seit geraumer Zeit – genauso wie die von Josie. Leider ist im April 2021 mein Dad unerwartet und plötzlich verstorben, während ich gerade an Buch 12 gearbeitet habe. Ich dachte damals, dass nichts schwerer sei, als das Buch fertigzustellen. Ich lag völlig falsch. Als ich mich an Buch 13 gesetzt habe, hatte ich mich von dem Schock etwas erholt, doch stand ich alleine da mit meiner Trauer und war emotional wie kreativ am Boden. Liebe Leser:innen, es gibt vieles, was mein Dad immer zu mir gesagt hat – es waren motivierende Worte, die mir durchs Leben halfen, wenn man so will. Aber einer seiner Sprüche lautete schlicht und einfach: »Mach dich an die Arbeit.« Das habe ich gemacht. Ich bin in das tückische Gewässer gesprungen, das meine Trauer umgab, und habe versucht, mit aller Kraft ans Ufer zu schwimmen. Und mit ebensolcher Kraft habe ich versucht, ein gutes Buch für euch zu schreiben. Ich hoffe, es ist mir gelungen.

Wie immer danke ich meinem Ehemann Fred und meiner Tochter Morgan, weil sie nicht zuließen, dass ich in Panik geriet. Weiter danke ich meinen Erstleserinnen Dana Mason, Katie Mettner, Nancy S. Thompson und Torese Hummel. Vielen Dank auch euch, Matty Dalrymple und Jane Kelly – meinen kritischen Buchretter:innen und Einsatzkräften, die mich wieder einmal gerettet haben. Ein weiterer Dank geht an meine liebe Freundin und großartige Assistentin Maureen Downey, die mich beim Schreiben dieses Buchs unterstützt hat. Ich bin nicht sicher, ob dieses Buch ohne deine unermüdliche Unterstützung und deinen unerschütterlichen Glauben an mich entstanden wäre. Ferner danke ich meinen Großmüttern Helen Conlen und Marilyn House, meinen Eltern, dem verstorbenen William Regan, Joyce Regan, Rusty House und Julie House, meinen Brüdern und Schwägerinnen Sean und Cassie House, Kevin und Christine Brock sowie Andy Brock und meinen lieben Schwestern Ava McKittrick und Melissia McKittrick. Zu Dank verpflichtet bin ich außerdem den üblichen Verdächtigen, die Werbung für mich gemacht haben, als da wären: Debbie Tralies, Jean und Dennis Regan, Tracy Dauphin, Claire Pacell, Jeanne Cassidy, Susan Sole, die Regans, die Conlens, die Houses, die McDowells, die Kays, die Funks, die Bowmans und die Bottingers! Einen weiteren Dank verdienen die vielen fabelhaften Blogger:innen, Rezensent:innen, die Josie Quinn weiterhin die Treue halten oder mittendrin in die Serie eingestiegen sind. Ich weiß eure anhaltende Begeisterung und Leidenschaft für meine Bücher sehr zu schätzen!

Ich danke euch, Rusty House, Van Wagner und Miranda Kessel, für eure Hilfe bei allen Dingen, die mit Dämmen zu tun haben, speziell Fischlifts und -leitern! Zu Dank bin ich außerdem Michelle Mordan und Ken Fritz verpflichtet, die mir alle Fragen zu Notfallmedizin, Rettungsdiensten und damit zusammenhängenden Problemen beantwortet haben. Ich danke Schwester Karmen Harris (BSc. Nursing, SANE-A, D-ABDMI) für die Hilfe bei der Beschreibung aller Details, die mit Medizin und Obduktionen zu tun haben. Wie immer geht ein besonderer Dank an Sgt. Jason Jay, weil er mir immer, zu jeder Tages- und Nachtzeit, all meine Fragen beantwortet hat. Bedanken möchte ich mich auch bei Lee Lofland, weil er immer die besten Expertinnen und Experten für mich auftreibt.

Weiter danke ich Jenny Geras, Kathryn Taussig, Noelle Holten, Kim Nash und dem gesamten Bookouture-Team einschließlich meiner liebenswerten Redakteurin Jennie, die Heilige und Genie zugleich ist, außerdem meiner Korrektorin Jenny Page. Last not least – vor allem nicht »least« – verdient meine unvergleichliche Lektorin Jessie Botterill einen Dank. Sie hat immer an mich geglaubt, was mir alles bedeutet. Besonders danke ich ihr, dass sie mich so oft durch gutes Zureden davor bewahrt hat, mich – bildlich gesprochen – in den Abgrund zu stürzen. Und so geduldig und treu geblieben ist. Danke, dass du mich mit Anmut, Wärme, Freundlichkeit und Empathie durch diese schlimme Zeit geführt hast. Jede deiner aufmunternden Mails war ein Rettungsring für mich, an den ich mich geklammert habe, um weitermachen zu können. Du bist ein ganz besonderer Mensch. Ich bin so froh, dass es dich gibt.